贾东升，吉林省白城市人，机关工作人员，文学爱好者，在国家和省级文学类报刊杂志上发表近百篇散文诗歌作品，先后出版散文集《岁月流笔》和诗集《昨梦依稀》，吉林省作家协会会员。

江畔人家

贾东升 ⊙ 著

大时代的乡村风情画 / 小人物的命运变奏曲

时代文艺出版社

图书在版编目（CIP）数据

江畔人家 / 贾东升著 . —长春：时代文艺出版社，2017.3（2021.5重印）

ISBN 978-7-5387-5392-9

Ⅰ. ①江… Ⅱ. ①贾… Ⅲ. ①长篇小说－中国－当代 Ⅳ. ①I247.5

中国版本图书馆CIP数据核字（2016）第003464号

出 品 人　陈　琛
责任编辑　孟宇婷
装帧设计　陈　阳
排版制作　隋淑凤

江畔人家

贾东升　著

出版发行 / 时代文艺出版社
地址 / 长春市福祉大路5788号　龙腾国际大厦A座15层　邮编 / 130118
总编办 / 0431-81629751　发行部 / 0431-81629755
官方微博 / weibo.com / tlapress　天猫旗舰店 / sdwycbsgf.tmall.com
印刷 / 保定市铭泰达印刷有限公司
开本 / 710mm × 1000mm　1 / 16　字数 / 300千字　印张 / 21.25
版次 / 2017年3月第1版　印次 / 2021年5月第2次印刷　定价 / 58.00元

自序（一）

　　这部小说写成的时候，似乎有种如释重负的感觉！

　　之所以这样说，是因为整个思考和谋划的过程，绝不仅仅是心路历程的艰难跋涉，实实在在地说，更像是灵魂中悲催的撕扯和痛苦的挣扎。

　　之所以这样说，是因为整个动笔和成篇的过程，真切地回到三十年前那早已残缺而斑驳的岁月里，许多许多的情景和印记都已经依稀难辨，可是，又必须透过苍茫幽暗的时空，仔细而艰难地辨析，让心中的那个过去尽可能真实地还原出来，因为这个过程的结果，要对读者负责，对社会负责，更重要的是对良心负责，这是良知的底线。

　　之所以这样说，是因为整个甄别和讲述的过程，是否体现创作的初衷，每次拿起那支笔的时候，都是心怀忐忑，生怕每个字每个词，不能准确而精当地表述那个时代的那些人和事以及那个时代的精神，倘若不能达到这个目标，那便枉费这番心思。

　　现在，总算有了个结果，就像有了一点儿收获，尽管还不知道它的成色如何。

　　无数次的煎熬中，曾有无数次放弃的企图，这是真话。此前的创作过程，似乎没有这样艰难，无论是散文、随笔，还是杂记、诗词，似乎信手拈来，从没有像写小说这样艰苦，后来才知道，原来是自己的想法过于简单，更是自己的手法过于拙劣，才惹来这般无谓的折磨，还险些对文学的热情消磨殆尽。

说明白些，其实就是后悔！仅凭自己对文学的那点儿理解，仅凭过去对写作的那点儿微不足道的尝试，就大着胆了撸起袖子，懵懂着赤膊上阵了，现在想来，连我自己都暗自苦笑，有朋友问我：能行吗？我便作答：不行怎么办？没有办法，就得行！这里所谓的行，就是做，做下去，做到底，没有别的路。就这样，一直坚持着，艰难地前行，因为心里想着：必须做到底！因为这辈子，只有这一次！

矢志不渝地追求，其结果，就是要付出代价！让我牺牲了许多的舒适和安逸，甚至失去了许多的机会和朋友，但是，也有许多的收获，我觉得写作的过程，其实就是生活的过程，堂而皇之地说，是观察和回味、体验和感受、辨析和思考、发掘和探索生活与生命的过程，这个过程是不断升华的精神生活。

在这个过程中，我感受到许许多多！然而，最重要的是，在那些或细微或零碎，或条条蔓蔓或枝枝节节的描绘中，我学着不断地深化对这个时代的理解和认识，特别是对这些普普通通的男男女女，力图用历史的、文学的眼光来看待他们的行为和思想，并且在感悟这些善良、正直、朴实的基础上，呼唤着传统美德的匡正与回归。

这是我最为看重的。如果我的读者能够在品读与玩味的同时，产生这样的共鸣或者感动，是为幸甚！

自序（二）

十七岁之前，一直生活在农村，在那个年代，那个环境下，那个童话般的生活岁月里，感知了无数的人物，闻听了太多的故事，是我一生中最为重要的经历。这期间的积累，丰富而生动，始终埋藏于记忆深处，尽管岁月的流逝将脑海中的许多东西变得模糊，但是那个年代的那些印记却依旧清晰。

读中学的时候，广大农村刚刚从动荡的社会环境中安定下来，在这个经济和社会大改革大转型的背景下，人们的思想取向和行为方式也在同时发生着惊人的转变，我的故土，我的乡亲，这群带着惊奇和懵懂的饮食男女，也在这个特殊的社会环境下，耕耘着土地，收获着生活，思考和规划着未来。

在这个看似平静的外表下，却涌动着波澜壮阔的时代生活，受到来自各种思潮的冲击，这些庄户人家的想法也变得异常活跃，他们开始思考身边和未来的许多问题，当然也包括他们的理想和信念，他们的追求和选择，他们的今天和未来，所有这一切，都让他们用新的视角和新的标准，重新加以审视，并且大胆地做出抉择。

这个故事的主人公，都是我童年时候的玩伴、发小，还有乡亲们，包括温秀枝、姜万成、金孝明等，还有老支书、勤叔、疯婶儿等，都是这些故事中的重要角色，当时听到这些传说的时候，便有种好奇或不解，然而却没有更多的想法，只是后来，每每回想起这些的时候，才有了更加深入的思考，所以，就把这些东西记录下来，或者说把当时的场景临摹出来，所以，有人问我：你在写书？我却回答：我在画画。在我看来，那是一幅风情画。

写作的真正意图，是想通过这些故事的讲述来告诉人们，主人公的选择绝不是自然的过程，而是思想的深化或提升，进而超越或突破的过程，既是人性的苏醒，也是价值的找寻，这个过程的背后，透视出时代和社会变迁的背景下，人们思想的嬗变与跨越。

在这个过程中，我深切地感受到：火热的社会生活是创作的真正源泉。没有当初农村的所见所闻，就没有这些生动鲜活的讲述。所以，这部小说的写作过程，不仅是设计和规划的过程，更多的是回顾和追忆的过程，追溯那些已经模糊的人物和故事。

所以，从这个角度说，小说中的许多场景不是创造出来的，是回味和追忆的结果；小说中的许多人物和故事，也不是编造出来的，是我身边似曾相识的。这些影像依稀明灭，成为无法忘怀的岁月情结，正是这些难以忘怀的记忆，略加拾取或攒缀，成就一首流淌的岁月之歌。

自序（三）

　　松江两岸，便是辽阔而肥美的松嫩平原，在这片辽阔的黑土地上，奔腾汹涌的松江，夹着流域内的七河八汊，腾挪跳跃，日夜流淌，千百年来滋润着这里的千顷沃野和万亩良田，生活在这里的庄户人家，祖祖辈辈过着简朴的生活，春种秋收，生儿育女，于青黄交替乾坤流转中，打发着平淡的日子。

　　时光延展至20世纪80年代，这个时候的松江两岸，正在经历着巨大的变革，老百姓从多年动荡的环境中摆脱出来，过上了走向富裕充满希望的日子，特别是这些年轻人，不仅打造着越来越好的生活，同时也在思考着他们的青春和梦想，追求着祖辈们从来没有想过的有关生命的价值。

　　秀枝是龙湾十里八村出了名的姑娘，生得漂亮，有文化，还贤惠，读书的时候，追求者已不知凡几，可是，秀枝有她自己的想法，她不在乎家庭条件，也不在乎容貌长相，她觉得人品好是最主要的，所以在众多的追求者中，秀枝选择了憨厚朴实的万成，经历了近五年的恋爱之后，终于结为夫妻。

　　可是，原本许多人都看好的这对夫妻，并不是人们想象的那样。两个人的婚姻生活里，很快就暴露出矛盾和问题，特别是性情和追求的差异，导致两个人无法真正走到一起，在经历了一系列的摩擦和碰撞之后，已经形同陌路，而在这个过程中，两人都对彼此的命运和追求有了更加深入的思考。

在秀枝的生活里，先后出现了金孝明、林中飞、云佳辉，还有姜学忠，等等。金孝明的鲁莽和冲动，曾经给秀枝的心灵造成巨大的伤害，同时也给秀枝婚后的生活埋下了祸根。相当长的时间里，秀枝对金孝明只有仇恨和愤怒；然而，在以后的相处中，秀枝又深深地感觉到：金孝明才是她的最爱。

在万成的生活里，也在发生着难以想象的变化，本来没有太多交集的云佳辉，却慢慢地走进他的生活，万成对云佳辉，也从开始的玩世不恭，到后来的难以割舍，这个天翻地覆的变化，也让万成重新认识了自己，无数次反复思考的结果，也让万成真切地感受到：云佳辉才是真正适合自己的人。

这个过程是复杂的，甚至是撕心裂肺的；这个选择是艰难的，甚至是超越现实的。但是，这个结果却是无法改变的，一系列人物和事件的发展，给我们提供了窥视时代和人性的精彩视角，让我无法否认：社会经济的巨大变革必然带来人们思想观念的巨变，追求生活的完美，追求价值的实现，追求人性的超越，最终成为推动社会发展和文明进步的动力和源泉。

第 一 章

秀枝把头从被子里伸出来，突然有种凉飕飕的感觉，头还是一阵一阵炸裂似的疼，她伸出手拿过床头柜上放着的圆圆的小镜子，勉强地眯缝着锈涩的眼睛，对着镜子里的自己发呆：镜子里那张苍白的脸被凌乱的头发缠绕着，一双浮肿了的眼睛布满了通红的血丝。

她又疲惫地把眼睛闭上，瞬间进入了迷迷糊糊的状态，蒙眬中眼前又浮现出昨天晚上的那一幕幕：噼里啪啦的鞭炮，老人小孩儿的笑闹，酒席上玻璃杯子的撞击，男人们嘴里喷出的酒气……万成那张冷若冰霜，甚至有些扭曲的脸也出现在秀枝的脑海里，疑虑、轻蔑、夹杂着愠怒的表情，就像尖利的马蹄针一样，狠狠地刺痛秀枝的心。她激灵一下睁开了眼睛。

秀枝抬眼看了一下墙上嘀嗒作响的挂钟，粉红色的指针已经指向九点四十，冬日的阳光，从粉红色窗帘的缝隙照射进来，给阴郁的房间带来几丝光亮。她知道万成没在身边，甚至清清楚楚地知道，万成一定在某个角落里，但绝不在她身边的被窝里。她回头瞥了一眼身旁的被子，空荡荡的，也不知道什么时候，崭新的大红婚被散乱地堆在那里，凉凉的，没有一点儿热乎气儿。

她又环视一下新婚的房间，彩纸剪成的拉花儿横七竖八地挂在头顶，大大的双喜字歪歪扭扭地贴在窗子的木格上，刚刚漆过的柜子和条桌上，还散落着五颜六色的碎纸屑……

而在四十八小时前，新娘温秀枝和新郎姜万成成就了龙湾村有史以来最隆重、最热闹的婚礼。新娘温秀枝是本村唯一的代课教师，温柔漂亮，知书达理；新郎姜万成，为人质朴，厚道实在，经过几年的恋爱，终于走到了一起，可谓佳偶天成，只要提起这桩婚事，村里人都会竖起大拇指。

盛大的场面，漫天的喜庆，和着一对新人恩爱一生的海誓山盟，只在两个普通的农家院儿里激荡了十几个小时，便随着一群女人莫名其妙的窃窃私语，消失得无影无踪，整个婚礼的喜庆气氛，如同曲终人散的演出一样，顿时笼罩在一片落寞里。

眼前的这一切，在秀枝的眼里已经变得索然无味，长久的期盼和迟来的激动早已荡然无存，特别是她想起新婚的那个夜里，万成一次又一次的痴醉与疯狂，还有自己那死去活来般的感受，秀枝的心都要碎了。

她怎么也想不明白，究竟是什么原因，就像魔鬼一样，只在十几个小时的时间里，残酷地扑灭了熊熊燃烧的情爱之火，是什么魔力，瞬间无情地把他们从天堂抛下地狱，使得浑身还散发着滚烫热度的肌肤之亲，一下子降到冰点。

秀枝把脸正过来，如同死鱼一般的眼睛，红肿呆滞，木然地望着天棚上的方格子一动不动，不像是凝神远望，倒像是灵魂出窍，似乎要从这些方方正正的格子中找到答案，好一会儿，才有几颗豆大的泪珠儿从眼角滑下，滴落到粉红色的枕巾上，伤痛、委屈和焦急，不知从何处袭来，慢慢地向胸口处郁积。

腊月里的西北风，猛劲儿地吼叫着，刮得窗子哗啦哗啦直响，窗外的不远处，汹涌湍急的江水穿过狭窄的江湾，咆哮着向东北而去，风声水声夹在一起，混合成一首呜咽着的变奏曲，那声音显然不是欢歌，饱含着凄苦和哀怨的情愫，似乎在倾诉着这对新人内心无尽的忧伤。

此时的万成，贴身套着枣红色的毛衣，外面披着浅蓝色的棉袄，呆呆地站在院子的东墙下，任凭冷风的呼号，脑袋上的头发乱蓬蓬的，里面还藏着几片彩色的纸屑，脸上几乎没有任何表情，呆呆地凝望着蓝幽幽的江水和灰蒙蒙的天空，好像在思索着什么。然而，他的脑海里，其实是一片空白。

秀枝站在万成的身后，他却全然不知，秀枝从后面拉住万成的胳膊，轻声说道：万成，快回去吧，这会冻感冒的。万成转过身来，低声说道：你怎么出来啦？我没事儿，你快回去吧，我在这儿站一会儿，脑袋有点儿胀。

万成又转过身去，依然看着滔滔的江水，几乎一动不动，就像一具僵尸，直直地立在刺骨的寒风里，冬日的严寒像要把人的骨髓冻裂一般，而万成依旧迎风站立，似乎要在这冰冷之中找寻到一丝清醒，抑或一丝慰藉，如果找寻不到，宁可这样被冻成冰人，也不再企求这个世界的温暖。

秀枝走到万成的身旁，给万成敞开的领扣儿系上，冷风起劲儿地刮着，似乎有某种力量让他惊醒，将他从失望甚至绝望的边缘拉回到现实中来，寒气由皮外延及内里，一步一步地寒彻周身，他突然间打了个寒战，赶紧把衣服向上拉了拉，瞬间郁积在内心深处的痛楚又一次奔涌而出。

昨天，还是大喜临门，可今天，也就是腊月初九，一个谁也料想不到的、突如其来的变故使得这对新婚夫妇期盼了五年的喜悦，就像是房檐儿上流淌下来的水，被刺骨的寒气一吹，硬生生地冻成了冰溜子，一对新人，两个家庭，亲朋好友，还有这间充满温馨和喜庆的婚房，顿时就像暴露在冰天雪地里一样，陷入了无边的冰冷之中。

新婚的次日，就在龙湾村的老老少少们还在分享着温姜两家喜悦的时候，新娘子不是处女的消息不胫而走，就像这个季节里的西北风一样，唰地一下，吹过龙湾村的大街小巷，吹进很多人的耳朵里，男男女女老老少少惊愕无比的同时，原本发自内心的欢声笑语便戛然而止。

街坊邻居的想法是复杂的，然而绝大多数都深感意外，都为这对青年男女五年的恋情而扼腕叹息，村里人在私下悄悄地议论着，各种各样的猜测，说什么的都有，可是谁也弄不明白，这对新婚夫妻的背后，还有多少不为人知的故事。

说起来，秀枝是温家老两口的独苗儿。秀枝两岁的时候，李悦双又怀上了孩子，可把温富宽两口子给乐坏了，心想不管是男是女，只要是咱们温家的后生，那就是咱们的宝贝，然而天不作美，就在怀孕后不到三个月的一天，李悦双从邻居家往回走，走到屯子中间的大土井旁边，脚下一滑，一个趔趄摔倒在地，等到醒来的时候，已经躺在县医院的病床上，不但孩子没保住，还得摘除子宫，从此再也不能生育了。

一转眼，秀枝已经出落成一个水灵灵的大姑娘，长相上继承了父母双方的全部优点，大眼睛，高鼻梁，苗条身材，一头秀发，而且聪明好学，心地善良，读高中的时候身边就有许多追求者，而秀枝把全部心思都放在学习上，虽然没有考上本地的师范学校，乡里仍然聘她做了代课教师。

参加工作后，好多本乡和外地的小伙子都托人拐着弯儿上门提亲，可秀枝有她自己的主张，她不注重对方的外貌，也不在意对方的家庭，她有自己确定的原则，厚道，老实，干活养家，她在心里悄悄地喜欢上了本村的姜万成。

万成是秀枝上届的同学，比秀枝大了两岁，秀枝看重万成的厚道和本分，觉得他踏实能干，可也有人说万成性格内向，遇事好钻牛角尖儿，每每听到这些，秀枝便笑着说：我就喜欢这种实实在在的人，拐弯儿抹角儿的我看不惯。

秀枝的父母是老实人，凡事都由着女儿的性子，所以秀枝的亲事，老两口是全听女儿的，由秀枝自己作主，现如今秀枝和万成都已经二十七八，按照农村的习俗，早就到了谈婚论嫁的年龄，双方父母急得要命，都等着抱孙子。

那个时候的农村，像秀枝和万成这个年龄还没有结婚的，可算是凤毛麟角，眼瞅着又要过年了，这过了年又长一岁，所以两家老人都坐不住了，经过商量决定在腊月初八这天把婚事给办了，可是谁也没有想到，竟然冒出了这么一档子事儿！

第 二 章

　　源于长白山和大兴安岭的松江，从高山峻岭的峡谷中汹涌而出，由北向南奔腾而下，洪流跌宕，一泻千里，广阔的流域内，汇集了密集的支流，形成了大小不一纵横交错的水网，滋润着辽阔富饶的松嫩平原，古老的河套地，陈年的腐殖土，孕育出深厚无比的地力，一望无际的肥田沃野，造就了潜力巨大的农耕业。

　　早在秦汉时期，这里的东胡人已经开始了游牧生活。隋唐时期，这里是契丹人和蒙古人的集聚地。辽金时期这里归中书省泰宁路管辖。清朝时期则是蒙古科尔沁的领地，后被辟为皇家猎场，每到山花烂漫的季节，绿草如茵，百鸟吟唱，皇亲国戚常常来此巡幸游玩，也曾是笙歌处处，旌旗猎猎。

　　据祖辈们说，龙湾这个地方，四百多年前就有人居住。辽金时期，曾有一位王爷在此经过，看到这里山势曲折，牧草繁盛，一湾天水，暗藏龙气，遂命属下弄来一块石碑，刻下"龙湾"二字，既可铭记此行，又可张扬才气，此后这个地方便以龙湾得名，几百年一直延续下来。

　　乾坤更替，斗转星移。折腾了十年的"文革"已经结束，老百姓盼着过上好日子，国家的好政策不断出台，龙湾村那些脑袋灵活的，已经尝试着做起了小买卖，就是那些本本分分的庄稼人，也在自家的房前屋后种了花生和蓖麻等作物，秋天拿到集市上卖点儿钱，贴补一下家用，这日子也就一天比一天有盼头。

前几天的一场大雪下了一天一夜，半米多深的积雪把这山野荒村盖了个严严实实，远远望去，一片洁白，西北风儿卷起漫天的雪雾，就像锥子尖儿一样，拧着劲儿地往胳肢窝和棉裤里扎，冰凉冰凉的，真有种透骨透髓的感觉。

天儿是真冷，可这些庄户人家也不含糊，不论男女老少，除了裹着厚厚的回不了弯儿的棉袄棉裤之外，手脚和脖子也都用狗皮或兔皮做成的东西裹了个严实，乍看上去就像个棉墩子一样，虽然外形憨了一些，可是暖和啊，这个季节没办法！

腊月初八这天，姜守业老两口早早地就从炕上爬起来，把头一天宰掉的四百多斤大肥猪的后鞧、排骨、里脊、内脏等，像搬家似的一样一样搬到后厨临时搭起的大台板上，把要用上的盆、碗、盘子等统统摆上，就等着大厨操家什做菜了。

呵！整整五大摞儿的碗盆和盘子，姜守业又烧了一大锅开水，准备着灶上用，之后抢起扫帚把个院子里外统统打扫一遍，连院子外面沿街两侧都扫得干干净净，真有净水泼街的感觉！满院儿都是喜气儿，一看就是办喜事儿。

姜守业和老伴儿忙活了好一阵子，身上泛出热乎乎潮漉漉的感觉，他回到屋里，顺手抓过来那个用厚纸壳儿糊成的烟笸箩，拧出一颗蛤蟆头，点着了慢悠悠地抽了起来。他一只手插在裤腰里，另一只手摆弄着烟头，眼睛在屋里和窗外来回晃着，似乎在找着什么，老伴儿走过来，说道：瞧把你忙活的，擦擦汗吧。

姜守业深深地吸了一口，之后慢慢地把烟吐出来，看着烟雾在眼前打着旋儿，笑呵呵地说道：你想想我能不忙活吗？咱们老姜家积了多大德啊，娶了这么好的媳妇，我就是闭上眼睛那天，都得是笑着走啊。老伴儿马上截住话茬儿：瞎说什么啊？大喜的日子。姜守业立刻捂住自己的嘴巴，连忙说：我这是乐蒙了！

　　还没到六点钟，东西两边的街坊邻居们已经陆陆续续地来了，远远地就能感受到院子里的喜庆气氛，大红的双喜字贴在刚刚换上玻璃的窗子上，从供销社买来的彩色拉花儿，由南到北交叉悬挂，就像一个彩色的花篷搭在院子中间，几张方桌笔直地列成一排，上面摆放着各式各样用玻璃纸包装的糖果和"炉箅子"，六个大红的铁皮暖瓶和一大堆被称作"灰墩子"的水碗赫然摆在条桌的一端。

　　屋门大开着，灰蒙蒙的水蒸气，从门框的上半部分不断地向外翻腾，外面的凉气便从下半部分钻进屋子，上了年纪的老人们盘着腿坐在东西两房的大炕上，说说笑笑，聊着家长里短和年景收成，什么这家的姑娘有没有婆家，那家的小子有没有对象，李二家里生的孩子一眼大眼小，乱七八糟的什么都有。

　　孩子们更是欢喜，头上插着彩纸做成的小花儿，嘴里含着糖块儿，满院子地跑着打着闹着，乐得就跟过年似的。帮忙的里里外外进进出出，大姑娘小媳妇们穿得花花绿绿，煞是喜人。那个时候的农村，谁家办喜事了，就像个节日一样，女人们都把自己最漂亮的衣服拿出来穿上，平日里这些衣服只能压箱子底儿。

　　主事儿的是龙湾村的老支书刘占彪，他在村支书的岗位上已经干了二十多年，为人宽厚，心地善良，深受村民的爱戴，"文革"期间受了很多委屈，曾经两次被免去支书职务，还蹲了半年多学习班，也到砖厂当过搬运工，前年支委改选的时候，龙湾村一千多人集体请愿，强烈要求刘占彪出来主持工作，面对乡亲们的热切期盼，刘占彪又回到村支书的岗位上。

　　这不，为了秀枝和万成的婚事，老书记已经忙活了好几天，就像自己的孩子办喜事一样，他和村子里的几位老人反复商量，把婚事涉及的方方面面都反反复复地考虑了好多遍，尽量不出纰漏。老支书跟大家说：万成和秀枝都是大龄青年，为了我们的教育事业，他们的婚期一拖再拖，我们几个豁出命来也得把婚事办好，可不能让孩子们受委屈啊！

　　今天的老支书，显得特别精神，他披着件蓝色的旧大衣，脸上洋溢着喜悦。他选定了几个助手，分兵把守，各负其责，自己站在院子中间，稳稳地掌控着婚礼的整个进程，因为考虑得周全，准备得充分，安排得妥当，婚礼程序和宴席进行得非常顺畅，从早上八点钟开始，一轮三十桌，直到下午三点，最后一拨客人才撤出，整整五轮，男女老少一千多口子前来吃喜儿，这在当时的农村可是好大的场面啊！

接近四点的时候，客人们逐渐散去，屋子里只剩下收拾桌席的十几个姑娘媳妇，还在继续忙碌着，张罗事情的这些人都累得像摊泥，秀枝和万成轮番敬酒，已经是两腿酸麻，坐在椅子上一点儿都不想动了，老支书心疼啊！他跟大家伙说：赶快收拾，之后各回各家，都累啦。之后转向秀枝和万成：你们俩也累了，人走得差不多了，一会儿去看看你们的爸妈，然后早点儿休息。

看着老支书疲惫的神态，秀枝和万成的眼里充满着无限的感激，秀枝说：老支书，你比我们还累，给我们这么操心，我们可怎么感谢你啊！老支书说：这就错啦，我和你们的爸妈都是三十多年的老屯邻，我们就像亲兄弟一样，说起来，我一直都把你们当成我自己的孩子，还说什么感谢啊！结婚以后，你们就好好地过日子，好好地孝敬你们的父母，别让老人们寒心就行了，拉扯你们不容易啊。

老支书最后一个离开姜家。天色渐渐暗了下来，这个喧闹了一天的村庄，像个疲惫不堪的汉子一样，迎来一个静寂的夜晚。

秀枝和万成的婚房就在姜家院子的西屋，这在农村来说是有讲究的，俗话说：东大西小，小辈儿的结婚成家只能住在靠西侧的房间，房子不是很新，但是经过精心的粉刷和装饰，已经焕然一新，门窗重新油漆，地面铺上了崭新的瓷砖，炕上铺着粉红色的地板革，新做的大衣柜上镶了两面镜子，乳白色的梳妆台上摆满了各式各样的化妆品，新婚的被褥规规矩矩地叠成方形，静静地躺在炕里的一角，似乎在恭候着一对新人。

鲜亮的家饰，柔和的灯光，一切都显得那么温馨与美满。

秀枝和万成手挽着手，肩靠着肩，依偎在橘红色的灯光下，彼此没有话语，似乎都在默默地享受着姗姗来迟的幸福时刻。

对于他们来说，这个时刻已经整整期盼了五年！五年的时间里，秀枝和万成经历了多少辛酸与坎坷，只有他们自己知道，但是每一次，他们都紧紧地靠着对方的肩膀，互相鼓励着，互相支撑着，咬着牙含着泪，一步一步艰难地走了过来，如今这一切都已经成为过去，生活的希望正在向他们热情地招手，他们的内心可说是百感交集。

今天的秀枝打扮得光艳无比，粉红色的缎面夹袄把那张娇嫩的脸映得红红的，脚上穿的鞋是妈妈用红色大绒一针一线亲手缝制的，脖子上系着的柔软的杏黄色丝巾，那是她的高中同学特意从上海寄过来的。新娘的发型是隔壁的水姑娘给设计的，打开了那两条编了多少年的乌黑的辫子，做成蓬松而披散的发式，且于后肩将发梢拢系一起，极为端庄优雅，彰显出知识女性文静柔美的内涵。

秀枝的眼睛里似乎挂着一层薄薄的水雾，湿漉漉的雾气从眼底缓缓地溢出，悄悄地爬过睫毛，凝聚成闪着亮光的水滴，顺着秀枝清秀的鼻翼滴落万成的指间，又滑落到秀枝的掌心，万成的心不停地颤抖，从胸腔的深处急剧地升腾出一阵阵滚烫的感觉。

秀枝的眼泪不住地滚落下来，她一下子抱住万成，不由得抽泣起来，这哭声好像是压抑了很久的那种，听起来让人揪心，万成赶紧用手帕给秀枝擦去眼泪，紧紧地搂住秀枝因为恸哭而瑟缩抖动的双肩，轻轻地把自己的下颌贴在秀枝的脸颊上，嘴里还嘟囔着什么，好像是在哄孩子一样，心里却有一股隐隐的疼痛。

此时的秀枝，内心还有很多更为复杂的东西。这么多年来，她回绝了几十次提亲的请求，毅然坚守着这份初衷，不就是盼着今天嘛！她的心里总有这样一个信念：不管人生路上有多少坎坷，都要坚持到底！不管寂寞的时候，还是痛苦的时候，她的心里总是装着万成，为了这份感情，甚至可以不顾一切。

秀枝停止了哭泣，把脸埋在万成的怀里，半睡半醒之间，好像是做了一个梦，梦见自己和万成手拉着手，奔跑在浪花跳动的松江边，奔跑在一望无际的原野上，万成托起自己飘荡着的彩裙，双双飞升起来，飞到了彩云之上，蓝天之下，脚下的松江流淌在绿色的草地里，弯曲成无数个美丽的花环，连片的榆树林汇成波涛起伏的林海……

此时，一块硕大无比的云朵迎面飘来，两个人奔跑着试图抓住云彩，可是，跑得汗流浃背，累得气喘吁吁，还是没有抓住，就在这时，只听远方的天边响起一声惊雷……

秀枝从梦中惊醒，感觉通身冷汗，她的双手紧紧抓住万成的双肩，惊魂未定地看着万成的眼睛，万成搂住秀枝的肩膀说：别怕，是外面的孩子们放的鞭炮。秀枝睁大了眼睛：万成，我刚才做梦了？这个梦好长，真的好长啊！我梦见咱们在一起……

万成的心里更是翻江倒海，他紧紧地抱着秀枝，凝望着秀枝那双美丽深情的眼睛，想起这多年来，这么出色的一位姑娘，竟能这样深爱着自己，而且从来没有动摇过，犹豫过，自己不过是一个普通的男人，想到这些，万成把头低下，在秀枝的额头上深情地吻了一下。

万成的手放在秀枝温热的肩上，柔柔地抚摸着，轻轻地体味着，秀枝的长发乌黑柔韧，从肩头滑落到万成的手臂上，她的体温透过万成的手指慢慢弥散，淡淡的体香让万成第一次感受到女性的魅力，顿生一种迷醉的感觉……

万成从未有过这样的感觉，他的体内似乎涌动着一种超乎寻常的能量，在身体的各个部位奔腾着凝聚着，就像大海中澎湃的波涛，激起万重浪，涌起千堆雪……

忽然，他又感觉自己像个迷路人一样，苦苦寻觅着想要去的路径，却又找不到该去的方向，迷乱中一脚踏空，整个身子向万丈深渊坠去，接着又被高高地弹起，他紧紧地抓住崖壁间斜出的树枝，死死地抱住，怎么都不肯松手……

忽然，手中的树枝幻化成秀枝的模样，这个时候的万成，似乎有些清醒了，他用尽全身的力气，紧紧地抱住了秀枝的双肩，就像抱住了那棵生命树一样，眼睛盯着秀枝的额头，懵懂着不知所措，好像是绝望中等待着秀枝的拯救……

秀枝仰起头，把脸贴在万成的下颏上，静静地一动不动，好像整个世界都停止了呼吸，然而她的思绪却像脱缰的野马满世界地奔跑着，她的胸腔里激荡着从未有过的感觉，朦胧中，像是触摸到一片柔软的沙地。

秀枝猛然惊醒，睁大了眼睛，她看到万成的双手紧紧地搂着自己的腰身，强壮的身躯像座山一样压了下来，她清醒地知道，期盼了多少年的那个时刻来到了！此刻，秀枝已然无法自持，任凭澎湃的激情汹涌着决堤而出！

……

第 三 章

　　终于安静下来！谁也不知道这个过程到底有多长时间，一对年轻的男女，在半醉半醒、半痴半迷的状态下，从里到外经历了一场刻骨铭心的洗礼，一场生命与情感的跨越，婚后的生活就这样开始了。回想起来，那是一种无法形容的感受！

　　冬日的阳光显得有些冷峻，却也异常明亮。秀枝和万成从迷醉的状态中渐渐清醒过来，周遭的一切又有了新的感觉，似乎从蓝色的天空里飘然落下，回到浪花跳动的松江边，回到长满丁香的院子里，回到经历了四十多年风风雨雨的老宅。

　　回到现实中的感觉，最最真切的就是从没有过的疲惫，两个人重重地摔到土炕上，浑身的筋骨就像摔散了架子，再也没有力气支撑起来，秀枝依偎着万成，沉沉地睡去了，甚至连梦境都被疲惫的身体压住，一睡就是十几个小时。

　　还不到五点，李悦双就躺不住了，她跟秀枝的爸爸说：你躺着啊，我去那院儿看看，这心里总是惦记着。她来到姜家的东屋，亲家老两口也刚刚起来，慢悠悠地收拾着有些凌乱的屋子，见李悦双进了屋子，赶紧招呼坐下，亲家几个自然就聊了起来，表面上聊这聊那，可这心思根本就没在这儿，包括姜家老两口，都不时地瞟着窗子外面。

李悦双的心思很仔细，她在想着秀枝，是不是睡得很晚，是不是感觉很累，是不是不好意思，是不是不懂规矩等。可是想着想着，李悦双又在潜意识里悄悄地否定了自己的想法，觉得自己是不是有些无聊，孩子大了，不用操心了，她自己宽慰着自己。

可是，又忽地一下转了过来，她非常了解自己的女儿，秀枝从小到大就是个懂事的孩子，凡事都没有让父母操心的，可那毕竟是在父母的呵护之下，现在不一样了：怎么说也身为人妇，做了婆家的新媳妇，冷不丁到了新家，一切都和过去告别，环境是新的，这人也是新的，说话办事都得注意礼节和程式。

想起这些的时候，李悦双的心里便升起一丝惆怅。她不自觉地抬眼看看窗外，除了那几棵丁香在寒风里摇曳，连个人影儿都没有，刚来的时候只是惦记，现在却有些焦急，甚至有些担心。可是不管怎么担心，也不好去叫醒他们，她心疼自己的女儿，当然也心疼自己的女婿，两个孩子苦苦地熬了这么多年，如今修成正果，不忍心啊！

姜守业坐在靠门边的椅子上，守着个烟笸箩，一棵接一棵地抽着旱烟，好像这个世界上发生的一切都与他没有关系，其实不然，老实人有老实人的想法，除了高兴之外，他想起这些年，两个年轻人那么执着，那么辛苦，心里就会涌出一阵阵的酸楚。可他把这些东西埋在心里，不想说出来。

好像是看出李悦双的焦急，姜守业的老伴儿从嗓子眼儿挤出一句话：亲家母啊，就让他们睡吧。随后低下头来，竟然老泪纵横，姜守业有些心疼，便嗔怪道：你怎么像个孩子似的，多高兴的事儿啊，是不是把你美的，你就等着抱孙子吧！老伴儿擦擦眼泪，连忙说：亲家母啊，你可别笑话我啊！我是真的老了。

太阳已经升到一竿子高的时候，秀枝和万成才从炕上爬起来，万成洗了一把脸，就拿起扫帚来到院子里，把昨天散落在院子里的鞭炮碎屑扫成一小堆一小堆，万成扫得很慢，小心翼翼的样子，似乎在享受着这个过程。

　　秀枝打来清水，对着镜子梳理头发，就在这时，秀枝从镜子里面看见来了一群人，有说有笑地涌进院子，那喜庆劲儿不亚于昨天，秀枝还没有弄明白怎么回事，就见这些婆娘进了新房，秀枝赶紧放下手里的东西，招呼这些不速之客。

　　这时秀枝才认出这些人，原来都是亲戚和屯邻，什么李婶娘，什么张姑母，什么孙姨妈，还有刘老太，段舅妈等，全是和姜家有瓜葛或者没瓜葛的主儿。秀枝一看全是长辈，哪敢怠慢，赶紧招呼着坐下，张罗着给这些人敬烟倒水。

　　这些女人特别热心，好多都是屯不错儿，只要谁家有个事儿，特别是这类事儿，都会争着抢着往上冲，不仅是图个热闹，混个人气儿，也为将来自己家有事儿打个基础。

　　十多个女人，争着挤进了屋子，也不坐下，也不喝水，二话没说，只是客气地朝着秀枝笑了笑，便开始忙活，有的帮着收拾被褥，有的帮着新娘梳洗，有的叽叽喳喳地说笑，不一会儿，就像接到什么指令似的，呼地一下跑了出去，一个人影儿都没了。

　　看着这些人走了，万成才从外面进来，他洗了一把手，过来问秀枝：昨晚睡得怎么样？累不累啊？秀枝的脸唰地一下就红了，转过脸去：去你的，睡得怎么样，你还不知道啊？瞧你这个折腾，还问我累不累呢。

　　万成看着秀枝的脸，红得像个霜染的苹果，一下子把秀枝揽在怀里，两张炙热的嘴唇绞在一起。万成贴着秀枝的耳朵说道：老婆，都是我不好，打扰你睡觉了。秀枝推开万成：别没正事儿了，快去看看那些婶子们吧。

　　万成正要转身出去，本家的二婶婆走了进来，秀枝早就听说，这个婶婆是姜姓家族中很有位置的女人，在很多事情上说话是有分量的，秀枝见是婶婆进来，赶紧招呼说：婶子，快坐吧，我给您倒水去。

　　这位婶婆的表情十分严肃，立刻摆摆手说道：别忙了，秀枝，我和万成说几句话。转过头来对万成说：万成，你出来一下。那语气很轻，却很坚定，不容置疑，语气中透着凝重的气息，万成心中纳闷，秀枝心头一沉，他们几乎同时在想：这是怎么了？

想是想，这也只能是猜测，还得出去啊，万成看了一眼秀枝，几乎在同时，秀枝也看了万成一眼，万成跟着二婶婆出去了，只见二婶婆伏在万成的耳边嘀咕了几句话，转身就走了，秀枝正在疑惑的时候，万成慢腾腾地走回屋子。

顿时，秀枝发现万成的脸色有些不对，本来想问问万成，究竟是怎么回事，可又一想，二婶婆和万成单独说话，想必不宜让自己知道，况且如果需要自己知道的话，万成自然就会告诉自己，所以也就没有问个究竟，来到嘴边儿的话又咽了回去。

这一天，忙忙碌碌，再没有显出什么异样，只是万成的情绪似乎有些低落，不过万成也没有明显地表现出来，仍旧配合着秀枝，收拾着屋里屋外。

吃过晚饭，婶子们又陆陆续续地遛到婆婆的东屋来，虽然还是有说有笑，不过神情却有些不自然，明显地看得出来，似乎有意回避着什么。秀枝是女人啊，对于这些女人之间的事儿，应该说特别敏感，她很快就察觉到事情的严重性，不过怎么想也想不出个头绪来。

在婆婆的屋里，秀枝又见到那个二婶婆，秀枝打过招呼，那位婶婆也是勉强应付，似笑非笑的表情好像僵在了那张灰黄的脸上，深浅不一的皱纹里堆积着难以言喻的隐秘，这种极其肤浅的伪装，看上去让人很不舒服。秀枝应付几句，就去忙活外面的活计。

婆婆把万成叫到仓房的墙角，悄悄地说：儿子啊，怎么回事啊？人家都说你媳妇不是黄花闺女啊，我怎么不相信啊，这秀枝怎么能这么不守妇道啊，现在这孩子啊，可真是看不出来，你瞧着多稳当个人儿啊，怎么能……哎呀！真是看不透啊。

半晌，万成跟母亲说道：妈，别听那些人瞎说，秀枝不是那种人，我了解她，再说，不见红也不一定不是处女，就算不是处女又能怎么样，也不一定就是跟了别人，我喜欢她，我更相信她，我们之间的事儿，你们就不要操心了。

万成的母亲顿时急了：你这是什么话啊？那还了得吗？咱们花钱娶的是黄花大闺女啊，那没过门儿就给你戴了绿帽子，以后的日子可怎么过啊，再说，咱们祖祖辈辈都是本分人啊，让别人怎么看咱们老姜家啊？老太太不依不饶。

万成有些不耐烦，跟母亲说：那你们说怎么办？我们恋爱五年，总算结婚成家，多不容易啊？秀枝不是乱糟糟的人，我太知道她了，这里一定是另有原因，我们的事儿，你们就不要管了，行不行啊？万成气恼地转身走回院子，径直回到西屋。

万成从外面回来，和先前比起来，他的脸上已经布满阴霾，凝重的表情背后已经泛出无法掩饰的疑惑和愠怒。秀枝的心里隐隐地生出丝丝的惶恐和不安，似乎一种不祥之兆正在悄悄地降临，不过她没有立刻表现出来，也没有去追问万成，仍旧收拾碗筷，招呼客人。

可秀枝的心里仍在纳闷儿，她的目光不时地斜看着万成，又赶忙从万成的脸上移开，她的脑海里不断地过滤着昨天和今天的每一个细节，她在努力地寻找着可能出现的问题，却怎么也没有发现，究竟是什么情况，让万成的心情变得如此糟糕。

闹闹吵吵了好一阵子，人们总算散去了。万成独自立在窗前，他的表情极其复杂，在他的脸上再也看不到此前的那种欣喜和悸动，取而代之的是那种压抑下的淡漠和冰冷，秀枝的心也随着万成情绪的变化而急剧地波动着，充满着忐忑与不安。

新婚的房间里依然是五彩缤纷，可是室内的空气却异常沉闷，万成的心里一直回想着婶子们和自己说过的话：什么黄花闺女啊？新婚之夜怎么没有见红？这就证明新娘秀枝已经不是处女！万成虽然没有相信这个说法，但他的心里也是疑虑重重。

从初中到高中，两个人几乎形影不离，自从确立恋爱关系到现在，五年多的时间里，从没离开过对方的视线，秀枝不可能也绝不会背叛自己，彼此爱得死去活来，怎么会出现这种事啊？万成怎么想都觉得不可能。

万成转过身来，定定地看着秀枝，平静地说：咱们去爸妈那看看吧，让他们也早点儿休息！秀枝听得出，万成的语气是平缓的，但是这种平缓不是发自内心的，隐约中感觉到他在极力控制情绪，就像万钧雷霆爆发前的平静一样，秀枝明显地感觉到万成的眼神中所积聚的疑惑和迷茫，她的心一下子紧缩起来。

秀枝了解自己的丈夫，她和万成相处了五年，万成的脾气和性格，秀枝了然于心，两个人也曾经闹过别扭，万成也曾经发过火，可是从来没有像现在这样，让自己无从猜测，究竟是怎么了？秀枝的脑海里谨慎地快速地思考着，然而，无论如何也没想到，灾难降临了。

第 四 章

　　和两位老人打过招呼，秀枝和万成心事重重地回到自己的新房。进了房间，小两口似乎走进了另外一个世界，说来微妙得很，刚才还是无法解脱的那种感觉，瞬间就像走进辽阔的科尔沁草原，眼前是烂漫的山花，奔腾的骏马和跳跃的江流，一切都是那么舒适、灿烂和美好。

　　万成把秀枝的双肩揽在怀里，双手环在秀枝的胸前，神情漠然地站在窗下，凝视着院子里瑟瑟发抖的丁香树，看了好一会儿，又低下头看着秀枝的脸。秀枝扬起脸，仰望着万成，悠悠地说道：万成，你是怎么了？有什么事吗？能不能和我说说？看你这样，我心里不好受！说着，成串的泪珠儿从眼角流了下来。

　　虽然还不知道发生了什么事儿，但是从刚才的状态中，秀枝已经真切地感受到事情的严重性，然而秀枝还是在心里默默地告诫自己，不论是什么问题，不论是谁的原因，都不能给她最爱最爱的男人带来伤害，要是那样，她宁可自己去承担。

　　万成没有回答，他显得非常疲惫，欲言又止，一屁股委在那张木椅上，回手打开那套笨重的组合音响，顿时屋子里的气氛变得欢快起来，万成的头靠在木椅的后背上，两只眼睛愣愣地看着天花板上的木格子，秀枝走过来，坐在万成的身边：你太累了，休息一会儿吧。

万成看着秀枝，低声说道：你也躺会儿吧。说完，万成头朝里躺在炕上，秀枝从柜子里拿出一个枕头给万成垫上，这时秀枝才看见柜子里的被褥堆在一起，她也没有多想，便一件一件地铺开叠好，之后又一件一件地放回柜子里，她突然看见裹在被子里的一块白色方布，顿觉惊异，她拿起方巾仔细打量，心想：这是哪来的？这是怎么回事？

她刚要问万成，突然想起母亲曾经说过的话：新婚之夜的被子，应该由长辈们给叠起来，这是祖上留下的规矩，可这被褥怎么乱七八糟地堆在柜子里，而且还有这块方布，这是怎么回事啊？想着想着……莫非……秀枝的心猛然一震！她似乎明白了。

她随手把褥子铺开，之后又慢慢地叠起来，她在慢慢地回想这一天之中发生的一切，好像是想起了什么，她觉得后背发凉，唰地一下就是一身冷汗，难道是这方面出了问题？几乎是在同时，秀枝的脑袋嗡地一下，脚下发软差点儿瘫倒，勉强才站稳。

秀枝艰难地回过头来，她觉得自己的脖子变得十分僵硬，好像有种无形的力量阻止她回转身来，眼神也变得锈涩，但她还是转过头来望着万成，她竟然不知道万成什么时候站在她的身后，两只眼睛呆呆地看着自己，在和万成的眼神碰撞的瞬间，秀枝的脸腾地通红。

此时，秀枝已经全然明白：这块白色的方巾，一定是新婚之夜放进来的，新婚之夜没有见红，几乎所有的人都会认定，新娘不是处女！她回想起今天早上，那帮婶子们神神秘秘的样子，还有晚上那些人喊喊喳喳的样子，全部了然。

秀枝竭力稳定自己的情绪，她想，即便是万不成相信这个说法，也要在适当的时候，跟万成有个交代，不过不是现在，因为她知道，那曾经的一切都已然成为过去，现在无论如何都已经无法挽回，她只是担心：这件事会产生什么样的后果，最重要的是给万成带来多大的伤害。

死一般的沉默和静寂，笼罩着曾经欢天喜地云雨牧情的婚房，秀枝没有说话，她已经不想说话，在这个时候说什么都没有意义，她在等待着万成那排山倒海式的质问和雷霆万钧般的斥责。秀枝明白，这个时刻是一定要来的，就像产妇分娩前那个阵痛一样，无论你怎么样都回避不了，只是时间的早晚而已。

其实秀枝的心里，不是在考虑如何躲避，而是在考虑如何让万成相信自己，她想告诉万成，自己是忠诚的，更是清白的，没有做出任何对不起他的事情，然而，她又不想把事情的真相告诉万成，不想让万成知道，这一切都是金孝明的罪过。

秀枝心里明白，如果说出事情的真相，可以给自己洗去嫌疑，可对万成来说，那将是致命的伤害；况且，万成性情耿直，脾气暴躁，说不定会做出傻事来，到那个时候，局面就无法控制了。

如果隐瞒事情的真相，或者编造一个可以接受的说法，至少可使万成免受或减少伤害，也可避免万成一气之下弄出更大的乱子来，以待适当的时机予以化解，虽然这么做有所欺瞒，可终究还是为了保护万成，这个时候也只能这么选择了。

万成的脸色由于过度涨红显得有些扭曲，面对窗子的方向跟秀枝说：秀枝，我问你，你爱我吗？这句话似乎憋了一个世纪，磕磕巴巴地挤了出来，其艰难程度，秀枝已经感觉到了。

秀枝没有说话，也没有抬头，似乎继续等待着接下来的质问，万成又接着说：你告诉我，你有没有做过对不起我的事儿？

秀枝把脸转过来，眼睛直直地盯住万成：万成，你有啥事就直接说吧，不要绕弯了。其实秀枝的心里已经很明白了，但是她还是不想直接说出来，她不想撕开这个血淋淋的真相，更是因为她不想惨烈而直接地伤害到万成，所以有意识地把话说得平和而真诚，实际上，她的内心还是期待着万成的谅解和宽恕。

这就是女人的性情，因为她们的善良，总是把一切事情想得美好，不想伤害到任何人，甚至包括她们不喜欢的人，她们总是在内心深处企求这种无端的平和与圆满，并且把自己的这种憧憬化作生命中永恒的追求。

万成猛地转过身去，深深地吸了一口气，看得出他要尽量使自己平静一些，然后几乎是从牙缝里吐出几个字：温秀枝，自己做的好事还问别人？万成涨红着脸，却压低了声调说：婶子们说你已经不是处女了！这是真的吗？你能给我一个解释不？

说完这句话，万成就像泄了气的皮球，瘫软在红格布料包裹的木椅上，此时的万成，其实已经不在意秀枝如何回答，甚至说已经不在意秀枝是不是回答，在他的心里，已经有了肯定的答案，现在问出来，只是在走程式，而不是要得到结果。

秀枝转过身来，她清楚地看到万成的脸孔在慢慢地变形，脸色也由暗红转为蜡黄，继而变得毫无血色，就像一张黄纸罩在头骨上，她突然有些心疼，这个时候的秀枝没有想到自己，或是犯了哪条，或是触了何规，而首先想到的是万成的感受。

其实，不是秀枝不在意自己的过失，也不是秀枝不忏悔自己的过去，而是这些东西和万成的感受，和万成所受到的伤害无法相提并论，几年相处的过程中，秀枝非常清楚万成在意这些，现在知道自己的女人已经不是处女，他内心的感受是可想而知的。

秀枝站在那里，就像一个犯了错的孩子，一动不动，听候万成的发落，此时的秀枝，没有恐惧，只有担心，而最让秀枝担心的，就是万成能否承受住这样的打击。秀枝稍微平静一下，语气平缓地说道：万成，她们说得不错，我确实不是处女，不过我没有对不起你，慢慢地你就会知道。

刚才的这番话，实在是秀枝的无奈之举，特别是慢慢地你就会知道这句话，秀枝有意使用了这个含混不清而寓意深远的词语，意在化解万成积聚在内心的忧愤，这是没有办法的办法，因为必须加以说明，而又不想伤害到万成。

万成似乎没有听到秀枝的话，几乎没有任何反应，脸上没有任何表情，他猛地转过身去，大步朝门口走去，随手把门砰的一声关上，桌子上的茶杯和茶盘被震得哗哗直响。

秀枝呆呆地望着万成的背影，眼泪不住地流下来，她的心里装着满满的歉疚和疼痛，她怎么也没有想到：那个败类金孝明的鲁莽，会给今天的万成留下致命的伤痛，今后的生活该如何面对啊！想到这些秀枝就觉得脑袋嗡的一下，就什么都不知道了。

秀枝醒来的时候，已经躺在乡里卫生院的病床上，爸爸妈妈，还有十几位亲友都在床边守候着，洁白的床单，洁白的墙壁，还有窗外灿烂的阳光，可是因为发生了这样的事，人们不愿意提及事情的原委，只是所有人的心里都已经布满了阴影。

秀枝直直地躺在床上，两只红肿的眼睛呆呆地望着窗外，她觉得头疼得厉害，不知是天气冷还是穿得薄，虽然房间里满是温暖的阳光，可秀枝的心里有些哆嗦，感到一股股的凉气寒彻周身，似乎有一种掉到冰窟里的感觉，她发现万成没在身边，顿时有种失落的感觉，心底涌出难言的酸楚，眼泪流了出来。

秀枝的妈妈走过来，小声地说：秀枝，你总算醒了，我们都吓坏了，万成刚走，你一直昏睡着，他在这儿守了你一个晚上。听到妈妈说万成在这守了自己一个晚上，秀枝的心里似乎透进一丝光亮，可这丝光亮瞬间就被心底泛起的内疚遮盖。

秀枝的爸爸也坐在旁边，眼睛红红的，对秀枝说：孩子啊，什么都不要想，你是我和你妈的命根子，有我们两个在，谁也别想欺负你，大不了，咱们回家，跟着爸爸妈妈过。

不知又过了多长时间，秀枝晕晕乎乎地醒来，头下的枕巾都湿透了，两眼肿得通红，李悦双心疼地握着女儿的手，又气又恨地说：秀枝啊，是谁让你这么伤心啊？是那个姜万成吗？等会儿他来，我问问他究竟是怎么回事，这刚刚过门儿，就给我姑娘气受，那可不行，今天他说不出个子午卯酉，我不会饶他。

秀枝赶紧阻止说：妈，你们不知道什么事儿，就别和我们瞎操心了，我们自己的事儿，我们自己来解决。正在说话的时候，看见万成走了进来，秀枝没有说话。

看见秀枝醒来，万成快步走到床边，抓住秀枝的手，蹲下身子跟秀枝说：你可醒了，差点儿没把我们吓死！万成的眼神里带着歉意，心疼地说：秀枝啊，都是我不好，让你生气了，快快好起来吧，咱们好回家。

秀枝的嘴角露出了微笑，她抓过万成的手，静静地看着万成，好像离开很久很久的样子，然而，在秀枝的心里，怎么也抹不掉两个月前那个噩梦般的黄昏。

第 五 章

　　初秋的松嫩平原上，到处硕果飘香，松江两岸的千顷稻田，在暖风的吹拂下涌动着金色的波浪，眼瞅着是个丰收的年景，庄户人家那个高兴劲儿就甭提了。

　　刚进八月，龙湾村的家家户户就开始做收割的准备了。姜守业和温富宽两家显得更忙，因为除了准备秋收之外，还要筹备儿女的婚事，这段时间两家老人频繁会商，合计着两个年轻人的大事，经过商量，计划在腊月间把婚事给办完。

　　早上不到七点，各家各户都在吃早饭的时候，村部的大喇叭响了起来，一遍又一遍地播送着紧急通知："各家各户请注意！十点半到村部开会，有重要事情。"大家就猜测起来，能有什么事儿啊？嗨！管他呢，一会儿到了村部，不就知道了嘛。

　　三间房的村部里坐满了男男女女，得有百十号人，老支书刘占彪盘着腿坐在柱脚旁边那把旧椅子上，手指间夹着"蛤蟆头"，一股股呛嗓子的青烟，在那棵弯弯曲曲却磨得光光亮亮的柱子旁边盘旋着，看看人都到齐了，老支书咳嗽了两声，好像是清清嗓子，放开声音说：

　　大家安静，现在开会。昨天乡里开了大会，9月15号出民工，到查不兰多水库修大堤，我们村里的任务是五百延长米，土方量大约是九千方，要求明年四月份之前完工，现在马上就要开始秋收了，所以各家各户要安排好，粮食不能丢，民工还得出，大伙回去后做好准备，凡是能离开家的青壮年劳力都要去工地。

从村部出来后，万成直接拐到秀枝的家里，把出民工的事儿和秀枝说了一遍，秀枝沉思半晌，无奈地说：还有那么多事儿没有准备呢，你这一走就得好几个月，弄不好这婚期还得推迟。

听秀枝这么说，万成可真急了，赶忙说：可不能再推迟了，再要推迟会把爸妈给急死的。说着，万成就把秀枝揽在怀里，悄悄地趴在秀枝的耳朵边上说道：秀枝，可怜可怜我吧，我也等不及了，我的大小姐！顺势在秀枝的耳朵上亲了一口。

万成出了民工，家里的事情都落在秀枝的身上，她不仅要帮着两家老人把地里的庄稼收上来，还要抽出时间收拾新房，置办家具，购买物品，忙得不亦乐乎。当妈的看着姑娘累成这样，就有些心疼了，常常唠叨着，别太累了，别把身子累出毛病来，每当母亲絮叨这些的时候，秀枝只是笑笑。

太阳悄悄地溜到了西边的山坳里，晚霞给深秋的松江畔涂上了一层金黄色，远处的山峦在朦胧的暮色里渐渐隐去，只有奔腾的江水发出沉闷的声响，汹涌着奔流而去。

秀枝吃完饭从家里出来，往万成的家里走，她要去未来的新房量出窗帘的尺寸，定做婚房的窗帘，走过村部的西大墙时，她看见金孝明——他是秀枝的老同学——从村部里走了出来。

金孝明，头脑精明，敢作敢为，虽然年纪轻轻，却受到村民的信赖，今年五月份，经过老支书的推荐，暂时代理龙湾村的村长，等待明年三月份的选举，如果一切顺利，应该在正式选举中担任村长，那将是全乡最年轻的村长。

读书的时候，孝明就很喜欢秀枝，不过那只是暗恋，只要秀枝需要帮忙，孝明从来都是热心相助，默默地呵护着秀枝，照顾着秀枝。而在秀枝的心里，孝明是一位可亲可敬的大哥哥，除此之外，没有别的想法。

不过，孝明可不是这么想的。他喜欢秀枝的温柔漂亮，特别是秀枝的善良和开朗，他觉得和秀枝在一起就有一种无穷无尽的力量，如果一天见不到秀枝，心里就空落落的，所以暗下决心：一定要娶秀枝为妻，这辈子非秀枝不娶！

秀枝看见孝明的时候，孝明也看见了秀枝，秀枝见是金孝明，便开起玩笑，随口说道：你这村长大人，都忙些什么啊？有什么吩咐就宣布吧，小民照办就是。此前，秀枝也时常和孝明开几句玩笑，因为心里没有更复杂的东西。

孝明见到秀枝，本来有好多话要说，可还没等开口，秀枝的一番调侃，就把他事先想好的那些话弄得乱七八糟，好一会儿，孝明才回过神儿来，跟秀枝说：秀枝，我想和你说几句话！

秀枝满不在乎地说道：有什么事儿就说呗，怎么还不好意思啊，吞吞吐吐的干吗，可别说你爱上我了，高攀不起你这个大村长，听明白，我要结婚了！秀枝故意把"结婚"两个字说得重重的。

前几天，孝明就听到了关于秀枝和万成准备结婚的消息，可他不愿意相信，一厢情愿地认为只是传言而已，他觉得自己苦苦追求秀枝，秀枝对自己也不错，怎么就要和别人结婚了？他哪里知道，秀枝和万成已经偷偷地恋爱了五年。

刚才见到秀枝的那一刻，本来是想证实一下这些传言的真实性，可没想到，还没等孝明说话，秀枝已经一语道破，明明白白地告诉孝明：自己要结婚了！

听了秀枝的话，孝明反倒平静了，他已经不再像刚才那么慌乱了，就像不知如何打开一个罐子的时候，恰好有人一下子把罐子给打开了一样，他觉得既然人家秀枝说得那么轻松，自己再这么撑着，也没有什么意思了，索性鼓足了勇气，对秀枝说：

温秀枝，我一直都喜欢你，在我心里，没有人能和你比，我已经下定决心，这辈子非你不娶，可我想知道，你有没有爱过我？你究竟想没想过和我结婚？

　　秀枝做梦也没有想到，这个平日里的大哥哥，怎么会提出这个问题，并且问得这么直接，她虽然有些思想准备，可怎么也没想到，他会这么单刀直入，秀枝愣了一下，连忙做个鬼脸儿说：我的大哥哥，你是不是搞错了。说完，秀枝竟笑了起来。

　　孝明愣在那里，有些不知所措，秀枝笑够了，又接着说：大哥哥，我可不能给你做媳妇，我可是一直把你当成亲哥哥，你可不能想别的啊！金孝明就像刻板的雕塑一样，呆呆地站在那里。

　　孝明喜欢秀枝，已经到了无以复加的程度，他甚至在心里勾画出一幅幅蓝图：和秀枝结婚，生儿育女，真心相爱，白头偕老……可是刚才秀枝的一番话，却把孝明的梦想打得粉碎。

　　直到现在，他才如梦方醒，他想起几年前就听说过秀枝和万成定了亲，原来不以为然，其实这是真事儿，可自己一直蒙在鼓里，原来都是一厢情愿。孝明突然觉得自己很傻，傻得彻底。

　　秀枝从孝明那双迷茫而惶惑的眼神里看得出，他还没有从自己编织的梦幻中走出来，便压低声音却加重了语气：金孝明，金大哥，你真不知道吗？我早就有对象了，我们已经相爱五年了，我要和姜万成结婚了！

　　孝明这才回过神儿来，连忙说：我不相信，我不相信这是真的！我爱你，你是知道的，你不会不爱我的，你怎么会不爱我？你怎么会爱别人？我不相信！孝明几乎是歇斯底里。

　　秀枝仍很从容，郑重地说道：孝明哥，我知道你喜欢我，可那不是爱情啊！我心里真正喜欢的是姜万成，我们已经恋爱很久了，我爱他，他也爱我，我们已经约好：这辈子就在一起了！至于你，永远都是我的好哥哥，我永远都是你的好妹妹。

　　孝明的眼睛直直地望着天空，就像一头发疯的雄狮，绝望地吼道：你记住，温秀枝，我这辈子非你不娶，我爱你，我要得到你，否则，我就不是个男人！说完，头也不回地走了。

　　谁也想不到，也许就是这次偶遇，给秀枝未来的生活埋下一颗炸弹！

第 六 章

深秋的龙湾，到处是一派丰收的景象，各家各户承包地里的庄稼已经收割完毕，晒在房前屋后的空地上或者专门辟出的场院里，房前屋后的瓜菜也已经歇架，只有那些圆圆的倭瓜和长长的丝瓜，还挂在粗壮的瓜蔓上，丁香和海棠的叶子，已经变成了紫红色，随着秋风四处飘零。

这段时间，秀枝在紧张地筹备婚事的同时，也在筹备村里的文化夜校，新租的校舍里维修门窗和置办桌椅的事儿，本来应该是男人们的活计，可又有什么办法啊，村里的男劳力差不多都在查不兰多水库的工地上，家里只剩些老少妇儿，上面要求年末之前要把准备工作做好，过了春节就开学。

秀枝听说金孝明刚从工地上回来，便赶紧找他汇报。孝明更是忙得不可开交，这次从工地上回来，是按照老支书的指示，回村安排民工的越冬蔬菜，按照上面的要求，这次施工可能要持续到腊月，所以两百多人的后勤供应就是个大问题，孝明安排好这些以后，还要迅速返回工地。

自从那次和秀枝遇见以后，孝明这心里始终不是个滋味儿。他怎么也想不明白，凭自身的条件，一米七八的身高，方方正正的脸型，自己的学识、交际、表达都不在姜万成之下，能力不差，路子不窄，朋友不少，特别是乡里和县里的朋友，那是谁也比不了的，可温秀枝偏偏忽略了自己，而选择了姜万成。

然而，事实却告诉金孝明，温秀枝即将成为姜万成的妻子，这让他感觉受了挫折，回想起这些年对秀枝的暗恋，心里越发不是滋味。我金孝明怎么就不如姜万成呢？温秀枝怎么就不喜欢自己呢？我金孝明有什么地方不好吗？一连串的问号不时地在脑子里飞舞着、旋转着、跳动着，过去的那些场景就像幻灯片一样，一张接一张地闪现，这让他很难受，甚至很痛苦。

其实，秀枝的心里也不是没有金孝明，应该说万成和孝明各有所长，两个各有特点的男生，都曾令秀枝怦然心动，不过随着时间的推移，他们两人在秀枝心中的分量却悄悄地发生了变化。孝明在人前背后展示出庄户人家少有的机智与活络，却少了秀枝十分看重的沉稳与厚重，特别是他总过高地估计自己，有些自以为是，而在这一点上万成恰恰具有优势，这种悄然的变化，金孝明却全然不知。

更为可怕的是，秀枝选择了姜万成，在金孝明看来，有些不可思议，你温秀枝凭什么爱上他姜万成？而凭什么没有爱上我金孝明？这个大大的问号，就像一个硕大无比的怪圈，把金孝明牢牢地圈在里面，无论如何都无法挣脱出来，甚至把他幼稚的想法引入极端：不管用什么办法，都要得到温秀枝，甚至孤注一掷。

对于孝明的这些想法，秀枝却全然不知，她在村部找到了金孝明，开门见山地说：大村长，夜校的事什么时候研究啊？昨天乡里又来电话了，让咱们村拿出个计划，二月份开班，这是雷打不动的目标。如果不能按时开班，就请村长去乡里说清楚。

孝明给秀枝倒了一杯水，自己也倒了一杯，随后坐在秀枝的对面，他低下头，好像在想着什么，跟秀枝说：夜校的事儿，老支书我们商量过，由你全权操办，费用和人工村里出，需要怎么办就怎么办，你就多费心吧，明天我就得返回工地。

秀枝听孝明这么说，觉得也只能这样，便站起身说：那好吧，明天就找几个人，先维修桌椅，再收拾门窗，有五六天就差不多，之后就联系教材什么的，你们都在工地上，就不让你们操心了，有事再跟你们请示。说完，就要往出走。

孝明坐着没动，他叫住秀枝：秀枝，我就是想不明白，我金孝明哪点不如姜万成，你怎么就单单看上他呢？原来金孝明的心思根本就没在夜校的问题上，他在想着自己和秀枝的事儿。

秀枝一听这话，禁不住笑了起来，她没有在意金孝明的这个说法，而是觉得这样的问题过于幼稚，甚至以为金孝明在和她开玩笑，所以半是认真半是玩笑地说：原来你是问这个啊，我不是没有看上你，我是觉得咱们之间做兄妹更合适。

孝明没有说话，秀枝的表情严肃起来，自言自语地说：婚姻这种事儿，说来也不复杂，过去叫缘分，现在叫感觉。其实我觉得吧，就是内心的一种取向，在这里只有取舍，无所谓对错，至于你，做我哥哥更合适，这么多年来我就一直把你当成亲哥哥。

对于秀枝的说法，孝明根本听不进去，自以为是的性情让他很难接受这个事实，他在内心里总是把自己和万成做对比，而且总是感觉自己要比万成好得多，所以他执意追问秀枝：那你说姜万成究竟好在哪里啊？我金孝明又是哪里不如他啊？

这句话又把秀枝给说笑了，秀枝抬起头看了看孝明，觉得眼前的这个老同学似乎很陌生，这些话怎么会出自他的嘴里？秀枝不愿意相信，自己一直敬重的老同学，怎么一下子变得这么庸俗。

秀枝没有说话，她觉得无话可说。秀枝和孝明眼神相对的瞬间，突然发现他的眼里流泻出猥琐鄙夷的神情，秀枝的心里好像塞进了一团乱糟糟的东西，堵塞了她的胸腔和肺腑，让她无法喘息，甚至有种作呕的感觉。

稍顿，秀枝说道：老同学，以后就不要再说谁好谁不好的，这不是能对比的问题，也无法对比，在我的心里，你们都是我喜欢的人，但就结婚而言，我必须选择万成，我觉得他更适合做我的丈夫，而你更适合做我的哥哥。秀枝的语气非常坚定。

不过，秀枝不想在这些问题上伤害到金孝明，毕竟有那么多美好的过往，所以她在努力地让孝明接受自己的想法，同时也能理解自己的选择，然而孝明的想法没有任何改变，他的自负和固执，让他的内心充满焦灼，甚至恼怒，听完秀枝的话，更有种空落落的失望的感觉。

话已经说到这个程度，孝明开始怀疑自己的举动，他甚至觉得今天不该和秀枝提起这些，他本来是想从秀枝的回答中得到内心的满足，更准确地说是想得到某种认可，以此来印证自己的强大，没想到结果相反，倒觉得受到羞辱，反而使自己变得自卑。

孝明被一种难以名状的感觉包围着，这种感觉的根源在于对秀枝内心的不了解，所以对秀枝选择的不理解，孝明喜欢秀枝，可他并不懂得秀枝的真实想法，所以孝明看着眼前的秀枝，也觉得很陌生，甚至觉得这还是原来的那个秀枝吗？

孝明无法说服自己，各种偏激的想法汇聚成莫名的愠怒，甚至这种怒气中夹着理直气壮的味道，这种执拗而荒唐的情绪硬生生地从心底滋生并且弥漫开来，顿时让他失去了原本虚弱的根基，似乎天在摇晃地在旋转，所有的自信荡然无存，再也无法把持自己，他的额头青筋暴起，大口大口地喘着粗气。

顿时，秀枝感觉到屋子里的空气紧张起来，她觉得自己的脸在发烧，也看到孝明的脸在扭曲，一种不屑的表情在孝明的脸上惨然滑过，虽然只是淡淡一抹，却被秀枝察觉到了，她感到某种不祥的预兆：村长哥哥，我走了！说完，秀枝就往外走。

就在这时，好像从遥远的天边传来闷雷似的炸响：不要走！秀枝的心猛地一紧，马上意识到即将发生的事，她扭过头盯住孝明：还有什么事儿吗？金孝明怒视着秀枝，眼底放射出寒冷的光，这种光闪烁游移，难以捉摸，透出一股煞气。秀枝明显地感觉到这种变化，她三步并作两步向门口走去。

为时已晚，金孝明一步窜过来，一把抓住秀枝的肩膀，随手就把秀枝死死地扣在怀里，几乎是夹着秀枝进了里屋，然后把门带上，嘴里嘟哝着：我对你那么好，你怎么就不爱我，你怎么会爱那个傻小子？我要得到你，我不能输给他……

金孝明像条饿虎一样把秀枝推到里屋的半截炕上，从墙角搜下一条棉被，随手撕开秀枝的外衣，解开秀枝的腰带，秀枝拼命地挣扎，手刨脚蹬，撕咬怒骂：你这个王八蛋，你真不是人，你是条疯狗，你放开我，你放开我！

此时的孝明已经昏了头，他已经不顾一切了，他的脑子里只有一个想法：我不能输给姜万成，我要占有温秀枝，我要得到这个我爱着的女人。在他的眼里，女人就像一个物件，只要占有了，就是成功了，就是男人了！

孝明发疯似的压在秀枝的身上，他瞪着一双血红色的眼睛，就像要把秀枝一口一口吃掉一样。他把秀枝的内衣撕得稀烂，把秀枝的头发使劲儿揉散，在秀枝的嘴唇上、脖子上、乳房上疯狂地撕咬，留下一道又一道令人战栗的血印……

秀枝已经毫无反抗能力，就像一具僵尸，躺在那里一动不动，脸上全是泪水，那头乌黑柔软的秀发已经被泪水浸透，一缕一缕地贴在细嫩的脸上和脖子上，只是那双美丽的眼睛里喷射出逼人的寒光，恨不能杀掉这个无耻的败类……

孝明的脑子里一片空白，一种动物的欲望在拼命地滋长着，膨胀着，他像一头猛兽一样，在秀枝的身上疯狂肆虐，狂暴野蛮的冲击带给秀枝撕裂般的疼痛，几乎令她昏死过去……

不知过了多长时间，孝明像头被猎枪命中的狗熊瘫倒在土炕上，他喘着粗气，咬着牙关，胜利和荣耀的感觉占据全部身心。

秀枝蓬散着头发，两条乌黑的辫子已经乱得不成样子，泪水顺着两颊成串地流下来，她紧咬着的嘴唇里，颤抖着蹦出几个字：金孝明，我看错你了，你是个伪君子，简直禽兽不如！

深秋的风从窗子和门缝吹进来，裹着冷飕飕的气息，把秀枝没有遮盖的上身吹得冰凉，秀枝呆滞的目光从墙角处收了回来，木然地扯过了衣服，用手理了理自己的头发，回头看见金孝明直挺挺地跪在地上。

孝明哭丧着脸对秀枝说：你怎么恨我都行，你就是杀了我，我都不眨眼睛，我已经想好了，这辈子就这样了，什么都无所谓了，什么都不要了，我金孝明无德无能，没能让你温秀枝看上眼，我还自以为是，我要给自己留个印记，让你从此记住我！

秀枝悲愤交加，哪里还能听他说些什么，孝明走进厨房，只听咔嚓一声，好像是刀砍东西的声音，随后金孝明满身是血，从后面的厨房走了出来，左手除拇指外，四根手指齐刷刷断去，秀枝随口骂道：你这个混蛋，你要干什么啊！

金孝明对秀枝说：是我对不起你，我永远是你的罪人，但是我敢作敢当，我现在就去自首，只要能从监狱里出来，我还是你的好哥哥。说着扑通跪下，连磕了三个响头，转身往外走去。

看着眼前这个恶魔，秀枝心如刀割，她恨不得一刀刀把他剁成肉酱，以解心头之恨，然而他刚才的举动又让她万箭穿心，她突然间跳起来，发疯似的冲向金孝明，啪啪！随手就是两个嘴巴，恨恨地说：就你这个熊样儿，还有什么逞强的？你进监狱就像扔了一堆臭狗屎，可你妈妈怎么办？你叫她怎么活啊？

金孝明呆呆地站在那里，见秀枝已经走出房门，他张开大口嗷的一声，这声音好像是从地层深处传来的，呜咽沉闷，震耳欲聋，秀枝猛地回头，只见孝明的头撞在门旁的水泥方柱上，满脸是血，仰面倒在地上。

第 七 章

腊月二十八的早上，天特别的阴冷，刺骨的西北风使劲儿地吼着，东边刚刚放亮，万成就爬起来了，他和秀枝说了句：我出去走走，你躺着吧！秀枝看见万成的脸色不好，便说道：你多穿点儿衣服，外面很冷，别冻感冒。

秀枝做好了早饭，左等右等，还是没见万成回来，好几次走出院子左看右看，还是没有看见万成的身影，时钟已经指向九点，秀枝有些着急，她以为万成去了老支书家，就到老支书家去看，老支书说万成没有来过，她又去了自己娘家，也说万成没有来过。

秀枝感觉情况不对，赶紧返回老支书家，跟他说明原委，老支书听后，意识到可能有些异常，安慰秀枝说：不要着急，我来想办法。随后找来两个小伙子，吩咐道：马上出去找万成，村前村后，西头东头，仔细找，记住不要向外声张，有情况直接向我报告。

这时秀枝的母亲也来到老支书家，老支书和秀枝母女俩说：咱们都出去找，你们娘儿俩奔东边的老窝棚一带，我去西边的老道湾一带，我分析，万成不大可能在屯子里，极有可能去了野外，不过不要急，不会有什么问题的。老支书的话是这么说，可是这心里也没底儿，他感觉到可能要出事。

老支书穿上棉大衣，急匆匆地走出家门，顶着刺骨的西北风向屯子的西头走去。他的心里十分焦急，而脑子里却在思考着万成家里的事儿，结婚以来村子里的风言风语，可能是承受不了这种压力而离家出走。可他怎么也没想到，实际情况要比他的想象严重得多。

走到村口磨坊的时候，他突然间打了一个激灵，无意识地停下脚步，转身拐向老磨坊。然而，老支书的心里却在默默地祈祷，万成是不会来这里的，他怎么会来这里哪，他为什么要来这里啊？

说起来，这座老磨坊还有些来历。据老辈们讲，它已经有两百多年的历史，当时清朝的一个外戚，因为犯了国法，被发配到宁城，后来流落到这里，感觉龙湾这个地方山清水秀，民风淳朴，就在这里定居下来，看到乡亲们捣米捣面很是辛苦，便出资四十两银子，从五百里外的天岗山买来石碾和石磨，盖起了这座磨坊。

两间破旧的土坯房，因为多年闲置，而且年久失修，眼瞅着就要倒塌。白天的时候，老人孩子常在老磨坊的屋前屋后待着，可是晚上几乎很少有人来，传说早些年，有好几个妇女吊死在磨坊的横梁上，这里便有了些冤死的气息，甚至有人说，过年过节或者夜半更深的时候，听到过磨坊里传出女人的哭声。

老支书走近木门，破旧的木门虚掩着，他随手拉开，门梁上面的灰土落在脸上和衣服上，他刚把头探进去，便见惊人一幕：房子中间的木梁上，直挺挺地吊着一个人，无须猜测，必是万成。顿时，老支书后背冰凉，脑袋嗡的一下，完了，出大事啦！

他一脚迈了进去，一个跨步冲到磨盘旁边，登上磨盘，顺势就把万成的身子揽过来，感觉到万成的身体还有温度，便使出全身力气把套在万成脖子上的围巾解了下来，之后轻轻地把万成平放在磨盘上，老支书用大拇指狠狠地掐了几下救命穴位，猛按胸部，嘴对嘴呼吸，忙活了七八分钟，万成哼了一声。老支书一屁股坐在冰冷的磨盘上，浑身都湿透了。

万成醒来的第一句话是：老支书，你为什么要救我啊？我真不想活了，我觉得我的人生太失败啦。

老支书肺都气炸了，他抡起胳膊，"啪啪"两个耳光，狠狠地打在万成的脸上，怒骂道：你还有脸说这些，你还是个男人吗？多大的事儿啊？你爹妈把你生出来，养了你这么大，那他妈容易吗？遇到点事儿就放熊，你还是个男人吗？万成眼睛闭着，一动不动，就像一具僵尸。

老支书用袖筒擦了擦脸上的汗，又坐在了磨盘上，语气有些平和，缓缓地说道：天塌下来得撑着，地陷下去得站着，不能做孬种，别人愿意说什么，就让他们去说，听那些乱糟糟的有什么用，你这是什么？你这就是孬种，你这就是自私，你走了，你爹娘怎么办？你老婆怎么办？你这是没心没肺啊，太让我失望了！

老支书的这顿训斥，那是句句在理啊！万成默不作声，他挣扎着从磨盘上坐了起来，低着头说：老支书，我对不起你，我让你失望了。老支书拍拍万成的肩膀，心疼地说：什么也不要说了，咱俩马上走，秀枝他们都急坏了。告诉你，姜万成，出了这个磨坊，就等于什么事儿也没有发生，你就说你去老道湾转了一圈儿，懂吗？万成感激地点点头。

腊月就要结束了，村子里的年味儿也越来越浓，各家各户都开始忙着过年的事儿，宰年猪，淘黄米，蒸年糕，贴对联，家家户户都在忙活着，特别是孩子们，裁新衣，做新鞋，买鞭炮，扎灯笼，去县城送粮的大车小辆，每次回来都得给各家各户捎点儿糖果和冻秋梨，可新婚的万成和秀枝的家里，却显得有些冷清。

本来就言语不多的万成，就像秋天里霜打的茄子，整天蔫头耷脑的，白天就知道干活，干完活计转身回家，和谁也不想说话，好像这个世界除了他自己就没有别人，回到家里也是无精打采、疲惫不堪的样子，进了屋把衣服一脱，一头倒在炕上或是委在沙发上，随手翻看那几本快要零碎的旧杂志。

万成出去干活的时候，秀枝自己闷在家里，她把屋子简单地收拾一下，也随手拿起一本杂志倒在沙发上，没看几行就放下了，心里就像长了草一样，总有一种难言的惶恐和焦躁，特别是那天早上，万成去西河湾的事儿，秀枝的心里总觉得不对劲儿，可是又不能再去追问，她知道万成心里的烦恼。

这段时间，秀枝眼睛一闭，脑子里全是那个场面，万成那时而忧愤时而伤感的表情，不停地闪现在脑海里，有时觉得万成站在自己面前，像是责问，又像是诉说，眼神里饱含着切肤之痛；有时梦里惊醒，却什么也没有，只听到门前江水流动的声响。

其实，秀枝的内心是坦荡的。她没想把这件事永远地隐瞒下去，她想找个合适的机会，再把这个事儿和万成说个明白，想来会得到万成的谅解。秀枝这么想也不是没有道理，形影不离将近五年的时间，彼此应该说是知面也知心，没有什么需要隐瞒和遮掩的地方，秀枝是什么人，他姜万成应该是最清楚的。

有时秀枝也宽慰自己，这么多年来，自己把全部的真诚都奉献给自己最爱的人，没有对不起万成，即便是将来知道了这件事，也应该清楚那不是自己品行不端，招蜂引蝶，而是被人强暴，照理说应该得到万成的理解，不应该把罪责归到自己的头上。

然而，事情的发展往往就和人们的期盼有偏差。

自从新婚那一幕之后，万成的心情始终没有晴朗过，所以秀枝也始终没有机会和万成解释，并且这么长时间里，秀枝明显地感觉到，万成非常在意这个事情，各种各样的流言蜚语，把耳朵都灌满了，他的脾气变得极其暴躁，小两口的沟通越来越困难。

冬天的太阳老早就落下去了，橙黄色的晚霞给雪地里的龙湾罩上一层薄薄的金色，冰封的江面静静地躺在灰茫茫的暮色里，只有那条蠕动的江流闪烁着亮晶晶的星光，发出哗哗的声响。

秀枝从厨房里出来，见万成从外面回来，便隔着屋门喊道：万成！万成应了一声，秀枝说：你还没有吃饭吧？饭菜都在锅里热着，我去给你拿来。万成摆摆手说：别拿了，我不饿，等我想吃的时候再说吧！秀枝连忙说：这么晚了咋能不吃饭！

万成有些不耐烦，没好气地说道：说别拿就别拿，我就是不想吃。

秀枝见状，没有再说什么，她发现万成的脸色有些灰暗，小声地说：万成，你是不是不舒服啊？我给你拿个枕头，你先躺一会儿。随手从被垛里抽出一个枕头放在炕上，万成一头倒下。

秀枝坐在炕边，摆弄着两只手，轻声说道：万成，我们相爱这么多年，你对我的好我都知道，有个事儿我还是不敢和你说，生怕你不原谅我。秀枝说完这番话，屏气观察着万成的反应。

可是万成就像没有听见秀枝的话，一点反应都没有，眼睛微闭着。秀枝也知道，万成不是那种爽快人，不会心里想什么，嘴里就说什么，他就像个闷葫芦一样，好多事常常憋在心里，不到一定的时候，他是不会说出来的。

见万成没有反应，秀枝试探着往下说：万成，我也知道那个事儿，让你受了伤害，甚至让你无法接受，可是事情已经这样了，没有办法挽回了，你打我骂我，让我做什么都行，就是当牛做马，我也心甘情愿，绝对不会怨你。

终于，万成那低沉而沙哑的声音，从他的喉咙里挤压出来：秀枝，你让我说什么啊？我一心一意对你，把心都扒给你了，可你又怎么样？你不和别的男人，怎么会不是处女啊？你知道吗？我现在最想说的话就是：我瞎眼了！我被你骗得这么苦啊！

别看万成老实巴交，这几句话可把秀枝给噎得差点儿上不来气儿。秀枝半天没有说话，眼泪在眼角打着旋儿，牙关紧咬，才没有让它掉下来，心想万成说的也不是没有道理，谁让咱对不起人家啦，唉！这都是报应，忍着吧，一切都会过去的。

除夕之夜，家家户户燃放鞭炮，挂起灯笼，贴上对联，大人们忙着年夜饭，孩子们那是最高兴了，穿着花花绿绿的新衣服新鞋子，三五成群地走东家串西家，尤其是晚上，兜里装着糖球儿，手里拎着用秫秸扎起窗纸糊成的灯笼，喊着叫着，从村子的东头跑向西头，又从西头跑回东头，呼的一下蹿到谁家，老人们就给孩子们撒出一大把糖球儿，有的塞给每个孩子一个冻秋梨，大人们唠嗑的时候，孩子们嘴里唅着冻豆包，一条窄窄的门缝里挤着一堆小脑袋，做着鬼脸，咯咯地笑着，那年味儿真是浓啊。

可对秀枝和万成来说，这个年真不知道该怎么过，秀枝心怀忐忑，处处谨小慎微，细心照料万成的饮食起居，可万成越发涨劲儿，脾气也是越来越坏，哪怕是鸡毛蒜皮的小事儿，也要闹扯一通，两个人的交流越来越少，常常话不投机，往往大发雷霆，遇到这种情况，秀枝总是想方设法绕开，让万成慢慢地消气。

秀枝总是觉得，今天这一切，都是自己造成的，与万成没有任何关系，万成在这个事件中是个纯粹的受害者，他可以有很多种选择，可以打她骂她，可以侮辱她嘲笑她，甚至可以提出离婚，但是他没有这么做，只是把所有的怨气憋在心里，可这恰恰是秀枝心里最为难受的地方。

然而，万成也在痛楚中煎熬着，几年来几乎形影不离，秀枝的为人自己也非常清楚，可是怎么就会出问题？问题到底出在哪儿？他不想去追问秀枝，因为那样会让秀枝很难堪，他生怕秀枝经受不了这样的打击，在他的心里，秀枝的感受是最重要的，奈何自己百般努力，仍是绕不过心里这道坎儿。

第 八 章

　　正月初九这天，人们从睡梦中醒来的时候，发现外面的天空飞舞着雪花，天气阴冷阴冷的，拧着劲儿的西北风，卷着雪片儿直往门缝里钻，冻得老少猫在被窝里不敢出门儿，手里有活计的那些男人，只要在院子里站上两分钟，就被冻得直打牙帮骨。

　　那个时候的农村，大凡遇到这种天气，大伙儿就躲在炕头上，把屋子烧得热热的，几个人一串联，推牌九，搓麻将，摔扑克，玩儿到下午三四点钟的时候，大家伙累了，端上一盆猪肉炖粉条，外加黏豆包，有些口福的，再灌进几口散白，那叫得劲儿。

　　秀枝披上衣服，费了好大劲儿，才把门推开，呵！院子里的积雪有一尺来厚，她拿起扫帚把积雪扫成一堆，露出一块地皮，然后抓出一把高粱米，撒在院子中间的空地上，咕咕咕地叫了几声，十几只芦花鸡便从墙角的鸡窝里钻了出来，咕咕咕的，边鸹米边叫着，冰天雪地，所谓"鸡翘脚儿"的时候。

　　秀枝蹲在地上，看着小鸡鸹米，这时，听见外面有人喊道：是秀枝吗？秀枝站起身，见是后街的冯家老婶子，赶忙招呼说：是老婶儿吧？这大雪天怎么来了，快进屋里坐吧！

　　冯家老婶子倒也实惠，就跟着秀枝进了屋子，一屁股坐在木椅上，还没等秀枝搭话，就自个儿唠叨起来，她把那条细长的脖子伸过来，神秘地问秀枝：孩子，怎么样啊？我这一直惦记着，总想找个机会来坐会儿，跟你说说话。

秀枝笑呵呵地说：挺好的！谢谢婶子。冯家老婶子故作神秘地说道：新婚那天我也来了，我在你婆家那屋了，我没去你那屋，她们回来说，新娘子没见红，你那婆婆没找你的麻烦吧？秀枝的脸唰的一下就红了，连忙岔开话题说：老婶子在忙什么啊？

按理说人家不愿意聊这个事儿，你就应该知趣了，可这个老婶子却不一样，强烈的探究欲望让她继续这个话题，她见秀枝没有正面回答，又接着说：孩子啊，这屯子里人多嘴杂，说什么的都有，那天有个烂嘴的就说，这姜家的媳妇啊，恐怕也不是个老实主儿，长得那么漂亮，不定跟了几个。

见秀枝没有搭话，老婶子又接着说：我听这话，差点儿没把我给气死，秀枝那是多好的孩子啊，长个破嘴就能掏饬别人家的事儿，自己一屁股屎也不看看，就得把他们的那张破嘴给缝上，保不定哪天还会说出什么杂七杂八的闲话呢。

老婶子嘚吧嘚吧说了一大堆，秀枝一句话也没回应，就像没有听见一样，其实也只能这样，能说什么啊？人家还是好心肠，大雪天给你传个话，也是为你好，可秀枝这心里就像吃了棉花套一样，噎在嗓子眼儿，难受得说不出话来。

冯家老婶子说得嘴冒沫儿，见秀枝也不搭话，便没趣儿地停了下来，接着又和秀枝唠了一堆过家的事儿，这人倒也是热心肠，就是一个劲儿地唠叨，临了还和秀枝说：孩子啊，我说的你都听见了吗？秀枝苦笑了一声：婶子，我都听见了，谢谢你啊。

冯家老婶子刚走出院门，秀枝的眼泪就流下来了，其实不光是冯家老婶子，还有屯子东头的，屯子西头的，那些七大姑八大姨的，甚至那些不沾亲不带故的，总而言之，各种各样的说法出现了许多个版本，有的说秀枝念高中的时候就和老师不干净，有的说秀枝和乡里的领导有瓜葛，还有的说她这边和万成搞着对象，那边和别的男人泡在一起，一时间谣言四起。

沸沸扬扬的传闻也到了秀枝的耳朵里，当然，万成也不会听不到，对于这些八卦式的流言，只能装作听不见，忍受着，煎熬着，什么办法都没有，只能默默地期望着时间能把这些流言冲刷干净，还有些人连瞅人的眼神儿都变了，就像有了重大发现一样，说起这些事儿，除了震惊，就是兴奋。

道听途说，添油加醋，类似这些花花绿绿的传言，简直就是屯中的特大新闻，比最高指示的传达还要迅速，人们走在大街上或者胡同里，甚至田间地头，马棚羊圈，都会带着某种神秘的表情，交头接耳，窃窃私语，那唾沫星子几乎能把你给淹死。

这天晚上，万成从外面回来，走到胡同的拐角处，无意中听见里边有几个妇女说话：你说这姜万成也真够窝囊的，媳妇还没进门儿，就戴上了绿帽子。旁边又有人搭话儿：那有啥辙啊，女人长得好看就不稳当，找那样的当媳妇，就得有当王八的打算。旁边那个人又说道：这个媳妇啊，看着挺老实，装模作样的，其实是假正经，不定跟了几个男人。这时旁边有个人说话：你们别在那瞎掰，秀枝可不是你们想的那样，说人家坏话，也不怕作孽。

万成气得头发都竖了起来，恨不得走过去狠狠地扇她一个大嘴巴，可转念一想，还是算了吧，真要闹腾起来也不好听，硬生生地就把这口气给咽了回去，这心里的憋屈劲儿就甭提了。

回到家里的时候，秀枝迎了出来，她把万成的上衣挂在衣架上，回头给万成打了一盆热水，万成仔细端详着秀枝，怎么也看不出来，眼前的这位温柔俊美的媳妇，难道是装出来的？

第二天晚上，本家二婶子也来凑热闹，进来就说个没完没了，越说越起劲儿，先是通报村子里的人是如何传说的，还煞有介事地对万成的母亲说：老嫂子啊，现在的年轻人可不准成啊，秀枝姑娘长得那么漂亮，可得看住了啊，要不这日子就没法过了。

......

夜深人静，一道细眉状弯弯的月牙，清冷地挂在夜空里，冷风掠过江面，带着刺骨的寒气，从玻璃窗的缝隙处吹进来，在屋里打着旋儿，绕着圈儿，把盖在身上的被子吹得冰冰凉。

躺在炕上的万成，翻来覆去地睡不着，这些日子里的乱套事儿，在脑海里反复地过滤着，越想越难受，越想越憋屈，好几次狠下心来想问问秀枝，可溜达到嘴边的话又咽了回去。毕竟相处了这么多年，他在心里深深地爱着秀枝，有些于心不忍。

万成的耳边一遍又一遍地回响着在墙外听到的那些话，那些叫他恼羞成怒的声音，他的灵魂无数次地在这些流言涌动的怪圈里拼命挣扎，不断地试图冲出这个怪圈，去寻找一种超然的安静和解脱，但是每次他都无法走出来，那些或有意或无心的流言蜚语，已经把他折磨得身心俱疲。

转眼过了正月十五，庄户人家走亲访友，好事儿的主儿保媒拉纤，实在没事儿的就三五成群，凑在一起打扑克玩麻将。万成哪儿也没去，就在家里待着，随手翻翻杂志，东屋西屋走走，表面上看闲来无事，实际上心里闹得慌，总想着那些烦心事儿。

这天晚上，秀枝收拾完碗筷，把里里外外归拢一下，就靠在万成的身边躺下了，她把手搭在万成的胸脯上，在万成的胸前轻轻地划动着，万成转过身来，搬过秀枝的脸，漠然的目光慢慢地移动着，像是搜寻，又像是审视，苍白的底色里泛出一丝阴冷。

突然，秀枝的眼神被万成异常怪异的表情给僵住了，她发现万成的脸变得非常难看，甚至有些丑陋的状态，这把秀枝给吓坏了，她感到浑身的血液向上涌来，心跳骤然加速，慌张地说：万成，你是怎么啦？是不是不舒服啊？

可是接下来的情景，差点把秀枝吓得喊出声来，只见万成的眼神变得诡异凶险，冷峻中隐隐地透出一股杀气，就像复仇前充满了愤怒，秀枝呼地一下爬了起来，还没等秀枝坐稳，万成就像一头野兽一样，嗷的一声，一下子扑到秀枝的身上。

万成的眼神里放射出难以捉摸的光，他眯起眼睛，咬紧牙关，凶狠地把秀枝死死压在身下，用力撕开秀枝的内衣，两只手掐住秀枝的乳房，用牙齿在秀枝的脸颊上和脖子上狠命地撕咬，嘴里不停地叨咕着：你这个骚货，你这个不要脸的东西，你怎么那么喜欢别的男人，今天我就让你……

秀枝拼命地挣扎哭喊，万成用毛巾捂住秀枝的嘴和脸，不让她喊出声来，随后，骑在秀枝的身上疯狂肆虐。秀枝惊恐万状，嘴里不停地骂道：姜万成，你这是干什么啊？你还是个男人吗？你简直是个畜生。秀枝的眼前一阵一阵地发黑……

这个时候的万成，已经变得毫无人性，他把这段时间里积聚的怨愤，全都发泄到秀枝的身体上，野性的摧残带给他暂时的满足……秀枝的脖子和脸上多处被万成咬出血印，胸部被万成掐成一块一块的紫黑色。

第 九 章

　　时间过得飞快，转眼间出了二月，进入三月，松江岸边的冰面已经显出解冻前的深绿色，江心涌动的水流渐渐地变得宽阔起来，清爽柔和的西南风吹来阵阵暖意，覆盖了整个冬天的积雪融化出形态各异的雪壳，松嫩平原的春天已经姗姗走来。

　　松江两岸的庄户人家向以勤勉著称，天气稍微转暖，就有不少人家开始起牛圈，沤粪堆，刨茬子，做好春播前的各项准备工作，和过去不一样了，现在的政策好，土地承包到户，自己给自己干，所以种什么和怎么种这些事儿，年三十儿吃豆包的时候，就已经提前计划好了，刚一开春，便及早动手，因为吃粮穿衣全靠自己，各家各户摽着劲儿，甩开膀子比着干！

　　村部会议室里，老支书主持召开村社两级干部会议，传达乡里最近召开的会议精神，老支书内心兴奋，语气激昂地跟大家说：前些日子，中央召开了农村工作会议，下决心要把农业搞上去，要让农民富起来，昨天乡里开会，也有许多新的精神，上级鼓励咱们发展副业，什么养猪、养鱼、养兔，什么种西瓜、种黄烟、种蓖麻等，上级都提倡，上级都支持，今后还要给贷款，还给提供各种技术，这回大伙儿不用怕这怕那，有什么能耐就使吧！

听着老支书的话，大家伙儿立刻活跃起来，还没等老支书说完，就七嘴八舌议论开啦，老支书摆摆手说：大家先等等，听我把话说完，这几天我们几个村干部商量着，政策和形势这么好，我们也不能等着，更不能错过这个发家致富的好机会，我们有资源优势，已经有了筹办养猪场和渔苇场的想法，以副养农，有分有合，壮大集体经济不说，大伙儿也跟着富起来。

停顿了一下，老支书接着说道：过去啊，我们总是一条道跑到黑，就知道土里刨食，就靠种庄稼，粮食一减产，日子就不好过。现在咱们也要敞开路子，把眼界放宽些，不能只盯着那点儿耕地，以后咱们村子会有自己的企业，可以多路进财，互相补充，农业歉收副业来补，大家好好商量一下，看看我们的想法行不行，今天来个集思广益，大家有什么高招儿都说一下。

老支书的话刚停，就响起了热烈的掌声，接着就议论开啦，你一言我一语，甚是兴奋，二社的主任李秀民是个急性子，他说：老支书，我怎么听着不像是真的啊？这政策怎么来得这么快啊？前段儿听说中央开了大会，不过这才几天啊，能有这么大的变化吗？我看还是别太急，看看上边的风声，也看看左邻右舍的动静，这么多年真是给折腾怕了。

还没等李秀民的话说完，五社的主任张文生就开腔了：我看啊，这上边的政策已经研究明白啦。这么多年啊，咱们老百姓都穷到什么粪堆儿啦，你瞧瞧我们过的是什么日子啊，现在中央比我们还急，巴不得咱们都过上好日子，我觉得不能再等啦，过去咱们有想法，但是政策不让，如今上边允许啦，咱们再不干，那就是活该受罪，不能怨别人啦。

大家伙儿唠唠到兴头儿上，干脆站到地中间，几乎手舞足蹈，就别提那个激动劲儿了。老支书说：当然，大家伙儿要把自己家那点事儿议论明白，可是集体经济这些事儿也不能撂在旁边，今后就两条腿走路，不能瘸腿儿，集体的归根结底也是大家的，大家伙儿看看，这个渔场和猪场怎么办，谁来牵这个头儿？

提起牵头儿的话题，刚才还热热闹闹的场面，一下子就静了下来，大家伙谁也不说话，你看看我，我看看你，气氛顿时沉闷起来，甭管老支书怎么启发，就是没人接茬儿，老支书一看这个形势，只能亲自点将了。他对低着头一直抽着闷烟儿的三社主任潘福寿说：老潘啊，你怎么不说话啊？你开个头儿，就你的眼光，看看谁能干好这个差事，对和错没关系，咱们共同研究。

潘福寿一看老支书已经点到自己的头上，实在是不好推脱，便狠狠地吸了一口蛤蟆头，边吐着烟圈儿边说：要我看啊，能挑起这副担子的有两个非常合适的人选，大伙儿猜猜是谁？谁也没有想到，他老潘也卖上关子了，大家都抬起头看着他，眼神里充满了疑惑，潘福寿加重了语气：我看金孝明和姜万成，这两个人行。

有人开了头，这气氛马上就活跃了，大家伙儿围绕着金孝明和姜万成，还有其他几个人展开了议论，最后大家比较一致的意见，都倾向于他们两人，万成始终没有说话，低着头好像想着什么，孝明看着大家伙儿说：我只是担心，这边代理村长，那边兼任场长，怕搞不好让大家失望，这心里有点儿不托底。

老支书没有说话，他想好好地听取大家伙儿的意见和想法，其实他的心里也在反复权衡，万成有直劲儿，办事情不走样，就是脾气倔强，有时候愿意钻牛角尖，孝明脑筋活络，善于沟通，外面的路子比较宽，这对发展企业有利。村子里稍稍有些本事的这些人，掂量来掂量去，也就这两个年轻人比较合适。

听大家伙儿议论得差不多了，老支书立刻拍板：根据大家比较一致的意见，咱们就这么定，让姜万成当渔苇场的场长，金孝明兼任养猪场的场长。明天就召开村民大会，向全村公布，之后就开始工作，力争在五月份之前把这两个场子建起来，乡里的扶持资金马上就下拨到位，我们得赶紧着手，抓住这个火候。

万成回到家里，心情还没有平静下来，秀枝也刚刚从外面回来，感觉到万成有些兴奋，便笑着问万成：怎么这么高兴啊？万成回道：也不是高兴，说不清心里是什么感觉。秀枝接着问道：村里开什么会啊？我看得出来，肯定是有什么好事儿。

万成按捺不住内心的激动，跟秀枝说：你猜对了，上边有了很多新的精神，允许承包了，允许单干了，只要不种大烟，干什么都行，而且鼓励兴办乡镇企业，刚才村委会已经研究，兴建渔苇场和养猪场，还决定让我当渔苇场的场长，你说我能行吗？

秀枝马上接过话说：你怎么不行啊？你有头脑，有热情，又能吃辛苦，我看挺合适的，村里还真是有眼光。秀枝的这番话，让万成颇感振奋，这么长时间，秀枝还是头一次从这个角度评价万成，他转过头来，直直地看着秀枝，那眼神里明显地带着感动，说道：秀枝，你真是我的好老婆。随手就把秀枝揽在怀里。

自从上次"虐妻"事件发生以后，万成和秀枝已经有一个多月没有在一起了，虽然两人闭口不谈那次事件，但是心里都有了一个结，说话的时候，两个人都在有意识地回避着，小心翼翼地，谁也不去触碰心里的那道伤。

对万成来说，那是一种极端的、残忍的报复性举动，同时也是内心深处极度郁闷和委屈的宣泄，他在那个瞬间所得到的，不是情与性交织在一起所带来的快乐，恰恰相反，是过程之后更深的痛楚。其实，就在万成还没有从秀枝的身上离开的时候，他的内心就产生了一种莫大的负罪感：犯了罪，作了孽，伤了自己所爱的人，也没了自己的良心。

对秀枝来说，那是一场血淋淋的噩梦，是她这辈子都忘不了的最最痛苦的经历，那个残酷无比的过程，不仅是对自己肉体的粗暴蹂躏，更是对自己灵魂的践踏侮辱。来自于身体的疼痛，秀枝咬咬牙就过去了，可留在内心的伤痛却无法愈合。此前的秀枝，曾有深重的负罪感，然而她在那个过程中，却窥见了万成极其卑微的那些个性，狭隘、自私、残忍，这让她的内心生发出莫名的恐惧和鄙视。

经过那次事件之后，秀枝对万成的感觉有了转折性的改变，在这之前的秀枝，曾为自己对万成的伤害而无限自责，甚至觉得这辈子都无法抚平那些歉疚，可在那次之后，秀枝眼中的万成已经变得陌生，甚至不懂人性，她怎么也想不明白，自己曾经深爱的男人，会用这种无耻的方式来折磨自己。

秀枝的心被无情地伤害了，而且伤得很深，秀枝曾经想过，金孝明对自己的伤害，仅仅是对肉体愚蠢的占有，而这种占有源于荒唐的爱；而姜万成对自己的伤害，则是对灵魂与尊严的羞辱，这种羞辱源于切齿的恨，这是秀枝无法承受的。

秀枝觉得，万成可以不理解，因为自己没有说出真相，但是如果真的爱她，就应该相信她，绝不能用这种方式摧残她的自尊，万成的行为触碰了秀枝的底线，这是她无论如何都不能容忍的。秀枝的心变得冰冷，她永远都忘不了万成的眼神中那种阴险与晦暗的光，每次想起来，都让她寒彻周身，战栗不已。

……

万成几乎是贴着秀枝的耳朵轻声说：秀枝，你还在生我的气吗？我知道是我错了，我不是人，你骂我打我吧，我再也不会那样对你了，过后想起来，我觉得简直就是畜生。

秀枝脸上的喜悦顿时隐去，代之以木然的神色，嘴唇微微地动了几下，但没有说话，万成的双手把秀枝的脸托了起来，定定地看着秀枝，秀枝的脸依旧是那么漂亮，两只忧伤的眼睛透着迷人的魅力，万成的嘴唇慢慢地接近了秀枝的嘴唇，就在这个瞬间，万成的动作和表情全都僵住了，定定地悬在那个位置上。

万成看到：秀枝的眼角滚出一串晶莹的泪珠，刚才还如花般灿烂的脸庞，突然变得没有一点儿血色，惨白中泛出一片片的灰暗，万成的心猛地抽了一下，一种愧疚的感觉油然升起。

片刻过后，秀枝的表情有了一些变化，苍白的脸上飘来些许红润，万成就像中了魔咒一样，雕像般僵立在那里，刚才这短短的几分钟时间，却像锥子一样刺痛了他的神经，他已然意识到那次事件对秀枝造成的伤害太深了，万成的脸也由白转黄，像个罪人一样，嗫嚅着对秀枝说：忘了吧，让我们重新开始！

秀枝把脸转过来，贴在万成的下颏上，万成瞥见秀枝的脖子上，还有着深青色的痕迹，那张秀美的脸上还闪烁着泪光，万成的心一阵酸楚，眼泪唰地流了出来，当两人四目相对的时候，一股久违的温情在体内汹涌地翻腾着。

万成静静地躺在秀枝的身边，秀枝低声说道：万成，这几天老是难受，总有恶心的感觉，我想是不是有了。万成猛地转过身来，用惊奇的眼神看着秀枝：真的吗？他的手有些颤抖，摸了摸秀枝的肚子，自言自语：这肚子也没见大啊，我再听听。

万成又把耳朵贴在秀枝的肚子上，听了一会儿说：好像有动静，里面咕噜咕噜直响，八成是有喜了，秀枝，我们明天去乡里卫生院检查一下。万成把脸凑上来，在秀枝的脸上狠狠地吻了一下，掩饰不住内心的极度兴奋：难道我要当爹了！

第 十 章

经历断指之伤，金孝明在家休养了两个多月，左邻右舍也都知道代理村长在家养伤，纷纷前来看望，有人问起怎么受伤的时候，老太太就说在外乡帮助别人铡草的时候，手指被铡草机给切了，因为孝明也是这样和老母亲说的，所以压根儿就没有人怀疑。

老太太将近七十了，二十多年前老头儿就没了，这么多年就守着孝明这棵独苗儿，吃了不少苦，遭了不少罪，总算把孝明拉扯大了，自己的头发也白了，好在孝明真是争气，懂事、孝敬、勤快，屯中老少全都喜欢，人缘儿特别好，前段时间在老支书的鼎力推荐之下，当上了代理村长，每当想起这些的时候，老太太的心里总是美滋滋的。

可是，也有个闹心事儿，就是这儿媳妇，到现在还没有个着落，赶年都二十六了，这在农村已是老大不小。为这事儿老太太成天和儿子磨叽。老太太心里也知道孝明喜欢屯儿里的秀枝姑娘，可人家秀枝已经成了别人的媳妇，再怎么喜欢也是没用的，不过她怎么也想不到自己的宝贝儿子竟然干出这等蠢事。

这段时间，老太太总和孝明生气，孝明在家养伤期间，至少也得有两三份给介绍对象的，呵！这个偏小子就是不看，不管对方什么条件，一律拒绝。这可把老太太给气坏了。有一天，老太太实在没辙了，把孝明给臭骂了一顿，气急之下，老太太找到了村支书刘占彪，让他也帮着劝劝孝明。

有关金孝明的消息，秀枝也听到不少，尽管秀枝整天在家待着，可是家里总有姐妹们来串门，什么东胡同的二丫头，北大街的秃小子等等，从她们的嘴里秀枝听到许多关于金孝明手指被铡以及在家养伤的消息，好多人都说，金孝明这个小子干活那是没的说，绝对是把好手，就是有些毛楞，所以……

尤其是昨天晚上，疯婶儿也来到秀枝家，进门就说：秀枝啊，你说那金孝明真有刚条儿，四个手指齐刷刷被铡刀给铡掉了，可惨了，今天我去的时候，正好换药，我的妈呀，太可怕了，这要是一般的人得疼死了。我看金孝明咬着牙一声不吭，那脑袋的汗哗哗的，真有挺头，像他爹那个硬劲儿。

秀枝听到金孝明这三个字的时候，这心里就像咽了一个苍蝇，恶心得不得了，有种想吐的感觉，来的人多了，经常有人说起这些事儿，秀枝也就不太在意了，反正你说你的，我听我的，哼哈应付着，听与没听别人也不知道。

这天早上，秀枝出来倒水，恰好看见彪婶子往这边走，彪婶子也看见了秀枝，大声说道：秀枝啊，怎么好长时间没看见你了，你忙什么呢？秀枝停住脚步，连忙招呼说：是彪婶子啊，快进来坐一会儿吧，我也好长时间没看见您了。彪婶子进了屋脱了鞋，就坐在炕头上，拉过秀枝的手，两个人就聊了起来。

彪婶子是个直性子，心里想啥就说啥，可是心肠很好，谁家有个大事小情的，那是少不了的。聊着聊着就聊到了金孝明，彪婶子跟秀枝说：这不是嘛，你刘叔非让我去看看孝明，他身子懒，不愿意动弹，整天支使我，我刚从他家回来，这孩子啊，真是个拗，谁给介绍对象也不看，不知道他是咋想的。

看他的脸色也不好，好像心情也不好。他妈说这段时间他晚上不睡觉，深更半夜经常到院子里走来走去，好像心事很重，不知道怎么回事，谁问什么也不说，饭也不怎么吃，人也瘦了一大圈儿，就像得了大病似的。彪婶子絮叨着。

秀枝听着，表面上不太在意，可这心里不是滋味儿。秀枝试探着问彪婶子说：不是说恢复得挺好吗？彪婶子说：好什么啊？你一看就知道，人都脱相了。秀枝对脱相这个词很是敏感，小时候就听人说，得了重病或者行将死亡的时候，往往都用这词，所以秀枝一听脱相，心里就咯噔一下。

彪婶子走了，秀枝的心里再也没法平静下来，她的脑海里都是金孝明的影子，就像恶魔缠身一样，无论如何也挥之不去，她想起金孝明于起刀落的惨烈，想起他跪在地上苦苦哀求的情景，想起他把头撞向石柱的那个瞬间，秀枝的心都在颤抖，想着想着，又想起了过去的那些往事。

读高中的时候，屯里的杨六子死缠着秀枝，硬要和秀枝处对象，秀枝就是不搭理他，那个杨六子便在放学回家的路上截住秀枝，威胁秀枝说：你要是不答应，我就说咱俩在一起睡过觉，你已经不是处女了，我看你以后怎么办？秀枝无奈，哭着把这个事儿说给金孝明，哪知第二天早上，孝明用板凳腿把那个男生打得趴在地上连连求饶，从那以后，再也没人敢欺负秀枝。

学校分配柴草任务，每个学生要给学校交一车柴草，秀枝犯愁了，这可怎么办啊！爸爸身体不好，干点儿活就上喘，能去山上搂柴草吗？妈妈又不能出去，秀枝一咬牙，自己拖着耙子，到后山去搂柴草，还没搂上两堆，就累得走不动了，手心也磨起了血泡，孝明知道后，不由分说就把秀枝给拽回家来，第二天把满满的一车柴草送到学校，后来秀枝才知道，金孝明在野外搂到半夜，两个肩膀都磨起了水泡。

还有一次，放学回家的路上，突然下起了大雨，孝明赶紧把自己的衣服给秀枝披在身上，把自己的雨伞也给了秀枝，大雨把孝明浇得大病了一场，高烧四十度，半个多月才好起来，这件事曾经让秀枝心疼了好长时间。

那个时候，秀枝觉得孝明就是自己的护身符，有他在身边，再苦再难也能挺得过去。秀枝的母亲也跟秀枝说：孝明这孩子啊，可真是好样的，要是将来做了我的姑爷，那我可就放心啦。

……

秀枝走进院子里的时候，孝明的妈妈是第一个看到的，老太太非常高兴，冲着屋里的孝明喊道：孝明啊，你看看谁来啦。孝明抬头见是秀枝站在院子里，腾地一下就从炕上跳起来，赶紧从屋子里迎了出来，老太太拉住秀枝的手说：我还琢磨着，好长时间都没有看见秀枝姑娘啦，哎哟！这孩子怎么瘦了。边说边把秀枝让进里屋。

老太太拉着秀枝的手，左看看，右看看，眼睛笑成了一道弯儿，跟秀枝说：秀枝这姑娘啊，就是讨人喜欢，怎么看都看不够，你瞧这细皮嫩肉的，长得这个白净，大娘我看见你啊，这心里就亮堂。秀枝赶紧说：大娘啊，你可别夸我啦，快坐一会儿吧。

直到这个时候，秀枝才转过脸来看了一眼孝明，孝明呆呆地靠在炕沿儿的被垛上，像个犯了错误的小学生，表情局促不安，有些酸涩的眼睛，几乎没有了什么光泽，抬眼看见秀枝，嘴角微微地动了一下，算是用这个表情和秀枝打了个招呼，秀枝把脸转向窗外的方向，语气低沉地问道：怎么样啦？

孝明动了一下身子，把受伤的那只手从盖着的小垫子底下抽出来，自己看了一眼，也示意秀枝看了一眼，然后胆怯地和秀枝说：没事儿，就是有些炎症，大夫说还得几天时间。秀枝把目光慢慢地移动到孝明的脸上，发现孝明形容憔悴，精神萎靡，而且消瘦了许多，两个眼窝已经深陷下去。

这时孝明的妈妈走了进来，秀枝说：大娘，你的身子骨怎么样啊？瞧您这脸色可真不错。老太太笑着说：姑娘啊，不瞒你说，我这身体本来是挺好的，可是经不住孝明这一折腾，这段时间老是头晕，上喘，血压还高，这走起路来，腿脚也不利索，不中用了，昨天给孝明端水，差点儿就没摔倒，唉！人老啦。老人家长长地吁了口气，转身又去了外屋。

孝明一直委在那里没有说话，只是低着头，不时地抬起脑袋望着窗外，好像在想着什么心事，见老人家去了外屋，孝明对秀枝说：你还好吧？秀枝回道：你也不想想，我能好吗？就是没死，我都不知道，我这段时间是怎么活过来的。孝明没有搭话。

过了一会儿，孝明说道：秀枝，你是不是恨死我了？怎么恨我都行，我是真的对不起你，我不是人，我这辈子都欠你的，下辈子就是当牛做马都要还你。秀枝听着，没有任何回应，停了一会儿，孝明接着说：我从来没敢想，你能来看我。

秀枝把脸转过去，平静地对孝明说：我都不知道我怎么会来看你，你作的孽早晚会遭报应，甚至杀你都不解恨；不过，之前你对我一直很好，我心里也不会忘记，特别是念书的时候，你没少照顾我，我也记着，我今天来是想告诉你，不要自暴自弃，你还有七十岁的老母亲需要你照顾。

孝明的眼睛湿了起来，他赶紧拿过毛巾擦了一下，对秀枝说：你能原谅我，我这辈子就知足了。秀枝立刻接过话茬儿说：我没有说原谅你，我不可能原谅你，你知道你对我的伤害有多大吗？你考虑过我今后的生活吗？我怎么去面对姜万成？

秀枝继续说道：金孝明，我没有想到你这么愚蠢，其实，我不怀疑你对我的感情，但是你想过没有，你的这种感情是狭隘的，自私的，你觉得占有了我的身体，就会拥有我的全部，甚至把我当成你人生的筹码，你错了，我就是我，永远都属于我自己，谁都不会拥有我。

孝明低着头，声音低沉且有些嘶哑：都是我的错！是我昏了头，是我太鲁莽，秀枝，现在我什么都不想说了，我亏欠你的，我必须还你，但是你一定要给我机会，看看我金孝明是不是个男人，我向你保证，我金孝明这辈子，不会再碰别的女人，做牛做马，是人是鬼，都是你温秀枝说了算。

老太太从外屋走了进来，她显然没有听见两个年轻人在说什么，只是笑呵呵地说：秀枝啊，你真是我们家的贵人，你这一来，我们家孝明的精神可好多了，这话儿也多了，以后啊，你就多来我们家坐坐啊。老太太哪里知道这其中的原委啊！

老太太又走到孝明的跟前，心疼地看着儿子的手，自言自语：可快点好吧，我都要急死啦，再不好我这把老骨头就交待啦，你说你，年纪轻轻就落下残疾，这以后的日子可怎么过啊？唉，这就是命啊，也不知道什么时候能过上几天舒心的日子。

老人家又把脸转向秀枝：以后啊，我们家孝明要是能娶上秀枝这样的媳妇，就是我们家的祖坟冒青烟了，真有那么一天的话，我就是咽了这口气儿，也能闭上眼睛了。

老太太往出送秀枝，秀枝回过头来跟老太太说：大娘，你也不用着急，我看孝明的伤也好得差不多了，再说，娶媳妇的事儿，也得看缘分，这缘分到了，自然就来了，孝明这么大了，他能管好自己的事儿，你也别太操心，注意自己的身体。

第十一章

　　北方的三月，是一年中最冷的时候，虽然冬天就要结束，但仍然是冰天雪地，寒气逼人，松江的冰层依旧牢牢地封冻着，可是庄稼人还是闲不着，按照惯例，又到了收割芦苇的时候。

　　芦苇是龙湾的主要副业，可是夏季没法收割，只能等到江面封冻的时候，才能在冰面上用推刀来推。推刀是用来收割芦苇的专用工具，用木条钉成方框，在下面的横梁处安装一条大约一米长的刀具，在冰面上推起来，芦苇成片地倒下，之后压包打捆，卖到一百里以外的县城造纸厂。

　　这天，老支书来到孝明家，一是看看孝明的伤恢复得怎么样，一是跟孝明商量推苇子的事儿，老支书开门见山：孝明啊，这手怎么样了？过几天就得收割苇子，能不能出去啊？

　　孝明笑着说：老支书，没什么事儿了，也不疼也不痒了，马上就能干活了。老支书抓过孝明的胳膊，心疼地说道：怎么能伤得这么重啊！这几天我就琢磨，到了收割芦苇的时候啦，过了这个村儿，就没这个店儿啦，大家伙儿还得靠这个补充一下啊！

　　孝明的心里有些愧疚：我已经耽误了两个多月，你们都操了不少心，这次收割芦苇，我一定得去，老支书，你就不要去了，我带队去苇塘，你在家给大家伙儿搞搞后勤就行了，这段时间你都累坏了。老支书笑了笑：没事儿，这把老骨头还行。

老支书转过话题，慢悠悠地说道：孝明啊，今年二十七了吧？我听说人家给你介绍对象，你连看都不看，你想怎么的啊？这辈子就打光棍儿了？你跟我说说，你究竟是怎么想的。

孝明呵呵地笑着，低头不语，老支书有些急了：挺爽快个人啊，怎么还不说话了？有什么难处吗？如果真有什么需要帮忙的，你就跟我说，大叔给你做主。这时老太太从外面回来，跟老支书说：他大叔，你得好好给我管教管教，这孩子啊，不听话。

孝明抬起头说：老支书，这个让您费心了，媳妇的事儿，我自己心里有数，还是没到缘分。你放心吧，我金孝明做事儿，不求别的，只求对得起良心，再也不能干那些对不起人的事儿，对不起良心的事儿。孝明说的这番话，老支书没有听明白。

早上不到五点，天还没有透亮，龙湾村大车小辆五十多号人就出发了，金孝明和姜万成坐在头车带队，老支书坐在尾车压轴，大家伙心情不错，一路上有说有笑，好不热闹啊！

转眼间，越过白沙坨，穿过龙湾坝，进入开阔的芦荡，眼前便是龙湾村和瓦窑村交界的苇塘。苇塘的居中地带有条长长的土沟，就算是边界，这条边界十年前划定，如今被厚厚的杂草所覆盖，已经看不出多少痕迹。

前些年，两个村子因为争夺芦苇资源，没少发生纠纷，好在都是小打小闹，也没有弄出什么大事来。这几年，因为芦苇的价格不断攀升，附近的村民都把眼睛盯在这块资源上，所以你争我夺，谁有实力谁就多占一些，乡政府也曾经出面协调，但是始终没有从根本上解决问题。

今年的芦苇又高又密，好收成啊！村民们的心里就是个高兴。停下马车后，大家伙儿一字排开，由北向南推进，不到一个小时的工夫，就越过分界线，进入瓦窑村的苇塘里，往四周瞧瞧，连个人影儿都没有，大家伙儿觉得这回可是占了便宜，摽着膀子较开力，使劲儿地向前推着，也就两个小时，就放倒一大片芦苇。

呵！这么多年来，龙湾村还从来没有白白收割这么一大片芦苇啊，今年这是交上好运了，没有人看管，多好的事啊！这占了便宜的事儿，谁也不想往后退，哪里知道，一场恶仗即将爆发。

正当村民们热火朝天地像抢钱一样干得起劲儿的时候，就见左前方的斜坡上一阵尘土飞扬，紧接着就有三四驾马车朝这边飞奔而来，还没等村民们回过神儿来，马车已经到了跟前。

一看就明白啦！对面来的是瓦窑村的人，有三十来人，跳下马车二话没说，抄起钐刀就奔这边的马车而来，先是搂马腿，后是砍马套。龙湾这边的人一看这个架势，那还了得，不由分说就和对面的人交了手，双方七八十人打在一起，你砍我的马，我砍你的马，你挑了我的笼头，我断了你的缰绳，混战中，突然听到有人大喊：不好啦，出人命啦！

这一声呼喊不打紧，双方马上停下手来，这时就见龙湾村的小福子满身是血倒在地上，老支书急忙跑了过来，蹲下身用手一摸，已经没气儿了，他立即招呼孝明和几位村民把小福子抬上马车，送县城医院抢救，马车一溜烟儿冲上土路，转眼不见了踪影。

回头再看瓦窑村的人，一个都不见了，老支书把孝明和几个村民招呼过来，说道：孝明，你和万成回村里，稳定大伙的情绪，千万不要闹事，我去县里医院，那里我熟人多，看看还有没有抢救的希望。临走的时候，再次叮嘱孝明，不惜一切代价，必须安顿好死者的奶奶和其他亲属，绝对不能去瓦窑村闹事！

秀枝和疯婶儿，还有几个妇女，正在村部的食堂里准备伙食，属于后勤这一块，从八点多开始，她们几个就忙活着中午的饭菜，按照秀枝的安排，中午是两道菜，猪肉炖酸菜，大豆腐炖粉条，开花儿馒头蒸得是又白又大，满满两大筐箩，放在火炉旁边的土炕上，她们几个把菜放在大铁锅里炖上，边烧火边聊着。

秀枝把乱菜叶子收拾起来，兜在自己的围裙里，去了房西倒掉，刚要转身往回走，突然看见院子外面的土路上，几辆马车飞也似的跑过来，一溜烟儿拐进了村部的院子里，秀枝家隔壁的二小子从车上跳下来大喊：出事儿啦！出事儿啦！

疯婶儿等几个人赶紧迎了出来，大声喊道：怎么啦？二小子，出什么事儿啦？二小子憋得满脸通红，急得语无伦次，结结巴巴地说：咱们村的小福子，被，被，被瓦窑村的那帮人给打死了。

啊？顿时，在场的这些人全都傻了，你看看我，我看看你，好像谁也不知道眼前的一切，究竟意味着什么，一个个不知所措。这时，孝明他们也都回来了，纷纷涌进院子里。

孝明简单地把事情经过说了一下，之后跟疯婶儿说：疯婶儿，你和我去小福子家，帮我安慰小福子的老奶奶，万成，秀枝，还有各位社主任，帮我稳定大家的情绪，老支书去了医院，大事儿必须等到老支书回来决定，任何人不能离开村子，更不能去瓦窑村。

这时村子里的人大多听到了消息，男女老少陆陆续续拥到村部来，不一会儿，村部里外聚集了几百号人，个个表情严肃，默不作声，整个人群陷入了死一般的沉寂中，似乎要有剧烈的爆发，小福子的几个亲属也来到村部，夹在这片人群里。

不到半个小时，几乎全村的男女老少都来到了村部，把村部里里外外挤得水泄不通，小福子的二叔和三舅走到金孝明的跟前，情绪非常激动，带着怒气跟孝明说：村长，我侄子死了，是因为村子里的事儿死的，你看看怎么办吧？

这些情况完全在孝明的预料之中。孝明环顾左右，语气沉重地说：老少爷们儿，今天我们村里出了大事儿，因为苇塘的争夺，小福子被瓦窑村的人给打成重伤，凶多吉少，现在老支书去了医院，到现在还没有回来，请大家相信，我们一定会处理好。

孝明话音刚落，就有人大声地嚷嚷起来：怎么处理啊？我们不能这么等着啊，再说也不能报案，报案有什么用啊？法不责众，你找谁啊？谁能承认是他打的啊？公安局也没办法，弄不好我们的小福子真就白死啦！这时小福子的几位亲戚在人群里高声呼喊：不能白死，我们报仇去。顿时，群情激奋，场面极其混乱。

十几位上了岁数的老社员也站了出来，大声地嚷嚷道：我们龙湾村祖祖辈辈在这里生活了三百多年啊，没有人敢欺负我们，不收拾瓦窑村的那帮兔崽子，我们还能活吗？你们说，是不是啊？老人家说到激动的时候，竟然举起了干瘦的拳头。

孝明回头问万成：万成，你看怎么办好？万成几乎未加思索地说：大家都是这个想法，都想去报仇，我们能和大家作对吗？快做决定吧，大家伙儿等不及了，不整出个你死我活，恐怕没办法跟乡亲们交代啊，老支书没在家，你就拿个主意吧。

孝明回头问秀枝：秀枝，你看怎么办好？秀枝沉默片刻，跟孝明和万成说道：我觉得现在的问题是稳定人心，控制局面，不能把事情闹大，更不能鼓动报仇，这么多人出去，必然伤人死人，到那个时候，谁也没法承担这个责任，至于瓦窑村那边，政府会管的，小福子的事儿，公安局也会管的，事情总会有个说法。

这时，人群里突然有人大喊：他们不管我们，我们自己去！找他们报仇去，是龙湾村的子弟，就跟我们上车，走！

几百号人就像中了魔咒一样，呼的一下冲出门去，拿镰刀的，抄棍棒的，还有回去取猎枪的，整个院子里乱成一团，已经有几十号人冲出村部，上了马车，犹如箭在弦上，一触即发！

情况万分危急！金孝明几个箭步，冲到大门中间，大声疾呼：谁也不能去！老少爷们儿，听我一句话，我金孝明不是孬种，老百姓的事儿，我宁死也敢担当，不过逞一时之勇，后患无穷啊！到了那个时候，我们就成了被告，有理的事儿也变成没理啦。

疯狂的人群已经丧失了理智，哪有人听金孝明的这些道理，人们呼喊着向外冲去，挤上马车的村民，吆喝着奔向瓦窑村的方向，群体形势顿时失控，一场恶战就将爆发。

站住！人群的后面一声断喝，人们被眼前的情景震惊了！秀枝、疯婶儿，还有五六个妇女，手牵手拦在最前面的马车前，秀枝厉声喝道：

是男人就站住，听我温秀枝说句话，如果我说得不对，咱们一起去。

马车停下来了，人们立在马车的周围，秀枝站在马车的前面，大声地说：老少爷们儿，今天的这个事儿实在是太大了，我们女同志的心情也和大家一样，我们也愤怒，我们也着急，我们也希望有个合适的处理结果，可我们也没有什么太好的主意，不过事到如今，为了保证大家的安全，我代表疯婶和这些女同志也想说些自己的想法，请老少爷们儿看看，这些想法是不是合适。

骚乱的人群突然间静了下来，大家伙瞪着眼睛疑惑地看着秀枝。在大家伙儿的心里，怎么说温秀枝也是老师，在龙湾这个地方，就算是知识分子了，加上为人谦和，心地善良，平日里备受村民们的尊重，在这个关键时刻，秀枝姑娘站了出来，而且要和大家说几句话，大伙儿自然要听听。

秀枝说：小福子的事儿已经出了，这是我们大家的不幸，我们谁也不愿意看到这样的结果，但是，我们也要知道，人死是不能复生的，就是我们这些人去了，杀死他们五个八个，小福子也不会再活过来，大家说是不是这么回事？

人群里没有回应，秀枝继续说道：如果那样的话，双方打起来了，还不知道谁死谁活，俗话说，打人没好手，骂人没好口，没准儿我们还要有伤亡，到那个时候怎么办？弄不好小福子的仇没报了，还不知道弄出多少新仇旧恨。

公安局那个地方，谁有毛病都要追究，本来我们可能占一些理，结果这么一弄，把理弄没了不说，还要受到法律的追究，这样反倒不美。他们把我们村的人给打死了，他们必然受到法律的追究，我们要相信政府，相信公安机关，人是不会白死的，别说是现在，是新中国，就是旧社会，也是讲杀人偿命欠债还钱的。

秀枝的一番话说得头头是道，字字在理，刚才还义愤填膺的村民们，现在都安静下来，好多人在底下嘀咕着：其实秀枝说得对，道理是这个道理，可是，我们也不能就这么吃亏啊，那小福子能这么白白死掉吗？这不是欺负人吗？

听见议论，秀枝接过话茬儿：请大家伙相信我的话，谁也不会白死的，刚才我说了，现在是新中国，是讲法律面前人人平等的，政府必然要有个说法，会给大家一个交代。

秀枝转过脸，继续说道：我说这些话是为大家好，我们是乡亲，我不会害你们，大家一定要明白这个道理，瓦窑村的人是犯了法，但是，没有犯在我们手里，是犯了国家的法，政府一定会找他们的。另外，我也向大家保证，大家不用担心，老奶奶不会没人管，政府会管，我们村也会管，真要是没人管，我就管。

秀枝的话音刚落，台下便响起雷鸣般的掌声。

第十二章

　　转眼间，春去夏来，刚进六月，秀枝就生了个千金，白白胖胖，乐坏了小两口，也乐坏了两家老人，原本平平淡淡的日子，顿时因为一个新生命的到来，而充满了无穷的生机和趣味。

　　自从知道秀枝怀孕那天起，万成就一直盼着这天，姜家只有万成这么个独子，温家也只有秀枝这么个独女，两个家庭都把希望寄托在秀枝和万成的身上，至于生男孩儿还是生女孩儿，两家老人都很开通，万成也常和秀枝说：不管男女，都是咱们身上掉下来的肉，都是咱们的孩子。每当秀枝听到这些话的时候，心里就有种温暖的感觉，也盼望着孩子的早日到来。

　　这段时间里，万成起早贪黑，整天忙活着，帮着老妈伺候孩子，细心地照顾着秀枝，洗被单，换尿布，一个晚上不知要起来多少次，折腾得昏头涨脑，吃也吃不好，睡也睡不香，一会儿怕热着，一会儿又怕凉着，虽然忙得脚打后脑勺儿，却不觉得累。

　　一天，秀枝跟万成说：咱们的女儿都快满月了，这孩子得起个名啊，你是孩子的爸爸，这个名字得由你来起，老一辈都说，谁起名这孩子长大了就像谁，我希望咱们的孩子能像你。

　　万成憨厚地笑笑：这个名啊，真得让你来起，我这点儿文化，你还不知道啊，将来这孩子可别像我，笨头笨脑的，长得又不帅气，如果像你的话，聪明、漂亮、贤惠，那多好啊！

小两口商量来商量去，还是秀枝有些想法，她跟万成说：现在正值夏天，草木葱茏，山花盛开，大地充满生机，我们的女儿这个时候来到这个世界，就叫小青吧，你感觉怎么样？

万成连连说：好！真好！就叫小青，叫起来顺口，听起来顺耳，太好啦。秀枝赶忙嘘了一下：你能不能小点儿声啊，这一惊一乍的，你不怕把我们的女儿给吓着啊？万成立马蔫儿了，向秀枝做了个鬼脸儿，连忙说：老婆，我错了，我错了，下次不敢了。

农历六月初八，龙湾这个地方有个旧俗，村子里的老老少少，特别是那些上了年纪的娘子们，总喜欢在这天早上出去走走，据说能消灾祛病，扶正祛邪。每当这天早上，村子里的男女老少便成群结队走进后山，礼拜山神土地，这个风俗已经延续百年。

盛夏的松辽大地，草长莺飞，山花遍野，清凌凌的江水倒映着蓝莹莹的天空，棉絮般的云朵慢悠悠地变幻着姿容，林中的山雀也像是过节一样，在树梢上和草丛里叽叽喳喳地飞着跳着。

万成抱着小青，秀枝和婆婆跟在后面，走在熙熙攘攘的人群里，秀枝从路旁的草丛里掐了一把野花，边走边闻着花香，婆婆逗着小青，不时跟老姐妹们打着招呼，秀枝他们正走着，迎面碰上本家的远房叔叔姜学忠和娘子尚美丽，便赶忙上前打招呼。

见是秀枝他们，尚美丽快步走上前来，还没走到近前，就大声地嚷嚷着：这不是秀枝嘛，快让俺看看我们的大孙子！说这话的时候，已经走到了万成的跟前，随手就从万成的怀里把小青抱过去，像鸡鹐米似的在小青的小脸儿上连连亲了好几口。

尚美丽快言快语，边亲孩子边和秀枝的婆婆说：老嫂子，你瞧这孩子长的，可真招人喜欢，你瞧这个白净，这小脸蛋儿，跟剥了皮儿的蛋清似的！我的大孙子哎……她这么夸着孩子，别人也就附和着，这时有好几位屯邻也围了过来。

正说话间，尚美丽就像谁把她的脚踩了一下，哎哟一声：我说老嫂子，这孩子怎么长得一点儿也不像他们俩啊，这鼻子这眼睛像谁呢？怎么谁都不像啊，这模样怎么有点儿像金孝明啊？而且朝着后面的几个人说着：你们看看，像不像啊？尚美丽说者无心。

姜学忠连忙解嘲：净扯王八犊子，你这狗嘴里吐不出象牙来，你那是什么眼神儿啊？怎么不像啊，我看挺像的，你瞧那双耳朵，就像是万成扒下来的一样。其实，姜学忠也是故意这么说。

尚美丽根本没有想到她的话有什么毛病，还是很不服气，努努嘴：我怎么看都不像万成他们两口子，不信你们看看，这鼻子这眼睛，是不是，多像金孝明啊，特别是这下颏。

这个烂嘴的婆娘始终没有意识到，自己的这句话将要惹出一场惊天大祸，还在喋喋不休地说着，她也没有发现周围的人都用一种异样的眼神看着她，那眼神里充满了惊恐和疑惑。瞬间，似乎空气都凝固了，所有的人都陷入了一种尴尬的状态中。

万成的脑子里已是一片混沌，他不知道眼前出现的场景究竟意味着什么？只是有种极不舒服的感觉，似乎在被人嘲弄和挖苦，他的眼前又闪现出那些折磨他无数次的疑问：新婚之夜，秀枝没有见红，难道跟了别的男人？难道这孩子……难道……

已经沉淀的这些疑问又在万成的脑海里飞速地闪过，避之不及，挥之不去，如同面目狰狞的怪物缠绕在周身，让他使出浑身解数也无法摆脱，万成变得焦虑和烦躁，变得不知所措，他曾经无数次试图逃脱这种困境，但每次都失败了，这又使得万成的内心更加纠结，他恨不得立刻离开这个让他身心俱疲的世界。

想到这里，内心深处的疑虑所带来的伤痛瞬间迸发出来，几乎让他无法自持，他把声音压得低低的，却像疯子一样吼着：秀枝，我们回去吧！我有点儿不舒服，我们走。

秀枝没有挪动脚步，眼睛直直地盯着怀里的小青，她抬头看看婆婆，又看看万成，秀枝看得出，尴尬和恼怒，已经让万成五内俱焚，但他强压着从心底里翻滚升腾的火气，深情的目光始终停留在秀枝的脸上，似乎要从秀枝表情的变化中寻找解脱。

其实，秀枝的心里同样有种说不出来的感觉，不过转念一想，人家只是说孩子长得像谁，又没说别的什么话，你又能说什么啊？只是这心里觉得不舒服，隐约有种被嘲讽和奚落的感觉。

秀枝想起新婚之夜，那些婶子们惊恐怪异的表情，和眼前这几位婶子的表情一模一样，这心里像是被人用刀狠狠地刺了一下，鲜血顺着伤口喷涌出来，瞬间，一个奇异的念头在秀枝奔涌的意识流中忽地闪了一下，只是那么一闪，秀枝便喘不过气来。

她全力屏住呼吸，尽可能让自己平静一下，之后，再一次试探性地触碰这个奇异的念头，难道这个孩子和孝明……一股冰冷的感觉穿透脊梁，她不敢再往下想，然而，就这一个朦胧模糊的感觉，已经让她惊恐万状，她不知道接下来的感觉会是什么样子。

秀枝的脑海里先是有些眩晕，然后便是那股冷飕飕的感觉，从后背开始，慢慢地弥漫开来，瞬间延展到全身，秀枝已经感觉出，自己的手脚变得冰冷，抱着孩子的两只胳膊有些颤抖，身体似乎摇晃起来，万成一把将秀枝扶住。

万成问秀枝说：秀枝，你怎么了？是不是不舒服啊？

秀枝低声应了一句：没事儿，我们走吧！我们回家！

秀枝抱着小青，万成走在身边，婆婆跟在后面，秀枝的婆婆感觉到小两口心情不好，可是，又不能直接地说些什么，心里面怨恨这个信口雌黄的尚美丽，自言自语地说：这个尚美丽，不研究别人家的事儿，她活着都不舒服，也不看看她自己，把自己的老爷们儿管住，比什么都强。

秀枝和万成心事重重地往回走，来的时候肩膀挨着肩膀，有种相互吸引的力量，现在相反，有种相互排斥的力量，硬是要把他们错开，不自觉地形成一前一后的格局，两个人几乎没有说话，默默地迈着沉重的步子，恨不得立刻躲开众人的视线。

秀枝在反复琢磨着尚美丽的话，她的思绪已经飞回了去年秋天的那个黄昏，飞回了村部的那个院子里，她好像是想起什么来了……莫非那个黄昏，那截土炕，那个……她的心猛地抽紧，难道就是那次，难道，难道，难道就怀上了金孝明的孩子？

我的妈呀！秀枝立即否定了这个想法，这怎么可能，不可能，不可能，怎么能……就那么一次，就，就，就怀上了金孝明的孩子，秀枝觉得后背有凉汗淌了下来，她不敢再往下想了。

秀枝的心里乱极了！她不敢往下想，可又禁不住去触碰，因为这个结是没法逃避的，她想若是那次怀上孝明的孩子，那么怀里抱着的小青就是孝明的骨血，而走在身旁的却是自己深爱着的丈夫，若是那样的话，彼此相恋五年的所谓爱情到底是什么啊？若是万成知道小青不是自己的孩子，那将是怎样的结局啊！

秀枝和万成刚进家门，婆婆就从秀枝的怀里把小青接过来，秀枝说：妈，你也歇歇吧！婆婆说：我不累。婆婆抱着小青，这眼神儿直直地落在小青的小脸儿上，边看着边逗着：谁说我的宝贝孙子长得不像我儿子，简直是胡说八道，我看就是我们老姜家的面相，你瞧这眼睛和这下颏，这不正是我们姜家的品相嘛，胡说什么啊，真是没长眼睛，不招人待见。

婆婆自己叨咕了一大堆，秀枝一直没有搭话，收拾着床上的东西，耳朵却在细心地听着婆婆的唠叨，末了秀枝说：妈，你哄你的孙子吧，我去外面看看万成忙哈呢。婆婆笑着说：你去吧，这儿有我呢。婆婆理解秀枝和万成的心情，她的心里什么都明白，只是不想把那些事情挑破，看着两个孩子的焦虑和忧愁，她的心里更为难受，也很想为他们分担。

可是不知为什么，她这心里始终是翻江倒海，整天不落体儿，看着小青的脸儿，还真有点儿和孝明相像的地方，可她从不愿意相信那些乱七八糟的传言，她相信自己的儿子，也相信自己的媳妇，两家都是本分人家，两个孩子都是本分人，不会有什么说道的，心想街面儿上人多嘴杂，难免说啥都有。

今天尚美丽的那番话挺厌恶，让她又回想起儿子从结婚到现在的前前后后，一幕一幕，就像过电影，老太太毕竟是六十多岁的人，也是见多识广，想来想去，还是自我安慰：事情都到了这个地步，想得越多越闹心。唉！就当这个娘儿们信口雌黄。

晚上，万成从渔苇场回来，秀枝明显地看出他的心情有些低落，洗过脸之后，坐在木椅上，他拉住秀枝的手说：秀枝，我有个想法，我不想去渔场干了，总觉得没有什么意思，而且还离家那么远，把你和小青扔在家里，心里总是放不下。

秀枝没有说话，她在揣摩万成的心思，看着万成的脸，感觉他瘦了很多，眼眶有些塌陷，颧骨有些突出，眼神中透出淡淡的忧郁，秀枝的心里涌出一阵酸楚，跟万成说道：你自己的事业，你自己决定，不管你怎么决定我都支持你，只是你要保重自己的身体，别让我为你担心，你觉得怎么开心就怎么做。

没想到秀枝会这么回答，万成的心里就像涌入一股暖流，他伸出双手把秀枝揽在怀里，把脸紧紧地贴在秀枝的耳边，任凭秀枝蓬松的长发摩挲自己的眼睛和鼻子，小声地跟秀枝说：其实我最担心的是你，你和小青是我的命根子，你们可要好好的啊！秀枝把头仰起来，微笑着说：我们这是怎么了？怎么越说越伤感了，我们的生活才刚刚开始，不说这些，我们说点儿别的。

万成轻轻地捧起秀枝的脸，久久地凝望着，发现秀枝的眼睛里闪现血丝，他立刻心疼了！怎么会这样？她的内心是不是很难受？便连忙问秀枝：你怎么啦？是不是没睡好？秀枝笑着说：没怎么啊，这不好好的嘛！我没事儿。秀枝不想让万成替自己担心。

万成把自己的嘴唇贴在秀枝的额头上，发疯似的吻了起来，秀枝紧紧地抱着万成，好一阵子两个人才安静下来，秀枝把头深埋在万成的怀里，感觉到有泪水从万成的脸上流下来，一直滑落到自己的脖子和手臂上，泛出温热湿滑的感觉，秀枝的心在不安中享受着久违的温暖和宁静，她不知道万成的眼泪是出于激动，感动还是震动，但她知道无论是哪种心情，都是万成对自己深深的爱恋，秀枝从来没有怀疑这点，包括他们两人内心里最焦灼的那段时间。

迷醉中，秀枝的耳边响起了万成低沉的声音：秀枝，你我相恋这么多年，我们之间不会有别的事吧？声音很低，却振聋发聩，万成的问话，终于触及到秀枝内心的痛处，她的心颤了一下。

秀枝慢慢地仰起头，深情地看着万成，悠悠地说：万成，我爱你，我真的爱你。此时，秀枝清楚地意识到，万成已经开始怀疑这些传言，甚至包括小青是不是自己的孩子这件事，也已经让他疑虑重重，秀枝感觉到：事情已经走到了无法挽回的地步。

第十三章

　　六月的松嫩平原，已经是绿油油的世界，蜿蜒的松江水就像一条银色的飘带，在广袤的原野上伸展跳动，秀美的龙湾犹如绿色海洋中的一颗明珠，在蓝天白云的映衬之下，享受着夏日里的葱茏与繁盛，陪伴这里的庄户人家追寻着愈加红火的日子。

　　早上不到七点，孝明的妈妈就把饭菜端上来，放在那张深紫色的方桌上，这张桌子是孝明的爸爸活着的时候，用后山坡的老黄榆做成，三十多年过去了，还是当初那个板儿板儿的样子，一点儿都没走形，只是桌面上的木纹，被柳条刷子刮出深深的沟痕。

　　孝明在院子里来回走着，他的脑子里规划着养殖场未来发展的前景，养猪，养牛，养羊，齐头并进；果树，药材，苗木，同时发展；卫生所，养老院，大食堂，把养殖场建设成村民致富和乡亲养老的乐园。再过几年，家家有股份，户户有收益，既能富裕全村老少，又能壮大集体经济，越想越有劲头儿。

　　老太太站在外屋喊道：孝明啊，进屋吃饭吧，一会儿李婶子就过来了。孝明没有搭话，进屋就坐在桌子旁边，老太太接着说：孝明啊，听你李婶子说，这个姑娘可是不错，一米六六的个儿，体格结实，什么活计都会做，你可不能错了主意。

见孝明没吭声，老太太便提高了嗓门儿：臭小子，我和你说，今天你可给我老老实实的，不许耍你那驴脾气，这都相了多少个了，那么多好姑娘都让你给错过了，赶年都二十八了，还不找个媳妇，你让老妈给你做一辈子饭，你也忍心啊？混账东西。

老太太不住地唠叨，孝明已经习以为常，他也不是不着急，说来也想娶房媳妇，过上安慰日子，可他心里的想法，总是和老太人不合拍，孝明坐在桌子旁边，跟老太太做个鬼脸：老妈啊，你就别再唠叨了，我和你说多少次了，不用你操心，我都这么大了，我自有主张，不会打光棍儿的，好吗？咱们吃饭。

老太太一听孝明这个话儿，立刻就来了火气，大声地嚷嚷道：你这是什么话啊？我是你妈，我能不着急吗？这屯里屯外的，谁家像你这么大的小伙子没有媳妇啊？不就是你没有吗？我急得头发都白了，你能不能心疼心疼你妈啊？

看着老太太真是动了火气，孝明笑嘻嘻地说：妈！我这不是怕您操心嘛，你放心，我知道咋办。老太太气呼呼地把脸转过去：我知道你的心思，人家都结婚生子了，你在这还等什么，你能等出什么个结果啊？到最后，还不是各过各的日子啊。

孝明的心思也确实让老太太给看透了。

自从心里有了秀枝，他就再也没有想过别的姑娘，特别是村部那一幕之后，孝明已经铁下心来，这期间亲友们给他介绍了好多不错的姑娘，老太太逼着相看了二十多位，可是这些条件很好的姑娘们，偏偏就入不了他金孝明的心。

这是因为，孝明的心里只有温秀枝。

读中学的时候，他们俩就是非常要好的同学，孝明对秀枝那是时时体贴处处呵护，细心地保护着心中暗恋的姑娘，可他一贯矜持，没有和秀枝明确地表示出来，而在这期间，恰恰给了万成绝好的机会，万成朴实厚道的性格，赢得了秀枝的好感，在秀枝的少女情怀里，万成逐渐占据了上风。

秀枝和万成已经谈婚论嫁，甚至筹备结婚的时候，孝明才如梦方醒，可是已经来不及了，孝明这心里真如刀割一般。也是，自己喜欢了多年的姑娘却要成为别人的老婆，这个事实确实让孝明难以接受，不过事已至此，已经没有别的办法，可金孝明认准这个死理，硬钻这个牛角尖！竟然还做出那样的蠢事。

然而，对老太太来说，许多事情她是不知道的，特别是村部里发生的一切，她连想都没有想过。而对金孝明来说，无论如何荒唐和耻辱，甚至不可理喻，却是刻骨铭心的感觉！

……在那个平常的黄昏里，一个寂静的角落中，孝明几乎是以无法抗拒的方式和秀枝发生了关系，原本是要实现一种卑微而愚蠢的占有，不料却如同中蛊，从此无法摆脱灵魂的救赎。

……以为有了这一次，这辈子也就行了，虽然不能成为夫妻，却也了却夙愿，可是秀枝的肌肤与呼吸，她身体上散发的气息，从此定格在孝明的生命里，怎么也无法从他的记忆中抹去。

老支书的真诚鼓励，村干部的百般劝说，加上秀枝的鼎力支持，万成终于同意就任渔苇场的场长。

新建的渔苇场就处在距离龙湾村不足五公里的一处山坡上，几间破旧的老房子，是前些年县里土产公司设置的芦苇收购站，后来因为农民直接到县城销售芦苇，所以这里就没有了收购业务，时间长了也就没有人居住了，残垣断壁，满院荒芜。

万成上任之后，制定了一个长远规划：在三百多公顷的水面，以养鱼和芦苇为主，在周围的山坡上种植蔬菜和水果，包括枸杞树、文冠果等经济作物，各家各户可以出资也可以出力，可以各种方式合作入股参股，年末按股分红，相互监督，公平分配，之后用村上的积累扶持村里的孤寡残弱。

这些长远规划得到了全村老少的大力支持，老支书带头响应，党员和干部随后跟进，团员、民兵、妇女共同参与，修缮房屋，招用员工，购置网具，打造木船，开挖鱼池，投放鱼苗，几条线同时进行。家家动员，人人上阵，掀起了"大干五十天，建成渔苇场"的生产热潮，乡里包片儿领导现场蹲点督战，一百多号人苦干一个多月，初具规模的渔苇场投产运营。

这段时间里，万成始终守在工地上，贪黑起早，摸爬滚打，没有吃过一顿像样的饭，更没有睡过一次囫囵觉，一个月下来，又黑又瘦，每次回家的时候，秀枝都会心疼地问这问那，想方设法给万成做些好吃的，临走的时候，还要带上些东西。

这天晚上，秀枝刚刚做好饭菜，万成就进了家门，他脱下外衣，随手就把小青抱起来：快让爸爸亲亲我的宝贝吧！额头上，小脸儿上，好一顿亲吻，把小青逗得咯咯直笑。秀枝舀了一瓢水，说道：万成，先洗洗脸吧。随手从万成的怀里接过小青：哎呀！瞧你的胡楂，给我宝贝的小脸儿都弄红了。

万成洗过脸剃了胡须，来到秀枝的身边，悄悄地对秀枝说：我们都半个月没在一起了，今天晚上我要陪你。秀枝推开万成说：没正事儿！脸唰地红了。万成见状，上前亲了一下秀枝的耳朵：老婆，你看着咱们的宝贝，我自己去弄饭。秀枝说：不行，你来看孩子，我去给你弄，你这么辛苦还要自己弄饭吃，这要传出去，我还算什么老婆啊？说着就到后屋忙活去了。

吃完饭，万成老早就把窗帘拉上，哄睡了小青，拥着秀枝钻进被窝里，万成紧紧地搂着秀枝，疯狂亲吻的同时，嘴里呢喃不止，秀枝扳过万成的脸，细细地审视着，就像检查什么一样，看到万成又黑又瘦的样子，心里一阵酸楚，用手捏着万成的鼻子说：你瞧瞧，你都瘦成什么样了，这样下去身子吃不消啊。

万成把自己的嘴唇贴在秀枝的嘴唇上，看着秀枝秀美的脸庞和温柔的眼神，周身的血液瞬间上涌，顿时有种疯狂的冲动，他爬起来猛然将秀枝揽在怀里，死死地压在身下……

久违的感觉，随着肉体的癫狂进入了迷乱的状态！

万成觉得自己就是草原上的一只雄鹰，挥动着翅膀，从草地上窜入了蔚蓝色的天空里，回首遥望着白云和绿草，看到秀枝抱着小青在草地上奔跑，而且呼唤着自己的名字，他用尽全身的力量，从高空急速向下俯冲，拼命地追赶他们母子，可是不管怎么努力都无法追上，累得他气喘吁吁。

他依旧奋力追赶，还是无法赶上，总是有段距离，就在无可奈何的时候，他隐约发现还有个人也在追赶他们母子。万成瞪大眼睛，惊奇地发现：原来是金孝明。心里咯噔一下，怎么会是他？万成的心往下一沉，就觉得自己从高空猛然坠下，摔在地上。

万成大汗淋漓，呼吸急促紧张，秀枝抚摸着万成的肩膀，心疼地问道：万成，你怎么了？万成没有说话，似乎还没有从刚才的状态中回过神儿来，此时的万成虚弱无比，大口大口喘着粗气，一股冷冰冰的感觉从后背升起，他无力地从秀枝身上滑落下来。

秀枝给万成擦去脸颊和胸脯的汗珠儿，问道：你是不是很累啊？万成脸色煞白，悠悠地说：我也不知道怎么了，好像做了个梦，梦见自己变成了一只鹰，没等飞到高空就坠了下来。万成和秀枝描述刚才这个过程的时候，故意隐去了金孝明这个情节，之后和秀枝说：咱们睡觉吧！说着便独自躺下。

夜，异常地静，周围的一切，死一般沉寂，只有松江水流动的声音和由远及近的蛙鸣，从远处的江湾传来，听得清清楚楚。

时钟敲过十二点，万成还没有睡着，其实秀枝也没有睡着，两个人眯着眼睛静静地躺着，而心里都在仔细地回想着刚才的过程，就像回放一场情节曲折的电影，每个情节的细微之处，都在记忆的纱网上缜密地过滤，生怕漏掉任何一个细节。

秀枝的心里有些纳闷儿：刚刚开始的时候，万成是那么疯狂，很快就进入了极佳状态，怎么突然就中止了呢？仔细地回味这个过程，觉得没有什么异常，可是为什么就……秀枝找不到其中的原因，这个时刻还不能去问万成，所以只能默默地想着，想着是不是自己的原因，然而，秀枝的心里却有种不安的感觉，似乎还夹杂着惶恐的成分，慢慢地从心底奔涌出来。

万成的脑子里满是金孝明的影子，从小的时候在一起玩耍，到一起读小学，读初中，读高中，直到后来回乡务农，无数的场景在脑海里交替闪现，甚至想到结婚前，有几个好哥们儿和自己说：你小子可要加油啊，别让人给抢跑了；还有的朋友更直接说，金孝明是秀枝的同学，又是村里的干部，你可要注意啊！

万成想得头晕脑涨，而百思不得其解，为什么在这个关键时刻，就想到金孝明；为什么想到金孝明，就无法把事情做到底，为什么……许多个为什么，像一条绳索在脑海里缠绕着，唉！

东方已经发白，万成稀里糊涂的，似睡非睡，脑袋炸裂似的疼，这一夜万成严重失眠，而且直到次日早上，他都没有真正睡着，回到场里的时候，脑袋像糨糊一样，乱得一塌糊涂。

勤叔把招用工人的报名表递给万成的时候，万成正在那里发呆，他的脑海里还在想着昨天晚上那个奇异的梦境，说是梦，又不是梦，那种似梦非梦似醒非醒的感觉。

勤叔说道：万成啊，你抽时间看看这个表，这人可报了不少啊，老支书说马上就要研究了，到时候你要在会上发表意见，看老支书的意思啊，主要是听你的意见。

万成抬起头看看勤叔，笑着说道：勤叔啊，那是领导们抬举我，我哪有那个权力啊，再说我年纪轻轻，好多道理都不明白，这用人可是大事儿，还得靠老支书，靠你们把关，没有你们给我把关掌舵，我这个场长可当不好啊。

勤叔抿起嘴角点点头，嘴唇微微地动了一下，微笑着说：万成啊，就凭这条你就有出息，老领导啊，永远都得尊重。瞧！别看勤叔是个老实人，说起话来也是颇有深度。

勤叔转身出去了，可没走几步，又转了回来，问万成：你是不是晚上没睡好啊？怎么一点儿精神头都没有，可别太累啊，年轻也得注意这身子骨，等到老了，这病都得找上来。

万成赶紧站起来说：谢谢勤叔，我没事儿，昨天晚上确实没有睡好。这时他才认真地浏览一下这张表格，突然他看见一个十分熟悉的名字：云佳辉。

说起这个云佳辉，万成是再熟悉不过了，她小名云妹，住在龙湾北屯的后街，和万成住的南屯也就五里路，她是比万成小两届的同学，在万成和秀枝处对象之前，曾经有人给万成提过亲，万成的父母觉得女孩儿的年龄太小，这事儿就被搁置起来。

事也凑巧，云妹嫁给了本村的李默，无奈这个李默命短，在去年往县城送芦苇的途中发生车祸，重伤而亡，两个人也没留下孩子，丈夫死后，云妹就和婆婆住在一起，也算相依为命。

也许是青春年少，难耐闺房寂寞，云佳辉突然想起当年的姜万成，万成来渔苇场之前，云佳辉就曾找过他，那个时候正是万成和秀枝闹别扭的时候，这个糊涂的姜万成，也不知道怎么了，竟然在黄昏时分，在西场院的柴草垛里，和云佳辉野合在一起，此后，也就是偶尔有些联系。

秀枝躺在床上，望着天花板发呆，昨天晚上她也没睡好，她还是觉得很奇怪，以前万成回来的时候，每次都像饿狼一样，不把她折腾个半死他都不罢休，可是昨天晚上却突发异常，临阵脱逃，极其仓促地结束了那个过程，不仅时间很短，状态不佳，而且神情恍惚，魂不守舍，沮丧异常，这种情况是从来没有的。

第十四章

　　村部的会议室里，烟气缭绕，老支书端坐中间，两边是各社的主任和村委会的其他成员，孝明虽然是一村之长，却谦让有加，从来不以村长自居，总是甘居小辈。今天他老早就来到村部，把窗子打开，提前把水烧开，等这些参加会议的人都来了，给他们沏上茶倒上水，然后坐在老支书的旁边，听着老支书讲话。

　　老支书点着一根旱烟，环顾了一下会场，语气凝重地说：今天找大家来，研究一个大事儿。说到这里，老支书停了下来，参加会议的各位也都抬起头看着老支书，老支书吐出一口烟雾，接着说：咱们的渔苇场已经有型了，前景也是非常好，万成他们干得很起劲儿，这么短的时间就有了眉目，真是不得了啊！现在有个大事必须定下来，那就是门前的大坝，要想搞渔场，就必须得修这条大坝，没有大坝，闸门修不上，江水拦不住，鱼也养不了，其他也办不成。龙湾的老人们都知道，早在十多年前，当时的县里就有大坝的规划，这么多年来，没人管这个事儿。现在，万成他们把场子建起来了，修建大坝就提上了日程，要修这条大坝就得需要劳力，需要人工，需要技术，需要钱，今天我们坐在这儿，就是要逐项研究落实这些问题。

　　屋子里鸦雀无声，与会的这些村社干部们认真地听着，心思都集中在老支书说的这几个事儿上，老支书又接着说：过去啊，我们忽视了技术这一条，总觉得谁都能修大坝，实际上不是那回事，天河水库的大坝修得多坚固啊！再看看我们过去修的大坝，挺不过三五年就泡汤了，这次乡里要求我们一定要请专业人员，规范设计，科学施工，高起点，高质量，不能再把钱打水漂儿。

大家你一句我一句，呛呛了好一阵子，孝明接过话茬儿说：老支书，我感觉我们没有这方面的专业人才，咱们必须外请懂这方面技术的人，不能吝惜那点儿钱，看看大家有没有合适的人选，如果没有的话，我有一个初中同学，省水电学校毕业，现在是咱们县里水利局的工程师，看看能不能把他请过来。

老支书看了一下在座的各位，说道：看看大家还有没有更好的意见，如果没有，咱们就这么定了，成立大坝工程指挥部，孝明牵头负责，由他当总指挥，万成当副总指挥，直接抓工程施工，其他村社班子成员都是指挥部的成员，用到谁谁就上。

说完，老支书把脸转向孝明和万成：怎么样啊？你们的担子可不轻啊，有没有决心干好啊？

万成朝老支书点点头说：老支书，你就放心吧，让我干啥我就干啥，保证把这个事儿干好，不把大坝修好，我也就不当这个场长啦。

老支书笑着点点头。

孝明站起身，表情严肃，跟大家说：老支书给咱们坐镇，我和万成领着大家伙儿干，只要咱们心往一处想，劲儿往一处使，我看没问题，请各位放心，大坝修不好，我这个村长也就不干啦。

没过几天，大坝建设工程就紧锣密鼓地开工了！

秀枝吃完晚饭收拾妥当，正要去疯婶子家，还没迈出门槛，就见万成从外面回来，秀枝喜出望外，赶紧迎了出去，笑着跟万成说：以为你还要等几天才能回来呢，那我就不去疯婶子家啦，我给你弄好吃的去。说着，就往厨房去。

万成把衣服放在木椅上，转过身猛地从后面抱住秀枝，满是胡楂的嘴死死地箍住秀枝的嘴唇，疯狂地吻了起来，秀枝没有挣脱，顺势倒在万成的怀里，万成悄悄地问秀枝：你想我吗？我可想死你啦。秀枝定定地看着万成，似乎有些委屈：你还问这些，每天晚上我都睡不好。

这段时间，万成没黑没白地忙活在工地上，整天滚成个泥鳅似的，又有十多天没有回家，今天回村里和老支书来汇报大坝工程的进展情况，完事之后就乐颠颠地跑回家来。也是啊，二十七八的小伙子正值壮年，这些天夜里睡不着觉，半夜醒来眼睛望着房顶，心里就盼着和秀枝在一起。

秀枝也是，这心里总是盼着万成回来，没事的时候这眼睛总是往院子里看着，巴不得万成突然就出现在眼前，可是早也盼晚也盼，还是没有个人影，有时候一个人坐在屋里发呆，好在有小青在眼前逗着玩儿，这时间还能打发下去。

刚刚吃完晚饭，万成便猴儿急地催着秀枝把小青哄睡了，小青这头刚一消停，万成就迫不及待地拥着秀枝钻到被窝里，这久别的感觉已然超过新婚啊！还没等秀枝把衣服全都脱掉，万成就像饿虎扑食，两个人立刻融为一体，疯癫着云雨开来……

就在秀枝和万成渐渐进入状态的时候，问题出现了！就像真魂出窍一样，万成的心思怎么也收不回来，那个魂儿像鸟儿一样飞了出去，从窗子里飞到院子外，飞到街角处，飞到那颗老榆树下，又飞到那片一望无际的草地里。

迷蒙中，万成又看见了金孝明，远远地朝这边跑来，似乎看见了秀枝，正在奋力追赶，万成的目光停留在孝明的身上，他又想起新婚次日婶子们惊奇的表情，想起榆树林里尚美丽的胡说八道，想起姜学忠那种诡异莫测的眼神儿……

他突然感到胸闷气短，随之大汗淋漓，眼瞅着就像鲶鱼一样，从秀枝身上软绵绵地滑落下来，秀枝觉得情况不对，急忙问万成：你怎么啦，哪儿不舒服吗？万成摆摆手说：没有，可能是有点儿急了，估计过一会儿就好。随后，神情沮丧地躺在秀枝的脚下。

秀枝信以为真，披上衣服给万成倒了一杯热水，递给万成说：你先喝杯水，然后靠在被垛上稳当一会儿，这段时间你也是太累了，看你的脸色多不好。

万成喝了口水，斜靠在被垛上，他慢慢地回想着刚才的过程，就那么几分钟的时间，脑子里却乱得一团糟，而且乱得无法收拾，和上次的结果几乎是一模一样，就在刚刚开始不久，就在他将要疯狂地发泄情欲的时候，突然感觉到自己的精神集中不起来，反复调节却无济于事，随后所有的努力宣告失败。

万成清楚地记得，在模糊的潜意识里，他是在刻意地躲避一个人，可是怎么也躲不掉，这个人影儿反倒越来越清晰，由远及近，一步一步地向着自己走来，轮廓愈加分明，就是那个金孝明！万成异常奇怪惊恐，几乎要喊出声来。

梦幻中的孝明，瞪着一双布满血丝的眼睛，恶狠狠地说：姜万成，你记住，秀枝本来是我的，是你从我身边夺走了她，我恨你，我恨你，我不会放过你，早晚我要把秀枝夺回来……她是我的，她是我的，歇斯底里的叫声久久地回荡在草地上。

万成喝了几大口水，把杯子放在炕边的柜子上，伸手搂过秀枝，心里怯怯地说：秀枝，我是怎么啦？跟上次一模一样，总是走神儿，咋回事呢？秀枝看着万成那张焦急万分的脸，安慰道：不要着急，可能是累的，慢慢就好了，你不会有事的。

万成又一次没有说出原因，他不想在秀枝面前提起金孝明，在两个人的内心深处，在彼此相通的那个地方，都懂得对方的忌讳，所以也就回避那根谁也不想触碰的神经，谁也不想给对方带来伤害，谨慎地小心翼翼地绕着走，因为一旦触碰了，结果是难以想象的。

这个晚上，万成和秀枝深度失眠。

夜深人静，可是一点儿睡意都没有，两个人的眼睛瞪得大大的，直直地望着天花板上的木格子，脑袋里乱糟糟的，理不出个头绪。时钟已经敲过了十二点，可还是睡不着，各自想着自己的心事。

　　清冷的月光，透过纱帘洒下满地的斑驳，松江的水悠悠地流淌着，发出清晰的响声，岸边的蛙鸣似乎也静了下来，夜幕笼罩下的屋子里静得出奇，甚至有种压抑的感觉，让人喘不过气来。

　　秀枝把脸侧过来，手搭在万成的脖子上，月光下万成棱角分明的脸有些消瘦，秀枝的心里掠过一丝疼痛，她趴在万成的耳边，轻轻地说：万成，你睡了吗？声音轻得几乎是耳语，可在寂静的夜里，却听得分明，万成的头稍稍动了一下，迷糊着说：睡不着啊！头疼。随后，用手抚摸着秀枝的长发。

　　秀枝的心里也不好受，刚才的那个过程，她没有想得太多，只是觉得万成过于劳累，对于男女之间的这些事，心有余而力不足罢了，因为她不知道万成心理上的那道坎儿，所以秀枝的心里更多的还是体贴，便对万成说：睡吧，明天你还要去县城呢。

　　万成转过头来看着秀枝，两只手轻轻地抚摸着秀枝的脸，一缕一缕地梳理着秀枝的长发，心存愧疚地说：你也睡吧！秀枝感觉到万成的手是那样粗糙，手心却是那样温热，顿时涌起一股难言的苦涩，眼角骤然滚出两滴晶莹的泪珠，慢慢地滑落到万成的指间，他搂过秀枝的肩膀，两个人紧紧地抱在一起。

第十五章

盛夏的松嫩平原，一派生机盎然的景象，山坡上连片的黄榆，抖落出深绿色的叶子，正在旺盛地生长；蓝幽幽的江水，穿过开满山花的草地，跳跃着向前奔流，不时地闪出耀眼的光波；岸边的芦苇，散落出淡紫色的花絮，在和风下轻轻地摇曳。

渔苇场的建设正在紧锣密鼓地进行，办公室和技术业务用房已经维修完毕，原本破旧的窗子粉刷了油漆，安上了玻璃，围墙和大门也已成型，宽大的院落里清除了杂物，铺垫了新土，四周栽植了成排的丁香树，别有一番除旧布新的感觉。

这段时间，万成坚守一线，忙得不亦乐乎，原想回家能好好休息一下，可是昨天晚上整夜都是昏昏沉沉的，脑子里的事儿搅成了一锅粥，他要联系浇筑大坝的材料储备，还要协调请工程师的事儿，还要派人联系购买鱼苗，还要去水产局和芦苇局联系养殖业登记备案。

好多好多的事儿，在万成的脑子里反复地折腾着，弄得万成心神不宁，不过这些事再多也都是工作方面的，今天办不完，明天接着办，可是昨天晚上的事儿却让万成焦躁不安，那种烦闷乃至愠怒的情绪，始终萦绕在心里，久久挥之不去。

只要想起来，万成的心里就像塞了一团乱麻，堵得他难受，又无法纡解，整夜都在反反复复地琢磨着，为什么会出现这种情况？为什么总是在这个时候想起他？为什么？为什么？对于这些为什么，万成自己也很清楚，本来不愿意想起他，可偏偏又在那个时候，鬼使神差地想到他，这使他百思而不得其解。

而每次想到孝明的时候，他的心就冷不丁地抽搐一下，对于尚美丽的那些话，他宁愿相信完全是一个乡下女人的瞎掰，是随口乱说，信口雌黄，可是现在他又时常怀疑自己的想法，自我暗示着尚美丽的说法，是不是也有些道理，他甚至觉得……

吃过早饭，万成跟秀枝说：今天不去县里了，先去乡政府协调鱼苗的事儿，中午请鱼种站的李站长吃饭。之后趴在秀枝的肩膀上，小声地说：晚上咱们带着小青，去看看咱爸咱妈，我都好长时间没去了，真有点儿想他们。

万成所说的咱爸咱妈显然是指秀枝的父母，秀枝温柔地搂过万成的脖子，在万成的胸脯上亲了一口：看来我的父母没有白疼你，还知道想他们，晚上我给你和小青蒸菜馅儿包子。

秀枝哪里知道，万成的真正目的是想创造一个机会，做一次心理尝试，再验证一下是不是自己的心理出了问题，回想昨天晚上的那个过程，他的心里总有个结打不开，想想自己的惶恐和退缩，心里便生出一丝不安，他希望这是一次偶然，可是越是这么想，这心里的不安就越是增长。

现在的万成，几乎没有心思来想渔苇场的事儿，他的脑子里全是昨天晚上的那些场景，所以他下定决心，今天晚上还要在家里住，还要和秀枝继续昨天的故事，他想得到证明，既证明给自己也证明给秀枝：前两次的情况纯属偶然。

太阳渐渐地滑向江湾，坠入那片榆树林中的山坳里，火红的晚霞把天边的几朵流云染成橘红色，灿烂的霞光倒映在流动的江水中，跳动出一片片血红色的波纹，给这夏日的龙湾增添了几分妩媚的情调。

龙湾村的庄户人家陆陆续续地收工回家，女人们扎着纱巾，男人们光着膀子，说说笑笑从荒郊野外走回了这个古老的村庄，在他们祖辈居住的老宅里，又一次升起一缕缕的炊烟。

万成回到家里的时候，已经是黄昏时分，见秀枝闲在那里没事，小青自己在玩那个毛毛熊，就和秀枝说：还是家里好啊！多清静啊，哪像场子里乱糟糟的，我都不想回去了。说着，抱起了小青亲了几口，秀枝说：我和咱妈说你要去看她，老太太可高兴啦，说晚上给你做好吃的。

两个人抱着小青，有说有笑地来到秀枝的娘家。秀枝的爸爸妈妈也好长时间没有看到万成，见姑爷来了，哪能不高兴啊！老早就把晚饭准备好了，李悦双看见姑爷，心疼地说：万成啊，是不是太累了，怎么瘦成这样啊？俗话说丈母娘疼姑爷，那是真心实意啊，看到万成又黑又瘦，转身跟秀枝说：秀枝啊，这回万成回去的时候，你给万成弄点儿吃的带回去，你瞧这孩子都瘦啥样了。

秀枝应承着说：就是啊，没黑没白地在工地上滚，啥人能受得了啊。李悦双转身对万成说：你自己可得注意啊，要是这么下去，没等大坝修好呢，不得把人累垮了嘛，能让别人干的就让别人去，别总是自己来回跑了。万成笑嘻嘻地说：没事的，妈，我还年轻，你放心吧，我自己会注意的。

从娘家回来，已经是晚上八点多了，秀枝铺好被褥，拉紧窗帘，好不容易才把小青哄睡，便和万成说：咱们也睡吧！万成更是猴急，骨碌碌钻进秀枝的被窝里，秀枝搂着万成的脖子说：万成，昨天是我不好，没有在意你的感受，今天我要好好配合你。之后，做了个鬼脸，就钻到被窝里。

整个白天，万成都在想着今天晚上的事情，决定再试身手，可他现在却有些后悔，他觉得不应该这么急着来验证，而应该顺其自然，假如真的有了问题，就连退路都没有了，那今后咋办啊！不过现在也没有别的选择了，既然已经留下来，那就没有余地了，只能坚定不移地走下去，心里却难免忐忑。

刚进被窝，秀枝就把万成拉了过来，万成顺水推舟，两个人就滚在了一起，昨夜没有达到理想的状态，今天真是要弥补回来啊！两人心里都是这么想的，也都在往这个目标努力，万成铆足劲头，秀枝全力配合，两条赤裸的胴体盘根错节绞在一起，疯狂地吻着，使劲儿地抱着，瞬间便进入期盼已久的癫狂状态……

就在两人暗自庆幸大功告成的时候，万成的脑海里突然闪现出昨天的影像，接着就像熄了火的发动机一样，立刻就减缓了速度，一种凉冰冰的感觉顿时扫过全身，他马上就有种不祥的预兆，就在他极力地拼着劲儿试图挽回的时候，他的眼前倏地划过一个人影儿，他定了定神，不禁一身冷汗，又是那个金孝明！

万成不相信自己的眼睛，其实是不愿意相信自己的眼睛，他又仔细地打量一下，最后终于确认，明明白白是金孝明。还是那身打扮，还是那副模样，还是那副表情，只是脸上洋溢着淡淡的笑意，甚至还做了个鬼脸儿，不像昨天脸上都是怒气，就在万成走神儿的瞬间，从昨天到今天，所有的努力均告失败。

秀枝再次被这突然的变化给惊呆了！但她付出了全部努力。

只为挽救那种幸福的感觉，她抛弃了所有的矜持与羞涩，调动了女人全部的温柔，满心欢喜地配合着万成，心里幻想着潮起潮落的过程，不料却又出现这般情况，秀枝显然给弄晕了，她不知道是什么原因，怎么就立刻停了下来，应该说又停了下来，她不知道该怎么去应付这种局面，也不知道该说些什么，她只是呆呆地望着万成，是该安慰他，还是该安慰自己。

万成像具没有生命的尸体，僵硬地畏缩在那里，眼睛半眯着，脸上淌着冷汗，一副垂头丧气的样子。秀枝低下头来，心中满是惶恐，她不知道是什么原因，也不知道是谁的原因，更不知道该说什么好，不过她真切地知道：这一次又失败了，而且败得很惨。她嗫嚅着小声地对万成说：是不是不行啦？

秀枝万万没有想到，她就这么一句轻柔而且关切的问话，竟惹来万成雷鸣般的咆哮，他恶狠狠地呵斥道：你说我能行吗？我怎么能行？我一和你在一起，就会看到金孝明的影子，他像个恶魔一样总是缠着我，还冲我傻笑，让我怎么能行。你是不是和金孝明有什么事儿？这句话到了嘴边，万成又咽了回去。

这次秀枝真的给吓着了，她紧紧地抱着万成的胳膊说：万成，怎么会这样？我们在一起，你怎么会想到他啊？他和我们有什么关系啊？秀枝几乎是哭诉着说：万成，我们不去想这些，就想我们在一起那些快乐的事儿，别的什么都不去想，万成，鼓足勇气，我们再来！

秀枝那张滚烫的脸埋在万成的怀里，万成抚摸着秀枝披散下来的长发，一股原始的巨大的冲动立刻把满腔的血液带到全身，澎湃着，汹涌着，他像饿虎一样猛地扑到秀枝的身上……秀枝的双手勾住万成的脖子，使劲儿地吻着万成的下颏。

万成用尽全身力气，他希望能像过去一样，在爱妻面前展示出男人的风采，这次他豁出去了，并且一遍又一遍地告诫自己，什么都不要想，这个世界上只有他姜万成和温秀枝，除此之外，什么都没有意义。

就像魔鬼附体一样，金孝明的影子不知不觉又闪出来，就在自己的附近，万成汗流浃背，状如水洗，上气不接下气，几个回合之后，身子往后一仰，彻底败下阵来。

这下，秀枝可害怕了，她赶紧坐起来，焦急地说：万成，我们这是怎么啦？是不是有什么毛病啦？要不我们明天去医院看看吧。万成一句话也不说，坐在那里就像一座木雕，眼神呆滞，表情黯然，瘦削的脸上透出深深的无奈，一颗又一颗豆大的汗珠儿，顺着脸颊扑簌簌地滚落下来。

这一夜，万成和秀枝毫无睡意，两个人也没有说几句话，只是静静地躺在土炕上，在死一般的寂静中煎熬着，沉沉的黑夜就像村口磨坊里那个硕大的磨盘，压得两个人透不过气来，只在内心深处默默地期盼着，黑夜快快过去，黎明快快到来。

次日清晨，万成急匆匆地吃了口饭，就返回渔苇场了，此后半年多的时间里，每隔三五天就回来一次，每次都和秀枝亲密接触，然而让两人愈发沮丧的是，每次都无法达到目的，最后都是草草收场，惨败而归，而且显然都是万成的原因，一段时间过后，夫妻俩几乎中断了肌肤之亲。

第十六章

从县城请来的水利工程师林中飞，今天就到了龙湾。

早上，老支书找到万成说：万成啊，今天你得卖卖力气，好好陪陪人家，听水电局的人说，这个林工酒量不错啊，把他陪好了，说不定就能给咱省个万八千的。万成蛮有把握地说：老支书，您就放心，我一定让他满意，不仅让他知道咱们龙湾人的热情，还让他知道咱们龙湾人的酒量。说完，两个人笑了起来。

为了今天这顿晚餐，老支书专门派人去县城里办了伙食，虽然没有什么山珍海味，不过各种炒菜和肉食弄了一大桌子，看上去十分丰盛，这是龙湾村多少年都没有的盛大场面，参加这次欢迎宴会的，除了龙湾村的大小头目以外，还有乡里两位同志。

按照入乡随俗的规矩，老支书主持这场欢迎宴会，首先是乡里领导发表热情洋溢的祝酒词，接着便是老支书提酒，之后金孝明，姜万成，以及其他村社干部依次敬酒，场面热烈真诚，好像每个人都说出好多知心话，特别是老支书那番发自肺腑的话语，情真意切，字字千钧，更是让人感动不已。

老支书的手里举着酒杯，语气深沉又不乏豪迈，他说：龙湾村从有人家居住到现在，少说也有三百年，多少代人傍着松江，在这块土地上居家过日子，做梦都盼着发家致富，可是多少代人的努力，就像这日夜流淌的江水一样付诸东流了，现在我们赶上了好时候，上边的政策好，允许我们搞村办企业，允许我们靠水吃水，这个机会我们不能错过，否则我们就是将来的罪人，大家说是不是这个理儿？老支书一饮而尽。

随后又斟了满满一杯，老支书神情凝重，他把酒杯端起来，过于兴奋的眼神中闪动着泪光：我们这茬人老了，可是你们还年轻，这摊子事业不能耽误，老百姓还要过日子，老少爷们眼巴巴地瞅着我们，不干不行，干不好还不行，如果是搞错了，那由我来顶罪，我给你们挡子弹，和你们没有关系，我一个老棺材瓢子，能把我怎么着，大家什么都不要想，合起手来把这个事儿办好，不求功德无量，只求老百姓别骂咱们是窝囊废就行了。

来，咱们把这杯酒干啦！老支书首先举杯，众人随后，紧接着，一次又一次地掀起高潮，不大工夫，每个人就喝进三杯。

大家都很兴奋，酒也喝得酣畅，快要结束的时候，老支书环视各位，意味深长地说：正好乡里领导也在，我也想好啦，等到大坝修完，渔场建起来了，我也就退下来了，让你们年轻人来干，年龄大了，不愿动了，我也该享享清福了。

说完，老支书开怀大笑：来吧！我们共同喝下这杯酒，祝愿我们的大坝早日建成！到那个时候，你们都是功臣，当然也包括我们的林工。老支书再次一饮而尽，大家看着老支书如此动情，谁也没有说什么，举起杯咕咚咕咚，又都喝个底朝天。

这酒喝得那叫尽兴！老支书借着席间的空当，把施工队伍组织、材料设备采购，后勤保障供应等事项逐一安排到位，同时约定：三天以后，林工完成图纸审查，正式进驻工地，大坝开工建设，在此之前，所有的准备工作均由孝明牵头，万成具体负责。

送走了客人，孝明和万成陪着老支书聊了很多，老支书再三嘱咐，他们俩再三表态，直到有些支持不住了，孝明陪着老支书回村里，万成则就地驻扎，他送走老支书和金孝明，就回到了自己简陋的办公室。

万成觉得头晕脑涨，脚下发软，他随手拿过一个枕头，倒在床上就睡着了，睡了好长时间，迷迷糊糊地梦见自己回到家里：

秀枝眼含忧伤，看着自己的脸，扑簌簌掉下一串串的泪珠儿，秀枝心疼万成，万成也心疼秀枝！他抱住秀枝，愧疚地说：秀枝，让你受委屈啦，都是我不好。

秀枝抚摸着万成的脸，忧心忡忡地说：万成，我们到底是怎么啦？为什么会这样啊？要不我们到医院看看吧，老这样怎么行啊？万成深情地看着秀枝：你放心，不会有事的，我自己的毛病自己心里有数，慢慢地就会好起来，不用替我担心。

昏昏沉沉地睡着，也不知睡了多长时间，一睁眼天色已经暗了下来，只觉得头疼得厉害，口干舌燥，正想起来找杯水喝，就听见有人从外面走进来，万成揉揉眼睛一看，原来是云佳辉，万成从床上坐起来，声音沙哑地说：是云妹啊，给我倒杯水吧！

云妹的手里端着水杯，已经走到了万成的床前，小声地说：水在这儿呢！万成伸手接了过来，心想你怎么知道我要喝水啊？云妹说道：我看你喝了那么多酒，睡醒肯定要喝水，我烧好了水，就在外屋等你，还听见你说梦话了呢。

万成笑着说：是吗，我说什么了？你在梦中说：秀枝，都是我不好，我们会慢慢好起来的，还有好多呢，场长，你和秀枝姐怎么啦？闹别扭了吗？万成赶紧说：没有啊，我那是胡说八道呢，梦话哪有真话啊。

云妹接过水杯，跟万成说：我给你弄点儿吃的吧，天黑了，我也不回去了，你躺着吧！万成随口答应着，可一想不对劲儿啊，你一个女人家晚上不回家，怎么行啊？想到这里连忙说道：我一点儿都不想吃东西，你也别忙活了，赶紧回家去吧，要不家里人还惦记你，你不像我，在哪儿都一样，你快回去吧。

万成说这些话的时候，语气异常坚定，几乎是不容反驳，可云妹边往门外走边笑呵呵地说：你可真封建，女人家怎么了？女人家就不能在外面住啊？谁定的规矩啊？我今天就是不走了！随后消失在咯咯咯的笑声里。

万成想起身坐起来，可浑身一阵酸痛，脑袋像灌铅一样，躺在床上就是不想动弹，不大一会儿，云妹端着一大碗热汤面走进来，顽皮地说：场长大人，看看妹妹的手艺有没有秀枝姐姐好，趁热吃吧。说完，放下碗就出去了。

万成还没有说话，人就没了影儿，呵！好大一碗面，里面还有两个鸡蛋，香喷喷的味道已经钻进了鼻孔，万成也真是有点儿饿了，他拿起筷子，三下五除二，一会儿工夫就把一大碗面给吃掉了，接着又咕咚咕咚喝了几口水，这才算是心里有底了，脑袋也清醒了许多，他从床上坐起来，洗了一把脸，来到门廊的下面。

一阵轻柔柔的夜风，掠过黑黝黝的江面，穿过窗前的丁香花，苦丝丝地扑面而来，这让万成感觉到特别的清爽，浑身的燥热和眩晕立刻消退了许多，他从床上下来，走到院子里。

万成在新铺的甬路上来回走着，头脑似乎更加清醒了，江水流动的声音愈加清晰，窗前的丁香树枝繁叶茂，散发出浓烈而苦涩的香气，随着夜风在院子里涌动，他不由自主地揽过一束粉嘟嘟的花束，放在鼻子前面使劲儿地嗅了起来，一种从未有过的感觉由鼻尖滋生，瞬间便生发开来。

他走到院子的西墙下，远远地望去，西面的天空里似乎还有几缕淡淡的晚霞没有隐去，暗红色的光线折射在江面上，泛出一道道柔亮亮的影子，就像一幅重彩的水墨。万成默默地凝视着。

许久，万成转回身来，发现门卫室还亮着灯光，这时他才想起云妹，想起刚才的那碗荷包蛋面，他缓缓地走了过去，隔着窗子看见云妹坐在那张矮小的桌子前，好像是整理着什么东西，清晰的身影投射在窗子上。

万成站在窗前，思考了好一会儿，他在想这么晚了，是不是该进去，进去说些什么，万成虽然心思粗糙，但也明白这些规则，尽管曾经有过那样一次，但那是过去，现在毕竟是同事关系，工作在一个单位，自己是领导，云妹是自己的属下，如果不加检点，传出一些闲话，会给双方造成不好的影响。

想到这儿，万成挪开脚步，向院子的大门走去，走着走着，他又停了下来，心想这么做是不是有些不近人情了！女人怎么了？寡妇又怎么了？人家不欠你不短你的，干吗非要拒人于千里之外，人家给你倒水煮面，那是尊重你，抬举你，你姜万成有什么了不起的啊？想着想着，他的目光转向那扇亮着灯的窗子。

万成的思绪又回到了一年前那个秋风习习的晚上，飘逸的长发，红格的衣衫，还有泪眼婆娑的表情，云妹说出的那些话，好像还在耳边：万成哥，我再也不嫁人啦，我本来就是你的人，你怎么这么狠心啊，不管你怎么样，以后我就跟着你。

想到这里，万成径直朝门卫室走去，刚到窗下，云妹似乎听见了动静，立刻站起身迎了出来，见是万成，云妹小声地说：万成哥，你好点儿没有？我再给您弄点儿开水吧。说着就朝外屋走去，把早已烧好的一壶热水拎进来，给万成倒上。

万成坐在云妹对面的一把木椅上，这么长时间，万成还是头一次和云妹这么面对面坐着，从没有这么仔细地端详过，即便那次在场院的草垛里，也是在朦胧的月光下，慌张和忐忑，让他根本没有机会仔细地看看云妹，现在他们坐在对面，就像很久没有见面一样，细细地打量着对方。

此时的云佳辉，显得有些拘谨，脸红红的，两只手搭在一起，好像没有什么话说。万成觉得眼前的这个女人和以前大不一样了，丰满、光鲜、优雅，也许是经受了人生的困苦和波折，青春洋溢的眼神里透着淡淡的忧伤，已经看不见当初的青涩与张扬，取而代之的是成熟女人的那种沉静和优雅。

万成有点走神，激灵一下又回过神来，他站起身来说：既然你不想回去了，那就早点儿休息吧，晚上睡觉的时候把门插好，我在办公室住，有什么事儿就喊我一声，谢谢你给我煮面啊。说着，就迈出了门卫室，云妹什么也没说，目送着万成走出门去。

万成来到院子里，就像一脚踏空，整个人掉进茫茫无际的夜色中，突然感到一种无边的寂寥，心中升起一缕缕莫名的怅惘，他有种强烈的失落的感觉，一种隐约的预感：生活走到了岔路口。

自从渔苇场开工，每天都是乱哄哄的场景，迎来送往，忙忙碌碌，今天是头一次这么清静，万成漫无目的地在院子里来回走着，想起了秀枝和小青，想起了这段时间里夫妻间发生的这些事。

此时，万成非常清醒，可却无法解释，他反复思考着，却一直纠结着：自己的身体没有毛病，可为什么总是在那个关键时刻想起金孝明？接着就会发生一系列状况，这究竟是为什么？

想得万成脑袋都疼，其实他不愿意去想，可又时常不自觉地想起，有时恨自己怎么就那么没有定力，为什么不能控制自己的想法？而且一次又一次地证明，他姜万成已经陷入心理上的怪圈：只要和秀枝亲热，就无法不去想起那个金孝明，而只要想起那个金孝明，就必然出现让他们不愿见到的那个结果。

第十七章

万成躺下的时候已经有十点多了。

空旷的院子里特殊的寂静，可以听到江水流动的声音，还可以偶尔听到几声蛙鸣，墙上挂着的那台破旧的电子钟咔嚓咔嚓地走动着，仿佛是这个黑夜里唯一有生命的物件。

万成拿过一个枕头，脱了衣服躺下，很快就昏昏沉沉地睡着了。这段时间里，万成太累了，一件接一件的闹心事儿，烦心事儿，操心事儿，把万成压得喘不过起来。

不知过了多长时间，沉睡中的万成迷迷糊糊地感觉到有人碰到自己的胳膊，他勉强地睁开眼睛，突然感觉到自己的身边躺着一个人，他激灵一卜，呼地坐了起来，压低声音说：怎么回事？你是谁？

几乎是在同时，躺着的那个人说话了：万成哥，是我，我是佳辉。啊？云佳辉？万成几乎不敢相信自己的耳朵，更不敢相信身旁躺着的竟是云妹，这时云妹也坐了起来，她抱住万成的一条胳膊，声音低沉而哽咽：万成哥，我也不想这样，可我说服不了我自己啊，你愿意怎么想就怎么想，我也不顾那些了，我今天就是想和你在一起，自从那次以后，我再也忘不了你！

虽然有过那次零距离的接触，可是云妹今天的这个举动，万成觉得太突然了！看着身边的云妹，万成的内心很是纠结，甚至说不清自己是什么样的感觉，只是觉得云妹说得特别真诚，似乎每一句话都说到自己的心里。但是，渔苇场这个工作环境下，彼此之间这种形式的苟合，万成还是无法接受。

万成忙乱地穿上衣服和鞋子，站在屋子的中间，和仍旧坐在床上的云妹说道：佳辉，马上穿上衣服，回到你的屋子里去，这要是传出去，我就没法在这干了。万成首先想到自己的名声。

云妹默不作声。好半天才说道：你本来喜欢我，为什么还要躲避我？你忘了吗？上次咱们在一起的时候，你跟我说过，真的好喜欢我，而且你说你从来没有过这种感觉，难道你说的话忘了？或者不是真话？万成没有回答。

一轮明月从云层的后面爬了出来，清冷的月光把屋子里的一切照得清晰可见，云妹的脸有些苍白，嘴唇在瑟瑟抖动，万成看得清楚，他声音低沉地说道：佳辉，我说的都是实话，我没有骗你，我真的喜欢你，可是我已经有家，我们不会有结果的。

云妹立刻接过话茬儿：万成哥，我没有你想的那么多，我只想让你知道，我不会给你造成麻烦，更不会破坏你跟秀枝姐的感情，我也想好了，我就这样偷偷地跟着你，不求名分，不图你钱财，只要你的心里有我，我就知足了。

万成就像哄个孩子似的，耐心地说道：佳辉，我知道你的心思，可是我的情况不允许我们这样下去，那次在一起，也是我昏了头，以后我们还是做兄妹吧，这样对你对我都好。

云妹似乎没有理会，悠悠地说：万成哥，我不相信你上次跟我说的是假话，你的心思我懂，而且我就是喜欢你，我早就想过，就是偷偷摸摸的，我也心甘情愿，我什么都不想，也什么都不怕，别人愿意说什么就说什么，我也不管那些。

云妹说这些话的时候，已经不像刚才那样气喘吁吁，而是异常平静，就像两个人在谈心一样，根本没有一点儿偷情的紧张和慌忙，是不是她也想过，这里离村子有十里路，夜深人静的，不可能有人来了，所以心中坦然了许多。

可是万成却有些震惊，在他的感觉中，云妹是比较腼腆的，平时遇见的时候，说句话都脸红，总是那种羞答答的样子，可今天这是怎么啦？怎么什么话都敢说啊？真像是变了一个人。其实他该知道，那是几年前的云妹，怎么能和现在的云妹相比。

云妹的上身穿着柔软而透明的碎花儿衬衫，高耸的乳房随着呼吸颤动着，细腻、光滑、温润的胴体，时刻激起一个男人最原始的欲望，也瞬间勾起万成对那次野合的追忆，他竭尽全力平复自己内心的狂跳，并且反复地告诫自己：不能这样，不能再对不起秀枝，不能……

不过，很快就和心里的那个他妥协了。在这个静得出奇的荒野间，在这个无边无际的夜色里，在彼此沸腾着情欲的对望中，万成的精神世界里，那些原本脆弱的坚守，就像狂风中摇曳的枯枝一样，瞬间就被折断了……

不知过了多久，两个温热的肉体才慢慢地苏醒，疲惫的感觉慢慢地升腾起来，然而这种疲惫是那样惬意，那样舒爽，那样无可替代，万成已经很久没有这样的感觉了，因为他和秀枝已经有半年多的时间没有实现成功的交合，在此之前，万成已经对这些事情没有了兴趣，甚至怀疑自己的能力。

现在看来不是这样。就在刚才，万成突然否定了自己原来的猜想，也许是因为内心深处的欲望被长久地压抑着，以至于发泄的过程近乎疯狂，几乎是惨烈的兽欲的发泄，甚至连他自己都不敢相信，怎么会有这种血脉偾张、酣畅淋漓的状态。

刚才的这个过程出乎万成自己的意料！这让他产生异常的兴奋，这种兴奋源自那副年轻而健硕的体魄，也源自灵魂深处最隐秘的动因——他喜欢云妹这种柔美加迷蒙的青春状态，这种状态似乎是他梦寐以求的，从而调动了万成全部的感觉。不仅如此，在他的潜意识里，万成立刻意识到：自己的能力没问题。

很久没有这种感觉了！万成躺在木床上，流着热汗，喘着粗气，周身都是潮热熏蒸的感觉，眼睛眯缝着看着天花板，似乎细细地回味着那个感受；云妹裹着一条被子，上身的衬衫敞开着，一只胳膊搭在万成的脖子上，发出轻微而均匀的鼾声。

万成轻轻地把云妹的胳膊放回被子里，俯下身来看着云妹的这张脸，月光下散发着娇美和甜润的气息，还有几分淡淡的红润，他在云妹的脸上和手臂上轻轻地亲吻起来。

一种莫名的愧疚从心底悄然袭来，随之而来的是一系列卑微和龌龊的感觉，万成全然明白，刚刚结束的这个过程，更多的是动物性的发泄，更重要的是对眼前这个女人，无论是肉体还是灵魂，都是一种侮辱。

想到这些，万成的脸变得有些发烫，一种不易察觉的自责和愧疚，悄悄地爬上了双颊，他低下头看着云妹的长发，用手轻轻地捋了一下，他立刻感觉到自己的这双手变得异常丑陋，异常残暴，就连自己都充满鄙视。

……是这双手，解开了这个女人的衣扣，可内心却没有多少爱意与温存，就像一双魔爪，带着卑鄙的想法和野兽的冲动，在这副纯净的肉体上疯狂地撕扯，野蛮地发泄，整个过程几乎与人性无关，与情爱无缘，简直是赤裸裸的兽性……

看着自己的这双手，他突然想到了金孝明，想到金孝明被铡掉的手指，他很早就听说是被铡刀铡掉的，万成从来没有怀疑过这种说法，可是今天，他突然怀疑：难道真的是被铡掉的吗？能不能是别的什么原因，比如干了什么坏事，他激灵一下！

沿着这条思路，他又回想起当初的一些说法，那个李二就曾说过，孝明的手指不是铡刀给铡掉的，是自己给自己剁掉的，原因是干了丧良心的事儿，至于干了什么事儿，没有人去追问，也没有人知道，而对李二的说法，听到的人也都认为是胡咧咧。

那么，能干什么丧良心的事儿啊？没听说过孝明干过什么坏事儿啊？这个小子挺狂妄，也有能力，可是为人还是不错的，没有听说屯子里的人议论过什么，就这样，万成搜肠刮肚地想着，可怎么也想不出个什么结果，想得头疼，唉！想这些干什么。

忽然，万成想起了尚美丽说过的话，唉！那一定是胡说八道。小青怎么会像金孝明，那是我的女儿啊？怎么会像金孝明，可是，小青的长相，细细地看起来，还真有点儿像，特别是眼睛和鼻子。

难道秀枝和金孝明有什么关系？不太可能！因为他了解秀枝，也可以说了解金孝明，他们之间不可能有其他联系，从时间上看，秀枝一直生活在万成的视野之内，没有机会和金孝明有任何接触，所以，万成迅速否定了自己的想法。

不对！万成想起结婚前自己出民工的事儿。年前年后，大约三个月的时间里，万成在修筑大坝的工地，秀枝在龙湾的家里，只有这段时间，万成和秀枝没有朝夕相处，孝明的手指就是这个时间段里被铡掉的，难道和秀枝真的有什么关系？

这时，万成发现云妹也睁开了眼睛，正在静静地看着自己，四目相对，全然没有了刚才的羞涩和难堪，万成抚摸云妹的脸颊和长发，颤抖着把嘴唇贴到云妹的额头上。

清冷的月光下，云妹的脸显得清晰白净，凄婉的眼神里饱含着淡然与安宁，这张少妇特有的成熟气质和鲜活美态的脸上，布满了淡淡的忧伤，温热的脸颊还在弥漫着细碎的汗珠，起伏的胸脯渐渐平复下来，万成细细地品味着，咀嚼着，然而他的内心已然不是那样平静，他联想的事情似乎越来越多。

第十八章

就在渔苇场建设进行得热火朝天的时候，养猪场的筹建工作也在紧锣密鼓地进行着，这段时间孝明的身体恢复得很好，精神状态也很饱满，特别是秀枝和他说的那些话，孝明一直记在心里。

从那以后，金孝明就像变了一个人，他从整日的忧伤和郁闷中摆脱出来，他给自己确定了新的生活目标，鼓起勇气，振奋精神，拼出命来干一番事业，活出个男人的样子，让老少爷们看到一个响当当的男子汉。

尽快筹建养猪场，成为金孝明心里的头等大事，他找到老支书诚恳地说：村里也没有多少事情，我就把主要精力放在猪场，村里的事儿，您老就做主，需要我们做什么，您就吩咐。猪场那边，您就放心，不出两个月，投入生产，力争年底出效益。

如同立下军令状，老支书相信孝明的点子和韧性，可是仍然有些担心，毕竟这筹备建场的事儿千头万绪，他直接问金孝明：你的这个计划能实现吗？现在都快进入七月了，现在开始动手，恐怕年底前够呛了，工作是得干，可也不能太累，实在不行就别勉强，分两年干，今年做好基础工作，明年再上项目。

孝明清楚老支书的担心，斩钉截铁地说：老支书，您放心，大家这么信任我，绝不会让你们失望，从明天起，我就住在指挥部，不管有什么困难，必须在八月末之前，把场子建起来。

紧接着，孝明亮出自己的规划：先期十头母猪，八月末进场，仔猪十月末出栏，力争明年五一的时候，实现基础母猪二十头，仔猪存栏一百五十头的目标。老支书听完孝明的话，竖起拇指说：好！我相信你小子，这段时间你就把心思放在养猪场上，老少爷们儿，还有乡里的领导都在眼睁睁地看着你。

果然，金孝明不负众望。不到两个月的时间，一座占地两公顷的标准化养猪场建起来了，四排猪舍，六间料库，购销科，配料间，防疫室，档案室，都是相当规范的标准化配置，基础母猪已经购进，企业正式运转起来。

这段时间，金孝明真是豁出夫了。吃住都在场部，贪黑起早，没日没夜地干，为了节省资金，孝明动员年轻的小伙子们主动献义工，村民们自己组成工程队，脱坯，垒墙，修猪舍，砌大门，各家各户捐出六十多棵檩材，老支书和勤叔他们几家，把自己家的桌子和柜子全都贡献出来。

金孝明组织起青年突击队，全是二三十岁的青壮年劳力，工地上打着横幅：建设养猪场，造福龙湾村！大喇叭播放着捐款捐物的光荣事迹，在孝明的带领下，突击队白天砌墙，晚上填土，工程一天一个进度，村民们被感动了，就像当年支援前线子弟兵一样，纷纷把煮好的鸡蛋和蒸好的馒头送到工地上，犒劳这些孩子们。

党员和村社干部带头，团员和普通群众跟进，全是义务出工出力，没有人讲条件，就像给自己家办事情一样，不到十天的时间，每家每户捐出的物资，折算到一起就有三十多万元，没有外雇一个包工，硬是靠自己的双手，建起这个大型养猪场。

在基础建设的同时，孝明早已有了宏大的规划：在西面建一处年产千吨的饲料厂，利用大量的玉米秸秆，加工青贮饲料，不仅能够满足本场饲养的需要，还能向周边养殖场和农户销售，用赚来的钱贴补养猪场，可谓一举两得；同时，在东面建一处粪肥场，依托乡里农技站的支持，利用猪粪和污水，加工高效有机肥料，既可满足本乡和周边村屯的需要，又可实现以养猪业带动本地的肥料业，可谓一举多得，两相促进，相得益彰。

金孝明憧憬着企业发展的前景，他马上向老支书汇报了自己的想法，孝明非常清楚，自己的规划是不是成熟，必须得到老支书和村民的首肯，对于农村工作来说，老支书的经验太丰富了，这么多年来，每当龙湾村遇到急难险重的事儿，或者走到关键的岔路口儿，老支书总有他自己独到的思路和见解。

金孝明详细汇报了自己的想法，心里期盼着老支书的评判，老支书看着孝明又黑又瘦，胡子大概有好几天没刮，头发也戗毛戗刺的，这心里有些不好受！他拉着孝明的手说：

孝明啊，你的规划和想法，我完全赞成，不过咱们的底子很薄，你也知道，原来村里有些积累，这些年都给折腾光了，这么短的时间里干成这么多事儿，是不是有些吃力？我相信你们能干成，因为你有这个魄力，更有这个能力，可是我担心你们太累啊，瞧瞧现在的你，都累成什么样了。

老支书给孝明倒了一杯水，又拿过一条毛巾给孝明擦脸，跟孝明说道：工作的事儿明天再说，你马上回家去，回家看看你妈，顺便把你自己捯饬捯饬，这也太狼狈了，你妈要是看见她的儿子累成这样，还不知道怎么心疼呢，快回去吧，晚上来我家，我让你大婶给咱俩弄两个菜，咱爷儿俩喝两盅，好好聊聊。

孝明说：那好吧，我先回去。转身往自家的方向走去。

跨出村部的大门，向东绕过勤叔家的院墙，一抬头看见秀枝抱着小青走过来，孝明不禁停下脚步，低声喊道：秀枝！秀枝见是孝明，也就放慢了脚步，回道：你什么时候回来的？孝明说：这不是刚回来嘛，和老支书刚刚汇报完工作，回家看我老妈去。说话间，孝明没有挪动脚步，两只眼睛看着秀枝。

秀枝说道：那就忙你的吧，我也回家了。孝明问道：秀枝，你怎么样？你还好吗？秀枝说：挺好的，我得回家了。孝明还想说什么，可秀枝已经转身朝自己家走去，孝明愣愣地站在那里。

和去自己家的时候相比，眼前的秀枝变得非常憔悴，原本漂亮的瓜子脸竟瘦成了一个条条，眼窝有些下陷，两颊隐约可见淡淡的色斑，脸色有些灰暗，浮在脸上的那点笑容，显然是礼节性的表现，无法掩饰内心的凄苦。

孝明的心里有些难受，准确地说有些心疼，秀枝是他唯一痴恋的女人，虽然她已经结婚，已经嫁为人妇，不再属于可以随意追求的女人，对秀枝不能再有别的想法，可在孝明的心里，秀枝从来没有离开过，在这个世界上，他只爱这个女人。

孝明有些不知所措，他迟疑了一下，喊道：秀枝！你等一下。秀枝停下了脚步，慢慢地转过身来，疑惑地望着孝明，孝明快步走到秀枝跟前，他看着秀枝那张灰暗憔悴而表情木然的脸，心里就像被人撕扯着一样，他挪动了一下脚步，对秀枝说：秀枝，你到底过得怎么样？看你的样子，好像是很疲惫。

孝明精心地选择了"疲惫"这个词，也是出于另外的考虑，不想给秀枝太大的刺激，实际上秀枝给他的感觉不仅仅是疲惫，简直就是病态，然而他又不想把这种感觉说得过于透彻，所以孝明谨慎地说出了这句话，而内心却深深地痛着。

秀枝笑了笑，跟孝明说：我很好，可能是这几天没有睡好，也没像你说得那么疲惫。秀枝理解孝明的说法，但是不可能把内心的真实状况和你金孝明去说，这也是她的性格，她宁可自己去承受内心的苦楚，也不愿意别人来和自己分担，在她柔软的内心深处，有着更为坚实的地方，令她把所有的苦痛深藏其中。

秀枝看着金孝明，平静的眼神里透着极其复杂的元素。

对于金孝明，秀枝有满肚子的怨恨，金孝明对自己的伤害，足以让一个女人记恨一辈子，然而更大的心结恐怕连孝明自己也不清楚，那就是小青，秀枝已经知道，小青就是金孝明的骨血，如果真是那样，那就是上帝的安排，每个人都将面临如何面对的问题，而往后的日子会有多少变数，谁也不知道。

每次想起这些的时候，秀枝就觉得那是一场噩梦，想着想着觉得后背都会渗出凉汗，所有这些她想和金孝明去说，但她怎么去说，事情都已经过去，留下来的都是伤痛，她实在不想把它揭开，如果那样就会伤害到好多人，她不忍心这么去做。

秀枝一边逗着小青，一边和孝明说：听说你很忙，而且也很累，前几天老支书和我提起你，说你是养猪场的功臣。不过你得注意身体，别累坏了。有时间的时候，还得回去看看老太太，她很惦记你，你别让她太操心了。

孝明不好意思地笑了笑，说道：都是大家的功劳，我只是带个头，没办法，就得干，不能让乡亲们失望。

秀枝笑了，笑得很开心，调侃道：你也学会谦虚了，真不错！看来你还有出息啊。

孝明的声音低低的，却十分有力：秀枝，你不要骗我，你也骗不了我，我看得出来，你并不幸福，你的内心很苦很苦。

秀枝转过头来，有板有眼地说道：金孝明，我们各有自己的生活，我的生活是苦是甜，只有我自己知道，不用你操心，还是把你自己的事儿弄明白吧，小青，和叔叔再见。说完，转身就走。

孝明厉声说道：秀枝，你是我爱的人，你和别人不一样，不管你嫁给谁，你都在我的心里，让我不闻不问，我做不到，不管是谁，只要你不幸福，我就不会答应他。

秀枝回过头来，不禁笑了起来，跟孝明说：孝明，你还是没有成熟起来，我现在是有夫之妇，我的生活有人打理，不需要你来操心，希望你不要再说这样的话，我真的没法接受。

孝明未动声色，静静地站在那里，突然转过身去：秀枝，难道你不爱我吗？如果你真的不爱我，你现在就说出来，我转身就走，从此不再打扰你。孝明真是发疯了，他在和秀枝叫板！

秀枝怎么也没想到，金孝明竟然如此坚定，竟能说出这样的话，几乎是毫无顾忌，秀枝语气坚定地回答道：金孝明，你我都要摆正位置，现在的你我，就是朋友的关系，我是姜万成的妻子，我的一切和你没有关系，你的问题，我不需要回答。

孝明压低了声音，平静地说道：秀枝，我早就想过，我这辈子，不会爱上别的女人，在我的心里不会再有别人，只是你我没有缘分，也好，我就自己生活，除你之外，无牵无挂。

秀枝头也没回，径直朝自己的家里走去。

孝明呆呆地站在那里，望着秀枝渐渐远去的背影，他的心像是泡在黄连水里，他转过身朝自己家里走去。

老妈早就在门口等着儿子呢，她听见孝明在院子外面和秀枝说话，就没有迎出去。孝明进门就喊：妈，我回来啦！老人家抓住孝明的胳膊，仔细地打量着孝明，看见儿子又黑又瘦，便责怪道：孩子啊，这得吃了多少苦啊！孝明赶紧说：妈，我就是不愿意捯饬我自己，其实没什么苦的，大伙都这样。

看见老妈这样心疼自己，孝明的心里涌起一阵酸楚，他转过身去，兴奋地和老妈说：我们村的养猪场建起来了，这是我们自己的场子啊！老人家连忙说：是，我高兴，可是我的儿子啊！老人家满脸泪水，一句话也说不出来。

秀枝把小青哄睡了，自己也简单地收拾一下，挨着小青躺下，不知不觉进入了梦乡。她梦见万成回到了家里，累得不成样子，黑黑的，瘦瘦的，心里一阵阵地疼痛起来，眼里涌出咸咸的泪水，她哭喊着万成的名字，乞求万成不要离开，这时她忽然看见一个留着长发的女人站在万成的身后，那个女人便是云佳辉。

她几乎不相信自己的眼睛，急得大喊：万成，万成！她被自己的喊声惊醒，忽地一下坐了起来，这才发现是在做梦。秀枝揉了揉眼睛，窗外一片寂静，身边的小青睡得正香，挂在墙上的时钟，时针指向十点整，这个时候的庄户人家，都应该是在梦里，可秀枝就像睡醒了一样，倦意全无。

秀枝想起前段时间，听到场子里的工人说，云妹也被招去上班了，按理说也没有什么特别的地方，可偏偏就有人多嘴，说了几句闲话：秀枝啊，那云妹可水灵了，你可得防着点儿，别让你家馋猫儿偷了腥儿，在你们处对象之前，有人给万成提过亲。

秀枝当作玩笑，根本就没把这些当回事，因为她了解万成，他不是那种见异思迁风花雪月的男人，可是今天做了这么个离奇古怪的梦，又一想梦终归是梦，都是瞎想的吧，只好自己解劝自己。

她又想起万成回来的那天晚上，想起万成趴在耳边说的那些话，想起万成大汗淋漓的那阵折腾，她没有往别的地方想，只是觉得万成实在是太累了，特别是这段时间，工作的事和家里的事交织在一起，让万成难以招架，秀枝非常心疼。

可是，也有不能理解的。秀枝感觉到万成回家的次数越来越少，每次回家来的激情似乎也越来越弱，随之而来的是不断增多的沮丧和懊恼，而且秀枝越是体贴，万成越是焦躁，甚至恼羞成怒，那种极度的不良情绪，最后全都发泄在秀枝的身上。

秀枝是个聪明的女人，对于夫妻间的这些变化，其实心知肚明，而且默默地忍受着，但在心里期盼着这种煎熬的结束，甚至有好多次接近于无法忍受的极限，但她都坚忍着，在她的内心深处，总是一遍又一遍地呼唤着好日子的到来。

第十九章

　　转眼进入雨季，一连四天下着涝套雨，天边还没有放晴，正在装槽的坝基迅速被上涨的河水淹没，三十多号民工只得停工，待在场部里打发时间，刚刚开始的筑坝工程不得不停下来，林工束手无策，万成焦急万分，都在盼望着雨住天晴恢复施工。

　　万成躺在门卫室的那张木床上，和林工以及另外几个民工闲聊着，尽管嘴里扯东扯西，可这心思都在大坝上。林工站起身走到窗前，看着窗外的茫茫雨雾，自言自语：没想到今年的雨季来得这么早！看样子真要延误工期了。

　　万成也站了起来，走到窗前，默默地看着窗外，东北风夹着雨点，不住地打在窗子的玻璃上，他转过身对林工说：现在看，这雨一时半会儿停不下来，但是也不能放假，所有民工都在场部原地待命，雨停下，人就上，一定要把延误的工期抢回来。

　　林工同意万成的说法，他转过身来跟万成说：你也不少日子没回家了，趁着雨休，你也回去看看吧，我们在这里候着，你放心，只要雨一停，我们马上就开工。万成笑着说道：不回去了，陪大家伙就在这待着，等主体浇筑完工，我再回去。

　　万成已经有半个月没有回家了，前几天托人给秀枝捎回信儿，告诉秀枝这段时间场里的事儿特多，尤其是坝基的浇筑进入关键阶段，他要组织民工抢回被下雨延误的工期，等过了这段时间，就回来看秀枝和小青。

秀枝也从心里惦记着万成，担心这么重的担子会把他压垮，不过，也许秀枝自己都没意识到，这段时间的万成，虽然也不经常回家来，但是已经不再像过去那样令她寝食难安，就像今天这样，她在无形中已经习惯了这种状态，而小青成了秀枝排遣孤独的精神寄托。

已经是夜里十一点，秀枝还是翻来覆去睡不着，她抬头看了一眼挂钟，咯噔咯噔的声响敲得她心烦意乱，头昏沉沉的，却没有一点儿睡意，身旁的小青睡得香甜，还不时地梦话吃语，有时甚至笑出声来，秀枝索性坐了起来，紧挨着小青斜靠在炕角的被垛上，望着窗外朦胧的月光，心里过滤着这些乱七八糟的事情。

想着想着，靠在被垛上的秀枝朦朦胧胧地睡着了。睡梦中眼前闪出一个熟悉的身影，分明是金孝明，她看得清清楚楚，孝明安静地看着自己，好像有许多话要说，却没有说出一句，眼神里交织着炙热的期盼和无尽的忧伤。

面对眼前的孝明，秀枝想要躲闪，可又鬼使神差，无法控制自己，就像被一股神奇的力量左右着，挟持着秀枝走进了魔幻般的境界，光怪陆离，云蒸霞蔚，全然飘忽不定的景象，秀枝两腿发软，身不由己，无法逃离这个炫彩多姿的怪圈。

……她想起读高中的时候，每次放学回家的路上，孝明经常会从后面赶上来，有时帮她撑着伞，有时给她背着包，还和她不厌其烦地聊着那些马路新闻和校园故事，说到激动的时候，还经常问起秀枝为什么不说话，秀枝只顾着自己走路……

……她想起回乡参加劳动的时候，孝明总是想方设法帮她，特别是铲地的时候，孝明加劲儿地往前赶，等到了地头的时候，立刻回过头来帮助秀枝，那些小哥们儿和他开玩笑说，是不是未来的嫂子啊？孝明只是一笑，就像什么也没有听到一样……

……她想起村部里孝明的那种表情，洁白的墙壁，紫色的桌椅，陈旧的木床，还有孝明的愤怒，孝明的无奈，以及孝明那火辣辣的眼神，似乎一切都要被他内心的冲动焚毁！

……她想起那个令她战栗的时刻，孝明那滚烫的激情和野兽般的疯狂，几乎把自己揉碎在一片绿色的原野上，就连秀枝也必须承认，那种感觉是从肉体到灵魂的深度融化，是种既无法左右又无法企及的巅峰状态，而这种状态她再也没有感受到！

……她想起孝明手起刀落时的时候，那异常淡定的表情，面对血肉模糊的手指，就像审视一件玩具，没有任何的惊恐和畏缩，坦然平静，似乎除去了罪恶之后，赢得了内心的一丝安宁！

……她想起孝明面对母亲时的那种愧疚，凝视着七旬老母的满头白发，抚摸着那双布满茧花的手掌，孝明的心有如刀割一般，他无法跟自己的母亲交代，默默地忍受着内心的焦灼和撕扯，更因为无法安慰老母而深深地自责！

……

过去，所有的温暖和美好，所有的愤怒和怨恨，都深藏在秀枝的内心深处，她不想记起这些东西，因为这些记忆会勾连内心的伤痛，她恨不得把这些东西统统扔掉，或者深埋在九千尺的地下，永远都不为人所知，也永远都不想拾起。

现在，却发生了微妙的变化，不知道始于何时，就连秀枝自己也难以追溯，不过这种变化后的感觉却是实实在在的，不知不觉中已经不像以往那样，只要想起来就只有咬牙切齿的恨，还有唯恐不及的躲，而今只是不想去触碰的一种感觉。

秀枝的内心似乎被揉进许多宽广而平和的元素，没有什么憎恨，也没有必要躲闪，而是睁大了眼睛，视角全新地观察，细致入微地思考，反反复复地咀嚼、对比和研判，原来觉得孝明是个粗鲁的人，诡诈的人，甚至是缺德少才的人，可是现在，秀枝觉得，孝明是个敢恨敢爱敢于担当的真正的男人。

……她激灵一个寒战，告诉自己不能再往下想了。

然而，秀枝百般努力却无法绕开，孝明似乎就站在自己的眼前，直视着自己的眼睛，眼神中透出难以抗拒的力量，是那样的咄咄逼人，让她无法直视却又逃避不得。

秀枝的脑海里突然有了一种自我暗示，这种暗示刚刚闪现，秀枝的全身就抽搐起来，脸也顿时滚烫起来，胸腔里怦怦直跳，一个个难以察觉的问号，带着内心里的各种"小"，从腋窝下面探出头来：自私、卑微、猥琐……连串地蹦出来。

秀枝不想选择这样的生活，她不甘心被命运摆布，她要改变自己的人生，这段时间里她反复地评估未来的生活，并且下定决心，努力追求那份属于自己的幸福，哪怕这条路充满多少艰辛与苦涩，哪怕经受多少委屈和打击，她都不会后悔。

秀枝明白，金孝明是她的第一个男人，她的第一次被他夺走的，虽然并非秀枝所愿，但她必须承认，就是那一次，孝明留给秀枝的，不仅仅是一次撕肝裂胆的经历，还有注定无法释怀的刻骨铭心的那个瞬间！

秀枝从梦中惊醒！夜色深沉，周围的一切都被这漆黑的夜幕严严实实地笼罩着，只有草丛里的点点荧光，微弱地闪动着。

借着斑驳的星光，秀枝静静地观察着周围的一切，她突然觉得自己很渺小，就像窗外的萤火虫一样，在这个浩瀚的夜空下，简直微不足道，她感叹自己的青葱岁月慢慢逝去，不禁悲从中来。

秀枝的思绪不断地变幻着场景，一会儿是渔苇场，一会儿是养猪场，一会儿是万成，一会儿是孝明，一会儿是姜万成的大汗淋漓，一会儿是金孝明的鲜血喷溅……

秀枝摸了摸自己的脸，感到有些烫手，却看不见自己的手，她强行刹住思绪的快车，默默地对自己说：我这是怎么了？我怎么会想起这些？她又摸了摸自己的额头，竟然有一些汗津津的感觉，她索性坐了起来，内心陡然涌起一股复杂的感觉。

吃过早饭，秀枝把小青送到自己妈妈的家里，和妈妈说：我去万成那儿，可能得中午回来，我给万成包了肉馅儿包子，给他带过去。李悦双抱起小青，对秀枝说：你去吧，这个孩子啊，干起活来不要命的主儿，没深没浅的，还不知道照顾自己。你真得常去看看他，让他注意身体，别干起活来不要命似的。

雨过天晴，大坝紧张施工的同时，其他各项工作也都启动了，昨天老支书从乡里开会回来，带回不少新的信息，乡里下拨了十万元扶贫资金，把村里的两个企业上报到县里，作为扶贫开发的重点扶持对象，同时为加强村社工作，乡里确定妇联主任刘天群作为包村领导，蹲点包保龙湾，老支书立即开会传达。

开完村社干部会议，万成立刻返回场里，紧急安排外来鱼苗的接收，昨天刚刚送走了县里鱼种站的技术员，今天午后来自杭州的一百五十万尾花鲢鱼苗就到。万成把场里专门负责鱼苗饲养和病害防治的几位工人叫来，大声地说：你们几位听好啦，今天鱼苗就到，接收投放鱼苗，做好鱼病防治，保证成活率，谁要是整出事儿，我可不饶你们。

从养鱼池回来，万成就去了门卫室，进门就闻到了香喷喷的味道，云妹早已经把一大碗手擀面放在桌子上，里面还有两个荷包蛋，跟万成说：快吃吧！说着，就给万成递过一条粉红色的毛巾，转身出去了。

万成风卷残云般吃着面条，也真是饿了，早上到现在，还没吃什么东西，他边吃边望着窗外。突然，好像一个人影儿朝这边走来，万成心里一震：好像是秀枝？

心里这么琢磨着，门就开了，秀枝推门进来，万成条件反射般地站了起来，他怎么也没想到秀枝会来，因为没有思想准备，所以神情慌乱，有些结结巴巴地说：秀枝，你，你，你怎么来啦？秀枝笑了笑说：我来看看你啊，你吃饭了没有？我给你带了你爱吃的肉馅儿包子。

万成走到秀枝的跟前说：刚才已经吃完了，一大碗荷包蛋面，中午再吃吧。秀枝看着放在桌子上的碗筷，连忙说：你现在少吃几个，可能还热乎呢。说着，就从包里拿出饭盒，打开递给万成。万成闻到香味，马上就来了食欲，大口地吃了起来。秀枝看着万成狼吞虎咽的样子，心里有些难受，她随手拿起那条毛巾给万成擦额头，心疼地说：你可得注意身体啊，可别累坏啦。

云妹风风火火地从外面闯了进来，她也没有看见秀枝在这儿，推开门就跟万成说：万成哥，衣服给你叠好了，放在我屋里，想穿就去拿吧。一抬头看见秀枝站在那里，云妹的脸唰地一下就红到了耳朵根儿，那种极其尴尬的笑容顿时僵在脸上，语无伦次地说：啊！秀枝姐来了，你们聊吧，我没事儿。

云妹的话好像是从喉咙里挤出来的，断续而艰难，这一切秀枝都看在眼里，她笑着说：啊！云妹，在这儿累不累啊？云妹见秀枝在问自己，连忙说：还行，不太累，只是万成哥太累啦。说完这句话，云妹明显地感觉到不太妥当，转身就要往外走。

秀枝马上应道：云妹啊，这段时间我得谢谢你，帮我照顾万成，这里离家这么远，我也不能经常在这儿，有些事儿还请你多多费心。秀枝的嘴上是这么说，可这心里不是滋味，不过事已至此，特别是这个场合，秀枝也不能说些别的，况且那些传言终归是传言，谁也没有真凭实据。

云妹毕竟是土生土长的乡下女人，而且也没念过几年书，她没有意识到这个场合，这些话说得不够得体，秀枝听来觉得别扭，而万成更觉得不自在，便对云妹说：以后在单位就叫场长，不要总是哥啊妹啊，这样不好，怎么说这也是工作场合。

话是这么说，可万成的心里比谁都明白，你姜万成比她亲哥还亲呢，此时万成这么直接，也是做些表面文章，况且叫你万成哥也不是一天两天了，为何今天才这么说啊？而对这些，秀枝的心里也很清楚：在我面前说这些有什么意义啊！

刚才这个尴尬场面，几个人的心里都明白，而且也都觉得像在演戏，万成是前遮后挡，左右为难；秀枝是察言观色，前思后想；云妹是左躲右闪，逃之不及，秀枝感觉到，前段时间关于云妹和万成之间的传言，现在看来也不是空穴来风。

屋子里的空气就像凝固了一样，憋得人透不过气来，三个人没有说话，全都僵在那里。还是秀枝打破了这个僵局，她看了看万成，又看了看云妹，笑着说：万成啊，我就回去了，我看你们场子的事儿也太多，家里小青还等着我呢。

万成说道：那我送你回去吧。秀枝回道：不用了，你忙你的。转过头来对云妹说道：云妹啊，真得谢谢你，帮我照顾他，嫂子心里有数，我现在就往回走，你也要注意身体啊。说完，秀枝拿起桌上的东西，转身走出门去。

云妹还没有反应过来，仍旧僵立在那里，不知所措的样子，还是万成回过了神，他连忙几步跟出了大门，边走边说：秀枝，你这么急着回去啊？秀枝回过头来笑着说：看见你，我就放心了，倒是你自己应该注意，看你都瘦成什么样了？

万成快步走到秀枝跟前，心怀歉疚地跟秀枝说：这段时间太忙了，等我忙过这阵儿，我就回去看你和小青。秀枝转过头去，和万成说：你要照顾好你自己，等工程差不多了，就回家去住，我和小青在家等你。秀枝的眼泪忍不住流出了眼角。

万成的心里像刀割一样，一种咸咸的东西也从眼角涌了出来。看着秀枝渐渐远去的背影，和被微风吹起的发辫，他的心里五味杂陈，有种说不出来的感觉，是懊悔，是惭愧，还是别的什么？总而言之，他觉得对不起秀枝。

第二十章

　　来村里工作的水利工程师林中飞，被老支书安排住在疯婶儿的家里。疯婶儿和勤叔老两口为人厚道，待人真诚，家里整洁干净，而且东西两屋，不仅方便居住，而且没人打扰，有利于工作。

　　老支书和勤叔疯婶儿商量：你们老两口就受点儿累吧，吃住都在你们家，生活上多多关照，工程进展快的话也就三两个月，拖一拖就得半年，村里研究：每月给你们家补助五十块钱，五十斤米，其实这点儿东西和这点儿钱不算啥，就算你们给村里做贡献了。

　　自从那天从场部回来，秀枝的心里就没有真正晴朗过，那个短促的相见，在秀枝的心里打下很深的印记，晚上躺在床上的时候，眼前总是交替着出现那些画面：万成的忐忑，云妹的慌张，那些工人们奇特的眼神，都让秀枝生出莫名的猜测，难道村里的那些传言，真有这事儿？

　　秀枝的心里憋屈着猜想着，越想越觉得不是滋味，我温秀枝哪点儿不好，论容貌，论家庭，论品行，从恋爱到结婚，那是一心一意啊，对待上下老少，也是尽心尽力，老天爷真不公啊！难道这就是所谓的命吗？为何我温秀枝就该遭此不幸。

　　想起这些的时候，秀枝的心里便有一些委屈，不过这些委屈只是存留很短的时间便淡出了，取而代之的便是丝丝缕缕的憎恨和恼怒，当然还有后悔，还有许多许多不愿意去想，想起来就闹心的感觉，她宁愿相信，即便确有其事，也是万成一时糊涂。

黄昏时分，林中飞伏在一张老式八仙桌上，计算着大坝的各种用料，旁边堆着杂乱的纸张和各种表格，还有橡皮、木尺、圆规等，勤叔的西屋成了林中飞临时的住所和办公室，繁杂的数据弄得他头昏脑涨，他站起身来走到院子里，伸伸胳膊伸伸腿，大口地呼吸了几口新鲜空气，顿时有了些精神。

看见林中飞站在院子里，勤叔从屋子里搬出两把木凳，把其中比较结实的那把递给林中飞，自己那把随手就放在屁股底下，对林中飞说：林工啊，可别太累啊，坐下凉快一下吧。

林中飞刚坐在凳子上，便对勤叔说道：哎！想起来啦，我这儿有上好的滇红，是我外地的朋友给捎来的，咱爷儿俩沏上一壶，好长时间没有这么消停啦。说着就回到屋里，从他那个黄绿色的帆布包里找出一个纸包，从里面用手捏出一点儿黑乎乎的茶叶，放到勤叔家的祖传宝贝——那把黑乎乎的小沏壶——里，倒进开水，顿时有股香气飘出。

勤叔端起茶杯，仔细地看了一会儿茶的汤色，又把杯子送到鼻子下面，然后轻轻地呷了一口，吧嗒吧嗒嘴，连忙说：嗯！好茶啊，我活了这一大把年纪，还从没喝过这么上口的好茶，真是煞口！恐怕庄户人家喝茶，这个就是最重要的指标啦。

两个人边喝茶边聊天，这时疯婶儿和秀枝从外面走进来，疯婶儿进门就问：你们俩聊什么啊，这么热闹。林中飞见疯婶儿回来，马上就站了起来，跟疯婶儿说：你瞧，我们爷儿俩在这儿摆谱呢，喝喝茶，聊聊天，真是天南海北啊。几个人笑了起来。

勤叔跟疯婶儿说道：老东西，今天我可是真喝到好茶啦，你也来看看，这茶的色儿和味儿，清凌凌的，通透，煞口，不过这是人家林工自己带来的，咱们家可没有这个好东西啊。疯婶儿说：我不懂你们那些东西，我也不爱喝那些玩意儿，你们喝吧。

转过身来，疯婶儿跟勤叔说：老头子，喝茶归喝茶，你可别打扰林工的休息啊，这几天他可够累了。之后又跟林中飞说：昨天，我们俩还琢磨着，怎么给你改善伙食呢，这成天土豆炖白菜怎么行啊？林中飞赶紧接过话说：婶子，这就很好，我都吃胖了。

疯婶儿转过身来跟秀枝说：哎呀！我忘了给你们介绍了，秀枝啊，这位就是来咱们村工作的林工程师，你就叫他林大哥吧。接着又对林中飞说：她叫温秀枝，是我们村的代课老师，也是渔苇场场长姜万成的媳妇，我们的场长夫人。说完，笑了起来。

林中飞正眼看着秀枝，笑着说：啊，是弟妹啊，我听万成场长说过。万成场长真有福气啊！娶了这么漂亮的媳妇，快快请坐。秀枝的脸有些绯红，笑着说：林大哥可真会开玩笑，不打扰你们了。说着就和疯婶儿进了东屋。

林中飞放下茶杯，随手把勤叔家的沏壶拿在手里，仔细地看了又看，对勤叔说：唉！我原来也有一把沏壶，是我大学毕业的时候，我的老师送给我的纪念，惨呢！六八年红卫兵抄家的时候给我摔了，那把壶我可真是心疼啊，后来我想去找他们理论，还是家人们给我劝住了，这帮人太没有人性了，你说一把壶没招你没惹你，你把它给摔了，算你什么能耐。

他给勤叔添上水，也往自己的杯子里加点儿水，又把这壶拿在手上，边把玩着边念叨着：这些年啊，有些人没有良心，除了做坏事还是做坏事，就是不做好事，就是不积德，所以这些家伙就没有好下场，到最后还是害了自己。林中飞说得很激动。

勤叔默不作声，林中飞觉得这话扯得有点儿远了，赶忙把话收回来，跟勤叔说：咱们爷们儿想聊什么就聊什么，现在不是过去那个时候了，没人抓你的辫子。两个人哈哈大笑起来。

这个时候，疯婶儿和秀枝也从屋子里走出来，勤叔说：秀枝啊，来坐一会儿吧。秀枝便坐在疯婶儿的旁边。

勤叔说：林工啊，我这个人就是爱问个究竟，你的那把沏壶是什么壶啊？是不是有点儿什么名堂啊？要不你怎么能那么在意？跟勤叔说说，让我也长点儿见识。

林中飞笑了笑：勤叔啊，这个可让您老给说对了，我的老师跟我讲，那是一把清朝晚期的上好沏壶，名叫八宝紫轩壶，据说是王爷家的用品，只是兵火纷争，家道败落，才流落民间的，那把壶通身紫色，提手和壶嘴都镶着红宝石，最大的一颗镶在壶盖上，足有手指肚那么大，哎哟。林中飞没有再说下去。

勤叔给林中飞添了茶水，语气中有些伤感，悠悠地说：好！不说那些伤心事儿了，林工，可能你对龙湾这个地方还不够了解，这个江湾，你看地方不大，可在历史上很有名气啊，清朝的时候出过一位嫔妃，听老辈人讲，就是因为这里的水土好，尤其是这条江，那江水不咸不淡，不酸不碱，不温不寒，所以这里才出美女，你看我们的秀枝，长得跟花儿似的。

秀枝跟疯婶儿都笑了起来，疯婶儿说：那是不假，要说容貌和人品，我们秀枝可是打着灯笼都找不着的好闺女，是不是啊，秀枝？秀枝有些不好意思，说道：疯婶儿就能夸我，咱们村里的姑娘和媳妇，个个都出类拔萃，你说勤叔是不？

林中飞听得有些入迷，没想到这么一个老实巴交的农民，还能讲出这么有品位的东西来，他哪里知道，勤叔也是老三届的高才生，更没想到温秀枝一个村里的小学老师，竟然这么幽默儒雅，开起玩笑来不露痕迹。

勤叔又接着说道：可也是，女人啊，就像这松江水一样，没日没夜地流淌，辛辛苦苦了一辈子，里里外外操心，没白没黑忙活，可到头来，还不知道是个什么结果，唉！人这一辈子啊，真是不容易，所以啊，就得好好活着，好好珍惜，等到走不动爬不动了，什么都晚了，到那个时候，后悔都来不及。

秀枝悄悄地跟疯婶儿说道：前几天，我去场里看万成，回来后这心里总是不舒服，我担心时间长了，对万成影响不好，这话还没法跟万成说，所以这心里闹挺。疯婶儿接过话头儿：没事儿，秀枝，这话我去说，万成他听我的，再说也是为他好。

　　转眼间天色暗了下来，秀枝站起身来，跟勤叔说：勤叔，林工，你们聊着，我该回家了，林大哥有时间到我们家去坐，不过那是寒舍，比不上你们城里的。边说边往外走，林中飞也站了起来：好，有时间一定拜访。目送着秀枝走出院子，消失在暮色里。

　　秀枝走了以后，林中飞依旧坐在那里，和勤叔依旧唠着闲嗑儿，一口接一口地喝茶，可他的脑子却生出许多奇怪的念头：这个秀枝怎么会是个乡下女人？举手投足之间竟有如此品位，看来农村也有很多素质高的人，比如勤叔的故事，还有秀枝的举止。

　　林中飞的心里就像投进了一块巨石，顿时激起不小的波澜。他独身多年，和儿子相依为命，这么多年来，感情生活几乎是闸门紧锁，而把所有的心思和精力放在事业上，放在可怜的孩子身上，周围的一切让他没有感觉，好多女人都有接近他的想法，无奈被他婉言谢绝，然而这个乡村女教师，却让他眼前一亮。

　　所有这些，只是在林中飞的脑海里飞快地旋转着，他站起身来就没再坐下。话题少了，思考多了，原本平静的神情略显慌乱，在明亮的月光下，林中飞借着散步的机会，想着自己的心事，虽然什么也没有发生，可还是让勤叔察觉到一点儿微小的变化。

　　这天是星期天，吃过早饭，林中飞骑上自行车就朝县城的方向奔去，临走的时候，他和勤叔说要回趟县城，一是回去拿些参考资料来，再者顺便看看寄住在亲属家里的儿子，而且晚上还要赶回来，工地上一大把事儿等着他处理。

　　回到县城后，林中飞匆忙地给儿子买些生活用品，把东西放在亲属家里，连儿子的面都没见着，就忙着往回赶，龙湾村离县城有三十公里的路程，走到离村子不远的大青沟的时候，太阳已经一竿子高了，眼瞅着日落西山，再不赶紧走，有可能贪黑。

　　江边土路坑坑洼洼，路边还有积水，林中飞的车子骑得飞快，眼前是一处急转弯，碰巧他的车把没有急转过来，只听扑通一声，连人带车摔到路边的水沟里，幸好水不深，只是弄了一身泥。

　　林中飞从水沟里爬出来的时候，已经变成一个泥人，脸上身上都是泥水，他赶紧把衣服脱下来，赤脚蹚进膝盖深的江水中，把满是泥水的衣服洗了几下，自己也洗了个澡，回头往岸边走的时候，却看见温秀枝沿着江边走来。

　　秀枝是从北屯的刘老师家回来，恰好目睹了刚才的一幕。看见林中飞从泥水里爬出来的狼狈形象，秀枝忍不住笑了起来。林中飞看见秀枝走来，这心里的怨气顿时消失得无影无踪，笑着跟秀枝说：还不快来救人啊！我都这样了，你还笑呢？

　　秀枝对林中飞说：林大哥，这样洗不净的，我拿回家去洗吧，之后给你送去。林中飞抱着衣服走到岸边，风趣地说：那就有劳妹妹了。秀枝催促道：你快走吧，抓紧到家换身衣服，这么湿漉漉的，弄不好就得感冒。

　　接过衣服的瞬间，秀枝闻到了异样的气味，原来以为是风中吹来的，可是仔细地感觉，发现这种气味就来自于眼前的林中飞，她忽然涌出一种新奇的感觉，脸颊有些绯红，有种立刻要跑掉的不安和冲动，秀枝拿起衣服，快步朝村口方向走去。

　　林中飞立在那里，就像一座雕像纹丝不动，傻傻地望着秀枝远去的背影，他的脑子里满满的，乱乱的，像一堆糨糊，然而他很清楚，他内心里长久以来的平静，已经被眼前的这个女子打破，就像波平如镜的江面，微风吹过的时候，荡起层层涟漪。

　　那天在勤叔家里的偶遇，那个温婉秀美的印象，还在脑子里萦绕的时候，秀枝的身影和声音，她的举止和微笑，一次又一次把他的神经给搅得一塌糊涂。林中飞必须承认，这个刚刚认识的乡下女人，已经悄悄地走进他尘封已久的内心世界，走进他荒无人烟的梦境。

　　今天的秀枝，上身穿着一件水粉色的碎花短衫，纱质的布料张扬出无限的动感，下身穿一条得体的水磨蓝乡村牛仔，这个装束在那个年代是极其少见的，时尚的穿着，柔美的身材，无不宣泄着青春的活力，举手投足之间，流淌着女性的柔美与鲜活，只是那张白皙洁净的脸上，隐隐地透出一点儿疲惫和忧伤。

第二十一章

一百五十万尾鱼苗顺利投放进鱼池里，每天除了正常的投喂饲料，还要加强管护，重点是鱼病的防治和监测。六月是各种鱼病的多发季节，也是加强管护的关键时段，万成和技术人员每天都要来鱼塘几次，密切关注着鱼苗的生长情况。

与此同时，大坝的建设也进入了攻坚阶段，六百米长、两米深的基础已经浇筑完毕，齐刷刷的钢筋根根林立，一字排开，好一幅壮观景象。接下来就是浇灌坝身，三十多人的工程队紧张施工，争取赶在连雨天到来之前完成主体工程，工期迫近，加班加点，筑坝工程进入关键时期。

云妹专门负责每日三餐，好在都是一菜一饭，一般来说中午是馒头，白菜炖豆腐，里面有少量的猪肉，晚上大多是高粱米饭，咸葱叶炖土豆条，人多吃饭就是香啊，两个大铁桶，一会儿工夫就干干净净，大家伙儿都说云妹的手艺好，做饭香，对口味儿。

万成从大坝工地下来，又拐到鱼塘绕了一圈儿，安排给鱼池加氧和投药之后，回到自己的办公室，累得像摊泥一样，他用热水泡了一下发胀的双脚，一头倒在炕上，迷迷糊糊地睡着了。

蒙眬中，云妹从外面走了进来，她问万成：今天中午你是不是没有吃饱啊？我看你吃了一个馒头就撂下了，是不是哪儿不舒服？万成睁开眼看着云妹，随口说道：我真的吃饱了，就是有点儿累，你去忙你的，让我在这儿睡一会儿。

云妹无奈地说：那你就好好休息吧！我出去忙晚上的饭菜了。转身就往外走，还没走到门口，又转身回来，神秘地说：万成哥，你猜我给你带什么来了？万成瞧瞧云妹那张兴奋而红润的脸儿，便故意说：猜不出来，不告诉就拉倒。云妹急了：干吗啊？你一定要猜，你不猜我就不给你，不许耍赖。

云妹装出生气的样子，转身就要走，万成禁不住笑出声来，他一把拉住云妹，顽皮地做个鬼脸：和你开玩笑的，我猜我猜，那你要闭上眼睛，把脸转过去，否则我猜不出来。

云妹照着万成的说法，闭上眼睛，把脸转了过去，万成看见云妹的手里拿着两个鸡蛋，笑着说：我猜到啦，你手里拿的是鸡蛋。云妹很好奇，跟万成说：你是怎么猜出来的？快快告诉我。随手把鸡蛋塞进万成的手里，顺势死死地抱住万成。

仲夏的夜里，潮热难耐，虫声唧唧，迷离的星光下，江水静静地流淌着，不时地跳跃出亮晶晶的波光。喧闹了一天的工地，此时也安静下来，只有院子里笔直的白杨树和低矮的紫丁香，掩映在斑斓的月色里，随着夏夜的和风轻轻地摇曳。

云妹搂着万成的脖子，歪着头说：万成哥，你说我这辈子咋这么苦啊？有时候都不敢想，我才二十六岁，这以后的日子可怎么过啊！现在想起来真后悔，当时别人给咱俩介绍对象的时候，你们家为什么不同意啊？还说我岁数小，也是怨我自己，要有现在这个胆量，就给他生米煮成熟饭，恐怕他们也就没辙了。

云妹说话的时候，眼睛里饱含着哀怨的神情，她抚摸着万成的肩膀，发出一声长长的叹息：唉！现在我真羡慕秀枝姐，我是没有这个福分了，人这一辈子啊，真是命中注定。接着又说：难道我这辈子就这样了？真有点儿不服气。

　　万成捋着云妹的头发说：你不困啊？怎么还不睡啊？云妹诡异地笑着说：和你在一起，我就不困，你困吗？那我也不让你睡。说着就把嘴唇贴在万成脸上。万成紧紧地搂过云妹，坏坏地笑着说：你个小丫头，让你不好好睡觉，看我怎么收拾你！说着就把云妹压在身下，咯咯咯的笑声很快淋湮没在夜色里。

　　每次的鱼水之欢，万成都像是经历一场生命的洗礼，从里到外感受着云妹给予自己无限的舒适和惬意，他自己也感觉奇怪，和云妹缠在一起，从来没有一点儿紧张的意识和厌倦的感觉，不仅仅是肌肤之亲，就是待在一起什么也不做，也不愿意离开。

　　想起和秀枝在一起的时候，就没有这种感觉，至于什么原因，万成也说不清楚，特别是近半年多的时间里，每次和秀枝在一起，都以失败告终，万成更是奇怪，秀枝是自己的最爱，可是和秀枝在一起的感觉，没法和云妹相提并论。

　　对云妹来说，和万成在一起的时候，她才真正懂得做女人的价值，她觉得这个世界都是彩色的，自己就像是万花丛中翩翩飞舞的彩蝶，幸福快乐，无忧无虑，自由自在，犹如回到了童年，浑身的每个毛孔都迸发出无尽的活力，日子有了盼头。

　　直到现在，万成也没有否认，初次和云妹在一起的时候，主要是生理上的原因，是填补寂寞互为满足而已，然而现在不一样了，特别是和秀枝在这方面出了状况之后，情况就发生了根本的变化，两人之间除了彼此欢愉，而在精神上有了更多的依恋。

　　万成感觉到生活在一个怪圈里：和云妹在一起的时候，他能够真切地感受到来自另外一个心灵世界的幸福，更能充分地享受着人世间生命的快乐，也只有这个时候，他才触摸到生活的美好；然而这种感觉瞬间就会结束，迅即又变得无依无靠，就像弃儿一样，可怜得连那点儿幸福都要索取，以此填补自己的空虚。

　　在万成的心里，这种乞丐式的感觉越来越强烈，每每想到这些的时候，便有种可怕的孤独和无助，继而一种自卑自怜的感觉就会占据整个身心，这种感觉让他丢掉了那点儿可怜的自信。

万成常常望着天棚发呆，那种极度的快乐，瞬间就为极度的忧伤所取代，经历了每一次的疯狂之后，便会陷入无边的痛苦和自责中，他恨自己，他觉得自己就是一头野兽，是没有情意、没有原则、没有追求的动物，是一个为人所不齿的畜生。

秀枝把女人的全部给了自己，心甘情愿地做自己的女人，无怨无悔地爱着自己，疼着自己，护着自己，你姜万成是谁啊？不就是一个地地道道的农民吗？你有什么资格和温秀枝比来比去，秀枝那么出色，那么完美，哪里不如你姜万成。

秀枝即便知道了自己的这些丑事，仍旧以全部的热情与真诚，温暖着丈夫伤痛的心灵，那种期求，那种渴望，是无法用语言形容的感觉，哪怕是后来的每次失败，秀枝都从来没有放弃过。

夜深人静的时候，万成总是会想起秀枝，越想越觉得秀枝是多么可爱的女人，为了家庭，为了丈夫，为了爱情，她什么都不顾了，她舍弃了女人应有的尊严，拼命地挽救这濒危的一切，多么了不起的女人啊！

天花板上的方形格子，就像一个个钢铁铸就的框框，牢牢地把万成的思绪封锁在里面，他像逃犯一样，一个一个地寻觅，试图从哪里找到缺口，可是一次又一次的努力，最终却没能找到。

万成的脑子里乱成了一锅粥，他恼羞成怒，忧愤交加，发疯似的从床上跳起来，嗷的一声大叫，就像科尔沁草原上的狼号一样，暴怒，狂野，充满着莫名的惶恐和焦虑……

熟睡中的云妹，被吓得惊恐地坐了起来，神色慌张地看着万成：怎么了？万成哥。云妹浑身颤抖，双手死死地搂住万成的肩膀，嘴里一个劲儿地说着：万成哥，万成哥，究竟是怎么了？你是不是做了噩梦？万成把云妹的手轻轻地拿开，嘴里像是自言自语：我多么希望这是一个梦啊！

云妹默不作声，她似乎没有明白万成的意思，只是呆呆地望着万成的脸。万成跟云妹说：佳辉，你说句实话，我姜万成还是个人吗？你秀枝姐那么好的一个女人，一心一意地对我，我怎么就背叛了她啊？我怎么就做出这种对不起她的事儿啊？万成说着，两只手抓着自己的头发拼命地撕扯。

看到万成这个样子，云妹没有说话，只是静静地注视着万成的眼睛，她发现万成的眼角处挂着泪珠，表情异常痛苦，随手拿过身边的毛巾，轻轻地给万成擦去眼角的泪水，小声地说：万成哥，你也别伤心，都是我不好，你没有错的，是我对不起秀枝姐，也对不起你。

云妹还想继续说，万成用手捂住云妹的嘴，语气低沉地说：佳辉，所有这些和你没有关系，如果是错，那都是我的错，是我有错在先，是我没有珍惜我们的缘分，也没有把握住自己！云妹拿开万成的手，流着泪说道：我，我……以后不再这样了，你放心吧！说完大哭起来。万成心疼了，伸手把云妹揽在怀里。

大约半个月时间，万成和云妹没有在一起，除了白天工作上的接触之外，晚上很少见面，万成哪儿也不去，云妹闷在屋里，似乎一切又都归于平静，然而，就像流动的松江水一样，表面上看没有任何波澜，内里却汹涌着潜流。

这天晚上，已经九点多钟，万成泡完脚刚刚躺下，忽然感到肚子疼得厉害，原以为忍一会儿就会过去，可越来越疼，疼得万成满身是汗，他坚持不住了，吃力地从炕上爬起来，扶着墙穿过外面的走廊，来到云妹的房门口，轻声地喊道：佳辉，我是姜万成，你睡下了吗？

半天才听见云妹说话：啊，万成哥，你有事吗？进来吧。万成急切地说：佳辉，有没有管肚子疼的药啊，我这肚子疼得厉害！我能进来吗？说着，万成推门进来，捂着肚子坐在凳子上。

灯光下，万成发现云妹两眼通红，好像是刚刚哭过，便惊问道：佳辉，你怎么啦？见万成进来，云妹急忙转过身去，慌忙地擦掉眼角上的泪水：万成哥，你等一下，我去给你找找。

云妹打开一个紫红色的小箱子，低着头翻动里面的东西，万成看着云妹的背影，心里猛然颤动了一下，她那瘦弱的双肩，在灯影下耸动，仅仅这么几天，好像苍老许多，他意识到云妹的心里承受着巨大的压力，想到最后那次在一起的情景，含着泪珠的眼神，平和安静的话语，万成的心像是被狠狠地扎了一下。

云妹把一个小瓶递给了万成：你拿去吃吧，这个药好使，消炎的，你应该是急性胃肠炎。万成接过药瓶，眼睛却看着云妹，担心地说：你怎么了？佳辉。云妹转过脸，微笑着跟万成说：我没事儿，就是有点儿想家了，你照顾好自己，不用担心我。

万成看得出来，云妹心中有苦，也就没有多问，就在万成转身要离开的瞬间，他瞥见云妹的两只眼睛里，泛出一串串晶莹的泪光。云妹急忙把脸侧过去，跟万成说：你回去吧，我也要睡觉了！那语气坚定异常，毫不犹疑。

万成呆立在那里，内心却翻搅起来，嘴角嚅动着，似乎要说什么，却没有说出来。云妹转过身来，脸上挂着微笑和泪珠：你要好好照顾你自己，过几天我就要回去了，和我婆婆在家种地。

云妹的语气很轻，可在万成听来，却像晴天霹雳，万成急忙转过身，死死地盯着云妹，几乎是怒吼着：你说什么？你要回家？你要种地？万成的语气里有种咄咄逼人的感觉：为什么啊？是因为我吗？万成回过身来，用力抓住云妹的肩膀，几乎是摇晃着吼道：这是为什么啊？你告诉我。

云妹满脸都是泪水，却没有说出一句话。万成的心里明白了，他狠命地把云妹搂在怀里，生怕她跑掉一样，几乎是哀求着，哽咽着说道：我明白了，什么都不要说，我绝对不能让你走，我绝不能再对不起你，让我们还像以前那样在一起。

第二十二章

大坝修筑工程进度明显加快，按照乡政府的要求，必须在八月末前，将过水闸门安装完毕，九月中旬完成坝体护坡和其他收尾工程，县里要在十月份召开发展乡镇企业和多种经营表彰大会，龙湾大坝作为会议献礼需要提前竣工，为此，乡里多次催促工期。

作为技术总监，林中飞忙得团团转，整天泡在工地上，坝上坝下，尘土飞扬，白天指挥浇筑，晚上研究图纸，整个人瘦了一大圈，虽说工作又脏又累，可这心里却总有一股子兴奋劲儿。

从工地回来的时候，一般都是日落时分，他总是抓紧吃饭，只要不是很晚，就要腾出点儿时间，到院子外面溜达一会儿，表面上看是伸伸腰蹬蹬腿，缓解疲劳，实际上这心里另有一番期盼，他希望在这个时候能看见秀枝，哪怕是看上一眼，这心里也就舒服许多，晚上这觉也就睡得踏实，否则这心里就空落落的。

自从上次给林中飞送去洗净的衣服，秀枝已经有好几天没去疯婶儿家了，这些日子秀枝也很忙，小青要去村里的幼儿园，秀枝忙着准备书包和玩具，每天还要拿出时间教小青认字识图。村里筹备开办文化夜校，老支书让秀枝牵头负责，所以秀枝还要腾出时间操持夜校的事。

秀枝在娘家吃过晚饭，便往自己的家里走去，刚走到离疯婶儿家不远的时候，迎面看见林中飞从疯婶儿家的院子里走出来，好像是在散步，林中飞一眼就看见了秀枝，秀枝也看见了他，还没等秀枝说话，林中飞就招呼道：是秀枝吧，这是干什么去啊？

秀枝笑着回道：我刚从我妈妈家回来，吃过了吧，林工？林中飞走过来说：秀枝啊，以后能不能不叫我林工，就叫我大哥吧，我觉得这样更好。秀枝笑着说：那好，以后我就叫你林大哥。

林中飞问道：秀枝，你最近好吗？秀枝未加思索地说：还是老样子，就是瞎忙，也没什么要紧的事儿，主要是第二期夜校的事儿，乡里催得很急，目前正在准备。

林中飞还想说些什么，秀枝见天色已晚，就抢先说道：林大哥，您先忙，我得回家了，小青自己在家呢，有时间到家里坐吧。林中飞连忙说：好，有时间我一定拜访，快回去吧，孩子还在家呢，有时间来疯婶儿家坐吧。

三天后的晚上，林中飞从渔苇场回来的时候，万成托他给秀枝带点儿东西。吃完了晚饭，已经是七点多钟，林中飞跟勤叔说：我去秀枝家，万成托我给秀枝捎点儿东西。他拿起东西朝秀枝家走去，路上，他思考着该说点儿什么，怎么来说，他越来越清楚自己内心的真实想法，喜欢看见秀枝的样子，可又不能让人家笑话。

走到秀枝家门前的时候，他的心里有些紧张，原来觉得今天是个绝好的机会，借着给秀枝送东西的机会，可以看见秀枝，可以和她说说话，可是现在他的心里有些乱，想着马上就能看见秀枝，他立刻提醒自己，必须把握尺度，不能有失身份。

秀枝坐在屋子里，刚刚帮小青收拾完学习的东西，躺在炕上翻阅夜校资料，听到窗外的喊声，便走出屋外，看见林中飞走进院子里，赶忙说：快进来吧，林大哥。说着，就去里屋倒了一杯热水递给林中飞。这时小青回来了，进门就喊妈妈，秀枝说：好孩子，咱家来客人了，等一会儿妈妈给你弄好吃的。随后指着林中飞跟小青说：快叫林伯伯。

小青那张小嘴很是伶俐，马上就喊：林伯伯好！林中飞乐得连连说：好，好，真是个好孩子，能让伯伯抱抱吗？小青乐颠颠地跑到林中飞的跟前，林中飞抱起小青，在小青粉嘟嘟的小脸儿上亲了一口说：好孩子，以后到伯伯住的地方去，伯伯陪你玩儿，好吗？

秀枝赶紧说：小青啊，快到妈妈这儿来，让林伯伯喝水。随手就把小青从林中飞的怀里接过来，跟林中飞说：林大哥，你坐吧！林中飞就坐在桌子旁边的一把椅子上，聊了一会儿家常，林中飞站起身说：秀枝，天不早了，我就回去了，有时间我们再聊吧。

林中飞边往外走边回头说：万成不在家，你可要好好照顾自己啊！小青在旁边细声细语地喊了起来：妈妈，妈妈，我不要林伯伯走，林伯伯，你能留下来陪我吗？林中飞转身看看秀枝，笑着说：这孩子，多有意思啊！秀枝抱起小青说：林伯伯还有事呢，等我们有时间去看林伯伯，好吗？

时钟已经敲过十一下，秀枝还是没有睡着，准确地说一点儿睡觉的意思都没有，眼睛瞪得好大，满脑子都是这段时间里接连发生的这些事情，心里惦记着万成，当然也想到了那个云佳辉，还有那个金孝明，也包括刚才离开的那个林中飞，她感觉出林中飞的神情有些异样，不过没有多想什么。

这段时间的忙碌，倒使得秀枝的心里少了一些烦恼，许多时候不愿意去想那些，甚至乐意让自己忙起来，如果有了闲暇，她就给小青讲故事，小青也越来越懂事，每每看见秀枝发呆，就缠着秀枝，让妈妈给讲各种有趣的故事，这让秀枝找到了快乐。

有天晚上秀枝梦见了万成，还不时地有几个人影在眼前晃动，像是姜万成，又像是金孝明，又像是林中飞，时而重叠模糊，时而清晰分明，秀枝在心里不断地责怪自己：我温秀枝活了二十八岁，这是怎么了？怎么神魂颠倒啊？还会梦见这么多人！

三个男人交替出现在秀枝的幻觉里：一会儿是姜万成，神情懊恼，瞪着布满血丝的眼睛，死死地盯着天花板发呆；一会儿是金孝明，捶胸顿足，虔诚地跪在自己的面前，祈求着灵魂的宽恕；一会儿是林中飞，身穿灰色的风衣，朝秀枝这边走来，那笑容儒雅、亲切、随和，让人无法抗拒，拉起秀枝的手就向那片绿茸茸的草地奔去……

秀枝朝远方看去，蔚蓝色的天空，彩缎般的云朵，就连那轻轻吹来的风，都是温柔舒爽的，她有种全新的感受：从肉体到灵魂焕发出蓬勃的生机与活力，走进一个未曾发现的世界，这个世界里的许许多多，都曾经是自己璀璨的梦想。

秀枝陶醉着，快乐着，同时也在仔细地观察着，思考着，试图做出分辨，然而又无法辨别，思考的结果让她有些迷乱，她无法在目前的状态中，让自己变得清醒，变得理智和从容。她突然对自己，对心中的那个她，产生了一种莫名的怀疑和恐惧。

秀枝已经好久没有这种感觉了！朦胧中，她已经意识到自己的灵魂正在经历一场裂变，而且是一次可怕的但却无法控制的裂变，她觉得自己正在慢慢地滑向一个深不见底的洞穴中，那里有无数的妖魔鬼怪，张牙舞爪地要把她给吞噬掉！

秀枝腾地一下坐了起来，周围漆黑一片，只有窗帘的缝隙处透出一丝灰白色，小青还在甜甜的梦中，她用手抚摸一下自己的脸，有些潮热的感觉，她清醒一下，回想起刚才的梦境，感觉到触碰了一个完全陌生的自己，心想：我怎么会这样？怎么连我自己都不认识我自己，我还是原来那个温秀枝吗？

秀枝披上衣服，站在玻璃窗前，院子里的丁香树投下黑黢黢的魔幻般的影子，远处流动的江水发出呜咽的声音，似乎倾诉着心中的怅惘和幽怨。秀枝强迫自己把注意力转移到老支书，疯婶儿，还有熟睡中的小青，转移到夜校，渔苇场，还有那个云妹……过了一会儿，秀枝才觉得安静下来。

这个时候，东方的天空已经隐隐地露出一丝丝的亮白色。

第二十三章

　　橙红色的太阳像一个巨大的圆盘，慢慢地滑向了天地相接的那片彩云里，在宽阔的江面上投下一片片耀眼的光斑，江水带着金灿灿的霞彩，翻腾着向东流去，留下低沉而阴郁的声响，还有偶尔跳动的浪花。

　　金孝明从乡政府出来，看了看手表，已经是下午五点多钟，回到龙湾还有三十多里的路程，他得马上往回赶，要不就得贪黑，孝明骑上自行车，加劲儿地往龙湾的方向奔去，心里的那股子兴奋劲儿，不时地在胸腔里涌动着，脸上泛出一阵阵的潮红。

　　金孝明今天来乡里是找张乡长的，昨天晚上孝明的心里就反复合计着，这样宏大的规划，不知道乡里能不能给予支持，说实话对于这次请援行动，孝明的心里始终没有底，不过已经逼到这步了，孝明下定决心，必须挺身一试，也许还有希望！

　　孝明跟张乡长详细汇报了养猪场的建设情况和未来打算，特别是"一业为主，多种经营，全民参与，带动致富"的思路，让乡领导异常兴奋，还没等孝明说完，张乡长就接过话茬儿：你们龙湾村的养猪场，是咱们乡里的重点项目，你们的想法非常对路，而且也很符合实际，你们干得很好，给全乡带了个好头。

　　张乡长告诉孝明：你们需要的种猪由乡里安排购买，之后无偿拨给你们，作为乡里对龙湾养猪场的扶持。随后伏在孝明的耳根说：我和主管的李乡长已经商量过了，至少给你们十头母猪，一头公猪，年底再给你们十头母猪，作为起步阶段，二十头母猪够你们经营的了。金孝明简直不敢相信自己的耳朵，高兴得跳了起来，抓着张乡长的手谢个不停。

这也难怪孝明这么高兴，这段时间，老支书和几位村领导正为种猪的事儿发愁，他们几位想了好多办法，还是解决不了这个难题，一是资金紧张，龙湾的家底儿太空了，建渔场，修大坝，基本就磕打筐了；二是种猪难买，周边乡镇的种猪，品系不纯，不适合大规模引进和繁殖。

养猪场建起来了，没有种猪那叫什么养猪场啊？孝明今天去乡里，就是按照老支书的想法，抱着争取一下的态度，看看乡里能不能给些帮助，可做梦也没想到乡里会有这么大的动作，能给这么大力度的扶持，这可真是天大的喜讯！满天乌云都散了。

孝明的脚下就像生风一样，不到一个小时就赶回了龙湾，他没有回家，直接拐到了老支书的家里，进门就喊：老支书，大喜事啊，我们有救啦！老婶子看着孝明那个高兴劲儿，笑着问道：这孩子，啥好事儿啊，咋乐成这样啊？

老支书看着孝明，慢悠悠地说：别着急，坐下来慢慢说，我先给你倒杯水，看来有好消息啊！孝明喝了几大口水，气儿还没喘匀，就把乡里的扶持一股脑儿地跟老支书汇报了一遍，老支书听着，嘴角儿翘起来，脸上现出一片光泽，他把手里的烟袋在鞋底子上使劲儿地搕了两下，激动地自言自语：好！太好了！真是上天有眼啊，我们龙湾真的有救啦！

孝明又和老支书聊了一会儿养猪场管理的事儿，他说了许多自己的想法，老支书听后颇有感慨，心中暗想这个小子是真想事儿啊，看来让他抓这个猪场建设，真是选对人了，便跟孝明说道：你的这些想法，我都赞成，而且全力支持，不过不能太急了，一步一步地来，蹚着走，稳扎稳打，步步为营，尽量少走弯路。

聊完工作的事儿，老支书说：还没回家看看你的妈吧？快回家吧！老太太惦记你，前几天我们碰见了，还和我磨叨呢，怕你累坏了。孝明笑了笑说：老支书，那下一步怎么办啊？老支书抬起头说道：明天开会研究，之后你就开始招工，多招些女工，两天之后正式开张。老支书兴奋地在地上走来走去。

真是久旱逢雨，老支书了解上边的政策走向，也知道会对新兴的乡镇企业给予扶持，但是做梦也没想到乡里扶持的力度这么大，说实话，这段时间他的心里就一直在折腾，不过他已经想出好多主意，这次可是豁出去了，就是拼上这条老命，也要把养猪场办起来，否则对不起父老乡亲，也对不起各级领导的信任。

如今最大的难题解决了，还有什么好说的啊……他高兴地朝外屋喊道：老伴儿，快给我们爷儿俩煎几个鸡蛋，把那瓶散香给我拿来，我们爷儿俩得喝点儿。老伴儿连忙说：瞧把你给乐得，你们俩等着，我给你们弄去，马上就好。

初秋的夜晚，有些凉丝丝的感觉，孝明和老支书边喝边聊，不大工夫就把一瓶五十五度的散香白酒给报销了，两人喝得尽兴，这话儿也就有些磨叨，老支书握住孝明的手，反反复复地唠叨：一定要把养猪场给我办好，千万别给龙湾村的老百姓丢脸。

孝明也抓住老支书的手，一遍又一遍地重复：你放心，老支书，我不会让你失望，也不会让全村的老百姓失望，如果养猪场整不明白，那我就不是金孝明，以后你就什么也别让我干。

三杯五十五度的烧酒下肚，金孝明的头就像炸了似的疼，腿也有些发软，他从老支书的家里出来，晕晕乎乎地骑上了车子，心里想着回家，可是头重脚轻，黑灯瞎火，路又不平，东拐西拐，只听"哐当"一声，连人带车撞在一堵墙上。

漆黑的夜里，孝明扶着墙头站了起来，只觉得头晕目眩，他想把自行车立起来，可是怎么也立不起来，这时就听到身后有人说话：是孝明吗？你怎么在这儿啊？朦胧中，孝明听到有人叫他，便回过头来，嘴里嘟哝着：是我，是我，你是谁啊？黑暗中他看到一个熟悉的身影走过来，孝明揉了揉眼睛，是秀枝！

　　孝明坚持着想站稳脚跟，可还没等站稳，就一个趔趄扑在墙头上。秀枝赶紧上前抓住他的胳膊，责备地说：你怎么喝成这样啊？这都没有人样了，赶紧回家吧！孝明没有说话，只是一个劲儿地要自己站起来，这次真是站不起来了，他觉得自己的腿就像踩在棉花堆里一样，两只手死死地抓住墙头，嘴里不停地说：秀枝，不用管我，我能行。说着，又一个趔趄瘫在墙角。

　　凉爽的夜风里，涌动着一阵阵丁香花的香气，虽然是苦涩的味道，却给人透彻心脾的感觉，松江水奔腾流动的声音，因为夜的寂静而显得特别清晰，整个村庄已经沉浸在无边的夜色里，只是稀疏地闪耀着几处灯火，偶尔传来几声狗吠。

　　秀枝用尽全身力气也没把孝明扶起来，她站起身，想着是不是把邻居们喊来，可又一琢磨，这夜深人静的，要是把邻居们喊过来，难免人多嘴杂，说啥都有，对谁都不好，她伸手拉住孝明的胳膊，埋怨道：孝明，孝明，怎么能喝这么多酒，跟我起来，送你回家！孝明支吾道：不用，我自己能行。

　　秀枝把孝明的脸扳了过来，清冷的月光下，孝明脸色惨白，酒气熏天，眼角还挂着几颗泪珠。秀枝说：孝明，咱们走吧，太晚了，我扶你回家，你坚持一下。孝明抬起头，睁开眼睛，目光中透出忧郁和迷茫，倔强地说道：我不用你扶，我自己能走，我自己回家。说着踉跄着站了起来，扑通一下又摔了下去。

　　秀枝使劲儿把孝明拉起来，累得气喘吁吁，孝明几次想挣脱秀枝站起来，却没有那个力气，软绵绵地倒在秀枝的怀里，两个人依偎着靠在墙角。秀枝的心里想着，怎么才能把孝明弄回家。

　　夜，越来越深，草丛里的昆虫也都疲倦了，吱吱咋咋的叫声越来越少，最后全都停了下来，整个村落被漆黑的夜幕包裹着，陷入了死一般的静寂中，累了一天的庄户人家都在鼾声中享受着甜美的梦境，古老的村庄渐渐沉睡。

　　秀枝觉得身子有些凉，她轻轻地对孝明说：孝明，你怎么样了？能不能坚持，我扶着你回家。孝明闭着眼睛，嘴里嘟囔着谁也听不清的东西，无力地把头抵在秀枝的肩膀上。

过了好一会儿，孝明才抬起头来，睁开那双有些红肿的眼睛看着秀枝，接着又把头转过去，望着漆黑天幕里眨着眼睛的星星，他嚅动了一下嘴唇说：秀枝，你怎么还在啊？这是哪啊？

秀枝差点儿笑出声来，没好气地说：看来你真是喝多了，你还认识我啊？我不在你怎么小啊？我能把你自己扔在这啊？瞧瞧你这副德行，怎么喝了这么多酒啊！孝明默不作声。

又过了一会儿，孝明似乎有些清醒，他对秀枝说：秀枝，今天真是太高兴了，咱们的养猪场有救了，我和老支书多喝了几杯，所以就多了。这时孝明才发现秀枝的两只手还抓着自己的胳膊，他轻轻地拿开了秀枝的手，眼神里顿时充满了温情，他的思绪又回到了几年前的那些日子里……

他想起和秀枝在学校时的情景。那个时候，孝明可以天天看到秀枝，上课，出操，放学，回家的路上，她那柔美的身影总是出现在他的视野里，只要有一天看不见秀枝，孝明心里就好像缺少了什么，秀枝成了孝明内心深处的寄托。

他想起秀枝结婚嫁人的场景。那个时候，就像天塌的那种感觉，极度的孤独、失望、悲观，从来没有体验过的那种感觉，多少年来心中堆积而成的希望之塔，瞬间便轰然倒塌，觉得在这个世界上，再也没有了可以追求的梦境。

他想起和秀枝在村部的那个晚上。那个时刻，让他一辈子都无法忘怀，虽然已经过去了那么久，孝明也曾无数次为自己的愚蠢感到耻辱和悔恨，而今天，脑海中的想法已经悄悄地发生变化，他觉得那次和秀枝的相遇，是命中注定的机缘。

孝明已经没有了悔恨与自责，他觉得自己真正地爱过了，虽说有伤痛，也留下苦楚，可更重要的是收获了曾经的梦想，实现了生命的夙愿，在金孝明的心里，得到了秀枝，便别无他求，此生再无遗憾！即使后半生孤独行走，也心甘情愿。

现在，他不再认为自己如何卑微，甚至不可告人，他觉得自己是个顶天立地的男人，非朝秦暮楚，乃始终不渝，甚至感觉有种成就感，而且这种感觉越来越强烈，他常常告诉自己：没有人比我更爱秀枝，我的爱至真至诚，我用生命的全部加以证明。

……

月亮渐渐地升起来，孝明也抬起头来，悠悠地看着秀枝的脸，他发现秀枝也在看着自己，秀枝的脸还是那样优雅安静，水灵灵的眸子里泛出鲜亮和清澈的光芒，眼眶和颧骨的微微凸起，让面部的轮廓愈加分明，有些黯然的眼神里流露出淡淡的忧伤。

看见孝明把脸转过来，秀枝便低下头去，避开了孝明有些逼人的目光，孝明轻轻地用手扳过秀枝的脸，定定地看着，好像在审视一件从未见过的艺术品，他问秀枝：你过得好吗？

秀枝沉默了一会儿，她把脸转向别的方向，平静地对孝明说：我过得怎么样是我自己的事，这个不用你来操心，现在的问题是你得马上回家，这都半夜了，你再不回家我就走了。

秀枝说完，转身就要往回走，孝明紧紧抓住秀枝的手，一字一顿，语气低沉地说：你说得对，你已经嫁人，不用我来操心，可是秀枝，我是爱你的，我的感觉不会错，你的脸上写着憔悴和痛苦，你的心里受着煎熬，你骗不了我，也骗不了你自己。

孝明搂过秀枝的肩膀，把嘴唇贴在秀枝的嘴唇上，他以为秀枝会拼力抵抗，可是完全出乎金孝明的意料，秀枝一动没动，就像没有感觉一样，这让孝明有些吃惊，他的嘴唇僵在那里，愣愣地看着秀枝的脸，秀枝的眼眶里盈满泪花，正从眼角处扑簌簌地滚落下来，孝明顿时不知所措，慌乱地问道：秀枝，你怎么了？

秀枝的眼泪像决堤的洪水一样，冲出眼角，溢满两腮，她疯了似的扑向孝明，两只手死死抓住孝明的肩膀，用尽全身力气摇晃着，把头埋在孝明的怀里，孝明紧紧地拥着秀枝……就是这样，在月光下，在梦幻中，两人开始了又一次的疯狂……

　　孝明似乎又回到了村部的那个晚上。他像一头发了疯的野兽，肆无忌惮地上演着摧枯拉朽般的夜场剧，此时的孝明全然忘记了这个世界上的一切，只想把心中郁积的爱恨情仇，暴风雨般地倾泻在秀枝身上，似乎要把丢失的岁月找寻回来，而在这个迷人的月夜里做个补偿。

　　孝明的思维方式，又回到那个赌徒的模式上，在和内心的那个万成，那个孝明，那个秀枝，进行一场接力赛式的赌博，他想以自己独特的方式来证明：谁真正地拥有自己所爱的人，而不管这个过程有多么惨烈和曲折，等到明天太阳出来的时候，他金孝明就是身败名裂或者粉身碎骨，都无怨无悔！

　　此时的秀枝，像是跋涉在情感沙漠中的孤独行者，疲惫和绝望厚厚地包裹着自己的灵魂，几乎是心灰意冷，精疲力竭，接二连三的打击与挫折一次又一次地摧毁心中那个摇摇欲坠的梦幻，期望中的那个童话世界早已荡然无存，迷茫的精神，麻木的肉体，几乎是蹒跚着走向岁月的荒漠里。

　　这段时间，秀枝在精神上经受着痛苦的煎熬，他们两人的每次努力，最终都宣告失败，而且败得很惨很惨，这使原本幸存的那丝希望，被无端的愠怒与羞愤消磨得踪影全无，使得勉强建立本已脆弱的信心被摇晃得支离破碎。

　　而在此时，秀枝的灵魂和肉体被孝明狠狠地撞击着！

　　在秀枝的精神世界里，孝明无疑是欲望的图腾！只有她自己知道：她内心渴望的恰恰是金孝明野兽般的疯狂，在万成那里她从来都没有感受过，只有和孝明在一起的时候，只有孝明那种爆裂式的融合，才让秀枝进入了一个天堂般的世界，由里到外经受着生命中弥足震撼的洗礼。

　　几乎是同时，秀枝猛然意识到：在她内心的最深处，在灵与肉的契合上，她从来就没有满足过，或者说在姜万成那里从来没有满足过，而只有现在她才真正得到满足，可是，这个人恰恰是金孝明，是他在秀枝行将绝望的时刻，筑起了那个神奇的梦境！

　　夜更深了，江水流动的声响愈加清晰，偶尔的几声蛙鸣也听得清清楚楚，从江面吹来的夜风夹着湿漉漉的雾气，迅速地弥漫了夜色中的龙湾，带来凉爽而潮湿的感觉。

　　秀枝和孝明相拥着倒在墙角，孝明静静地看着秀枝的脸，秀枝的眼睛就像两弯清澈的湖水，闪烁着亮晶晶的星光，她一只手抚摸着孝明的下颏，另一只手被孝明的手紧紧地握着，两人谁也不说话，依然沉浸在幻觉般的梦境中。

第二十四章

大坝浇筑工程终于完成了。

作为阶段性的建设成果，完成浇筑是大坝建设中的里程碑事件，鉴于这项工程的重要性以及大家的辛苦，老支书和万成他们商量，中午宰只羊，喝顿酒，午后放假半天，让大家回家换洗衣服。

三十多人，整整三张大桌，喝羊汤，手把肉，开花儿大馒头，大家伙儿那个高兴啊！老支书挨桌敬酒，连续干杯，万成和孝明带头响应，你来我往，屡掀高潮，大伙儿都没少喝，一个个酒足饭饱，面红耳赤，很久没有这么放松了。

老支书的脸上充盈着兴奋的神情，他跟大伙儿说：这段时间你们太累了，我这心里都明白，全村的老少爷们儿心里更明白，可是活计还没完工，我们大家不能松劲儿，你们的辛苦和付出，龙湾村是不会忘记的，再加把劲儿！话音未落，民工们报以热烈掌声，个个满杯，一饮而尽！

老支书把万成和孝明叫过来，语重心长地说：你们俩受累啦，看见你们累成这样，我这心里也挺难受，万成这边还要继续坚持，估计还得两个月左右，孝明那边的任务也很重，今年秋天大家伙儿就等着你们给分红了，来！我敬你们。老支书又干了一杯。

老支书又转过身来，大声地说道：大家伙儿听好啦，我们的大坝能有今天，是不是得感谢林工啊？这段时间林工瘦了十多斤啊，我们是不是得敬林工一杯酒啊？老支书这样提议，大家都围拢过来，举起酒杯，林中飞盛情难却，干了满满一杯。

临了，老支书说道：午后我要去乡里，所以我先回村去，你们大家伙儿慢慢喝着，完事儿就回家休息，换换衣服。转过身来对万成和孝明说：你们俩也都回去，看看家里人，都多长时间啦。之后，指着万成说道：特别是你，回去看看小青。

这半年多时间，万成的心里也在经受着煎熬，一方面，和秀枝的感情生活出现了问题，虽然经历过无数次努力，还是难以扭转败局，两个人都在自责和愧疚中寻找方法和途径，然而却一无所获；另一方面，万成和云妹之间，旧情复萌，风生水起，已经衍生出不少的云雨故事，村子里传出许多风言风语，也让万成倍感焦虑，特别是前几天，老支书也给万成提了个醒，虽然没有把话说破，可是万成也是心知肚明。

对于新婚之夜的那段记忆，万成期望能从自己的意识里彻底清除，而随着时间的推移，慢慢地抚平这块伤疤，可是事情并没有想的那么简单，不仅新婚的那个事件无法忘记，萦绕在小青身上的阴影，同样挥之不去，令万成心焦气躁。

别说是有是无，就是一番煞有介事的描述，就足以让你消受余生。从婶子们震惊和疑惑的那一刻起，万成的心就像被人用刀子狠狠地刺穿一样，直到现在只要稍稍触碰一下，就会鲜血淋漓，疼痛难忍，虽然已经过去三年，可是万成的心，至今还在流血！

一方面是深沉的爱，一方面是彻骨的痛，万成内心所承受的压力，让他心力交瘁，但是所有这些他都深深地埋在心底，他从来没有向外人流露过内心的苦楚，他甚至对秀枝都没有一句埋怨和责备，只是在心里最难受的时候，独自在角落里沉思。

然而，云妹的出现却让万成的心湖荡起层层涟漪，尽管细小而微弱，却透过胸腔波及灵魂深处，触及了那个最柔软的部位，并且伴随着剧烈的彷徨和痛楚，让他在心绪焦灼的状态中，朦朦胧胧地看到一丝微弱的光亮。

那是半年以前，那个时候的万成和秀枝，已经在感情沟通上出了问题，而云妹也因丈夫去世而独守空闺，精神上的寂寞让云妹想起曾经有过接触，只因父母反对而分手的姜万成，云妹的心里喜欢万成，只是嫁为人妇之后，就不能再有别的想法。

一天晚上，就在万成独自徘徊，无从发泄心中郁闷的时候，云妹找到了万成，在那个堆满高粱和谷草的场院里，云妹涕泪交流，诉说心中的苦闷和委屈，万成也跟云妹道出心里的痛楚和纠结，两人互诉心曲，而后发生了关系。

对于万成来说，那次的邂逅是个极其特殊的事件，尽管和自己不爱的女人有了肉体的接触，可在万成的心里，包括云妹在内，没有人能和秀枝相比，即便搂着云妹的那会儿，他也觉得怀里的女人就是自己的秀枝。

然而，那次的不期而遇，却使万成的内心更加痛苦，那种深重的罪恶感时常萦绕在脑海里，他几次下定决心和云妹中断这种关系，可每一次又都以失败而告终，特别是云妹去渔苇场工作，本想应该做个了断，以便重新开始，可还是未能如愿。

一次一次的痛苦和悔恨，像魔障一样缠绕着万成那颗疲惫的心，每次和云妹在一起的时候，他的眼前总是浮现出秀枝的影子，有时竟把云妹当成秀枝，最让云妹无法忍受的是，万成搂着云妹的时候，嘴里常喊着秀枝的名字。

即使这样，云妹也从不埋怨，她从心里喜欢万成，所以走到今天这一步，云妹从来就没有后悔过，她认为这是她自己的选择，所有这些都是命中注定的，埋怨和后悔又有什么意义啊？既然这样了，也就只能承受这些随之而来的痛苦和幸福。

万成常常会产生内疚或者惭愧的感觉，他觉得自己是不是有些缺德，自己的婚姻没有经营好，还把别的女人也拉了进来，是不是有些自私，负了一个女人的同时，又伤了另一个女人，是不是有些卑鄙。所有这些想法交织在一起，令万成陷入深深的自责。

老支书和工地的员工都走了，场子里一片空旷，从开始到现在，还从来没有这么安静的时候。万成迷迷糊糊地睡了好一会儿，起来后觉得脑袋清醒了许多，就绕着三个养鱼池走了一圈儿，又来到大坝上来回走着，这时感觉到肚子里有些空，就往场部走去，回到院子里的时候，看见门卫室的窗户开着，就走了过去。

桌子上放着一只大碗，上面盖着一条印有鸳鸯图案的粉色毛巾，万成隔着窗户，伸手拿掉毛巾，看见里面放着六个鸡蛋，碗的下面压着一个纸条，写着歪歪扭扭的一行小字，万成拿在手里，一看就是云妹的笔迹：鸡蛋煮熟了，想着吃。下面没有落款。

万成看着纸条，回想着这段时间里，云妹对自己的体贴，感觉出这个女人把心思全都放在自己的身上，那种真诚和执着，那种细致和周到，心里涌起无尽的感激，觉得不能对不起人家！

万成嘴里吃着鸡蛋，眼睛看着纸条，脑袋里想了许多许多。

第二十五章

　　那是五年前的深秋时节，当时的龙湾大队刚刚掀起秋收热潮，南屯的秋收进度快，北屯的秋收进度慢，出于全局观念和集体主义精神，大队革委会决定：南屯组织部分劳力去北屯支援，三十多个青壮年劳力浩浩荡荡开进北屯的后洼地，和北屯社员一起，轰轰烈烈地抢收高粱。

　　北屯的劳力比较少，男女老少都凑上也不过三十几个人，这其中就有刚刚毕业的云佳辉，南屯的这些小伙子当中就有姜万成。这些年轻的姑娘们和小伙子，大多数刚出校门，个顶个欢蹦乱跳，浑身充满朝气与活力，着实是疯狂一族。

　　这些人到一起，除了干活以外，都想多看一眼漂亮的姑娘和帅气的小伙儿，他们的内心就像刚刚融化了的冰雪一样，在那个属于他们的季节里荡漾着浓浓的春意，无论在任何场合，一旦遇见心仪的人，那眼睛就像钩子一样，再也不想离开。

　　那年云妹恰好十七岁，刚刚高中毕业，花样年华的乡村妹子，浑身洋溢着青春的活力，也是十里八村出了名的漂亮姑娘，加之性情开朗，爱说爱笑，惹得地里干活的这帮小子们，一个个都用斜眼瞄着人家，可云妹也是高傲的主儿，理都不理他们，把那些馋猫儿小子们，一个个弄得灰头土脸，只能溜眼瞧着。

　　万成是个老实的小伙子，不过这心里也是痒痒的难受，看着水灵灵的云妹，只好把心思紧紧地揣在怀里。让万成怎么也想不到的是，也就是之后两个月左右，云妹的家里托人到姜家给云妹提亲，万成对云妹印象很好，可是这个时候，万成已经和秀枝有了来往，万成只好借口家里人不同意而婉言拒绝。事也凑巧，两年后云妹嫁到了南屯，和万成住在一个屯里。

　　也是这个丫头命苦，结婚一年多的时间，丈夫就因车祸身亡，云妹便成为龙湾村最年轻的寡妇，她与婆婆生活在一起，婆婆也是守寡多年，从此，婆媳俩相依为命，好在云妹年轻力壮，靠着亲戚朋友帮忙，每年种上十亩地，这日子还算过得去。

　　秋夜的龙湾，没有了白日的喧闹和忙碌，也没有了暑气的燥热和潮湿，清凉的月光下，柳枝婆娑，花影摇曳，一切都显得那么安详，唯有草丛里的小虫子耐不住寂寞，一声接一声地鼓噪着，彼此呼应，使这寂静的夜晚还是不能寂静。

　　万成和往日一样，吃过晚饭之后，借着黄昏的余晖，独自在街上走着，他的心里究竟在想着什么，可能谁也不知道，他很少和别人聊自己的心事，但是几乎所有的人都能想象得到，此时的万成，心里一定很苦，那种苦的滋味是别人无法体味的。

　　走到屯子西边麦场上的时候，月亮已经爬上柳梢，场院里堆放的高粱、玉米、甜菜，静静地躺在那里，散发出淡淡的谷香。万成迈过低矮的土墙，走进了场院，迎面还是那间破旧的看护房，这座房子已经有很多年，万成还记得小的时候就立在那里，因为年久失修，自然也就破败不堪。

　　窗子已经没有了玻璃，只有两扇木框挂在那里，歪歪扭扭，被风吹得摇摇晃晃，不时发出吱呀吱呀的声响，土炕上已经没有了席子，只铺着一些柴草，万成看了一会儿，伸展了几下胳膊，正要转身往回走，就听到房子的后面有人叫了一声：万成哥！

　　万成一愣，心想怎么会有人叫我！这声音好像从很远很远的地方飘过来一样，听起来有些哀怨和痛楚，甚至有些凄苦，忧郁的声音里，似乎传递出生活的波折，心灵的磨难，还有对命运的诘问，虽然细若游丝，万成却听得真真切切。

万成警觉地回过头来，清冷的月光下，见是一个女人从草垛的后面走了出来，那女人理了理头发，正了正衣角，两手合扣胸前，低着头说：万成哥，我是云佳辉，我都等了你好久了！这时万成已经看清，眼前站着的就是曾经的那个云妹。

他有些不敢相信，仔细看去，确是云妹，便问道：是云妹吗？你在等我？万成满心狐疑，心想你怎么来这儿，等我干什么啊，正在琢磨的时候，云妹开口说话：万成哥，我都等了你好几个晚上，见你一次，可真不容易啊！云妹好像很紧张，有些语无伦次。

万成定了定神儿，问道：啊！佳辉，你是不是有事啊？有什么事你就说吧，需要我帮忙的，你也不要客气。云妹走上前来，结结巴巴地说：万成哥，我想了很久，说服不了我自己，最终还是找你来了，你不会生气吧？

万成竟然只知道傻傻地站在那里，不知道是没有听懂，还是不知所措，嘴巴张得老大，却说不出话来，到现在他还没有弄明白究竟是怎么回事儿，听了云妹这句话，他似乎明白一些，问道：你还好吧，找我有事儿吗？云妹静静地回道：没有什么事儿。

看着云妹的这个状态，万成没有说话，可是他的内心却涌动着复杂的情绪，云妹留在万成脑子里的印象，仍然是孩子般天真的笑声，挂着泪珠儿的黑眼睛，凝脂般水嫩的肌肤，还有当年那件粉红色的紧身夹袄。

所有这些，原本已经被流淌的岁月冲淡了，留在脑海里的印迹也已经变得模糊，甚而依稀难辨。然而，就在刚才那个瞬间，那些过往的记忆突然被激活，随后尘封已久的往事奔涌而出。

万成立刻想到自己的婚姻生活，想到那些离奇古怪的传言，想到婶子们那种异样的眼神，特别要命的是，万成的内心里，立刻就把两个女人进行了对比，而这种对比的结果，让万成的心里顿时有种难以说清的滋味儿。

就在万成想着那些往事的时候，云妹冷不丁地扑到万成的怀里，两只手死死地搂着万成的肩膀，不住地抽泣起来，嘴里呢喃细语：万成哥，你这个坏蛋，当初为什么不要我啊？如果我们结婚，我也不会有今天。

不知道为什么，万成似乎灵魂出窍，就像立着的木桩一样，一动不动，任凭云妹哭喊着，摇晃着，此时的万成，确如僵尸一样，没有了生命，没有了思想，没有了反应。

云妹的哭声渐渐地变成了断断续续的抽泣，喉咙里不时发出只有万成才能听得见的声音，似乎多年来郁积的愁苦，都化作泪水和哭声，好久好久，万成托起云妹的脸，仔细地看着，云妹仰起头，两只闪烁着泪光的眸子，也在静静地望着万成。

万成把头低下来，看着云妹那张消瘦了许多，棱角有些分明的脸，他的心里有些难受，这哪里是当年的云佳辉啊！他用双手抚摸那张清瘦惨白的脸，定定地看着，生怕一阵风会把她吹走。

看了好一会儿，万成问云妹：你过得怎么样？云妹没有说话，过了好半天，哽咽着说道：你想想，万成哥，我能好吗？自从我对象没了以后，我就像与世隔绝一样，和任何人都没有联系，甚至娘家都很少回去，就像活在笼子里，打发着日子。

万成接着问道：那你怎么想起找我啊？云妹忧伤地望着万成：万成哥，我现在活得很累，也很孤独，我经常在想，如果那个时候我们在一起，我就不会有今天这个结果，当然，我也知道这个想法很幼稚，可我控制不了我自己。说着，又哭了起来。

还没等云妹把话说完，万成就接过她的话：佳辉，我们彼此都有各自的生活，都有自己的家庭，我和你秀枝姐非常恩爱，她是我一生中最爱的女人，在我的心里，没有任何人可以代替她，所以，我没有资格去想别的，只会好好地爱她。

万成还没说完，云妹接过话，激动地说：姜万成，你不用骗我，你们的事我都知道，其实你们都不幸福，你的苦你自己知道，可秀枝姐的苦你知道吗？也许我说得过于偏激，你们都做了错误的选择，你们彼此并不合适，你们都会后悔的。

听着云妹的话，万成犹如五雷轰顶，他和秀枝结婚已经两年多了，两人之间发生了许多事情，彼此也都做出许多思考，可是从来没有谁认为这种选择并不合适，甚至是错误，更没有感觉到今后的生活会不幸福。而这种不合适与不幸福的话，竟然出自外人之口！这是他从来没有想到的。

万成直直地看着云妹，好像在审视一个陌生人，对于万成来说，云佳辉已经不是几年前的那个小姑娘，如今站在面前的这个女人，再也不是当初那个蹦蹦跳跳的小丫头，她的话竟然如此尖锐，让万成有种无地自容的感觉，他呆立着，没有说话。

似乎云妹还在说些什么，可万成并没有听进去，恍惚中，他把云妹揽在怀里，在她的额头上吻着，月光下，云妹的脸格外清晰，棱角异常分明，一对盈着笑意的眸子闪着淡淡的泪光，深情地注视着万成的眼睛，似乎要把万成的心扉穿透，万成轻轻地把自己的嘴巴凑上去，轻轻嘟囔着：秀枝，秀枝。

云妹推开万成，生气地说：万成哥，我不是秀枝姐，我是佳辉，我是云妹！你把我当成秀枝姐了吧？万成一个激灵！嘴巴悬在那里，他使劲儿地眨了眨眼睛，似乎分不清是云妹还是秀枝。

突然，万成的双手猛地把云妹揽过来，云妹的整个身体顺势倒在万成的怀里……灰黑色的云彩从西北的天边涌来，夹着一阵紧似一阵的秋风，哗哗流动的江水飘来凉丝丝的感觉，而夜色下的场院弥漫着深秋的微寒……一阵疯狂的拥吻之后，两个人的窃窃私语，湮没在无边的夜色里。

云妹是万成触碰的第二个女人，在此之前，他只有秀枝，在他的世界里，他只抚摸过秀枝的肉体和灵魂，他觉得女人的感觉就是秀枝给他的感觉，别的什么都没有了，然而刚刚结束的这个过程，却给了万成异样的感受，他说不清这种感受的味道，可他清楚地知道，两种感觉不是一回事。

万成是云妹接触的第二个男人，不过却是她真心喜欢的男人，就在她已经嫁做人妇以后，万成的厚道和实在，还一直让她有种可以依靠的感觉，在她的内心深处，从来没有泯灭这种期盼，只是没有机会让它死灰复燃。然而刚刚结束的这个过程，却让她感觉到：和喜欢的男人在一起，做女人值！

此后，再也没有相聚，直到云妹来到渔苇场。

云妹从心里喜欢万成，包括和自己的丈夫结婚之后，她的心里也装着万成，所以走到今天这一步，云妹从来没有后悔过，她有时觉得自己很卑鄙，很无耻，然而她又认为这些都是命中注定的，她时常想到秀枝，她觉得秀枝应该得到自己的幸福。

每当想到这些的时候，云妹就暗自笃定，甚至自我解脱：姜万成，温秀枝，包括我云佳辉，谁都没有错，错的是老天配错了机缘，否则，为什么这其中的每个角色都不幸福，是命运不够公平，还是时运没有降临！

第二十六章

俗话说：没有不透风的墙！万成和云妹的风流韵事，溜着缝儿，拐着弯儿，很快就传到了秀枝的耳朵里，而且不像以前听说的那样含糊，已经夹杂着某些详情和细节，传得有鼻子有眼，听到这些闲言碎语，秀枝的心里有种说不出的滋味。

自从结婚，秀枝就把自己的全部身心交给了这个家，照顾万成和小青，还有两位老人，她对万成的那个细心劲儿，就像照顾自己的孩子一样，担心他吃不好，睡不香，又怕冻着又怕热着，如今这番辛苦和付出却换来这样的结果，秀枝的心里非常难受。

秀枝的心底生出悲戚与愤懑的情绪，每当想起或看着万成的时候，总是夹着一种轻蔑，甚至一种憎恨，她时常有意无意地用话儿敲打万成，这样她的内心便得到一丝纾解，甚至有些快慰，但是这种感觉很快就会消失，代之以更为剧烈的痛楚。

夜色阑珊，躺在床上的秀枝，翻来覆去地睡不着，脑子里全是这些乱七八糟的事情，就像翻滚流动的松江水，一刻都没有安宁。她在猜想：是不是万成知道了结婚前她和金孝明的事！今天以牙还牙，否则，就凭万成的品行，不至于做出这样的事情。

她也在假设各种可能的原因，是要报复我温秀枝？还是他没有把握住自己？还是别的什么原因？秀枝非常希望万成不是在故意报复她，甚至宁愿相信那是一时糊涂，或者受到女人的引诱，才做出这样的事情来，她不愿相信万成是那种见异思迁的人。

可是，无论怎么想，都无法改变这个残酷的事实，她觉得婚前规划的美好生活，就像令人心动的美丽的幻觉，而现在，这个幻觉被萦绕在耳边的闲言碎语弄得灰飞烟灭，完全没有了踪影，秀枝感觉到命运原来是场骗局，一场无耻的卑鄙的骗局。

秀枝的心中满是痛苦、焦躁和愤怒，她不想被欺骗，甚至被愚弄，但她又没有别的办法，想起未来的日子，更是心如死灰，没有了希望，没有了梦想，就这样活着还有什么意义啊？她想到了死，她觉得死亡可以让自己摆脱这些痛苦和折磨。

她打开手电筒，从仓房里找出杀虫用的剧毒农药，然后洗脸、梳头，穿上最喜欢的衣服，对照镜子修眉毛，秀枝看着镜子里面的自己，年轻，漂亮，唇齿之间，眉眼之间，散发出女性的魅力，乌黑的大眼睛，就像两簇沉静的深潭，折射出少妇的光彩。

看着看着，秀枝笑了起来，我为什么要死啊？我死得值得吗？我还这么年轻，我还有那么长的路要走，我还有父母，我还有小青，我……天地这么宽广，难道就没有别的路可走吗？我这样走了，我是解脱了，他们怎么办？我这样做，对得起谁啊？

想着想着，秀枝疯了似的拿起农药瓶子，重重地摔在地上，顿时药液迸溅，满地泡沫，她喘着粗气，一屁股坐在沙发上，心想：我温秀枝是怎么了？怎么会如此懦弱？唉！牙关咬得咯咯直响，我要活下去，而且要活出风采，活出个样儿来。

吃过早饭，秀枝就朝姜学忠家走去，她想请姜学忠帮个忙，让他从中说句话，或许能够提醒万成：不要再和云妹有太多来往，最好中断目前这种暧昧关系，这样下去，早晚都会传扬出去，到那个时候，万成的名声就完啦。

要论起来，姜学忠是万成的远房叔叔，也是自己的叔公，从家族来说，那是万成的长辈，尽管他在龙湾的声誉不是很好，但他说的话也许万成能够当回事儿，只是这么多年来，两家没有多少走动，彼此的关系也不像其他亲戚那样，多少有些生分。

除此之外，还有一个原因，那就是云妹，她是姜家那个婶婆的远房外甥女，虽然不是很近，终归也是亲戚关系，婶婆出来说句话，想来也会有些作用，所以秀枝想来想去，实在是没有别的办法，觉得姜学忠两口子两边都能说上话，或许能帮上忙。

不过，对于姜学忠的为人，屯子里没有几个说好话的，不少人说他办事不仗义，生活不检点，前些年就有些传言。秀枝也曾听说过，不过事已至此，也没有什么别的办法，只能试一试，也许有些效果。

秀枝走进大门的时候，恰巧姜学忠站在院子里，姜学忠心想：她怎么来了，这可是稀客。眯缝着的那对黄眼珠急速地转动着，见秀枝走进来，便招呼秀枝进屋坐下，自己洗了一下手，随后也拿了一把破旧的木椅子，坐在秀枝的斜对面。

连间的外屋放着一张圆桌子，两把陈旧的木椅，一只掉了漆的暖瓶和几只黑黢黢的水杯摆在桌子上，里屋是一张旧木床，一个老式的木柜，里面堆满了杂物，而且散发着难闻的气味。

秀枝问道：姜叔，婶子去哪了？姜学忠回道：你婶子去北屯了，帮她表弟相亲去了！接着又说：有事儿吧，秀枝？说话的时候，那双眯成缝隙的眼睛，不经意地朝秀枝斜了一下，脸上掠过一丝不易察觉的表情。

秀枝似乎有些局促，低声说道：姜叔，真是不好意思，有个事儿我想请您帮个忙，也不知道当说不当说。秀枝鼓足勇气说出这句话，随后就觉得自己的脸上一阵燥热。

姜学忠听说有事求他，便故意装出长者的样子，拉长了声调说：啊，有事你就说吧，咱们都是亲戚，什么当说不当说的。姜学忠的这句话，秀枝听着觉得心里有了底。

那我就说啦，姜叔，你可能也听说了，我们家万成和云妹有些风言风语，也不知道有没有这些事儿，怎么说万成也是您的侄子，云妹也是您家婶子的亲戚，我想你跟万成说说或者婶子从中做些工作，不管有没有这个事儿，这样时间长了，对谁都不好。

姜学忠装作仔细地听着，可心里想着什么，谁也不知道，他没有说话，只是一棵接一棵地抽着刺鼻的旱烟，那双不安分的小眼睛，不时地在秀枝的身上扫来扫去。秀枝见姜学忠没有说话，也不知道他的心里究竟是怎么想的，更不知道姜学忠到底是帮忙还是不帮忙，所以只能耐心地等着。

姜学忠的表情悄悄地阴暗下来，他拿腔拿调地说：这个事儿啊，其实我早就听说了。随后，他话锋一转，问秀枝：你知道吗？秀枝，万成为什么这么做？他是在报复你，为什么报复你？你自己心里最明白啦！说完，嘿嘿嘿地冷笑起来。

秀枝听着这些话，心里就像塞了个棉花团，她想姜学忠的话是什么意思啊？难道他也知道这其中的秘密？可是毕竟是求人办事，也就强忍着往下听，装着没有听明白，也没有说话。心想，不管他怎么说，只要答应帮忙，想说什么就让他说吧。

姜学忠干咳几声，又接着说：要说这个忙啊，我也应该帮你，怎么说咱们也是亲戚，不过这男女之间的事儿，有些话也不太好说，这自古就有说法，劝赌不劝嫖，啥也捞不着，最后都是白费劲儿，没有用的。不过既然你来求我，我也不能推辞，找个机会说说。说完诡异地咧开嘴笑了一下。

秀枝听着姜学忠的话，觉得有些不好听，心想这是什么话啊？转念又想，这话也不是没有道理，这种事儿也就只能这样，不能深说什么，说多了也没有用处，充其量也就是提个醒，能不能真正改过来，还得看两个人怎么去对待，谁也不好说。

话说到这个程度，秀枝觉得也只能这样了，她站起身说：姜叔，那就先谢谢你，我回去啦！说着，转身就要往外走，谁也没料到，姜学忠冷不防地从后面拦腰抱住秀枝，秀枝没有任何思想准备，转过身看着姜学忠，厉声问道：你要干什么？

姜学忠涨红着脸，喘着粗气，对秀枝说：秀枝啊，你何必这么死心眼啊，他要报复你，你就报复他，他在外面扯，你能怎么着，这样也就扯平了，你跟了我，我就有办法让他俩断了关系。说着就把秀枝往里屋推。

秀枝被这突然的举动给惊呆了！她猛然想起前些年村子里关于姜学忠的传言，就连老实巴交的勤叔都说过：姜学忠不是个好东西，贪财好色，不干好事。当时听到这些的时候，也没有太在意，现在看来，眼前的这个叔公真不是个好东西！

想到这些的时候，秀枝预感到将要发生的情况，她回过身来对姜学忠说：姜叔，我们可是亲戚啊，这么多年来我一向敬重您，可你这是要干什么啊？秀枝一边说话一边往外挣脱，却被姜学忠死死抱住，任凭秀枝拼命地挣扎，还是被他按倒在里屋的木床上。

秀枝已经意识到，一切为时已晚！这个时候和这样的人说什么都是没有用的，她牙一咬心一横，顺手抄起床头的暖瓶猛地朝姜学忠的脑袋上砸去，嘴里骂着：姜学忠，你还是人吗？你简直就是个畜生！你连畜生都不如，你这个老混蛋。

姜学忠就像什么也没听到一样，拼了命把整个身体压在秀枝的身上，嘴里嘟哝着：温秀枝，你别以为你是个什么好东西，你和金孝明那点儿破事儿谁不知道啊，就我那个傻侄子把你当成个宝贝，还不知道你是个烂货，和我装啥啊？

秀枝顿时喘不过气来，上身的衣服被姜学忠撕开，白嫩的肌肤刺激着色鬼的欲望，姜学忠像饿狼一样，疯狂地撕咬着秀枝细嫩的脸颊和颀长的脖颈，不时地用他那双瘦得像鹰爪一样的手，恶狠狠地掐着秀枝的胸部。秀枝怒骂抗争，却无济于事。

这具扭曲的灵魂里，似乎要发泄的不仅仅是原始的兽欲，还夹杂着莫名的仇恨，这种仇恨已经在他的内心孕育了很久，并且演变成一种阴毒与邪恶，就在刚刚得手的那一瞬间，这种邪恶就像五月间涝洼地里的雾气一样，慢慢地升腾起来。

秀枝的眼前一片漆黑，她感觉到巨石一样的东西重重地压在身上，而且变幻着各式各样极其丑恶的脸谱，这个人面兽心的恶棍，伴随着歇斯底里的吼叫与狰狞可怖的狂笑，疯狂地摧残着眼前的这个弱女子，借此宣泄着心中的怨恨与不满。

……一阵拼死地挣扎过后，秀枝再也没有反抗的力气，只能紧闭双眼，让大脑变成空白……

姜学忠就像一条死狗一样滚了下来，重重地倒在那张破旧的木床上，气喘吁吁，大汗淋漓，那张黑黢黢的脸上挂着似笑非笑的表情，隐然透着奸邪和淫荡的神态，眼睛匕斜着，莫名其妙地自言自语：你们能得到的，我姜学忠也能得到。

秀枝背对着姜学忠，骂道：真想不到，你是个畜生，地道的伪君子。听着秀枝的话，姜学忠嘴里哼出阴森森的声音：哼！我是伪君子，你说的对，我是伪君子，那你们都是什么？你们不是伪君子吗？你们也都不是什么好东西。

他转过脸，冷笑着说道：我既然敢干，我就不怕惹碴子，你要是敢声张出去，那就随你的便，反正我不怕。接着又说道：别以为你们家姜万成是个好东西，就你蒙在鼓里，他可不是和云妹一个人，前一阵子还和北屯的刘寡妇做过人流呢。

秀枝似乎什么也没有听到，她站起身径直朝外屋走去，姜学忠以为秀枝要回家，所以就没有在意，还诡异地扔出一句话：以后有事就来找我，我会帮你的。说完，脸上露出得意的神情。

可他做梦也没想到，秀枝走到外屋的灶间，随手操起一把菜刀，回过身来疯了似的朝姜学忠的头上砍去，姜学忠没有一点儿防备，随手这么一挡，菜刀就砍在了姜学忠的左臂上，顿时一股黑色的血浆喷了出来，姜学忠嗷的一声窜进里屋。

秀枝却很坦然，她把菜刀扔在地桌上，转身走了出去。

第二十七章

秀枝回到家里的时候，万成还没有回来，她对着镜子看着自己的狼狈形象，头发乱蓬蓬的，脖子上有几块隐隐的紫青色，右边的衣袖上沾着一片血污，她赶紧打了一盆清水，把脸和胳膊洗了一遍又一遍，香皂打了一层又一层，恨不得把被姜学忠碰过的皮肤彻底洗掉，之后换了一身衣服。

秀枝的脑子里乱成一锅粥，她真想把这个伪善的姜学忠给碎尸万段，可是转念一想，觉得自己的行为更为可恨，明明知道姜学忠品行不端，心术不正，却主动上门求他办事，简直是送上门去，结果事情没办成，自己还遭了欺辱，她越想越气，越想越恨。

然而，秀枝马上就意识到，今天这个事儿，就像姜学忠所说那样，一旦让万成知道，那后果不堪设想，况且姜学忠这种人什么坏事都能干得出来，如果他反咬一口，说她温秀枝怀有目的，有意勾搭他姜学忠，还真就说不清楚，毕竟是在他姜学忠的家里。

秀枝的眼睛里噙着泪珠，默默地站在窗前，注视着远处的松江湾，悔恨与无奈就像无形的巨魔死死地缠绕在秀枝的心头，她百思不得其解，自己的命为什么这么苦？像姜学忠这种流氓无赖，就没有办法来整治他？秀枝仿佛听到自己的牙关咬得咯咯直响，眼泪从眼角处扑簌簌地流了下来。

太阳已经滑向江面，几朵灰暗的云彩飘荡在黄昏的天边，缤纷的晚霞透过云朵的缝隙，在跳动的江面上留下一簇一簇晦暗的光斑，狰狞着，闪烁着，变幻着，让人有种阴郁的感觉。

一股凉丝丝的风从门缝儿吹了进来，秀枝打住了纠结的思绪，她恨恨地咬咬牙，终于狠下心来：不能让万成知道！打掉牙往肚子里咽，因为没有别的选择，为了万成，也为了她自己，更是为了这个家，只能这样，如果声张出去，那结果……

秀枝不敢往下想，也不愿往下想，因为那个后果实在难以想象，万成能否原谅自己，她已经没有任何把握，所以只能采取掩盖真相的办法，虽然自己受点儿委屈，也算长点儿经验，至少能够维持暂时的平静，谁让自己这么草率，吃一堑长一智吧。

这段时间，万成也是忙得不可开交，这天中午，因为鱼苗货款的事，他回到村里和老支书汇报，完事之后，便急匆匆回到家里，他想看看秀枝和小青，这一晃儿已经有半个月没有回家了。

万成从外面回来，进门就喊：老婆，我带回点儿蘑菇，从我们鱼池边的树林采到的，你弄点儿蘑菇酱吧，很长时间没吃这个东西啦。秀枝兴冲冲地接过万成手里拎着的蘑菇，笑着说：是不是馋啦？我也爱吃这个东西。万成做了个鬼脸儿说：不瞒你说，真有点儿馋了，特别想吃你做的蘑菇酱，别忘了放辣椒。

万成看见秀枝的眼角有些发红，就跟到外屋，对秀枝说：秀枝，你是不是不舒服啊？要不我来做吧。秀枝赶紧说道：你进屋待着吧，你太累了，你现在是咱们龙湾的功臣啊！我昨晚上没太睡好，没事的，小青在她姥家，估计一会儿就会回来。

万成又接着说：秀枝啊，今天老支书跟我说，让我和你商量一下，乡里有个培训名额，半年时间，专门针对小学老师，老支书想让你去，如果想去，村里就给你报名，而且给报销学费。

此时的秀枝，哪有这个心情啊！她的脑子里全是这些闹心事儿，想起姜学忠这个败类，秀枝就恨得牙根儿直痒，满肚子都是愤怒和委屈，可又只能憋在心里，听了万成的话，几乎未加思索地说：我哪儿都不想去，谢谢老支书的一番好意。

看着万成没说话，秀枝抬起头来，对万成说：你在渔苇场也回不来，我再出去培训，家里没人照顾，小青怎么办啊？我可放心不下。再说，我参加地区教育学院的自修班，效果也是不错的，再坚持一年多的时间，也能拿到毕业证书。

秀枝的这些话是发自内心的，现在她对万成和云妹的传闻，已经不像当初那么敏感，她既不恨万成，也不恨云妹，相反倒是常常从自己的身上找原因：是不是自己的疏忽或者大意，导致万成在外面有了别的女人。

所以，万成提出的这个事儿，秀枝的心气儿十分平和，她没有想太多，只是觉得自己做得不够好，所有这些事儿的出现，主要原因都在自己，是自己不慎重，才造成今天这种局面。

秀枝的心里翻腾着这么多乱糟糟的事儿，可在万成面前又不能流露出来，她很清醒，这些事件可能产生的后果实在太过严重，这让她无论如何都不能掉以轻心，必须慎之又慎，稍有闪失，就可能毁掉这个家庭，特别是万成对自己的信任。

秀枝在厨房里忙活的时候，小青也回来了，万成在院子里逗着她玩儿，又把她抱着放在那张小方桌的旁边，悄悄地说：等着啊，爸爸去拿碗筷，你妈妈给你做好吃的啦。转身来到厨房，他悄悄地站在秀枝的身后，看着秀枝一样一样地忙活着，那心里真是个甜啊！万成说：你的宝贝女儿等着你的蘑菇酱哪。

秀枝似乎还在想着培训的事儿，她并不是真的不想去，这个机会对秀枝来说，那是非常难得的，秀枝的心里很明白，但是眼前的情况让她没有心思，万成似乎看出了秀枝的想法，轻声说道：依我看啊，参加培训也不错，人家要求很高，很多人想去都去不成，老支书觉得你最合适，你再考虑考虑吧，机会难得啊。

万成还想继续说些什么，秀枝抬起头，淡淡地看了万成一眼，语气坚定地说：不用考虑，我就是不想去！说这句话的时候，秀枝的眼睛停留在万成的脸上，她好像突然间想起了什么。对！她想起了姜学忠和她说的关于刘寡妇的事儿，秀枝在万成的脸上搜寻着，她多么希望姜学忠的那句话完全是无中生有。

想到这里，秀枝的心情一下子变得很乱，不过她的眼神依然沉静，她看着万成那张憨厚的脸庞，确信自己深深地爱着万成，而万成也深深地爱着自己。她依旧相信，万成的任何做法，都不是他的品行使然，而是受到外界环境的影响。

然而，秀枝却在万成的脸上，发现了一丝不易察觉的变化，很轻很淡，甚至只是眼神相对时的一个躲闪，不过仅仅就是这个细节，却让秀枝感觉到：万成不像从前了！他的内心掩藏着一种茫然，一种无奈，一种痛苦，一种说不清楚的感觉。

万成靠着厨房的门框站着，冷不丁问秀枝：你去过姜会计的家吗？这种突然袭击的方式，说明万成是有备而问。

这句话声音不大，而对秀枝来说就像炸雷一样，秀枝稳稳神儿，依旧平静地说：前些日子路过他们家门口，进屋坐了一会儿，和姜婶儿说了几句话，怎么了？

秀枝反问这句话的时候心怀忐忑，自觉底气不足，不过只能这么坚持，顺便探探万成的底。万成说：没什么，吃饭吧。不过秀枝一边吃饭一边犯嘀咕，怎么回事儿呢？难道万成听说了？

万成确实听到了关于秀枝和姜学忠的闲言碎语。

那是十多天前，龙湾北屯的二白话去渔苇场闲溜，这个二白话属于游手好闲的主儿，不过怎么说也是屯邻，万成便留他在食堂吃饭，还给他倒了一杯散白酒。

这个二白话喝了点儿酒，嘴就没有把门儿的了，他抹了一下嘴巴说：万成啊，你真是个好人啊，咱哥儿俩也算是屯邻一场，你对我还这么好，有句话我也不知道该说不该说。

你瞧，这个二白话有意地卖了一个关子，万成抬起头看了他一眼，轻描淡写地说道：想说你就说，不想说就拉倒，有什么应该不应该的，你也不是小孩子了。

二白话自觉没趣儿，就把话儿拉了回来：我不是那个意思，我觉得这话说出来，究竟好不好，不过就凭咱哥们儿这关系，我要是不说，这心里就觉得对不住你。说完，又使劲儿捅了一大口。

万成截住了他的话说：别扯没用的，咱们都是多少年的老乡亲，有什么话就说，需要我帮什么忙的，就言语一声。万成以为是二白话有事求他，没想到这个二白话哈哈大笑。

听着这笑声都不是正经的动静，万成也没有抬头看他，他又捅了一大口酒，用手一抹下巴：万成啊，你真以为我要求你办事儿啊？你这个实诚人啊，可咋整。他故意阴阳怪气：你没听说你家秀枝和那个谁的事儿？二白话磕磕巴巴，吞吞吐吐。

万成心里咯噔一下，他伸出去夹菜的筷子竟然僵在了半空，两只眼睛顿时立了起来，语气低沉地问二白话：你说的是什么啊？二白话脑袋一摇：那我就直说啦，你可别怪我，我听说你老婆被姜会计给欺负了，你那个老叔不干人事儿，想占你老婆的便宜，差点儿没让你老婆给砍死。

二白话端起酒碗喝了一口，夹了一口菜送到嘴里，又接着说：据说，现在那伤还没好呢，一直眯在家里没敢出屋，不信你可以火力侦察一下，听说伤得可不轻啊，看来你老婆是真急了！

万成嚼在嘴里的那口饭噎在了嗓子眼儿，脸色由白变红，最后变成猪肝的颜色，尽管还不知道是真是假，但是满肚子都是燃烧的怒火，他压着火气问二白话：你说这是什么时候的事儿啊？是真的吗？我怎么一点儿都没听说啊？你跟我说说。

二白话嘎嘎嘎地笑了起来，喷着酒气对万成说：傻兄弟啊，就你实在，你想想能让你知道吗？嫂子那是多好的人啊，她不是怕伤着你嘛！倒是这个老姜也他妈太阴损了，怎么说也是叔侄啊，这侄儿媳妇都想祸害，你说他还是人吗！哎呀……

二白话还在嘚吧嘚吧地说着，可万成就像一具僵尸立在那里，下面的那些乱乱糟糟的话，他几乎一句都没听进去。他的脑袋里只在想着一个事儿：二白话说的能是真的吗？

墙上挂着的时钟已经敲过了十一下，万成躺在招待所的床上翻来覆去睡不着，二白话喝酒时说的那些话，万成没有完全相信，但是他又一次又一次地否定自己的想法：如果没有这个事儿，怎么会传出这些闲话呢？两家素无来往，秀枝怎么会和他搅在一起？这里面究竟是怎么回事呢？

一连串的问号在万成的脑子里反反复复地闪烁着，跳动着，就像一根根尖锐的钢针刺激着他的神经，每一次钟声敲过，都像敲在他的心上一样，让他烦躁，让他恼怒，昏昏沉沉地睡不着，索性爬起来，披着衣服来到院子里，来来回回地走着。

清冷的月光洒在院子里，给脚下的地面罩上一层惨白，丁香树繁茂的枝叶，随着夜风的轻轻摇摆，投下微微抖动的阴影，只有松江水流动的声音，纷扰着夜的宁静。

万成长长地出了一口气，一个计划在心中酝酿着。

第二十八章

金孝明把自行车放在自家院子里，便朝屋里喊了一声：妈，我先去老支书那儿，一会儿就回来。老太太回了一声：早点儿回来，老妈给你包饺子啦，芹菜馅儿的，里面还有猪肉，你最爱吃的。往院子里看的时候，孝明已经跑出大门口。

看见孝明进了院子，老支书兴冲冲地隔着窗户喊道：快进来吧，孝明！见孝明的脸上淌着汗，便随手把自己手里的蒲扇递给他，又给孝明倒了一碗茶水：喝吧，老凤庆，感觉一下怎么样。孝明端起茶碗，连续喝了几口，才把杯子放下，说道：煞口。

老支书知道孝明有事儿说，还没等他开口，就跟孝明说道：你别着急，喝点茶，凉快凉快，有事儿慢慢说，咱们有的是时间。

老支书看得出来，孝明的表情里洋溢着兴奋和喜悦，笑嘻嘻地说道：老支书，有两个事儿，我得和你汇报，你得帮我拿拿主意。老支书笑呵呵地说：你小子又有什么鬼点子啦，说吧！

孝明又端起碗来喝口浓茶，掰着手指头说：老支书啊，咱们养猪场的形势不错啊，十头母猪全都怀上崽子，上次下的猪崽儿已经卖出去三十多头，这次保守估计也能下五六十个，也许更多，如果保持这个数，到年底咱们可有账算啦。接着，他又把近期打算和长远规划跟老支书做了详细汇报。

老支书静静地听着，不时地点点头，对于这个年轻人，他除了满心欢喜，就是鼎力支持，当初就是因为看中孝明的潜在能力，所以力排众议，举荐金孝明代理村长，现在看来还算是有远见，眼前的这个小伙子有胆识有魄力，当初大多数村民都不看好的养殖场，现在却让金孝明弄得像模像样，很有发展前景。

孝明饶有兴趣地接着说：现在看，母猪的价格已经是咱们买猪时候的两倍多，猪崽儿的价格已经是春天的三倍多，而且还在持续走高，这个场子咱们可干正当啦，老支书啊，还是你有眼光啊，当初我都不同意干这个，现在看多亏你坚持，要不哪有这么好的前景啊！姜还是老的辣啊。

老支书打断了孝明的话：你可别抬举我了，有什么想法就直说吧。孝明认真起来，清了清嗓子，又喝口红茶，有板有眼地说：我有个想法，不知道是不是成熟，我觉得咱们这个场子还要适当扩大规模，增加存栏量和销售量，我在琢磨可以采取入股的形式，各家各户都可以入股，场子里现有的母猪也做成股份，年终按股分红，这样就能个人集体两头热，您看是不是可行？

说完，他两眼直直地盯着老支书的眼睛，似乎要从那饱经世事的眼神里找寻到他所期盼的答案，老支书半晌没有说话，他的嘴角紧紧地抿起来，突然喉咙里发出老迈却有力量的声音：好！你小子就是有脑子，这是多好的事儿啊！既可富村又可裕民，一举多得啊，好，好！

随后，孝明又把自己的想法仔细地描述一番，老支书说：孝明啊，你马上拿出个方案，后天咱们就召开支委会，专门研究这个事儿，由你代表村委会主持村民的入股工作，把想法和大家伙说清楚，眼下看是要出点儿钱，可这钱不是白投啊，能给我们带来预期的收益，也可能有的村民一时半会儿转不过弯儿，那就耐心细致点儿说，号召党员和村社干部带个头，这可是大好事啊，现在不入股，以后可是要后悔的呀。两个人说到起劲儿的时候大笑起来。

孝明从老支书家里出来，天色已经黑了下来，脑子里那个兴奋啊！

养猪场的规模就要扩大了，按照现在的设想，三年之后每家每户来自养殖的收入就要占到全部收入的一半以上，这可是龙湾发展的大规划，也是老支书和他金孝明的大手笔，到那个时候，他这个村长就成为名副其实的发家致富带头人，想起龙湾发展的可喜前景，孝明的心有些狂跳，觉得浑身都是劲头。

他边走边寻思着，走到磨坊拐角的时候，好像听到里面有细微的说话声，他想这么晚了，怎么这里会有说话的声音？他不由自主地慢下脚步，跷起脚走到那扇用木楔钉成的窗户下面，说是窗户其实已经没有了窗纸，只有几块破成碎块儿的塑料膜挂在那里，随着夜风发出哗啦哗啦的声响。孝明听得真切，在这哗啦哗啦的声响背后有人说话，分明是一男一女两个人。

男的说：我们俩都半年没见面了，你也不想我。

女的说：怎么不想你啊？那次在乡里，等你三个多小时，差点儿没冻死我，你这个没良心的。

男的说：老姜对你不好，还在外面扯仨拽俩的，多缺德啊！听说把他侄儿媳妇都给祸害了，真他妈不是个东西啊。

女的说：他就是那种不是人的东西，那不就是我在乡里等你那次吗？你说那温秀枝是多好的姑娘啊，咋说也是侄儿媳妇。

男的说：听说那温秀枝也挺厉害，不是个善茬儿，差点儿用菜刀把老姜给砍死！

女的说：该！咋没把他给砍死，这辈子他净作孽了，吃喝嫖赌，没干啥好事儿，遭报应的货。

男的说：听说温秀枝和她丈夫的关系也一般，两口子总闹别扭，好像她丈夫也不经常回家。

女的说：是！这两人貌合心不合，那个姜万成也不消停，跟你们北屯嫁过来的云妹也有一腿。

男的说：那个云妹也够糟心的，她爷们儿去年车祸死了。那温秀枝不知道他们俩的事儿吗？

女的说：多少也知道一些，那有什么办法？谁让她有短处捏在人家老姜家手里，有苦也是说不出。

男的说：什么短处啊？那个人不是挺好的吗？

女的说：人倒是挺好，听说她结婚之前就已经跟了别人，还有的说现在这个孩子都不是姜万成的。

男的说：不是说温秀枝的那个丈夫也挺好吗？人挺实在。

女的说：实在什么啊？就是个倔，贼能钻牛角尖儿，谁给他当媳妇也够受的，温秀枝能受了那个？

男的说：听说温秀枝背地里喜欢咱们那个村长，也不知道是真是假，村长没有媳妇吗？

女的说：没有。大家伙儿也都这么猜测，秀枝的那个孩子可能就是村长的，嫁来的时候就是带肚儿来的。

男的非常惊讶：啊？可能吗？那将来早晚都得漏。

女的非常冷静：可能，要我看啊，这两个人早晚得到一起，那温秀枝就是嘴上不说，心里啊，一直装着金孝明。

男的说：确实啊，就像我一样，这心里总是想着你，可是又怕老姜知道。真后悔啊！

女的说：说这些有什么用啊，不都怪你们家吗？假如当初你们家不反对，我能和那个老犊子过半辈子吗？我这辈子算白活了，没过一天舒心日子。

……

孝明听得清清楚楚，这个女的是姜学忠的老婆尚美丽，心想这尚美丽已经四十多岁，怎么还搞这些乱七八糟的，可是那个男的是谁呢？两个人说的话让孝明听得心惊肉跳。

男的又说道：上次去你妈家看你的时候，你妈还给我一条毛围脖儿，我都没舍得扎，真暖和啊！好像得不少钱吧，

尚美丽答话：那当然了，将近四十块钱呢，我妈可心疼你了，你小子可得有良心，那也是你的丈母娘啊，虽说名不正言不顺，可是待你比

亲姑爷都亲。

男的接着说：这个我知道，我也不是那种没有良心的人，不会忘了老太太对我的好，下次你回娘家的时候，你就多住几天，晚上我去你妈家陪你。

女的笑着说：真把你美死了，看我老妈怎么收拾你。

说着说着，就听见两个人亲吻的声音，随后便是窸窸窣窣的穿衣服系腰带的声音。

孝明听明白了，这个男的一定是尚美丽的那个老相好，住在北屯，前几年就听说过这个传言，莫非是跑到这儿来会相好来了？这胆子也忒大了！也是啊，这个姜学忠白天装得人模狗样的，其实最不是个东西，阴毒得很，坏事都让他给做绝了，老婆跟了别人也是报应。孝明迈开脚步往家里走去。

忙完场子里面的事儿，万成急匆匆地骑车回到村里，他把渔苇场近期的情况也向老支书做了汇报，傍晚的时候又急匆匆返回了渔苇场，临走的时候跟秀枝说，这段时间场子里的事情太多，特别是大坝施工进入关键阶段，这次回去可能得一个星期以后才能回来，让秀枝注意身体。

秀枝看着万成，无奈地说道：你也要注意身体啊，别等场子建起来了，你这身体也垮啦。万成搂着秀枝的双肩，轻声说道：放心吧，我会注意的，你要是想我，可以去单位看我。

秀枝眼巴巴地看着万成，心疼地说：这段时间你都瘦了，活儿再累也得保重身体，有时间就回来看看我们娘儿俩。万成的心里忽地涌出一股温热，他扳过秀枝的脸，铆劲儿地吻着秀枝的双唇。

平心而论，万成相信自己的妻子，他无论如何也不相信那么爱自己的秀枝，竟会和一个臭名昭著的叔公公搅在一起，这其中必有隐情，可是又没有办法知晓这其中的秘密，想来想去就想出个馊主意：暗中监视，伺机捉拿，如果没有什么情况就此打住，要是真有什么猫腻，也就得揭开了。

一连几天，万成都在太阳落山以后，骑上那辆破旧的自行车，悄悄地从渔苇场潜回村子里，但他不是回家，而是隐蔽在村西北的树林里，待天色完全黑下来的时候，才悄悄地迁回到屯子里，暗中进行观察，寻找蛛丝马迹，目的是收集证据。

万成给自己确定两项侦查内容：一是观察秀枝晚上有没有外出，或者有没有外面的人来过；二是监视姜学忠家周围的情况，看姜学忠晚上有没有异常的举动，他觉得只要他们两个人有接触，那传言就是真的，否则就只是个传言而已。

可是，万成做梦也没想到，他打的这个如意算盘，竟给自己设计了一个陷阱。

第五天的晚上，按照预定计划，万成又悄悄地潜回到村子里，他借着皎洁的月光，先是到自家的院墙外面查看，感觉没有异常情况，接着又悄悄地绕到姜学忠家的后院，之后又转悠到门前，正好院墙转角处有个黑暗的角落，万成就蹲在了那里，今天他下定决心，一定要死看死守，看看这个老东西还干不干缺德事儿。

万成蹲在角落里，望着远方的星空，想着将要发生的一切，心里有些悸动，可是就在他静静地等待着异常情况出现的时候，突然从后面窜出五六个人，一束束雪白的手电光齐刷刷射向万成，刚才还是死一般寂静的院落，转眼间鼓噪起来。

万成被这突如其来的情况搞晕了，两只眼睛被手电光刺得什么也看不清，只能用手遮挡着退向角落里，这时有人大喊：抓贼啊！抓贼啊！随后冲上来六七个人，七手八脚就把万成按倒在地，双手背后，捆了个结结实实。

这时，就听见有人说话，万成仔细一听，正是姜学忠，姜学忠阴阳怪气地说：这是哪路毛贼啊？夜入民宅，非偷即抢，真是胆大包天，先送官府治罪。

姜学忠走上前来，咳嗽一声，拿起手电筒照着万成的脸，假装惊讶地说：嗯？这不是万成吗？你这个大场长，不在养殖场做事儿，也不回家待着，这深更半夜的，不是偷东西就是偷人吧，这就对不起啦，走吧，咱们到村部去说。

第二十九章

村部的会议室里，万成像个罪犯一样呆呆地坐在柱脚旁边的炕沿上，满脸涨红，低头不语。姜学忠、金孝明还有那几个"抓贼"的小青年，也都站在屋子中间，好长时间没人说话，似乎都在思考着对策，空气像凝固一样叫人憋闷。

孝明走到万成跟前，声音低沉地说：万成，这是怎么回事啊？你不是回场子了吗？怎么又回来了？是不是有什么事儿和我们商量啊？孝明故意这么说，是想给万成找个借口。

孝明是了解万成的，他之所以这么说，是因为他相信万成自有他的苦衷，可是不管是什么原因，终究在那个特殊的时间和地点，被姜学忠这伙人逮了个正着，孝明的心里明白，万成是被姜学忠给算计了，可是，究竟是什么情况，自己的心里还不清楚，在这种情况下，怎么来应对眼前这个局面，只能蹚着来。

他突然想起前段时间街坊间的一些流言，特别是那天晚上在磨坊的窗户外面听见的那些话，他立刻联想到今天晚上的这个事儿，万成偷偷回来肯定与姜学忠有关，与上次那件事有关，孝明意识到这些，却又不能往这个上说，故意岔开话题：有什么事白天商量呗，何必黑灯瞎火的，行啦，你们都回去吧。

感觉孝明村长的意思是要就此了结，姜学忠站在旁边说话了：村长，这个事儿不能就这么不了了之，一个堂堂的大场长，大半夜的蹲我们家墙角，能干什么好事啊？你让他自己说说吧，如果这儿说不清楚，那咱们就到乡里去说，反正今天的事儿必须得有个说法。姜学忠说这话的时候，脸上掠过一丝得意。

看着姜学忠不依不饶的神态，孝明的脑子里迅速地琢磨着对策，其实孝明早就有所准备，他非常清楚姜学忠绝不会就此罢休，可是怎么能让这个老东西服气啊？在龙湾村谁不了解姜学忠，那是个无赖之徒，绝不能让他的阴谋得逞，更不能让万成受到伤害。

孝明知道眼下这个时候，他不可能和万成进行更多的沟通，否则会让姜学忠抓到把柄，生出是非，反而不利于问题的解决。这些年孝明在外面闯荡，也积累了一些经验，他揣摩到这个事情背后真正的原因了，他立刻拿定主意，胸有成竹，就这么办！

这个时候，姜学忠还在喋喋不休地诉说着，全然一副理直气壮的架势，说到动情的时候还假惺惺地抹了几下眼睛，可是不管他怎么说，金孝明是不会听信那些鬼话的，他的心里明白：你姜学忠是什么样的货色。他重重地咳嗽了一声，立刻提高了声调：我说姜会计，你就别说啦，屁大个事儿啊？有什么大惊小怪的啊？还要惊山神动土地的，在你家墙角拉个屎撒个尿的，怎么啦？你们家周围埋地雷了？院墙外面那是你们家的地方啊？谁愿意干什么就干什么，你能管得着啊？那姜万成是个什么样的人，你们不知道啊？你以为他和你们一样啊？再说了，怎么说你们也是亲戚啊，是亲三分向，怎么啊？难道你连这么一点儿亲情都没有吗？别扯那些没有用的啦，把事儿整得那么大，有啥意思啊？

孝明这番连珠炮似的呵斥加辩驳，竟把姜学忠给镇住了。姜学忠干嘎巴嘴却说不出话来，瞪着眼睛瞅着金孝明，金孝明表情严肃，神态镇静，可是说出的话却掷地有声，不容反驳。看着姜学忠的反应，孝明感觉火候到了，激昂的声音随即平和下来：

我们龙湾历来就讲究个平安和谐，不要没事儿整事儿，更不要把小事儿整成大事儿,都是屯邻住着,有什么血海深仇啊?何必把事儿弄得不可开交啊?那真要较起真来,这么多年龙湾的事儿还少吗?谁能经得起较真啊?孝明有意把话题岔开,而且软中带硬,顺势猛戳姜学忠的软肋。

这几句话果真奏效,姜学忠自己知道,金孝明话里有话,那是有意地点他,别再往前赶,自己身上一堆乱事儿,那能经得起折腾吗?其实孝明的潜台词很明确,你姜学忠自己不干不净,就别那么苛责别人,凡事让着点儿,也是为自己考虑。姜学忠听出了金孝明话里的口风,立刻就软了下来。

金孝明乘胜追击,他走到姜学忠的跟前,低声说道:姜会计,得饶人处且饶人,要是把那些年贪占公粮私报公款的事儿折腾出来,可够你姜会计喝一壶的,况且要是拔出萝卜带出泥,到那个时候你在龙湾可就没有立足之地了,谁也帮不了你,弄不好还得进局子,反正这里面的利害关系,你自己琢磨。

姜学忠彻底变成哑巴了。孝明感觉到今天的事应该到此为止,应该收场了,他又提高了语调:大家都记着点儿,以后谁要是添油加醋无中生有,可别说咱们新账老账一起算,到那个时候就别怪我不讲究了,我可是有话在先,好了,都回去吧。

这场救急之战总算圆满收官,可是孝明知道,那只是缓兵之计,姜学忠不是那么好对付的,只是他一时苦无良策,只是在金孝明抢先和凌厉的攻势之下,暂时败下阵来,他心里不会真正服气,待他舒缓之后,不知道哪个时候还会卷土重来。

万成跟孝明说:谢谢你,孝明,我真服你,哪知道你这么厉害,能把姜学忠制服。孝明诡异地笑着说:万成,你知道这叫什么吗?兵书有云:我今天用了四个计谋,缓兵之计,以攻为守,围魏救赵,釜底抽薪,哈哈哈。孝明开心地笑了起来。

少顷,孝明严肃起来,尖锐地问道:万成,我问你,你是不是有毛病啊?脑子进水了,还是让驴给踢了?怎么能干出这么愚蠢的事儿啊?今天姜学忠没有反应过来,真要叮住不放,你这人就丢大发了。万成不好意思地说：是我愚蠢，谢谢你啊！

万成算是吃了一回哑巴亏，本想暗中监视别人，反倒被别人逮了个现行，可又不能说出实情，多亏金孝明从中和稀泥，算是稀里糊涂地蒙混过去，不但一点儿收获也没有，而且秀枝也知道了这个事儿，秀枝也不是糊涂人，她也猜出个八九不离十，万成这是在暗中侦查，显然是怀疑自己。

到现在，姜万成才知道这个姜学忠是多么厉害。

那姜学忠是谁啊？那是老谋深算啊！"文革"期间他就会看风向抓苗头，见风使舵，混了个左右逢源，从不吃亏，身边的几个头头都遭受了触击，可他却毫发无损，几年"文革"下来，他姜学忠练成个投机钻营的高手，学得不少祸害乡邻鱼肉百姓的招法，姜万成年纪轻轻，缺枝少叶，哪里是他姜学忠的对手啊！

那天晚上，姜学忠在自家院子里晃悠，不知道脑子里在琢磨什么花花点子，他点上一棵旱烟，独自坐在鸡窝旁边的土墙上，看着天上的星星发呆，突然他好像看见一个人影儿，悄悄地溜进了秀枝家的后墙角，开始他以为是哪家的骚爷们儿打秀枝的主意，可仔细一看，这个人的身高和走路的姿势很像万成。

姜学忠心里有些纳闷儿，可这位老江湖不动声色继续观察，不一会儿，这个黑影儿又从秀枝家的后墙角探出头来，蹑手蹑脚地向自己家的这边走过来，在靠近拐角的墙根儿停下来，往自己家这边张望了好长时间。

月光下，姜学忠屏住呼吸，一声不响，静静地观察，这回他看得清清楚楚，正是姜万成，姜学忠心里琢磨，这小子究竟要干什么啊？他不在场部，却趁着黑天回到村子里，不回自己的家里，却在外面转悠，他突然想起自己和秀枝的事，心里便明白了八九成：万成可能知道些情况，这是在暗中监视自己。

姜学忠的心里迅速地揣摩着对策，那就来他个将计就计，一个阴毒的鬼点子立刻浮现眼前：我不动声色，先捉他一把，让他有苦说不出……一出反捉盗贼的闹剧，就这样被导演出来。

第三十章

　　筑坝工程进入攻坚阶段，打桩已经结束，开始浇筑坝身，作为施工现场的技术总监，林中飞起早贪黑，几乎一刻不离现场，他时刻警示自己，大坝的质量就是工程的生命，在这个关键时刻，决不能有半点儿差池，必须保证万无一失。

　　万成和其他村社干部也都坚守在施工现场，没日没夜，摸爬滚打，每个人都明白这个阶段的重要性，尽管条件艰苦，但是大家的心里都有一个信念，咬咬牙，坚持一下，只要大坝浇筑完成，渔苇场建设的关键项目就可告一段落。

　　林中飞回到疯婶儿家的时候，大多都是晚上八九点钟，满身满脸都是泥土，洗洗脸吃口饭，随后就抱来一大捆图纸，详细审阅第二天的施工方案，做好施工前的技术准备。

　　瞧着林中飞疲惫不堪的样子，让老支书和疯婶儿看着都心疼，勤叔和疯婶儿调着样儿给他做些可口的饭菜，也许是工作太累，林中飞一天比一天消瘦，整个人瘦了一大圈，而且也黑了许多。

　　老支书坐不住了，他和勤叔疯婶儿商量说：这样可不行啊，不等工程结束就得把林工给折腾坏了，从明天开始，提高林工的伙食标准，从原来的一块五提高到两块。接着又和疯婶儿说：明天让秀枝过来，秀枝心细勤快，让她帮你搞伙食。

疯婶儿乐得不得了，跟老支书说：老支书啊，你可干了件好事儿，再没有人帮忙的话，我的这把老骨头也快交待了。

这段时间秀枝很忙，一方面要筹备秋季夜校的开学，报名登记，准备资料；一方面还要帮着疯婶儿料理林工的后勤，做饭做菜，洗涮衣服。自从秀枝过来帮忙之后，不但疯婶儿的负担少了许多，林工的居住环境和饮食状况也有很大改变，室内洁净清爽，物品摆放有序，勤叔和疯婶儿满意，老支书也非常高兴。

秀枝和林中飞的接触也逐渐多了起来，在林中飞的眼里，秀枝就是活着的女神，她安静、随和、温柔、善良，总是考虑别人的感受，而从来不考虑她自己；哪怕自己的内心遭受了莫大的伤害，也从不把这些苦与痛写在脸上，她不想让别人分担她的这份不幸，而是用自己的努力和坚持来改变这些。

因为这些接触，林中飞对秀枝有了更多的了解，特别是从老支书和疯婶儿那里，听到许多关于秀枝的说法，逐渐地由尊重和同情转变为理解和喜欢，他觉得秀枝虽说是个女人，但她的内心极其强大，尽管现实给她一次又一次沉重的打击，可是秀枝从来没有丧失对生活的信心和勇气，各种遭遇的磨炼，反而使得秀枝变得更加成熟和坚韧。

随着彼此接触的增多和相互了解的加深，林中飞的心里就再也没有放下过秀枝，每时每刻，秀枝的影子都在林中飞的脑海里闪现，只要回到疯婶儿的家里，这情绪立马就振作起来，只要看见秀枝的身影，林中飞一天的疲惫顿时烟消云散。

然而，秀枝和林中飞的想法却相去甚远，在秀枝的心里，林中飞是个优雅的男人，属于知识分子，有思想，有见地，她在林中飞的身上感受到深厚的涵养和修为，以及宽广的胸襟和气度，而且心思细腻，对自己也是关怀有加，是个值得尊敬的大哥，而林中飞的心中所想，秀枝并不全然明白。

林中飞也是闲不住的人，只要稍有空闲，他就想方设法帮着疯婶儿和秀枝干点儿活计，而当疯婶儿和秀枝有些空闲的时候，他就主动和大家聊些家常，只有当他睡着的时候，才能看到他极度劳累的状态。

林中飞的情感生活，就像舞台上的戏剧一样，无法改变自己的命运，而只能忍受命运的捉弄，无奈地饱尝着生活的苦痛与艰辛，然而他对现实和未来的思考都是深沉的，他相信命运，更相信努力，他在心底期盼着生活中的幸运能够光顾自己，相信已过而立之年的人生终将有所改变。

可是，这种期盼始终没有实现，他变得心灰意冷，许多时候，宁可从残酷的现实中狼狈地逃脱出来，云游在臆造的理想天空里，并且不断地告诫自己：不要再有什么奢望，照顾好自己的孩子。然而，他做梦也没想到，能够在这里遇到秀枝，秀枝的出现，让他平静而刻板的生活变得有滋有味。

这天，疯婶儿和勤叔去了北屯，临走的时候和秀枝说，可能要晚些回来，晚上的饭菜就由秀枝代劳。秀枝做好了饭菜，靠在一张旧椅子上翻看一本旧杂志，眼睛不时地往院子里看着，既盼着林中飞早点儿回来，更惦记着家里的小青。

林中飞回来的时候，已经是晚上九点，他见秀枝疲惫的样子，就跟秀枝说：秀枝啊，怎么还等着我啊？天也不早了，孩子还在家呢，你快回去吧，吃完饭我也睡觉，今天感觉特别累。

秀枝把饭菜摆上饭桌，说道：林大哥，你先吃吧，把这些收拾完了，我就回去，我也不累。说完，就里里外外地收拾着，把第二天早上的饭菜准备好。

收拾妥当，秀枝换好衣服，对着西屋喊了一声：林大哥，我回去啦，你吃完就放在那儿，明天早上我来收拾。

没有听到回答，秀枝迈出门的脚步又收了回来，她转身来到西屋，推开房门，看见林中飞靠在土炕的角落里睡着了，头歪着，已经发出了轻微的鼾声。

秀枝走上前去，把他身下的被子拽了出来，盖在林中飞的身上，转身就要离开，这时就听林中飞轻声说道：秀枝啊，你怎么还没走啊？秀枝转过身来说：你还没吃饭呢，怎么就睡着了？

林中飞迷迷糊糊地坐了起来，他看着秀枝的眼睛，似乎心事重重，说道：秀枝，疯婶儿和勤叔去哪了？秀枝回道：去北屯了，早上吃完饭就走了，可能要晚一会儿回来。

半晌，林中飞没有说话，秀枝说道：林大哥，你慢慢吃饭，我回去啦。林中飞抬起头看着秀枝，随后又低下头，声音局促地说：秀枝，自从我们相识，我就非常喜欢你，希望你相信我。

秀枝也压低了声音：林大哥，因为你的才学和性情，我也喜欢你，但是我们之间是兄妹之间的关系，我是你妹妹，你是我哥哥，我尊重你的为人，更欣赏你的才学，除此之外，我们之间什么都没有，也不可能发生任何事情。

秀枝边说边往外走，林中飞也跟了出来，嘱咐道：抓紧回去吧，小青也在等着你呢。秀枝回过头来，看着林中飞，说道：林大哥，快回去吃饭吧，不要胡思乱想，你永远是我的大哥哥。

小青睡得香甜，秀枝却独自站在窗前，她的内心还没有平静下来，就连她自己也不得不承认，她的感情生活已经变得很滑稽，和万成的婚姻，已经由最初的海誓山盟，变成各自漂泊的一叶扁舟，彼此联结的不再是情感的纽带，而是一条现实的绳索。

而在秀枝的身边，还有另外两个男人，那就是金孝明和林中飞。秀枝的脑海里时常交替着这几个人的影像，感受着不同的感受，而且随着时间的推移，又常常让秀枝有新的感受。

现在的秀枝，已经记不得新婚的那个夜晚，记不得那个时刻的感觉，她只记得，是在忙碌和疲惫的状态中，走入那间装饰一新的婚房，之后，便在悸动和惊恐交织的状态下，完成了人生角色的转换，实现了由恋人到妻子的跨越。

从第二天开始，期盼了五年的婚姻生活，便因新婚之夜的新娘未能"见红"而笼罩了阴影，并且一直持续到现在，本以为时间能够冲淡这一切，而愈合曾经的裂痕，可事实证明：所有的这些努力，全都化为乌有，当初的伤口仍旧在滴血。

　　村部的那个黄昏，是她这辈子注定无法忘记的。那个时刻的那种感觉，再也不可能用荒唐来形容，而是刻骨铭心的震撼，成为秀枝内心中无与伦比的追忆。从那一刻起，本以为聚集了无穷无尽的怨恨，可是没人会想到，竟会开启微妙的精神之旅。

　　秀枝还曾记得，在那个美丽的夜晚，除了在肉体上得到从未有过的抚慰之外，秀枝的精神世界也出现了巨大的裂变，这个时刻就像横在眼前的东非大裂谷，断然改变了生命的思考和生活的方向，这个金孝明，已然变成需要重新面对的男人。

　　秀枝不得不承认，曾被她自己视为生命的对婚姻和情感的坚守，转眼间灰飞烟灭，曾经那些对爱情的热望，对人性和婚姻的反思，都在沸腾的情感世界里留下一道道深深的印痕，现在她已经不是过去的那个温秀枝，而变成了今天的温秀枝！

　　当她第一次遇到林中飞的时候，优雅的谈吐，仁厚的气质，细腻的性情，给秀枝留下的是永远都无法忘记的感受，在林中飞面前，在初次相遇的那一刻，秀枝内心的坚守在颤抖中悄然滑落，从此之后，林中飞的影子时常在脑海里闪现。

　　经历了这么多的事情，秀枝在细心地观察和思考中，已经有了自己的想法，她觉得：林中飞应该是她心目中的偶像式人物，但是，他的健谈与博学无法掩盖晦暗、计较、孤僻的心性，而这些性情中的瑕疵，恰恰是秀枝无法忍受的。

　　和林中飞相比，金孝明似乎更为倔强、执拗，甚至表现为简单粗暴，但是他对秀枝的真诚和执着，以及终老不改的性情，实在令人扼腕，秀枝的心里，不仅仅是感动，更多的是由衷的认可，对比之下，她觉得孝明才是真正可以信赖和依靠的男人。

　　……

　　秀枝轻轻地推开房门，走进院子里，顿时有种凉冰冰的感觉，让她的脑子变得清醒，她知道，自己的情感世界正在发生着巨变，而且这种变化的结果，极有可能导致婚姻和家庭的变化，她甚至已经预感到这种变化的必然，可她不想回避，她想面对。

第三十一章

晚霞在西边的天幕抹上一片绯红，就急匆匆地消融在黄昏的夜色里，留下一片灿然无比的猩红色，宽阔的江面上倒映着瑰丽的霞彩和飘忽的云朵，一切都显得那么静谧和悠然。

秀枝拖着疲惫的身子从夜校赶回家里，正要去妈妈家接回小青，就看见院子里走进一个人，秀枝一眼就认出来，那是姜学忠。

一股怒气顿时涌了上来，秀枝厉声质问：你来干什么？快滚出去。随后走进屋里，砰的一声把门带上，姜学忠像个癞皮狗一样，随后也跟了进来，阴阳怪气地说：秀枝啊，我来看看你，你没想我啊？我可真是想你了，想你想得睡不着啊。

姜学忠的眼神里，充满着邪恶与阴毒，他见秀枝没有理他，笑嘻嘻地说：秀枝啊，我可是惦记你，前天我去县城了，给你买了两块毛料子，这可是好东西啊，你瞧瞧咱们屯儿里的大姑娘小媳妇，还没有谁穿过呢。说着，就往秀枝的身边凑合。

看到姜学忠色眯眯的样子，秀枝怒火中烧，没好气地说：赶紧把你的臭东西拿走，没人稀罕你的东西，我们家是人待的地方，你这种人面兽心的狗东西不配来，快给我滚出去。

姜学忠依旧厚着脸皮，上前一步拽住秀枝的衣角：快来让我稀罕稀罕，我都想死你了。随后就把那张臭嘴伸过来，秀枝顿时怒起，随手抄起旁边的烧火棍，怒斥道：放手！你走不走，你要不走，我就喊人啦！姜学忠一看没法得手，用那双淫荡的眼睛瞪了一眼秀枝：哼！改天我再来。灰溜溜地走了。

俗话说：是狗改不了吃屎！这段时间姜学忠的老毛病又犯了，他整天琢磨着这家那家的大姑娘和小媳妇，滴溜一双小眼睛，到处撒目，前段时间盯上了屯子东头的谢寡妇，可是谢寡妇的儿媳妇常来婆家住，所以始终没有得手，之后，又琢磨起北屯刘三儿的媳妇，刘三儿常年在外，不料被她的婆婆发现了马脚，撵到大街上，骂个狗血喷头，再也不敢露面，这几天转而盯上了秀枝。

昨天乡里来了消息，再有一个星期，全乡各村的夜校统一开学，昨天晚上，老支书和秀枝等人商量，抓紧做好准备工作，决不能拖全乡的后腿，嘱咐秀枝把夜校开学前的准备工作再检查一下，确保没有遗漏，而且要保证学员的数量。

秀枝吃完午饭，从家里出来，直奔屯子东头的教室，秀枝仔细检查着桌椅和粉笔等教学用品，之后又把桌子擦了一遍，把椅子摆放得整整齐齐，就在她忙活的时候，回头看见姜学忠从外面走进来，还没等秀枝说话，姜学忠拦腰抱住秀枝，嘴里不断地嘟哝着：秀枝啊，我可想死你了，我可想死你了……

秀枝的脑袋嗡的一下，就像炸了一样，新仇旧恨涌上心头，顿时燃起冲天怒火，她猛地转身，从身旁的柜子上，抄起一根旧椅子腿，使出全身的力气，朝姜学忠的肩膀砸了下去，嘴里骂道：打死你这个癞皮狗！你这个不知羞耻的家伙。

也不知道是哪里来的这股子猛劲，一下子就打在姜学忠的左胳膊肘上，就听咔嚓一声，姜学忠猝不及防，惨叫一声，抱着被打的胳膊就往外跑，慌乱中绊倒在门前的破椅子上，身子一倾脑袋磕到旁边的铁炉上，顿时鼻子和脸血流如注。

也是碰巧，秀枝的父亲温富宽从地里回来，他看见有人满身是血，从教室跑了出来，便赶紧跑了过去，可怎么也没想到是秀枝和姜学忠打了起来，温富宽颇感蹊跷，便问秀枝怎么回事。

秀枝看到父亲，"哇"地哭了起来，她觉得事已至此，再也不能隐瞒了，就对自己的父亲说：这个姜学忠不是人，你让他自己说说，你问问他干的是人事儿吗？简直不如禽兽，秀枝一股脑地诉说前情，说完，抱着父亲痛哭失声。

温富宽听着，就觉得胸膛憋得透不过气来，他的两眼死死地盯着姜学忠，喉咙里闷雷似的滚出几个字：姜学忠，你真他妈不是人，怎么说秀枝也是你侄儿媳妇啊，你连畜生都不如吗？你这个王八蛋，今天我非劈了你。

温富宽发疯啦！他猛地从地上捡起一根木楞，疯了似的朝姜学忠的腰部砸去，姜学忠躲闪不及，那根木楞正砸在左腿的大骨棒上，只听"咔嚓"一声，姜学忠嗷的一声扑倒在地，再也没有起来。法医鉴定结果：大腿骨粉碎性骨折。

两个月后，姜学忠出院了，按照县里公安机关的裁决，温富宽赔偿姜学忠一千三百元的医疗费，否则就得拘留。温家拿出了全部的积蓄，又从亲戚那里借了一部分，好不容易才凑齐。

第二天，温富宽就病倒了，这一病可真是不轻，打针吃药两个来月，光医药费又花去六百多块，屋漏逢雨，雪上加霜，眨眼间温家弄得是一无所有。

这段时间，秀枝的心情一直很沉重，和姜学忠的风波闹得沸沸扬扬，一些人也在背地里嚼舌头，说什么的都有，其实秀枝也都知道，可是又有什么办法啊？索性人家愿意怎么说就怎么说，权当没有这么回事，该干什么就干什么。

还好，没有几天时间，这些乱糟糟的说法就渐渐平息了，龙湾的大街小巷又恢复了往日的平静，就连腿骨被打断的姜学忠也没有谁议论了，似乎他的丑行已经为人所不齿，除了痛恨和蔑视之外，再也提不起人们的兴趣。

秀枝心情忧郁地走在通往教室的小路上，刚拐过胡同，就看见疯婶儿从自家的院子里走出来，秀枝赶忙打过招呼，疯婶儿说：秀枝，这么早啊？秀枝忙对疯婶儿说：我去教室看看，马上又要开学了，有些材料需要印出来。

疯婶儿说：不差这么一会儿，来我家坐会儿吧，就我自己在家，你勤叔下地了，林工去渔苇场了，咱们娘俩唠会儿嗑儿。

秀枝感觉时间够用，也就没再推脱，随着疯婶儿进了屋子，疯婶儿对秀枝说：你怎么了？这脸色可不好看，瞧你都瘦成啥样了，脸都成刀条了，是不是有什么事儿，这心里头。

秀枝一脸忧郁地说：能不瘦吗？你说我们家出的这些事儿，多闹心了？我都快坚持不住了。秀枝嘴里说着，眼泪就流出来了，疯婶儿急忙给秀枝擦眼泪：孩子，婶子知道你这心里头苦，别灰心，都会过去的，有什么憋屈的话就和婶子说。

疯婶儿的这句话不要紧，勾起了秀枝的辛酸往事，想起这些年来发生的那些事儿，一股股苦涩的味道涌了上来，秀枝像个孩子一样，满脸泪水扑到疯婶儿的怀里。

秀枝把这几年郁积在肚子里的苦水通通地倒了出来，疯婶儿那双粗糙的手掌，抚摸着秀枝被泪水浸湿了的头发，好一阵儿，秀枝才抬起头。疯婶儿的眼眶里也都是泪水，她心疼地看着秀枝，就像疼爱自己的亲生女儿那样，说道：秀枝啊，我们娘儿俩的命都够苦的，那个姜学忠不是个好东西。

说到这里，疯婶儿的脸上立刻充满了怒气，她咬牙切齿地说道：这个王八蛋，八年前，他趁着你勤叔进学习班的机会，逼着我和他干那个事儿，要不我怎么能得这个疯魔病啊？秀枝瞪大眼睛，满是狐疑地看着疯婶儿，疯婶儿娓娓道来。

八年前，那是勤叔和疯婶儿结婚的第五个年头，那年秋天，公社组织兴修水利工程，各个生产队都要组织民工，只要家里有男劳力都要出民工，勤叔自然也在民工之列。

勤叔的老爹瘫痪多年，生活早就不能自理，这么多年一直是勤叔和疯婶儿两个人服侍。勤叔想：如果自己出了民工，那么照顾老人的饮食起居，甚至拉屎撒尿的担子就落在疯婶儿一个人身上，不仅忙活不过来，而且也不方便。

无奈之下，勤叔和疯婶儿硬着头皮找到当时的政治队长，这个队长一句话就把勤叔他们俩给打发了，队长一本正经地说：你们就别说了，谁家都有特殊情况，出民工那是政治任务，自己的困难自己克服，什么原因都是借口。

没有办法，勤叔也就只能跟着大伙儿一起出了民工，工地离龙湾村四十多里地，为了能够减轻疯婶儿的负担，勤叔只要有一点儿时间就跑回家里，帮着疯婶儿照顾瘫痪的老父亲。

这个时候的姜学忠，就是大队会计兼治保主任，大队书记在工地带领施工，家里边的事儿就由他说了算，他见勤叔隔三岔五往回跑，就和公社带队的主任反映了这些情况，公社领导当即决定：送勤叔到公社的学习班改造学习一个月。

这一个月里，家里的活计全由疯婶儿自己去干，还要抽出时间照料瘫痪在床的公公，一天到晚，忙得脚不沾地，累得头昏脑涨，不过总算有盼头了，再过七八天勤叔就可以回来了。

这天上午，疯婶儿刚刚忙活完，转身看见大队会计姜学忠站在门口，疯婶儿急忙打招呼，姜学忠故作神秘地说：老妹子，有个事儿得和你说一下，勤叔不能按时回来啦，好像还有别的什么问题，今天晚上你到我家去，咱们研究研究怎么办。

说完，姜学忠转身走出门去。疯婶儿一下子呆坐在炕沿儿上，她怎么也想不通，老实巴交的勤叔，从来也没做过违法的事儿啊，怎么还有别的问题啊？难道……疯婶儿怎么也想不出个头绪。

黄昏时分，疯婶儿提心吊胆地来到姜学忠的家里，姜学忠神色严肃地和疯婶儿说：现在看问题不太好办，听上面说，你家勤叔一贯思想保守，不求进步，不能和广大群众打成一片，属于重点改造的消极分子，所以公社决定，还要无限期延长学习时间，也许三两个月，也许一年半载，不好说啊。

疯婶儿听着姜学忠的话，就觉得脑子里嗡嗡作响，一下子就靠在间壁墙上，姜学忠顺势上前把疯婶儿抱住，回手就把房门带上了。这时疯婶儿才发现屋子里只有她和姜学忠两个人，疯婶儿感到不太对头，就想站起来往外面走。

姜学忠拉住疯婶儿说：你也不用着急，这个事儿也不是一点儿办法没有，那就要看你的表现啦，如果你表现好，我就亲自出面，也许就能提前回来，不然的话，呵呵……姜学忠奸笑起来。

疯婶儿没有弄明白，怎么样才算表现好，她疑惑地看着姜学忠，这时姜学忠的眼睛里露出淫邪的光芒，他笑嘻嘻地说：只要你跟我好，我就为你出把力。直到这个时候，疯婶儿才明白，原来姜学忠说的表现好，就是这个意思。

疯婶儿正想辩驳些说法，却被姜学忠按倒在土炕上，疯婶儿拼命地挣脱，嘴里骂道：姜学忠，你怎么是这样的人，真看不出来，你这是做损啊，你不怕遭报应啊？姜学忠疯了似的把疯婶儿压在身子底下，淫笑着说：老妹子，你想想，我能这么白白地帮你吗？你知道那得多大的人情啊？

此时的姜学忠，再也没有平日里的矜持和儒雅，像头饿狼一样，撕开疯婶儿的内衣，接下来便是野兽般的疯狂……

此后的龙湾村里，几乎没有人知道这个事儿，可是几乎所有的人都知道，勤叔的老婆突然间得了疯魔病，而且有杀人倾向，曾经好多次在夜深人静的时候，手里拎着菜刀在房前屋后转悠。

可有谁知道，疯婶儿的心里，只有一个念头，只要有机会，就把姜学忠给干掉，不过总是没有合适的机会，她有时也恨自己，怎么就这么无能，这么多年来，仇恨就这样一直压在心底。

从此，村里人都叫她疯婶儿，以为她真的疯啦！

第三十二章

俗话说，没有不透风的墙！没过多久，龙湾村的大街小巷就传出了关于秀枝的各种流言，有的说，秀枝早已经和万成分居，和县里的工程师林中飞有了勾当；有的说，秀枝和孝明旧情难断，暗中两人经常联系；还有的说，孝明发下毒誓，得不到秀枝，此生不找老婆；当然也有人说，从小青的出生和长相上看，绝对是孝明的骨血……惟妙惟肖，煞是传神，叫人哭笑不得。

当然，姜学忠也听到了这些传言，可这个姜学忠性情古怪，心地阴毒，按常理人家的事儿和你没有什么关系，可他偏偏就不这样想，他的心里不是滋味，想你金孝明凭什么就这么得手啊？要说权力你也不比我大多少，要说实惠你也不比我多多少，要论资历我当文书的时候你还穿开裆裤呢，我姜学忠哪儿比你差啊？结果你金孝明却占了上风，如今我臭名远扬，还落下个残疾，他越想越窝囊，越想越憋气，心中便冒出个坏主意，我得不到，也不让你消停。

这几天，疯婶儿和东西两院儿的几个老太太们串联着下地捡庄稼，今年秋天地里落下的苞米啊，谷穗啊，土豆什么的特别多。前天下午，老李二叔一个人就捡了足足两大麻袋的苞米穗儿，所以疯婶儿她们也合计着下地捡粮。

早上还不到五点钟，疯婶儿就起来了，她简单地吃了口饭，带上口袋就到街口，准备招呼几个老太太下地，她走到街口左右看看，街面上一个人影儿都没看到，心想，这些个老东西，想捞外快还不早点儿出来。

刚要转身往回来，却看见自家院墙的外面好像是贴了一张纸，疯婶儿好奇地走过去一看，是一张写满小字的白色小字报，疯婶儿不认识几个字，赶忙回头走进屋里，进门就喊：老头子，你快起来，看看门前贴的是什么。勤叔是个本分人，听见自家门前贴了东西，这心就吊起来了，披着件衬衣慌慌张张跑了出去，一个趔趄差点儿没撞到门框上。

勤叔近前一看，原来是一张小字报，还没看上几眼，一把就把它给撕了下来，气得狠狠地骂道：你说这人啊，怎么还没死绝户啊？就他妈埋汰人，糟践人，什么想法都有，什么损招都使，也不怕做损，折了阳寿。

疯婶儿也跟了出来，看见勤叔气得直骂，连忙问道：死老头子，你骂什么啊？这上面写的是什么啊？勤叔的脸憋得通红，没好气地说：你别磨叽啦，进屋和你说，这上面没有一句人话，这人怎么都坏成这样了，缺德的东西！

进了屋子，勤叔才和疯婶儿说：真是做损啊，你猜猜这上面写些啥？这上面说秀枝和孝明搞破鞋，还说秀枝和林中飞也不清楚，还有更缺德的，说小青是金孝明的孩子，这人咋都这样啊，都坏透顶了，还让不让人活了！

勤叔坐在炕沿上，气得脸色铁青，嘴里边嘟囔边骂着，疯婶儿急忙走过来：老头子，你快出去到处看看，能就这一张吗？别的地方还有没有啊，要是还有的话，你赶紧把它给我撕下来。勤叔二话没说，转身走出门去。

勤叔走到街上，就看见满街的人凑在一起议论着，听人们说，从东到西贴了七张小字报，还没等勤叔把它们撕掉，龙湾村的大街小巷就炸开锅了！人们议论纷纷，说什么的都有，不过大多数人都说：这个贴小字报的人，生孩子肯定是三瓣嘴、钩钩牙、没屁眼。

秀枝的姐妹们很快就把这个消息告诉了秀枝，秀枝什么也没说，就像什么也没有发生一样，姐妹们都替她着急，她却满不在乎地说：这嘴长在别人的身上，愿意怎么说就怎么说吧，愿意嚼舌头就让他去嚼吧，我没兴趣理他们。

其实秀枝有她自己的想法，虽然传言五花八门，特别是小字报里面描述得很是猥琐，不过也不完全是无中生有，终究还是有个基本事实，只是加了许多花点儿，说明用心险恶，况且秀枝也明白，这些事儿迟早都会大白于天下，只是时间早晚的事儿，现在既然有了这些说法，就顺其自然吧。

此前，秀枝也咨询了自己的母亲，按照怀孕和生产的日期来算，这个小青十有八九是和金孝明怀上的，秀枝几乎不再怀疑这个结果了，只不过一直在想，怎么能这么倒霉啊！就那么一次，就怀上了，秀枝觉得这就是命吧。

小青这孩子的长相也越来越像金孝明，那眉眼，那脸型，就像从金孝明脸上扒下来的一样，很多上了年纪的乡邻都看得明明白白，只是没有人像尚美丽那么直性，信口开河而已，那个时候还没有基因检测技术，否则，只要化验孩子的DNA，就一切都明了，用不着胡乱猜疑了。

金孝明也知道了贴小字报的事，面对这个事件，孝明没有考虑到自己多么丢人现眼，他最担心的是秀枝，生怕秀枝承受不了这样的打击，他更恨自己，因为自己的愚蠢给秀枝造成这么大的伤害，可又没有办法弥补，孝明悔恨得捶胸顿足。

然而，既然已经出现了这些情况，他也不能继续保持沉默，或者装作糊涂，有必要和老支书做个汇报或者说明。吃完晚饭，他特意来到老支书的家里，进门就说：老支书，你可能也听到了小字报的事儿，是不是很生气啊？

老支书点头称是，跟孝明说：小字报上那是胡说八道，吃饱了撑的，我倒没有相信这些乱糟糟的，只是这些人为什么要贴这个东西啊？

是想败坏你和秀枝的名声，还是另有所图啊，这两天我就在想这个事儿。

孝明真诚地说道：老支书，都是我的错，有些事我没有和你说实话，现在我想和你说的是，我做事光明磊落，敢作敢当，我确实喜欢秀枝，也曾经追求过她，可秀枝已经嫁人，我不会破坏人家的幸福，请你相信我。沉吟片刻，孝明又接着说：老支书，你放心，至于我的事我会处理好的。

老支书听完，咳嗽了几声说：孝明啊，街上传说的那些我都没相信，我了解你，也相信你，你不会干那些不负责任的事儿，有些人愿意研究别人家的事，咱们不要去理他，说累了，也就消停了，不必太在意。

孝明的脸红红的，就像被巴掌打的一样。老支书看出孝明的难为情，又像是安慰又像是开通：孝明啊，你能这么坦诚地面对这些，而且能和我说出实情，就说明你很有勇气，老爷们儿就应该这样，到什么时候都敢作敢当，不怕丢丑！

老支书的一番话，言辞恳切，语重心长，就像一支清凉剂，轻轻松松地就把孝明这几天的纠结给化开了，此时孝明的心情真是没法形容，就像打开了一扇天窗！他的心里暗暗地佩服，老支书真是高人啊！可他哪里知道，老支书只是说得轻松，因为这件事，心里疼痛了好几个日夜。

没过几天，林中飞也听到了这些传闻，开始时他很震惊，因为他对秀枝的过去不是很了解，所以有些迷惑，他接连给自己提出好几个问号，不过又一个接一个地予以否认，因为他相信自己的直觉，他更相信秀枝一定有她的难言之隐，他在痛恨这些流言的同时，也在仔细地检讨自己的行为。

这些日子，秀枝就像变了个人，每天早早起床，打理完家务，把小青送到姥姥家，就到教室修理桌椅，粉刷墙壁，擦洗门窗，把个教室收拾得窗明几净，而且人前背后，热情洋溢，脸上总是充盈着灿烂的笑容，这笑容让人感觉到温暖，感觉到真诚，更能感觉到内心的那种坦然和淡定。

每天在夜校讲课的时候，丝毫看不出有什么异常，仍然和往常一样，有说有笑，村子里的好多人都觉得奇怪：秀枝这是怎么了？摊了这么大的事儿，怎么就和没事儿似的，这孩子的心可真够大的。

其实，秀枝心里的苦楚，只有她自己知道，那段时间里，秀枝一连几个晚上都无法入睡，只要眼睛一闭，那些光怪陆离的传闻就会浮现在脑海里，然而秀枝也在拼命地调整心态，她时常告诫自己：无论多么复杂的情况，都要保持清醒，特别是现在这个时候，不能被流言击倒。

秀枝的心被煎熬着，有苦痛，有愤懑，然而更多的是无奈，是挣扎，是自救，她无数次地回首自己走过的路，她也知道自己曾经的失误，甚至是不可饶恕的失误，但是这些已经过去，想那么多已经没有多少意义，必须坚强下去。

每当想起那些异样的眼神，秀枝的心就像被钢针刺痛一般，可越是在这个时候，她越是要警示自己：靠怜悯过不了日子，不管过去如何，事到如今，只能往前看，只能靠自己调整未来的路，纠结过去已经毫无价值，不从那些流言蜚语的旋涡里挣脱出来，就没法活下去。

村里的大多数人已经猜到这个小字报是姜学忠贴出来的，至于怎么猜到的，大家心照不宣，谁也不想把这些话说出来，知道了这些事情的前前后后，乡亲们恨之入骨，觉得这人过于阴损，早晚得遭报应！

第三十三章

俗话说：善有善报，恶有恶报。可姜学忠的报应实在是来得太快了。

北屯的李二是李悦双的表弟，秀枝叫他二舅，李二家和秀枝家都住在龙湾，秀枝家住南屯，李二家住北屯。李二人很倔强，却能持家，年轻的时候家境贫寒，好不容易娶了房媳妇，却命短，结婚三年就撒手西去，扔下个两岁的儿子，这些年来李二辛辛苦苦，一把屎一把尿的，总算把这个苦命的孩子给拉扯大了，好在有温家帮衬照应，日子就这么过着。

这段日子，李二的心里总是憋得慌，别看李二傻乎乎的不会说什么，可这心里有数，这些年来若不是李悦双一家照顾着，他李二说不定过的是什么日子，所以这心里总是感激着表姐一家的恩德，心想如果有机会的话，就得报恩。

说来也巧，前段时间李二听说秀枝摊事儿了，后来又听说是姜学忠搞的鬼，李二这心里就恨得牙根儿直痒，心想，你姜学忠是个什么东西啊，这些年你干什么好事了，你还有闲心鼓捣别人，妈的！别人我不管，可秀枝，那是我的外甥女，想祸害人啊？不好使，我先整整你，于是开始在心里盘算着整治姜忠学的法子。

　　这天，李二来到县城北郊的菜市场，打算买点儿海带带回家，九岁的小儿子嚷嚷着要吃海带炖土豆条。他溜溜达达东走西逛的时候，就看见一个穿戴整齐、三十来岁的小平头，也在若无其事地溜达，李二也在城里混过，一看就知道这是个典型的"小捋"，这个时候他正瞄准那位穿着朴素的农村妇女，准备找机会下手。

　　就在那位妇女往丝袋里装菜的时候，这位捋哥顺手就把钱包给抽了出来，活儿做得干净利落，可是谁也想不到的是，就在他刚刚把钱包夹在腋下，还没来得及转身走开的时候，只见那个妇女一反手，一把抓住小偷的右臂，轻轻一带，就把他给拎了过来，瞧这身手，绝不一般！人赃俱获，钱没偷着，却被周围的人一顿羞辱，这个家伙灰溜溜地跑了。

　　刚才这幕惊奇的场景，李二全都看在眼里，心想，机会来啦！你不是缺钱嘛，我送你点儿钱，他紧走几步，赶上那位失手的"侠客"，小声地说：哥们儿，借一步说话。李二总在市面上混，也懂几句江湖嗑儿，和这位就这么搭上了。

　　李二调侃道：兄弟，刚才我都看见了，你的手艺还是不行，我原来也是干这个的。他把三个手指头捏在一起，在那位眼前晃了一下，接着说道：你做我的徒弟都不够格。李二见那位还是没有反应，又接着说：哥们儿，商量一下呗，你帮我做个活儿，我也就帮你一把，保你满意。

　　李二说这话的时候，故作神秘的样子，还做了一个很是得意很有把握的手势，并且在胸前伸出二拇指以示价格，这时那位开口了：什么活计啊？不会让我杀人吧？李二眼睛一瞪：说啥话啊？那种事儿别说你，我都不干。

　　他把那位叫到路旁，耳语了好一阵子，最后双方握手，表示谈成，只见李二从自己的裤腰里抠出五张皱巴巴的十元钞票塞给对方，小声地跟对方说：这是订金，等事情办完，一次结清，两来无事，今后你我各走江湖。

　　初冬的龙湾，天气特别晴朗，凉丝丝的西北风，越过宽阔的松江，吹进龙湾的大街小巷。家家户户已经忙得差不多了，房前屋后的晒场上，堆满了红色的高粱、黄色的玉米和金灿灿的谷穗，庄稼人开始打场了，一派五谷丰登的景象。

秀枝也特别忙，白天帮着家人秋收，割高粱，收谷子，挖甜菜，所有的农活儿，秀枝都能伸上手，晚上还要给学员讲课，前几天还接待了县里的考察组，县教育局非常认可龙湾村办夜校的做法，主管的局长带着各乡镇三十多人前来学习，秀枝代表村委会汇报了办学的做法和经验，受到与会者的一致称赞，龙湾村成为全县创办夜校的典型。

秀枝带着小青来到母亲家，李悦双跟秀枝说：刚才北屯你二舅来过，吃完饭就回去了，我问他有什么事儿，他说没事儿，不过我和你爸看他有些心神不宁的样子。秀枝也没有在意，陪着爸爸妈妈待到晚上八点多，领着小青回家了。

时钟刚刚敲过十点，忙碌了一天的人们已然进入梦乡，龙湾笼罩在黑沉沉的夜幕中，从东到西已经没有几处灯光，偶尔有几声狗叫。就在人们渐渐沉睡的时候，突然听到有人大声呼喊：不好啦！不好啦！失火啦！快救火啊！

听到呼喊声，熟睡的人们蒙头转向，迷迷瞪瞪地从炕上爬起来，也不知道发生了什么事情，急忙穿上衣服，纷纷向屋外跑去，呵！不得了啊！只见后街姜学忠家的院子里火光冲天，浓烟滚滚，还有女人大哭小叫的声音。

不一会儿，四面八方的乡邻都跑了过来，大家伙儿跑到近前一看，这火烧得太大了！先是柴火垛着的火，之后蔓延到仓房，现在已经波及正房，整个院子已是一片火海。

还是年轻人腿快！金孝明和几个小伙子最先赶到姜家，还没走进院子，就见姜学忠的老婆从大门里跑了出来，边跑边哭边喊：救人啊！快救人啊！我家老姜要死啦！

尚美丽的声调都变了，平日里趾高气扬的气势无影无踪，披着个破衣服，趿拉个黑布鞋，蓬头垢面，狼狈不堪，看见孝明他们进来，她跪在地上，放声大哭：快去救人吧，我家老头子还在里面呢，就是不出来啊。

　　孝明和几个年轻人赶紧用衣服遮住自己的头部，迅速冲进屋子里，屋子里什么也看不见，裹着焦煳味道的浓烟呛得他们喘不过气来，烟雾中姜学忠像个死人一样直挺挺地躺在那里一动不动，闪烁的火光照在那张灰黑扭曲的脸上，他的嘴里不停地叨咕着：这下完啦，我的房子啊，我的房子啊。

　　金孝明和几个年轻人不由分说，猛地把姜学忠从床上拽起来，姜学忠死死地抓住床边不放，带着哭腔号着：房子没啦，我活着还有什么意思啊，我也和房子一起去吧，你们谁也不要拉我，让这大火把我烧死吧。

　　金孝明厉声斥道：瞧你这副德行，房子没有可以再盖，人死了还能复生吗？亏你活了这么大岁数。转过身来和旁边的几个人说：还等什么，把他拖出去！几个人一起伸手，连拖带拽把姜学忠弄了出来，等到大伙儿把火扑灭，四间青砖灰瓦的房子统统落架，现场一片狼藉。

　　说起这四间青砖灰瓦房，那可是龙湾村最好的房舍，据说是当年恶霸地主刘凤财专门给他五姨太修建的，方木挂柱，琉璃垂檐，甚是气派。姜学忠花了八千块钱，从别人手里买下，那个时候的这些钱，可是要搭上十多个好年景啊！也就是姜学忠，别人可没有这个腰劲儿。

　　大火烧了房子，那姜学忠就像断了命根子一样，心疼得要命，难怪他躺在木板床上死活不动，要与房子同归于尽，这段时间里他就不断地琢磨：这是怎么回事啊？无形中怎么就起了大火？竟然烧掉了我的心肝，难道这就是报应吗？心想我是没干什么好事儿，可这报应也来得太快啦。

　　房子烧没了，人得有地方住啊！老支书和金孝明商量着，谁家方便一些，能让姜学忠两口子暂时住下，等着新建或者维修之后，才能重新搬回去，商量来商量去，谁也不愿意收留这两口子，也不怨大家伙儿，这个姜学忠也实在太缺德，没有一点儿人缘，村子里的老少爷们儿谁也没交下。

　　正当他们几个为难的时候，秀枝跟老支书说：让尚美丽婶子来我们家住吧，正好万成在场子不回来。老支书高兴地说：太好了！这样的话，让老姜去我们家住，就这么定吧。尚美丽抱着秀枝的腿，哭得不成样子，边哭边说：秀枝啊，你真是好心肠啊，我，我……尚美丽啪啪打了自己两个嘴巴。

姜学忠被大火烧伤，在医院里住了半个多月，左眼已经失明，变成独眼龙，右手也只剩下两根手指，浑身到处都是疤痕，特别是脸部，皮肉粘连，嘴和鼻子都不同程度地挪了位置，眼角堆积了一片粉红色的肉瘤子，冷不丁一看，准吓你个倒仰。

住院期间，花费了将近三千多元的医药费，东挪西借欠了一屁股债，还好总算留条命，这也算不幸中的万幸。村子里说什么的都有，大多数说他姜学忠这么多年净干坏事儿，做损的事儿，缺德的事儿，没烧死他就算便宜，这是天火！

这天早上，吃完早饭，秀枝就去了北屯，李二见秀枝走进院子里，这心里就有些慌张，心想这孩子多长时间没来了，肯定是有事儿，能是什么事儿啊？

秀枝开口问道：二舅，我问你个事儿，你必须如实回答我。李二愣了一下，感觉不太对头，瞪着眼睛跟秀枝说：什么事儿啊？你说吧。

秀枝说：姜学忠家的房子失火，究竟和你有没有关系？李二笑着说：原来你是问这个事儿，我还以为什么大不了的。

秀枝厉声说道：难道这是小事儿？好端端的房子，你凭什么就给烧了，你不觉得太缺德了吗？姜学忠再坏，那是他的不仁不义，早晚会遭报应，也不应该把他房子给烧了啊？你这是犯罪，你知道吗？

李二也来了脾气：我不管什么报应，我就是想报复他，干吗总是欺负你们家，明的我干不过他，我就跟他来暗的，你们家是我的恩人，谁跟你们过不去，我就跟他过不去。

秀枝看李二这么执拗，也不想和他争论，平静地说：不管怎么说，你烧了人家的房子，你就是犯法，明天你去公安局自首，争取政府的宽大处理。转身走出了院子。

第三十四章

　　自从鱼苗投放到鱼塘那天起，万成每天起床的第一件事儿，就是到鱼塘的周围巡查，看看有没有异常情况，这个习惯已经坚持了三个多月，只要一天不去，他这心里就不踏实。

　　这天早上，天刚蒙蒙亮，万成就向鱼塘的方向走去。初冬的草地，挂满湿漉漉的白霜，万成的裤腿很快湿了大半截，走到江边的时候，他捧着江水撩在脸上，凉冰冰的感觉，顿时有了精神，随后加快了脚步。

　　三座鱼塘由东向西依次排开，万成走上东边鱼塘的塘坝，和每天一样，蹲在坝上向下看，突然，他被眼前的情景给惊呆了！池塘的水面上漂着厚厚一层死去的鱼苗。

　　他赶紧跑向另外两座鱼塘，啊！水面上白花花一片。万成的头嗡的一下！他跟跄着，差点儿栽到水里，他稳稳神，一屁股坐在塘坝的坡地上，呆呆地望着漂着死鱼的池塘，好半天，他伸手捞出几条死鱼揣到兜里，往场部方向跑去。

　　云妹刚刚做好早饭，出来倒脏水的时候，看见万成急匆匆地往办公室走去，云妹对着万成喊了一声：万成，吃饭了，你要去哪啊？万成头也没回，径直走进办公室。

　　云妹以为万成没有听见，随后就跟到办公室来，看到万成坐在那里喘着粗气，就觉得有什么事儿，小声地说道：万成，怎么了？有什么事儿吗？先吃饭吧，吃完饭再说。

万成涨红着脸，直直地看着云妹：吃什么啊？鱼塘出事啦！云妹一惊，紧接着问了一句：你说什么？万成，鱼塘出事啦？是，鱼苗儿基本都死了。云妹吓了个倒仰，嘴巴张得大大的，却说不出话。随后，万成拨通了村里的电话。

在电话里，万成焦急地向老支书汇报鱼塘的情况，万成的声音紧张而急促，嗓音有些干哑：老支书，今天早上我去巡塘，发现三个鱼塘的鱼苗儿死了很多，得有一半以上，现在还不知道是什么原因，昨天还好好的。

不知道电话里面说的是什么，就听万成说：我马上组织技术人员进行调查，之后把情况向乡里的领导汇报，尽快把情况搞清楚。临了，万成说：你放心吧，老支书，一有情况我马上跟你汇报。电话撂下了。

万成回过头来，见云妹站在门口，几乎是哭着和她说：佳辉，鱼塘出事啦，鱼苗儿都死啦，我可怎么办啊？说到这里，竟然号啕大哭起来，云妹僵在那里，不知道说什么，只是瞪着眼睛，惊奇地看着万成，好半天才挤出几个字：那，那，那是怎么回事儿啊？怎么都死了啊？

万成擦着眼泪，没有说话，好像在思考着什么，突然他回过头来，眼睛紧盯着云妹，就像想起了什么似的，语气严肃地问道：佳辉，这两天给鱼塘消毒的时候，有没有发现什么异常啊？云妹想了想说：没有发现什么异常情况啊，消毒的程序和使用的药液都和原来的一样啊。

半晌，万成也没有说话，过了一会儿，万成自言自语：按理说，不能出现问题啊，如果是病毒感染，不能这么快，而且不能死那么多，这是怎么回事呢？难道是药品出了问题？万成站起身，跟云妹说：走，我们去仓库看看。

万成和云妹急匆匆地走进药品仓库，这个库里的药品就是每天给鱼塘消毒用的，由云妹具体负责兑制和喷洒，其他人从来不许参与，云妹拿过昨天勾兑的消毒药液的瓶子给万成看，万成把瓶子拿在手里，只听啊的一声，连声说：完啦，完啦，完啦！事儿就出在这儿啦。

云妹赶紧问道：怎么啦？万成。万成惊魂未定，结结巴巴地说：你用的是这个吗？完啦，完啦，这个不是消毒液，是杀虫剂。云妹子哎呀一声，几乎倒在地上，哭着说道：这怎么可能啊？明明是消毒液啊，是前几天二社的潘主任给带回来的，不会错的啊。

万成瘫坐在椅子上，沮丧地说：不用再说了，这个事儿我知道，现在看问题就出在这儿了。万成把那天他们俩去乡里买东西的过程统统讲了一遍，他跟云妹说：潘主任家里的菜畦生了虫子，那天买消毒液的时候，顺便跟商店要了点儿杀虫剂，因为没有包装瓶子，就用消毒液的瓶子装着拿回来的，一定是混在一起，错把杀虫剂当成消毒液了。

云妹听着，犹如五雷轰顶，她努力地回忆着那天勾兑消毒液的过程，突然尖叫一声，跟万成说：是不是那个半瓶的啊？万成说：对啊，就是那个半瓶。云妹一下瘫在椅子上，吓得大哭起来。

万成赶紧上前，扶起云妹说：事情已经发生了，着急也没有用，现在的问题就是把事故的原因搞清楚，之后给上级领导和村民个交代，上级怎么处理，那就听天由命吧！

云妹吓得站不起来了！她觉得出了这么大的事儿，是自己工作粗心造成的，她跟万成说：这可怎么办啊？这么多鱼苗，那得多少钱啊？就是这辈子不吃不喝，我也赔不起啊！

万成安慰着云妹，说道：情况已经搞清楚了，就不要想太多了，虽然消毒的药液是你勾兑的，可你并不知情，俗话说，不知者不怪，好了，我现在就回村里去，先到潘主任家核对这个药的事儿，之后去向老支书请罪。

村委会开了两个小时，主要议题就是研究鱼苗死亡事故的处理和补购鱼苗的事儿，参加会议的十几个村社干部，谁也不说话，都在那里憋着，一棵接一棵地抽着闷烟，每个人的心里都在想着下一步该怎么办，那鱼苗儿是大家伙儿入股买的，现在造成这么大的损失，都在打着自己的算盘。

还是万成先说话：大家也不要为难，这个事故的责任主要在我，是我管理不到位，粗枝大叶，责任心不强造成的，责任由我承担，我接受组织上的处理，至于补购鱼苗的事，我自己张罗钱，不用大家伙费心，也请大家放心，这个损失不需要大家伙儿承担。

万成把责任全都揽了过去，大家伙感到有了眉目，七嘴八舌地议论起来，老支书说：出了这么大的事儿，损失这么多的钱，谁的心里也不好受，可是大家也应该知道，这个事儿也真是凑巧，都赶这儿了，谁也不是愿意的，谁也不是故意的，所以只要吸取教训就行了，当务之急是马上补购鱼苗儿，立即投放，这样可以把损失减到最低限度。

大家伙儿对万成的态度表示赞成，会议一致同意老支书对这个问题的看法，特别是同意老支书对这个问题的处理意见，所以村委会当即决定：马上由金孝明和姜万成一起去杭州采购鱼苗儿，渔苇场和养猪场的工作暂时由两个社主任打理，重要事情直接向老支书汇报。

就这样孝明和万成日夜兼程赶往杭州，买完鱼苗，即刻回返。三辆装着鱼苗的大卡车，浩浩荡荡行进在返回龙湾的途中。从杭州出来，路上已经走了十二天，再有三天就能到家了。孝明和万成每天坐在车上，迷迷糊糊，吃不香，睡不好，两个人都瘦了一大圈。

这天午后四点多钟，运送鱼苗儿的车队走到锦州的郊区，孝明押运的这辆车的司机，可能因为休息不好，疲劳驾驶，突然犯困，就在走神的瞬间，与对面驶来的拖拉机撞个正着，司机还算幸运，只是腿部擦破了点儿皮，孝明小腿骨骨折，被送进医院。

运送鱼苗儿的事儿急如星火，家里那么多乡亲都在等着，孝明和万成更是心急如焚，孝明在锦州一家医院简单地做了处理，带上药品，继续赶路，三天以后，车队到达龙湾。

看着儿子受伤，腿上缠着纱布回来，孝明的母亲心疼得不得了，一边擦眼泪一边说：儿子，你怎么受这么大的罪啊。老支书看着孝明伤成这样，难过得掉了眼泪，跟孝明说：马上住院治疗，工作的事儿先放一放。

　　住院期间，万成一直照顾孝明，天天守在孝明身边，他觉得孝明是为渔苇场的事受伤的，所以心里总是过意不去，想想当初，孝明为了尽快处理死亡鱼苗事件，费了很多口舌，而且做老母亲的工作，把老太太留给自己结婚的钱拿来购买鱼苗儿，万成心存感激。

　　这天晚上，万成跟秀枝商量，场子里的事儿太多了，除了鱼苗儿的饲养和病害防治之外，闸门的浇筑也进入尾声，整个工地只有林中飞在支撑着，孝明已经出院，想让秀枝帮助老太太照顾一下，自己回到场里去，打理工程的收尾事宜，秀枝答应了万成的请求，每天去孝明家帮忙。

　　这天秀枝来到孝明的家里，她把洗好的衣服放在炕上，问孝明：大娘去哪了？孝明说：好像去勤叔家了，外地的亲戚给拿来个药方，据说治疗骨伤效果好，托勤叔给带回来的。

　　孝明按着跟秀枝说：秀枝，好长时间，就想问你个事儿，还怕你多想。秀枝笑了，打趣地说：把我看成什么了？怎么说我也是教书先生，不会那么小心眼儿吧！孝明好像鼓足了勇气，说道：那次和姜学忠，到底是怎么回事啊？

　　秀枝笑了起来，跟孝明说：原来你说这个事儿啊！我还以为什么事呢，神神秘秘的，你真想知道吗？孝明点头，秀枝悠悠地说：我只能告诉你，姜学忠不是个好东西，我本来求他办点事儿，没想到他会那样对我，否则我也不会那样对他，他那样的人，连个畜生都不如。

　　孝明半晌没有说话，秀枝又说：如果没有什么问的，我可就要回家了。孝明抬起头看着秀枝，眼神变得忧郁起来，甚至有些伤感，他嘴唇有些哆嗦，好像有话要说，却难以启齿，秀枝看出来了，便直截了当地说：金孝明，咱们之间还有什么不能说的吗？你想说什么啊？

　　孝明语气平静地说道：秀枝，外面说你和林中飞走得挺近，我确实不太相信，我认为这是传言，你怎么看？

　　秀枝表情淡定地回道：孝明，这个说法不是传言，是事实，如果你想知道真相，我可以告诉你，我觉得林中飞是个不错的男人，坦率地说，他身上有许多东西值得我们学习，不过我还必须告诉你，对于林中飞，除了彼此尊重，我们之间什么都没有。秀枝的眼神里充满着坦诚和自信。

对于秀枝的回答，孝明相当惊讶，又异常喜悦，他无论如何都没想到，一向文雅贤淑的秀枝，在这样敏感的问题上竟会如此直接，未加任何掩饰，他瞪大眼睛看着秀枝，觉得眼前的这个女人似乎很陌生，和此前心中的形象似乎格格不入，他低下头，沉默不语。

秀枝看出了孝明的心思，故意问孝明：怎么了？我说的不对吗？林中飞的学识、修养、性情，都是我们这些人的楷模，向人家学习，没什么不好的，你不如人家，又不去学习，那自然就只有落伍的份儿，你说对不？

不过，我只是说你要和人家学习，并没有说别的什么。秀枝接着说：不光是你，也包括万成，你们都应该和林中飞学习，当然，林中飞也不是完人，他有许多方面还应该向你们学习，我的话你听明白了吗？说完，咯咯笑了起来。

孝明笑着说道：我听得很明白，不过我不明白的是，你和林中飞之间，真的就只有这些？秀枝立刻反驳道：金孝明，这个问题完全是我的私人问题，与你一点儿关系都没有，我完全可以不回答你，但是，考虑到我们的特殊关系，我还是想告诉你，我和林中飞之间什么都没有发生。

秀枝有些激动：金孝明，你是不是脑子里有毛病啊？难道这个你也不理解吗？你我是什么关系？你明白我明白，我和万成是什么关系，你也明白我也明白，我和林中飞是什么关系，那是兄妹关系，你不要听信那些谣言，你要相信我，但是最重要的是你要相信你自己。

孝明有些急了，他赶紧解释说：秀枝，你误会了，我不是那个意思，我非常相信你，只是想证明一下这些是谣言。秀枝拦住孝明的话：我不管你是什么意思，我只想告诉你或者让你明白，我们是普通的朋友关系，不是男女相爱，林中飞是我们的大哥，绝不是我温秀枝追求的男人。

　　孝明觉得不好意思，便把话拉回来：我就觉得你不是那种人，不会轻易做出自己的选择。还没等他说完，秀枝又接过话茬儿：这个你可说错了，我温秀枝真没达到那个境界，所以过去的好多事情，就是因为缺乏成熟的思考，而轻易做出决定，所以才造成今天的这种局面。

　　孝明愕然！

第三十五章

　　昨天，老支书去乡里开会，回来后立即召开紧急村委会议，传达刚刚接到的文件精神。上级明确要求，继土地包产到户之后，对属于集体的荒山草原河流泡沼等自然资源，按照"自愿、合理、公平"的原则，统统实行承包经营。

　　对于龙湾来说，荒山和草原基本没有，可是环绕龙湾的松江，却是村里的重要资源，俗话说：靠山吃山，靠水吃水。既然拥有这些资源，就应该按照上级要求，实行承包经营，村委会研究决定：对松江湾的河段进行分段发包。

　　承包河段的决定一经做出，村里立刻就热闹起来了，说起来不是个复杂的事儿，可在整个运作的过程中，必须充分考虑到各方面的利益，兼顾不同的家庭状况，体现出公平和集体观念，没用几天时间，各种不同的意见都上来了，五花八门，形形色色，提什么的都有，老支书先后三次组织会议，广泛汇聚各方面具有可操作性的意见和建议。

　　最后比较一致的意见是，把现有河段按照自然状况，分成不同面积的河段，统一测算，分段承包，固定解缴，同时把渔船也分成各个不同的经营单位，然后，采取抓阄的办法，抓哪儿就是哪儿，不分条件，不分情况，一律听天由命。

对于这个看起来比较公正的办法，仍有许多村民不认可。因为各家各户的情况不一样，经济条件不一样，所以对于那些条件差的农户，如果抓到位置差的河段，经济效益一定不好，那样的话，收入就没有保障，基本生活就成了问题。

可是，又拿不出更好的解决方案，不管怎么说，这个方案终究是排除了人为因素，相对其他办法来说，还是比较公平的，所以大多数老百姓，尽管心里存在各种疑虑，也只能接受这个相对来说比较合理的方案。

万成考虑更多的是渔苇场的收益，因为不管是谁承包了河段，都要交承包费，至于承包者个人的收成和利益，当然和渔苇场没有直接关系；可孝明觉得，承包的目的，不仅仅是巩固集体经济，更重要的是要老百姓发家致富，个人的收入保障不了，集体经济的巩固就会成为无源之水，所以承包者的利益是考虑这些问题的基础和前提。

秀枝却有自己的观点。她认为河道承包能够激发农民的积极性，竞争性的经营会使一部分人先富起来，所以有些差别是正常的，最终让这些先富起来的人带动大多数老百姓共同富裕，这才是真正的目的，所以既要体现公平，又要鼓励先富，统筹考虑，分步实施，最后大家伙儿都能过上好日子。

这样几种观点，既有尖锐的对立，又有内在的统一，老支书觉得这些想法各有精华，又各有缺陷，但在总体上倾向于秀枝的观点，他在反复揣摩上级精神的同时，几次跑到乡里汇报，借鉴附近村屯的做法，感觉到也只有摸着石头过河了，走一步看一步，在实践中逐步完善，只要让老百姓富起来，就不会有大的闪失，甚至可以走不同的路径。

经过反复研究和仔细分配，龙湾村的集体河道总算承包完毕，这期间，老支书和村干部们，着实费了好多心思，力求兼顾各方面的利益和想法，尽量做到公平公正公开，半年后，不同的经营模式和效益情况就见了分晓。

那真是有哭有笑啊！有的河段一家承包，有的河段几家承包，有的承包到好的河段，有的承包到差的河段，承包到好河段的效益显著，反之，亏损，少则几百元，多则几千元；联户承包的更热闹，由于管理不到位，存在出力不公、分配不公、收益不均的现象，相互之间矛盾交织，相当一部分承包户走不下去了，渔业经营已经难以维持。

面对这种情况，老支书心急如焚，其他村社干部也是寝食难安，孝明和万成的心里也非常焦躁，老百姓没有在承包中得到实惠，兜儿里面的钱没有增加，不仅老百姓不满意，上级组织也不答应，作为带头人，这心里的滋味自不待言，更何况当初就有那么多反对意见，走到这一步，停下来是不可能的，那么下一步怎么走？

孝明跟秀枝说出了自己的苦恼，秀枝鼓励他去外地看看，别总是守在自己家里，也要借鉴一下别人的做法，她跟孝明说：前几天，我在一本杂志上看到一则消息，有个村也河道承包，他们是把发包的河段集中在几个人手中，由他们统一经营，其他人入股，年终按股分红，腾出来的多余劳力，集中力量搞农副业，效果非常好。

勤叔也跟孝明说：不能千军万马挤独木桥，人多可以多想几条门路，事儿是死的，可人是活的，只要动一动脑子，就能有个吃饭的门路，这条道不行，就走别的道。

老支书找到孝明和万成，跟他们俩商量说：老是这么憋着，也不是办法，群众议论纷纷，我们得抓紧想办法，找到破解这些困局的门路，这几天你们俩去县里走走，跑一跑过去的朋友，看看他们能不能有什么更好的办法。

经过老支书的提醒，孝明想到了自己的老同学，过去在渔种站工作过，现在邻近的一个镇政府当副镇长，他在渔业和水产方面有些特长。孝明骑上自行车，一口气跑到四十公里外，找到这个老同学，说出自己的困惑，这个同学提示他，根据村里的自然条件，比较适合搞网箱养鱼，不妨试试。

听了老同学的指点，金孝明差点儿跳起来，回来后他跟老支书汇报了这个想法，老支书说：抓紧去考察，明天就出发，费用由我自己负担，不给村里添这个麻烦，快去快回。

经过周密的考察和准备，近七十户农民——其中大多数是老弱病残或家中缺少劳力的农户——跟着金孝明搞起了网箱养鱼，这一招真有奇效！投资少，见效快，效益高，不到半年时间，一般家庭的养鱼收入就有七八千元！

孝明这个人心肠好，见不得别人流泪，更不忍看别人受苦，村里有十几户没有承包到河段的农户，找到金孝明诉苦，请求他帮忙入股，孝明二话没说，干脆把自己承包的那块河段直接交给这几户村民联合承包，老太太拗不过他，孝明跟老妈说：娘啊，我是村长，我是带头人，这苦得带头吃，这福得往后享，我是您的儿子，您得支持我啊。

这天晚上八点多，孝明刚刚送走几位村民，他们商量着外请阳澄湖老渔公，来龙湾帮助指导网箱养鱼，并且和承包户打分手的事儿，按照这个想法干下去，不仅渔场的饲养量要翻番，承包户的收入也要大幅提升，几年下去，这龙湾的面貌可要大变了，孝明的心里充满了喜悦。

这时，就听老妈在院子里喊道：孝明啊，万成来了！孝明听说万成来了，赶紧迎了出去，见万成带着六七个村民站在院子里，孝明笑着说：干吗啊？这么多人一起来，是兴师问罪还是集体罢工，快屋里坐吧。众人坐下。

孝明说道：我能猜得出来，你们这些人肯定有事，有什么事儿就说吧。万成说话：确实有事儿，而且是大事儿，村长啊，今天我们是来取经的，你也知道，这几位都是咱村的承包大户，但是他们的效益却不理想，真是个愁啊！看到你联络的这些农户干得热火朝天，都想跟你学习，向你靠拢，还不知道村长能不能招徒呢。说完，大家伙儿笑了起来。

孝明赶紧说道：这是好事儿啊，只要你们认可我们的做法，按照要求认认真真去做，有钱一起赚，有财大家发，没问题，这本来就是我的责任。听到孝明这个表态，几位村民立刻兴奋起来，来的时候还有些担心，没想到孝明答应得这么痛快，几位村民拉住孝明的手说：孝明啊，你可真是大好人啊！以后啊，我们就跟着你，你怎么说，我们就怎么干。

送走万成他们，已经快十点了，孝明没有一点儿睡意，他在琢磨着：村子里还有几十户村民，只有自己那点儿口粮田，没有别的营生，也就没有其他进项，这和上级要求的共同富裕不太相符，得想办法让这些人都有事做，都能发家致富，这样老百姓才能拥护我们。

可是，龙湾村就是这样的条件，究竟能有什么路子呢！他突然想到了西河湾北边的那个小岛，这个岛三面环水，面积能有两垧半，如果能够科学地规划一下，在这个岛上种植些水果，再修建几处凉亭，搭上几条小桥，把另外几个小岛串联起来，可以开发旅游啊，这样即可以扩大龙湾的知名度，又可以增加农民收入。孝明兴奋得坐了起来。

孝明又想到养鱼的那些农户，现在是统一技术，分散经营，各家各户自己联系产品的运输和销售，如果成立一个专业组织，把家家户户的鱼产品统一收购，统一销售，再到工商部门申请一个统一商标，那不就形成产业链了嘛！到那个时候，农户只管养鱼，不用担心销售，既解决运销方面的后顾之忧，又能扩大农户的养殖规模。

太阳已经上了一竿子高，秀枝收拾完家务，便来到孝明家，昨天老太太就让秀枝过来，说要包鱼肉馅儿的饺子，见秀枝进了院子，老太太朝屋里喊道：孝明啊，你还不起来啊，秀枝都来了，快起来，跟我们一起包饺子。

孝明昨天晚上睡得太晚，可是听到老妈说秀枝来了，腾地从炕上跳起来，赶紧穿上衣服洗把脸，连忙招呼秀枝坐下，不好意思地说：昨晚睡得太晚了，怎么不早点儿叫我啊？

还没等秀枝坐下，孝明就和秀枝说：秀枝啊，我昨晚就琢磨，我有一个挺不靠谱的想法，想跟你说说，你和我老妈，都给我当个参谋。老太太说：你们年轻人的事儿，我不懂，我也不掺和，我就关心我的儿媳妇。秀枝笑了，跟孝明说：那你就说说吧，看不靠谱到什么程度。三个人笑了起来。

孝明就把昨天晚上自己琢磨的那些想法，和秀枝通通说了一遍，秀枝静静地听着，孝明说完，瞪大眼睛看着秀枝，好像在等着秀枝的回应，老太太把包饺子的东西全都拿来，边和馅儿边说：你们也别闲着，咱们包饺子，我去外屋烧水。

秀枝边包饺子边和孝明说：昨天晚上万成跟我说，没想到你金孝明能这么大度，这么仗义，对老百姓这么好。现在龙湾的老百姓都说你金孝明不仅是个好人，而且是个老百姓信得过的带头人。孝明有些不好意思。

秀枝接着说道：现在看，你又有新点子，我觉得挺好，很靠谱，我不太懂多种经营的事儿，可是我知道老百姓的心理，我知道他们在想什么，现在政策好了，大家伙儿都盼着能把日子过好，但是没有门路不行啊，你的这些想法，既符合咱龙湾的实际情况，又符合上边的精神，还能让群众发家致富，过上好日子，多好啊！金孝明，我支持你。

孝明非常激动，和秀枝交往这么多年，还从来没有受到秀枝这样的肯定，顿时有种受宠若惊的感觉，他跟秀枝说：有你这么支持，我这底气就更足了，我准备马上就和老支书汇报，如果顺利的话，马上就着手，不能等啊。

秀枝看着孝明那个兴奋劲儿，便跟孝明说：主意不错，不过不能过于急躁，你没听说吗？现在遇事都讲究论证，你们这么大的想法，也应该有个论证才是。孝明激动地说：秀枝啊，你真行，你怎么知道这么多，我还想跟你求援，到时候你帮帮忙，帮我们规划一下旅游和开发，帮助提些建议。

从孝明家里回来，秀枝便躺在床上，望着天棚发呆，她反复回想着金孝明说过的每一句话，觉得他考虑问题的出发点和落脚点总是为别人，为老百姓，从来不考虑他自己，这才是真正的男人，这样的干部有民本意识，有奉献精神，心胸开阔，敢于担当，是老百姓靠得住的当家人。

秀枝的心绪有些烦乱，她从床上坐起来，看到外面温暖和煦的阳光，突然想去江边走走，说起来秀枝已经很久没有去江边了，尽管每天都能听到江水流动的声音，然而不知道忙碌些什么，到江边来的次数却越来越少。

夕阳在江面上洒下粼粼闪烁的星光，像跳跃的火花，倏忽明灭，沿着弯曲的江面向上游望去，白茫茫的一片，只在水天相接处，飘动着几缕橙红色的云彩。

秀枝沿着江边的小路，慢悠悠地走着，贪婪地享受着温暖的阳光，她的眼神里饱含着忧郁和迷茫，深情地眺望着远方的同时，脑海里不时地幻化出金孝明和姜万成的画面，或明或暗，闪闪烁烁地交替着。

眼前出现了金孝明，这是个让她曾经恨死的男人，可是现在她已经不再恨他，相反，已经在心里深深地喜欢这个王八蛋式的男人，她觉得金孝明的骨子里有种特殊的东西，一种执着，一种付出，一种追求，而这些恰恰是过去没有感觉出来的，如今觉得，作为男人这些品质比什么都重要。

随后幻化出姜万成，从相恋到结婚，三年多的婚姻生活里，她对万成的了解实在是太多太多，万成的矜持、厚重、实在，曾让秀枝觉得找到了世界上最可靠的男人，这副肩膀可以依靠一生一世，然而她失望了！在这场赌博中，秀枝输得很惨，她输掉了曾经的自信，甚至输掉了对未来的追求。

……

江面上吹来一缕凉丝丝的风，秀枝从沉郁的思考中回过神来，她用手捋了一下长发，用力搓了几下脸，准备往回走，这个时候，秀枝看见老支书从江边的岔路口走过来，还没等秀枝说话，老支书就大声地打招呼：是秀枝吧！

秀枝赶紧迎上前去，跟老支书打招呼：大叔，你怎么走到这儿来了？我从渔苇场回来，今天上午在那里开个支委会，他们几个早就回来啦，我和万成商量点事儿，所以才回来。老支书笑呵呵地跟秀枝说：秀枝啊，你今天怎么这么得闲啊，来江边转转。

秀枝笑着说：今天在家里待了一整天，小青去她姥姥家了，我这实在是无聊，也就出来走走，感觉到外面的阳光真好啊！以后真得常出来走走。老支书听着秀枝说话，似乎想起来什么，问道：秀枝啊，你和万成怎么样？他最近经常回来吗？直到现在，秀枝也不知道万成曾经寻短见的事。

秀枝没有想到老支书会问起这个话题，所以没有思想准备，仓促地回答说：还行吧，现在看也只能这么维持。秀枝所以这样回答，是因为她感觉到老支书可能知道一些情况。

老支书没有说话，似乎在思考着什么，秀枝觉得应该和老支书说些实话，她接着说：大叔，你可能也听到些传言，万成和云妹走得很近，所以我们之间也就越来越远，有些事情就得慢慢琢磨，有些话我们已经说得很明白，万成能不能回头，那就是他的事儿了，我有充分的思想准备。

老支书沉吟半晌，语重心长地说道：秀枝啊，我是你们的长辈，有句老话说，这鞋合不合适，只有脚知道。两口子过日子的事儿，别人谁也说不清，可是有一个理儿，这鞋和脚要是不合，这日子就没法过，所以啊，你和万成都得琢磨琢磨，今后的日子很长很长，而且还有小青，这日子究竟怎么过，这过日子的事儿可不是闹儿戏。

老支书的这番话，秀枝觉得入情入理，她从来没有和老支书说过自己的家事，更没有想到老支书对这些问题的想法能够如此开通，秀枝呆在那里，老支书看出秀枝的疑虑，便加重了语气：你们都不小了，哪轻哪重都知道，以后的路应该怎么走，你们自己都明白，有些时候这个决心很难下，可是有些问题终归是要解决的，总这么拖着也不是个事儿。

在秀枝的眼里，老支书是自己非常敬重的长辈，就像自己的父亲一样，许多事情她愿意和老支书沟通，可是自己和万成之间的情况，却从来没有提及。现在来看，好多情况老支书似乎都知道，秀枝从刚才老支书的话里感觉到了，她在想，既然已经说到这个程度，莫不如看看老支书的想法。

秀枝像个犯了错的孩子一样，多少有些紧张，她跟老支书说：大叔，看来你也知道一些情况，我和万成之间确实出现点儿问题，从我自己来说，我已经尽心竭力，其实这么长时间，我和万成都在努力，都想挽救我们的婚姻，但是现在来看，效果很不理想，照这样下去，我们只能分手了。

老支书思考了一会儿，说道：秀枝啊，和你们比起来，我是老古董，这话说得也不一定对。停顿了一下，他接着说：万成，还有孝明，甚至还有林中飞，这几个人都不错，这是真心话，为什么这么说呢？因为他们身上都有很多优点和长处，都是很不错的男人，可是，要说结婚嫁人，踏踏实实过日子，就该找个最想依靠的男人，至于你真正想依靠谁，只有你自己知道，可我觉得金孝明可能是你最终的选择。

秀枝被彻底震惊了。她几乎不敢再说什么，不敢再想什么，甚至不敢再看老支书的眼睛，听着老支书的话，她的心骤然紧张起来，她在想：老支书怎么知道这么多啊！是不是我的所有情况，都在老支书掌握之中啊！要不怎么会把这三个男人放在一起对比，而且一语破的，秀枝蒙了！

心里这么想着，嘴上还不能说出来，不过听完老支书的话，秀枝的心里就像卸掉一个巨大的包袱，顿时轻松了许多，便跟老支书说：大叔，谢谢你对我们的关注和理解，请你放心，我知道该怎么做，我不会让你们失望的。

第三十六章

　　早上不到八点，秀枝就骑着自行车往乡里去，第六期文化夜校班马上就要开学，准备工作一应俱全，这次从乡里拿回教材，两天以后就可以开课了。

　　弯曲的土路在榆树林中吃力地向前伸展，偶尔从稀疏的树丛中钻出来，沿着江边的草地往前爬行，路边的马兰花早已凋谢，而草丛里的萨日朗还在寒风中抖动，远远望去，满目枯黄的野地里，摇曳着一簇一簇的残红。

　　从乡教育组拿到教材，秀枝就要往回走，这时却迎面碰上了老同学刘天群，刘天群是秀枝的高中同学，现在乡政府担任妇女主任。念书的时候，天群家境不好，秀枝经常把自己从家里带来的东西给天群吃，两人就像一对亲姐妹，形影不离，无话不说，毕业以后联系少了，后来刘天群被选拔到公社，她还专门来龙湾看过秀枝。

　　见是秀枝，刘天群喜出望外，她把手头的工作安排一下，随后就把秀枝带到自己的宿舍，两个老同学天南海北，聊得不亦乐乎。到了中午，秀枝和天群一起下厨，一边做着饭菜，一边说着念书时候的那些事儿。

　　秀枝已经很久没有这样开心了，她把这几年龙湾村里发生的那些乱事儿，还有自己结婚前后的家庭生活，都跟天群和盘托出，天群也把自己这么多年来的艰辛路程说给秀枝，说到起劲儿的时候，两个人哈哈笑了起来，可说到伤感的时候，两个人又流出心酸的泪珠。

聊着聊着，秀枝问天群：你的生活怎么样啊？身边有你喜欢的男人吗？打算什么时候结婚啊？天群没有正面回答，却反问秀枝：秀枝，你说喜欢的人就一定是爱人吗？你的爱人就一定是你喜欢的人吗？如果结了婚，你和一个你本来不爱的人怎么在一起生活啊？

秀枝瞪大了眼睛看着天群，心想你这个死丫头，还没有结婚，就和我唠起这么晕乎的话题，天群似乎看出了秀枝的惊讶，赶忙解释说：我虽然没有结婚，可我已经处了好几个对象，应该说对男人有些了解，我的想法是，如果不能遇到我真正喜爱的人，我宁可不结婚，你说是不是啊？秀枝看着天群，笑着说道：你知道的挺多啊，想得也不少！

天群问秀枝说：我还没有问你，你和你的那位怎么样？你们幸福吗？你们俩是不是有孩子了？秀枝没有马上回答，神情黯淡下来，转而悄悄地和天群说：天群，我的情况有些复杂，一两句话也说不清楚，作为老同学，我只能和你说，我很苦恼，结婚三年多的时间里，我没有真正地快乐过。

秀枝说到这里停顿下来，天群急着问道：究竟是为什么啊？和我还不能说吗？秀枝的表情又暗了下来，若有所思地说：天群，真是说不清楚，有种越捋越乱的感觉，不知道是对还是错，也不知道是爱还是恨，稀里糊涂，一步一步地走到今天，真不知道今后该怎么办。

天群问秀枝：那你究竟爱不爱他啊？秀枝沉吟良久，幽幽地说：当初我觉得我爱他，可是现在我不知道当初的爱是不是真爱，他对我也是这样，当初我觉得他也爱我，可是现在我也不知道当初的爱是不是真爱，之所以这么说，是因为我们都没有坚守当初的那份选择。

两个人谁也不说话，顿时陷入一阵沉默，还是天群打破这种尴尬：我好像明白了！跟我坦白吧。秀枝笑着问道：你明白什么了？天群回道：我在想，是不是你们都走入了岔道？说完，天群咯咯地笑了起来。

秀枝声音很轻，且很迟疑，她说：天群，不瞒你说，我在结婚前有一个要好的同学，你认识的，他叫金孝明，他一直追求我，结婚以后，本来是不想联系的，可不知怎么了，又有了一些联系。秀枝的脸红红的，有些不好意思。

天群笑着说：我记得这个人，长得挺标致，人也仗义，你们怎么了？天群追问秀枝说：你老实交代，是不是有别人了？秀枝叹了口气说：开始没有，后来有了，你可别笑话我啊，我和我家那位已经半年多没在一起了，想起来就闹心。

天群没有说话，好像在思考什么，秀枝也沉吟好久，不无伤感地说：你说该怎么办啊？我真是没有办法了，本来是在极力控制我自己，可是有些时候却无法控制，到现在我都说不清楚，是我自己出了问题，还是我家那位出了问题。

刚才还热热闹闹的谈话，转眼又陷入了无边的静默，两个人谁也不说话，屋子里的空气似乎有些压抑，这时天群走过来，拉住秀枝的手说：秀枝，你是不是太苦了？虽然我们是女人，可也不要那么苛待自己，我真的理解你。

秀枝低头不语。

天群变得严肃起来，她问秀枝：你们婚后的生活不好吗？秀枝没有回答，在天群的再三催促下，秀枝把婚后的情况跟天群诉说一遍，最后说：我们已经很长时间没在一起了，现在他在外面也有个女人，有人照顾他。

天群还想继续这个话题，秀枝岔过去说：天群，我们不聊这些了，说说你怎么样了，怎么还是自己一个人啊？是没有遇到合适的，还是压根儿就没想结婚。

天群长出了一口气，说道：实不相瞒，我的生活里有个追求我的男人，我们也相处得不错，不过我做过几次尝试，甚至也想过结婚，可后来都被吓住了，到现在还是不敢研究结婚的事，因为我对自己都没有把握。

　　天群又岔过话题，问秀枝：龙湾这几年出了这么多事儿，为什么没有人和乡里反映啊？再说，村里的那些领导干部为什么没有治理啊？为什么就能让这些人胡作非为啊？天群显得很激动，一连串地问了几个为什么。

　　秀枝接过话茬儿：情况很复杂，也不是没人想治理，问题是治理不了，据说在乡里和县里都有后台，有人给撑着，谁也动不了，所以才如此胆大妄为。天群点头称是。

　　送走秀枝，天群这心里始终没有平静。过去的龙湾村一直是乡里各项工作的排头兵，特别是分产到户和个人承包这方面，曾经是县里的典型，粮食产量连续翻番，社会治安持续良好，老百姓都过上了红红火火的好日子。

　　可最近这几年，也不知是怎么了，不但工作上不去，好多事都拖全乡的后腿，而且村子里出了许多蹊跷的事儿，上访的告状的就属龙湾最多，这工作就属龙湾最沉，乡里的这些头头们也都在议论着，过去都愿意去龙湾村蹲点儿，那里的生活比较富裕，工作也走在前面，在别的村子蹲点儿只能吃些土豆白菜什么的，可是在龙湾就能吃上炒鸡蛋，炖蘑菇，还有煎白鱼，可现在谁也不愿意去，因为那里闹心的事儿，缠手的事儿实在是太多。

　　想来想去，天群觉得应该把秀枝反映的情况向乡里的领导做个汇报，以便领导研究龙湾工作的时候做到心中有数，她简要地把主要问题进行了梳理，跟乡党委书记做了全面汇报，乡领导感觉到龙湾的问题有必要专门研究，并且及时得到处理，否则就要影响到群众的生产和生活。

　　乡领导全面分析了龙湾的情况，经过充分讨论和慎重研究，乡党委决定：由妇联主任刘天群率工作组进驻龙湾，力争在一个月的时间内，把龙湾村的问题摸清楚，要依靠群众，发动群众，靠群众的力量把恶势力打下去，维护安定和谐的政治局面，保护群众的正常生产和生活秩序。

　　为了取得这场斗争的全面胜利，乡里对这次进点儿工作非常重视，专门制定了三条纲要：一是利用十天左右的时间把基本群众发动起来，这期间工作组要加速武装群众头脑，做好群众的思想工作；二是利用十天左右的时间把隐藏在群众中的坏分子揭发出来，剥去他们的伪装，让他们赤裸裸地站在群众面前，低头认罪；三是利用十天左右的时间清算他们的恶行，组织群众揭发检举，最后把这些坏分子彻底打垮！

　　依据这个方案，刘天群带领工作组正式进驻龙湾村，按照乡领导制定的三条纲要，天群他们认真组织贯彻落实，可是事情并没有人们预想的那么简单，工作的结果完全出乎意料，没到十天时间，不但群众没有发动起来，反倒使本来已经很乱的龙湾村乱上加乱。

　　工作组已经无法继续开展工作。第八天早上，工作组组长刘天群把工作情况简要地和老支书做了个沟通，便以乡政府开会为由，匆匆返回乡里。

第三十七章

　　这段时间，关于工作组的传闻，老支书的耳朵里装得满满的，街头巷尾，左邻右舍，说什么的都有，什么又搞运动了，什么深揭深挖了，什么帮派串联了，等等，都是已经好几年听不到的说法，现如今又是沸沸扬扬，一时间，形势骤紧，人心浮动，整个龙湾沉浸在惶恐与狂躁之中。

　　面对这种复杂的局面，老支书没有轻易发表任何意见，可是，他在心里慎重地思考着当前的形势，他很明白，搞了这么多年的运动，老百姓的心里胆怯了，厌倦了，失望了，谁也不想再看到瞎折腾的乱象，都想过上安定太平的日子，这个时候再用那种搞运动的方式开展工作，肯定是行不通的，老百姓不买账啊，可是乡里决定的事情，他只能积极配合，有意见也得暂时保留。

　　老支书在这个位置上干了将近二十年，经历了多次政治风波，也经受了无数的挫折，不过他始终坚信：搞歪门邪道的人，损害群众利益的人，占老百姓便宜的人，最终都没有好下场。龙湾村的每个人，在他心里都有一个评价，装在自己的心里，时不时地掂量掂量。

　　这几天听到有人上蹿下跳，设圈套，玩把戏，制造谣言，企图把龙湾的局面给搅乱，给工作组的调查设置障碍，达到不可告人的目的，他是看在眼里急在心上，然而怎么也没想到，事情的发展比他预想的还要糟糕，特别是工作组的匆匆离去，让他非常震惊！老支书坐不住了。

大清早，他就派人把金孝明和几位支委，包括姜学忠等人找到队部开会，参加会议的这些人包括金孝明在内，谁也猜不出会议的内容，而姜学忠的心里倒是有点儿打鼓，他有种不祥的预感，好像这个节骨眼儿，老支书的动作来者不善，事先没有打招呼，这不是老支书的习惯啊。

老支书坐在炕头儿一动不动，两只眼睛死死地盯着手指间夹着的烟头，对走进屋子里的人，他连看都没看一眼，这帮人立马就猜出点儿眉目，自己找个地方坐下，谁也不敢说话，空气立刻就沉闷下来，大有山雨欲来之势。

人都到齐了，老支书的脸上阴云密布，他咳嗽两声，声音低沉却掷地有声：今天找你们来，是想研究一下工作组的事儿，乡里派来的工作组已经回去了，他们是被迫离开，究竟是什么原因，我想在座的各位也清楚，出现这种情况，我们村委会也有责任，特别是我这个做支书的，应担首责。

可是，我有个问题始终想不明白，想和大家请教，工作组的同志比较年轻，可能有他们工作方法的问题，可是回过头来看看我们的村里，我们是怎么配合的啊？特别是那些别有用心的人，造谣设卡挖陷阱，私下串联搞帮派，我想问问：你们还有党性吗？你们还有人性吗？我活了六十来岁，就没见过你们这种没有人性的家伙。老支书开始骂人了。

这顿开场白，让在场的这些人顿时傻了！老支书是很少这么说话的，虽然说是个农村干部，平时说话也是比较温和的，可今天这个架势，一看就是怒火中烧，大伙儿你看看我，我看看你，一时间摸不着头脑，各自都在紧张地猜测，心想这是怎么回事啊？怎么开板儿就骂啊！

其实，姜学忠的心里，早已经知道怎么回事了，老支书这是在骂他啊，因为他心里有鬼，他知道自己这段时间，特别是工作组来了之后，他姜学忠干了什么。姜学忠的独眼眯缝着，心想老支书一定是听到了什么传言，或者抓住了什么把柄，不然的话，他绝不会这么大发雷霆的。

老支书越骂越气：人家刘天群是代表乡政府的，那是上面派来的工作组，是组织上的人，怎么能这么对待人家啊？不但工作上不给配合，还想方设法设绊脚石，使坏点子，造人家的谣，你们也太缺德了吧，人家那可是大姑娘啊，凭什么说人家作风不好，今天和这个，明天和那个，谁家没有个兄弟姐妹啊？不想积点儿口德啊？

老支书的脸憋得涨红，嘴唇有些颤抖：究竟是谁说的，能不能站出来，如果没有这个勇气，我劝你就别干这些缺德事儿，你们是不是以为我不知道啊？我告诉你，你们那点儿猫腻，我都看在眼里，我就想看看你怎么表演，还有什么损招，都拿出来让我见识一下。

直到现在，这些被叫到村部开会的人才明白：原来老支书兴师问罪，是为了那个刘天群和那个工作组。金孝明看着老支书的脸说：老支书，您消消气，我们工作有失误，没有积极地配合好，这是我们的责任，特别是我这个当村长的，应该承担主要责任，老支书尽可批评。

姜学忠坐在角落里，一直没有说话，他在观察风向和动静，金孝明说话的时候，他看了老支书一眼，回头又看看低头坐着的另外几位，看着老支书没有什么反应，便趁着金孝明说话的空当，赶忙插了几句，也在投石问路：老支书，我们这些人都是老党员，就算觉悟再低，也不能和乡里的工作组对着干，我觉得他们撤离的主要原因还在他们自己。

老支书没有说话，他是在听姜学忠还想说什么，姜学忠稍微停顿一下，感觉到在场的人没说什么，特别是老支书没有说话，便壮起了胆子，拿腔作势地说道：依我看，那个刘天群也实在是过于年轻，冲劲儿够用，可智谋不足，根本没有什么经验，搞群众工作那是够嫩的啊。

说完这句话，姜学忠又停了下来，继续观察周围人的反应，这是他多年摸爬滚打总结出来的经验，走一步看一步，追求步步为营，看在场的人仍然没有说话，壮起胆子继续说道：工作组这些人独来独往，来龙湾村开展工作，从来就没把我们这些人当回事儿，是他们自己的经验不足。

说到这里，姜学忠眯起独眼，偷偷地观察着老支书的表情变化，老支书还是没有说话，像是在听他说话，实际上老支书已经是箭在弦上，正待发力，可他姜学忠没有意识到，像是一种挑战的态势，继续说道：老支书，你说那能行吗？特别是最后这句话，姜学忠故意加重了语气，眉宇间闪动出微妙的神情，似乎在说：你老支书也不行，离开我们这些人或者要搞我们这些人，那得掂量掂量，不是轻而易举的。

听着姜学忠说的这些话，老支书的肺都要气炸了。姜学忠刚刚把话说完，老支书就接过话茬儿：怎么？靠你们？你们是什么啊？你们还是党员吗？你们还有点儿党员的样子吗？你们简直就是祸害百姓的恶棍，你们还想把人家怎么样啊？还想杀人不偿命啊？就你们那套做法，什么人能受得了啊，别说一个刘天群，就是十个，也得走啊？

说完，老支书端起水杯猛喝几口，然后重重地把杯子放在炕桌上，大声地说：我告诉你们几个，不要跟我耍花招，明天就去乡里，把人家刘天群请回来，当面给人家道歉，协助工作组把工作做好，请求人家原谅，这是唯一出路，否则，最后的结果就是自作自受。

姜学忠见老支书动了真火，便故作镇静，转动着那只小眼睛，阴阴地说道：老支书，怎么说我们也不能给她道歉啊？再说我们也没什么错啊？是她自己没把工作做好，怎么能怨我们呢？姜学忠使出了绝招，把球踢给了老支书，心想看你刘天彪怎么去收场。这招挺毒啊！

老支书马上感觉到姜学忠在耍无赖，心想不使出撒手锏，你是真不知道马王爷三只眼啊！他把声音压低，狠狠地说：我可把话说在前边，你们再敢这么说，我就把县里的公安局找来，就说有人破坏工作组的工作，让他们好好查查那些乱糟糟的事儿，你们有这个胆量吗？

呵！这招还真管用，姜学忠立刻蔫了下来，老支书就势发力，看着姜学忠的眼睛说：你们瞧瞧，你们干的那些事儿，哪件事能让人佩服啊？损公肥私、欺男霸女、鱼肉乡邻，这么长时间我没给你们断后路，总是想给你们个机会，就是想让你们自己拍拍良心，好好地反省反省，缺德不缺德啊？人啊！那得有点良心，连良心都没有的人，那还叫人吗？

老支书用那双锐利的眼神扫视了一圈儿，转过脸对姜学忠说：姜学忠，你是咱们村子里的文化人，不过你干的事儿可不是文化人该干的啊！你总是觉得自己很聪明，其实你的那些鬼点子，大家都看得很明白，你本来应该老老实实地给村上管点儿账，管点儿钱，结果你总是那么不安分，见着公家那点儿便宜你就眼热，看着哪家的女人你就心动，都多大岁数啦？得有点儿正事儿了，怎么就管不住自己啊？

被老支书的话戳到了软肋，姜学忠低头不语。

老支书的目光从姜学忠的脸上移开，看着窗外飞舞的丁香叶子，语重心长地说道：你们都给我记住了，老百姓是谁啊？老百姓是咱们的祖宗！老百姓的便宜占不得，过去你们都知道，包括那些皇帝们，多少人都想占老百姓的便宜，可最后是怎么个结果，不都弄得身败名裂吗？老百姓可不是不明白，等到秋后和你算账的时候，一切都晚了，真要到那个时候，你就什么都不是了，就是一堆臭狗屎。

屋子里鸦雀无声，就连喘气的声音都听得真切。

老支书卷上一支旱烟，闷闷地抽上几口，意味深长地说道：你们想想，咱们龙湾过去多好啊！邻里和睦，家业兴旺，可现在叫你们给搅成啥样了，老百姓心里都有一杆秤。对于老支书说的这个"你们"，大家的心里都明白是指谁。

老支书来到窗子前面，看着远处蓝幽幽的松江水，不禁长长地叹了口气，他转过身，声音放得很低：老百姓对你们寒心啊，你们不干事儿也行，怎么也不能祸害老百姓啊，过去有句老话，人在做，天在看，你们这种人，老天爷迟早要找你们算账的，你们还有子孙后代啊，你们不为自己着想，还得给儿女积点儿德啊？就不怕日后遭报应啊？

这天晚上，老支书整夜没有合眼，他想了许多许多，前前后后，一幕一幕，越想越觉得心里有愧，检讨这段时间的工作，觉得没有尽到责任，对不起乡党委和领导的信任，作为村支书，更对不起村里的父老乡亲，村里的状况自己应该负主要责任，在这个关键时刻，他必须亲自出马。

天刚放亮，老支书就穿戴整齐，推出那架老掉牙的自行车，和老伴儿说：今天我要去乡里，跟乡里领导做检讨，如果可能的话，就把天群他们请回来。还没等到老伴儿说句话，便骑上那辆自行车出了院门。

到了乡里，老支书直接到张书记办公室，把龙湾村和工作组的情况做了汇报，深刻地做了自我检讨，同时也谈了下一步的想法，之后找到刘天群的办公室，诚恳地跟天群表明来意：一方面对村里的工作表示歉意，原因主要在自己；另一方面请工作组马上回去，继续开展工作，村委会全力配合。

刘天群听完老支书的话，笑着说：老支书，不能这么说，这段工作我们自己也有失误，以后我们还要认真检讨，您的意图我明白，不过现在情况非常复杂，至于是否回去，或者下一步工作怎么开展，咱们慢慢研究，您先看看这个。

刘天群随手把一个材料递给了老支书，老支书疑惑地打开一看，立马就傻了眼，这是一封举报信，以龙湾村群众的名义举报刘天群在龙湾村工作期间，拉帮结伙，打击报复，造谣诬陷，蔑视群众，信中列举了七个方面的问题，荒诞，离奇，阴毒，与其说是举报信，还不如说是诬告信，看得出来其用心之险恶，目的之不纯，按照乡里老张的说法，这就是阶级斗争新动向。

老支书做梦也没想到，龙湾村的情况还真就不像他想象的那么简单，他原以为挫了姜学忠这伙人的锐气，也就不会有什么大的问题了，谁想到又整出这么大的事儿来，这几个王八蛋究竟想干什么啊？他手里拿着这封信，双手哆嗦不停，手里的信纸悄然滑落在砖地上，他却全然不知。

张书记走了进来，进门就说：老刘啊，现在看你们龙湾的情况非常复杂，已经超过我们事先的预想，所以我们必须重视起来，我们几个经过研究，决定派刘天群主任再去龙湾，同时乡里的司法助理小丁和教育助理小蔡也一同前去，协助刘主任开展工作，一定要把龙湾的事情搞清楚。

次日，乡里工作组重新进驻龙湾村，刘天群带队，两位助理协助，可是谁也想不到，意外事件接连发生，不到半个月的时间，龙湾村就炸开锅了。

第三十八章

工作组返回龙湾的最初几天，村子里还算平静，可村民们也都知道，工作组这次可是二次进驻啊！虽然表面上谁也不去议论什么，可在暗地里几乎所有的人都在揣摩，既然能够重返龙湾，一定是来者不善，村民们屏住呼吸静观其变，整个龙湾村就像暴风雨来临之前的那种短暂的平静一样。

果然不出所料，没几天这种平静就宣告结束，让人无法预料的事件发生了。

说起这个姜学忠，那绝不是等闲之辈，他很清楚自己的所作所为，如果上面真追查下来，他就会吃不了兜着走，每每想到这些的时候，姜学忠的脑门子上都是一层又一层的冷汗，他预感到大祸临头，便躲在亲戚家里，暗中盘算着怎么样才能化险为夷，像以往一样蒙混过关。

这几天，姜学忠就在琢磨着计策，反反复复地思量，却始终没找到妥当的办法，风声越来越紧，外面传来的消息越来越不利，情急之下，姜学忠横下一条心，与其坐以待毙，不如主动出击，在他的心里已经酝酿出一条更毒的计谋，正在按照计划分步实施。

林中飞匆匆忙忙地吃了口饭，和疯婶儿说了句话，拿起自己的那堆东西就奔工地去了。勤叔找出一把镰刀，跟疯婶儿说：我去东洼地看看。转身就没了人影。疯婶儿自己收拾了碗筷，抓起一把米到院子里，咕咕咕叫来那几只大母鸡。

这几只母鸡可是疯婶儿的心肝儿，前天宰了一只芦花鸡，给林中飞炖了鸡汤，现在还剩下六只，疯婶儿真是心疼啊，可看到林中飞累得那个样子，一咬牙就把养了五年的老母鸡给剁了。看着母鸡争着叨米，疯婶儿的嘴里叨咕着，留下你们五个，还得给我下蛋呢。

疯婶儿一抬头，看见院门外来了一位陌生的男人，四十多岁，长脸大耳，面皮白净，打冷眼儿就知道不是常年干活的人。

来人见到疯婶儿后深施一礼，恭恭敬敬地自我介绍说：我是城北来的，受亲友之邀，到前屯的亲戚家给看看风水，路上口渴，想讨口水喝，还望大姐关照。

疯婶儿一听，这不是能掐会算的阴阳先生嘛！赶忙把客人让进屋里，倒上一杯热水，热情地招呼道：大兄弟啊，你这是去谁家啊？那人说：大姐，我没有家，只是祖上传下来一些看家的本事，查看风水，预测吉凶，化险为夷，算是走江湖混口饭吧。说得轻松自如，顺理成章，天衣无缝。

疯婶儿向来就相信这些东西，看到这位先生的举止，听到这位先生的说辞，立刻来了兴趣：大兄弟啊，你这看家的本事能不能让我们长长见识啊？也给我们看看。

来人也不遮掩，就对疯婶儿说：大姐，不瞒你说，我们这些人不随便在外面说法的，不过看你是个实在人，这么热情地对待我，那我就给你说说。来人这么一说，疯婶儿就更高兴了：哎哟！大兄弟，真是有缘，那你就给我看看吧。

疯婶儿好像是遇到了救星，马上又给来人卷上一根旱烟，来人装模作样地说：大姐，刚才进屋的时候，我就顺便给您看了，你这个人啊，年轻的时候生活比较艰难，而且遇到一些闹心的事，可是到了晚年啊，你这日子是越过越好啊，上有吉星高照，下有神仙保佑，那真是福大财大啊！

　　疯婶儿是个实在人，听到先生的这几句嗑儿，可把她给乐坏了。疯婶儿乐颠颠地对来人说：大兄弟啊，你就别走了，我给你弄点儿饭，吃完再走也不迟啊，以后你就常来我们龙湾，大姐给你包饺子。

　　对于疯婶儿的热情挽留，这位阴阳先生当然高兴得不得了，可表面上却一口回绝，也不知道是担心时间长了，话说多了，走了嘴，漏了馅儿，还是故作姿态，神色慌张地和疯婶儿说：大姐，我不在这里吃饭了，我得赶紧离开这里，办完事儿得抓紧往回返，再者……来人说到这里面露难色，用手摆了摆，意思是不方便往下说，转身就要往外走。

　　疯婶儿是个急性子，赶忙对来人说：大兄弟啊，有什么事儿你就直说吧！我都这把年纪了，大不了我扛着。

　　阴阳先生表情严肃，神秘兮兮地对疯婶儿说：大姐，我是真不想说啊，干我们这行的，是不能随便乱说的，你就别逼我了，放了我吧，我马上就走。

　　阴阳先生越是这么说，疯婶儿就越发觉得事体太大，一定得问个清楚明白，随后就和阴阳先生央求道：大兄弟啊，咱们是有缘分的人啊，你不和别人说，还不和我说啊？快告诉我吧，真要有个灾啊祸啊，我也能避一避，是吧，大兄弟。

　　感觉到了火候儿，阴阳先生故作为难的样子，随后便把疯婶儿叫到跟前，压低了声音说：大姐啊，你们村子要遭难！你看村子上空云气灰暗，偶尔还有黑色阴影在高空盘旋，你们常人是看不见的，只有我们这些有了修行的人才可看见，这是大灾大难的凶兆。疯婶儿一惊！顿时周身冷汗。

　　应该继续加把劲儿，阴阳先生几乎伏在疯婶儿的耳边说：我告诉你，你们村子里最近要遭大灾大祸，我观天象，西北方向盘旋一条巨大的蛇精，最近几天就要经过你们这里，这条蛇精修行千年，所到之处，无不灾祸降临，大姐，你们家也要提前做好准备，以防不测！

　　这下可把疯婶儿给说怕了，疯婶儿的手脚冰凉，她稳了稳情绪，勉强站稳脚跟，哆哆嗦嗦地说：大兄弟，告诉我们是什么灾祸啊？只见这位先生起身要走，回身对疯婶儿说：天机不可泄露！有缘的话我们还能见面。

疯婶儿见来人真的要走，赶紧跟了出来：大兄弟啊，杀人杀死，救人救活，你得告诉我啊。来人转过身来，扔下一句话：不是人死就是畜亡啊，可不得了！不知是故意还是巧合，脚下一绊，一个跟头扑在地上，连滚带爬，不见了踪影。

疯婶儿已经吓得魂飞魄散！好久才缓过神来，心想不管是真是假，都得防着点儿，毕竟有这么个说法，可是接下来的几天里，真是祸从天降！村子里发生的事儿，验证了阴阳先生的预测。

初冬的龙湾，到处是一片枯黄，只有村头的那片柳树林还透着淡淡的绿色，流淌的松江水还泛着幽幽的青波。庄稼已经陆续上场，家家户户的牛羊已经散放，房前屋后的庄稼地里，随处可见拉庄稼的马车和捡粮食的妇女，还有在庄稼地里悠闲吃草的牛羊。

阴阳先生离开的第三天早上，天刚蒙蒙亮，几位上了年纪的老人又像往常一样，打开牲口的圈门，要把自家的牲口赶到野地里，几乎是在同时，屯子东西头的十多户人家都发现，几十头牲口横躺竖卧死在自家的圈里。

天啊！这下可出大事啦！对于老百姓来说，牲畜是什么啊？那是老百姓的命根子，耕地犁田，拉车运送，那还了得？

十几位村民号啕大哭着：出事啦，牲口都死啦！这一喊不要紧，整个村子都轰动了，凡是养牲口的人家都到圈里查看，这一看不要紧，大约有二十几户人家一百多头牲口死亡，最多的是村子西头靠近江边的六七户人家，基本上没剩下几头，特别是屯子边上的刘德发小两口，养了五年的六十多头山羊就剩下三头，刘家媳妇哭得背过气去。

疯婶儿家里养的二十几只山羊也死了五只，勤叔那个伤心啊，心疼得一劲儿流眼泪，这二十多只羊已经养了三年多，最初只有两只，是疯婶儿从娘家拿钱买来的，发展到今天这个数目，容易吗？疯婶儿也是心疼得直跺脚。

　　眼看着这些死去的牛羊，疯婶儿的眼泪也止不住地往下流……妈呀！她突然间惊叫了一声，好像想起了什么事儿，她赶紧回头，跟勤叔说：老头子，不好啦，我想起个事儿来。疯婶儿想起了前天那位阴阳先生说过的话。

　　勤叔被疯婶儿的举动给惊呆了，连忙问什么事儿？鬼惊鬼乍的。疯婶和勤叔说：我都忘了和你说，那天来的阴阳先生说，咱们村子里有一条千年修炼的蛇精，走到哪里，哪里就要遭灾，临走的时候还说，不是人死就是畜亡，是不是那条蛇精在作怪啊？这不是应验了吗？

　　勤叔是个实在人，听了老伴儿的这句话，心里咯噔一下，难道真是蛇精降灾了？不过也真蹊跷，昨天这些牲畜还好好的，怎么一夜之间就死了这么多，不是灾星降临又能是什么啊？想到这里，勤叔说：老伴儿，你说这事儿得咋办啊？如果不想办法把灾星赶走，说不定还要有更大的灾祸。疯婶儿也没了主意，勤叔说：那就把这个事儿跟老支书他们说说，看看他们有没有什么办法。

　　老支书坐在屋子里闹心，旁边几位村民也在唠唠，他一支接一支地抽着旱烟，脑子里一直在琢磨着，可是百思不得其解，怎么活蹦乱跳的牛羊说死就死了呢？而且死了这么多，他觉得事有蹊跷，其中必有原因。

　　就在这时，勤叔和疯婶儿进了院子，老支书的老伴儿赶紧把老两口让进屋里，还没等坐下，几个人就聊了起来，你想啊，村子里出了这么大的事儿，哪能有别的话题啊，都在为牲畜死亡的事儿着急上火。

　　老支书听了疯婶儿和勤叔讲的情况，眉头拧成一个疙瘩，好半天低头不语，他的脑子里正在高速地旋转着，可是越想越觉得不对劲儿：村子里突然间来个阴阳先生，预测出有蛇精来到，几天后灾难降临，好像是在讲述一个精灵鬼怪的故事，是巧合还是另有猫腻？

　　老支书就是见多识广，他马上意识到这个线索非同小可，这绝不是所谓的灾星降临，是有人在幕后操纵的一场阴谋，矛头直指刘天群他们这个工作组，老支书意识到问题的严重性，必须设法拆穿他们的阴谋。

老支书找来孝明和几位村干部，谈了自己的想法，他说：现在看，这场灾祸不是自然灾害，是人为设计的，目的是愚弄村民，挑起事端，嫁祸于人，最终把工作组赶出龙湾。大家顿时感觉出事态的严重。

老支书接着说：现在还没有确凿的证据，但是，根据勤叔和疯婶儿反映的情况，基本可以断定，绝不会这么巧合，肯定是有人在牲畜的问题上做了手脚，会搞清楚的。

老支书觉得应该马上采取行动，他叫人把刘天群找到自己的家里，一来要把这个事件和刘天群通通气，二来也想说说自己对这个事件的想法，更重要的是研究对策，怎么处理这个事件，对上级对村民都要有个交代。

除此之外，还有一个重要原因，他在心里仔细地琢磨着，如果那些不明真相的村民听到这个关于蛇精的谣言，会不会做出过激的举动，能不能出现不愿意看到的乱局，所以必须抓紧时间，用事实揭露阴谋，搞清事件真相，否则有可能进一步扩大事态，甚至出现无法预测的后果。

果然，事件的发展比老支书预想的还要快，还要糟。

刘天群快步走进院子里，老支书赶紧迎了出去，天群满脸的委屈，跟老支书说：老支书，情况不太好！说着眼泪就流了下来，她掏出手绢擦了一下眼睛，接着说：不知道是哪里吹来的邪风，说我是条蛇精，前几天就有阴阳先生看出来了，龙湾村的灾难是我给带来的，还说牲畜死亡只是开个头，今后还不知道会有什么灾难呢。

老支书安慰道：天群啊，别着急，慢慢说。刘天群继续说道：根据几位老乡的底信儿，村文书姜学忠，怂恿几个不明真相的人，暗地里使劲儿地鼓动，到处散播谣言：蛇精不除，灾难无穷，而且煞有介事地说，按照阴阳先生的说法，下次就要死人，谁能躲避就快走吧，要不就得出大事儿！

今天早上，天群刚从住的地方出来，迎面碰上几位老乡，其中两位老太太哀求她：姑娘啊，可怜可怜我们这些苦命人吧，你快走吧，要不我们村里还不定发生啥事呢，我们求你啦，你就放过我们吧！说着，两位老太太扑通一下就跪在地上，刘天群怎么劝都不起来。

这些村民根本不听刘天群的解释，还没等天群把话说完，围拢过来的二十多位村民就大声地嚷嚷起来：我说姑娘啊，你还说什么啊？阴阳先生说得明明白白，你就是那条千年蛇精啊，你要是再不走，我们龙湾这些老少就交待在你手啦，积点儿德吧，快走吧，我们求你了。话音未落，这些村民又一起跪在地上。

就在刚才来老支书家的路上，有几个村民走上来说：你就是刘天群吧，你怎么还不走啊？我们家的牲畜都被你给害死了，难道要搞得我们家破人亡，你才甘心啊？告诉你刘天群，我们是老百姓，我们不管你什么工作组不工作组，明天你要是还不离开，我们就把你们轰出去，可别怪我们对你不客气。

……

听完刘天群的话，老支书沉吟半晌，语气严肃地说：天群，从现在开始，你不要离开我家，只能在这里待着。老支书做出这种安排，一方面是防止个别人不明真相，对刘天群等人群起而攻，出现人身攻击的局面；另一方面是这个时候继续开展调查工作，容易造成工作组和村民的严重对立，引发不可预见的恶性冲突。天群理解老支书的良苦用心。

老支书的表情凝重得像块铸铁，他使劲儿地抽着烟，脑子里飞速地思考着，他对天群说：现在的情况对工作组不利，一会儿让孝明把工作组的几位同志都找来，再把几位靠得住的老党员也找来，咱们坐在一起研究一下，俗话说：邪不压正！我就不信真就没有办法治他们。

老支书话音刚落，就见对面的街口乱哄哄地涌出几百号人，潮水一样朝这边滚动过来，远远的就听见有人高喊：刘天群，大蛇精，滚出去，滚出去！众人一起跟着呼喊，顿时，口号声，叫骂声，乱作一团，这时人群里有人大喊：刘天群在这儿，把她轰出去，不能让她再祸害咱们啦。

老支书他们听见外面乱哄哄的叫骂声，旋即从屋子里走出来，这时就见院子外面黑压压的人群，有几十个村民已经冲进院子，他们看见刘天群出来，呼地一下就把她包围起来，随后便厮打在一起，老支书大声喝道：住手！

这声音听来是那样的沉闷，就像远方的天边传来的一声闷雷。就在人们愣神儿的一瞬间，老支书已经站在人群中间，把刘天群挡在身后，这时金孝明、温秀枝还有几位村社干部也都陆续挤进来，站在老支书和刘天群的身旁，老支书环视一下四周的人群，看了一眼站在身边的金孝明和站在天群身边的温秀枝，点点头儿。

现场的人们惊呆了！他们发现：老支书的眼神从来没有像现在这样犀利，冷峻，叫人看了心都颤抖，他的目光似乎在人群里搜索着什么，最后眼睛死死地盯着站在后面的那群人，眼眶里喷射出熊熊燃烧的怒火，铿锵而激奋地说道：

老少爷们儿，我在龙湾住了将近四十年，你们其中有好多人都是我看着长大的，自从有人在龙湾这个地方盖房种地立了屯子，到现在已经四百多年，还从来没有出现过今天这样的场面，让我不知道说什么才好。

他又一次环顾四周，接着说道：我看今天来了好多上了年纪的，也来了不少晚辈，其实我和你们的心情是一样的，一夜之间死了这么多大牲畜，放在谁家也会心疼得不得了，那是我们的命根子，是我们的活路啊！

不过，这话还得说回来，事儿归事儿，理儿归理儿，在事情还没有搞清楚的情况下，在真相还没有大白的时候，我想问问老少爷们儿，凭什么就把罪过推给一个年轻的女孩子，难道你们就听那个所谓的阴阳先生的一派胡言吗？工作组是党派来的，刘天群是政府的干部，来到龙湾是为我们工作的，我们应该支持政府的工作，不能受坏人的蛊惑。

老支书越发激动，声音提高了许多：请大家相信我，牲畜死亡的事件一定能够查清楚，现在我可以断言：这次事件绝不是神鬼所为，而是人为事件，我们已经报告了上级，也报告了公安机关，上级正在着手调查这个事件。他停顿了一下，看了看台下的人群，接着说：事情一定会搞清楚的，但是在搞清真相之前，不要胡乱猜疑，不要听信谣言，更不允许任何人造谣惑众，挑拨是非，唯恐天下不乱！

正说话间，从正街的西面跑过来一大群人，哭天喊地，朝这边涌来。这些人走到跟前，老支书他们才看清，原来是住在屯子西头儿的刘德发，他哭喊着跪在人群里：老支书啊，我的媳妇上吊了，我可怎么办啊？刚才还在吵吵嚷嚷的人群，一下子静了下来。死人了，这还了得！

老支书和金孝明等人急忙过来，金孝明忙问：到底怎么回事？快说。刘德发双手抱头，已经哭成泪人，哽咽着说：我的媳妇在江边的磨坊里吊死啦！啊？众人大惊失色，趁没人注意的空当儿，刘德发呼地扑向刘天群，嘴里骂着：你这个害人精，你还我媳妇，你还我媳妇……

聚拢的人越来越多，整个街脖里黑乎乎一大片，这时人群里骚动起来，几个受唆使的年轻人首先发难：老支书，我们村这么多年都平安无事，她刘天群来了，怎么就出了这么大的事儿啊？不是刘天群又能是谁啊？现在人都死了，你看怎么办吧？后面有人跟着喊道：让刘天群给偿命。

紧接着又有一大群人跟着起哄，叫骂声此起彼伏：赶走刘天群，赶走工作组，还我牲畜！那架势简直是不依不饶，金孝明和几位支委用身体护住天群，老支书对着那几位发难的年轻人说道：我已经说得很清楚，事情不是你们想的那样，请大家回去，这样做解决不了问题，而且还会上了坏人的当。

这时金孝明从人群中走了出来，对着喊话的那几位说道：各位兄弟，我们动脑子想想，一个阴阳先生的话我们能相信吗？我们得相信科学，相信事实，不要凭空信谣传谣，要有理智，不能上当受骗，老支书说了那么多，大家得往心里去，无端整事儿，将来是要负法律责任的。

温秀枝和疯婶儿，还有东西两院儿的婶子们，也都在人群里，围在刘天群的周围，老支书和金孝明说的话，秀枝她们听得清清楚楚，可人群还是没有散去，而且越聚越多，形势一触即发，弄不好就会发生伤害事件。

　　情急之下，秀枝挤到一处空地，转过身来对人群说道：大家静一静，听我说几句，今天来到这里的大多数都是夜校的学员，从这个角度说，我也算是你们的老师，刚才老支书和村长的话，都已经说到家了，大家应该听明白了，大家不要着急，事情总要弄个明白，一切都会水落石出，在没有得出结论之前，我们要保持冷静，不要受人蛊惑。

　　说来也巧，秀枝的话，让刚才还沸腾的人群顿时安静下来，都把脸朝向秀枝的方向，就像听秀枝讲课一样，秀枝接着说：我和刘天群是高中的同学，我们彼此是无话不说的好姐妹，现在她是乡政府的干部，她来村里是为我们工作来的，说她是什么妖魔，完全是坏分子的别有用心，人家不要上当受骗，越是在这个复杂的时候，越是要明辨是非，绝不要听信谣言，特别是我们这些党员、团员和青年妇女，必须站在组织一边，这是关键时刻组织对我们的考验。

　　秀枝说完，人群里就有人说道：秀枝说得对，不能上当受骗，走吧，我们回去等待消息。大约五点半，聚集的人群陆续散去。回到屋里，老支书说：秀枝啊，你真行！句句说到点子上。转过身来对着大家：我们的温老师可不能小瞧啊，关键的时候，真是有两下子。

　　村委会和工作组的联席会议开了两个小时，老支书要求大家都要发表意见，金孝明和各位村社干部也都说了自己的想法，只是说什么的都有，姜学忠属于班子成员，当然也参加了会议，不过从始至终他的眼睛眯缝着，只说了几句轻描淡写的风凉话，一直偷偷地观察着各位的反应，暗中分析形势的走向，琢磨着下步的对策。

　　老支书一棵接一棵地抽烟，这是他多年来的习惯，遇到重大事件或关键节点，他总是抽着闷烟，表面上看他是在听大家的意见和建议，实际上也不完全是，他的脑子一分钟都没有停止过思考，他把半截烟头掐死扔在地上，好像在自言自语：这是什么事儿啊！好人得绕着坏人走。

　　憋了多少天的话，变成了这句牢骚，老支书是个农民，总共念了半年书，可这么多年来，人情道理他都懂，党的政策他也懂，民心良心他更懂，可是就不懂得有些人为什么总是和老百姓过不去，为什么总是做那些对不起良心的事儿，他刘占彪没有挽狂澜造乾坤的能耐，可对老百姓那是一个心眼儿啊！他常和村干部讲，我们这些当头的，就是要给老百姓做好事儿做实事儿，不能祸害人，要对得起自己的良心。

老支书在屋子中间来回走着，步伐越发显得坚定和从容，他抬起头对大家说：现在是新社会，是人民的天下，怎么说也是老百姓当家做主，不能因为个别人，让老百姓过不上消停日子。他停顿了一下，语气变得激昂：大家不要怕，真相总会人白于天下的，我们要相信组织！

老支书跟金孝明说：孝明，散会后，咱们去刘德发家里，帮他把他女人的后事安排好，其他人就可以回去休息了。就这样，研究如何应对牲畜死亡事件的会议悄无声息地结束了，几乎所有的人都以为老支书也无可奈何了，实际上他的心里已经有了精细的盘算，可说是成竹在胸。

夜幕降临，老支书和金孝明悄悄地走出村口，来到村子西面的江边，他们在牛羊经常喝水的三处河沟里取出水样装在三个玻璃瓶里，神不知鬼不觉，悄悄地走出龙湾，连夜赶往县城，直接送到县里公安局请求化验。

当晚，这一老一小找了一家小店住了下来，第二天中午，化验结果出来了，两个瓶子的水样中含有剧毒的氰化物，老支书和金孝明互相看着：不出所料，原来有人投毒。县公安局随即立案侦查。

鉴于龙湾村情况的复杂性，特别是群众的情绪波动较大，乡里决定：刘天群带队的工作组暂时撤回。

第三十九章

皎洁的月光下，稀疏地飘荡着一小块儿一小块儿的云朵，幽蓝的星空里，散落着不住地眨着眼睛的星星，苍茫的夜色中，黑黢黢的榆树林，荡悠悠的松江水，一切都使这偏僻的乡村陷入无边的静寂之中。

秀枝躺在炕上，脑子里翻腾着那些烦心事儿，翻来覆去地睡不着，身边的小青睡得很香，秀枝披上那件淡紫色的花绒外套，轻轻地推开房门，走到自家的院子里。

凉丝丝的夜风吹着脚下的树叶，发出沙拉沙拉的声响，光秃秃的丁香树，在地面上投下清晰的影子，摇动的树影和着流动的水声，让秀枝的内心陡然生出一丝丝的落寞，她站在院子里，极力地望着远方的星空。

秀枝的眼前，不断地变幻出婚后生活的场景。转眼间，秀枝和万成已经共同生活了三个年头，期间接连发生了这么多事，现在想起来，都是一身一身的冷汗，秀枝也曾反复回忆着那些过程，思考着原因，然而却百思不得其解。

结婚前对美好生活的憧憬，已经找不到丝毫痕迹，残酷的现实已经把她的期望撞击得像粉尘一样，随着冷飕飕的寒风而四散飞扬，现如今，满腔都是无尽的失落与忧伤。然而，经历了这么多的磨难之后，秀枝变得更加刚强，她慢慢地改变了柔弱的性情，并且对现实的生活有了更深的思考。

她的内心深处不再像过去那样心甘情愿地忍辱负重，她把所有的愁苦和痛楚统统地压在心底，并反复地思考着，诘问着，不断地鼓舞着自己的勇气和信心，试图通过自己的奋斗改变命运的现状，并在这种改变中实现人生的价值。

这段时间，秀枝和天群几乎天天在一起，天群那种超脱和释然的心态，对秀枝产生了极大的影响，她的内心不断地反省，并且在那些痛苦的经历中吸取教训的同时，也把消除这些愚昧和罪恶，变成自己坚韧的精神追求。

对于秀枝来说，姜学忠就像无法摆脱的梦魇，她觉得这么多年来，几乎所有的遭遇都和姜学忠有关，她永远都忘不了那个噩梦似的早晨，让她遭受了难以承受的侮辱和摧残：

撕开她的内衣，咬伤她的胸部……

狰狞扭曲的表情，卑鄙猥琐的眼神……

阴森可怖的狂笑，下流无比的语言……

……所有这一切，都深深地刻在秀枝的内心深处，屈辱和恼怒，就像一条条无法愈合的伤口，无时无刻不在滴血，无时无刻不在刺痛，每每想起来的时候，牙关就咬得咯咯直响，她要以自己的方式粉碎这个噩梦。

早上九点多钟，乡政府司法办公室司法助理老梁和干事小李正在忙活着整理材料，这时秀枝走了进来，他俩赶紧放下手中的活计，热情地和秀枝打招呼，小李给秀枝倒了一杯热水，跟秀枝说：秀枝姐，快坐下喝水。老梁给秀枝拿了一把椅子，也跟秀枝说：秀枝啊，这么早来，一定有事。

老梁是乡里的老干部，在司法助理的岗位上一干就是二十多年，性情耿直，为人厚道，而且办事公正，这么多年来，深受老百姓的喜爱，知情人告诉秀枝说，有什么委屈的事儿，找别人没有用，就直接去找老梁，那个人给老百姓办实事儿，是个好干部，他一定能给你一个说法。

来乡里之前，秀枝已经思考了很长时间，应该说有过激烈的思想斗争，特别是应该找谁，她费了好多心思，直到后来经人指点，秀枝的心里才算有底，所以她开口就说：梁叔叔，我今天来就是专门找你们的，我想只有你们才能帮我，你们要是也帮不了我，那我真就没有办法了。

秀枝说着，眼泪流了下来，小李赶紧拿块毛巾递给秀枝，老梁劝秀枝说：孩子，你别伤心，更不用害怕，我们给你做主，老百姓的天下，不管是谁，只要违法乱纪，必须追究。秀枝擦了擦脸，就把几年来姜学忠的所作所为从头到尾说了一遍，老梁和小李边听边记，还不时地做些询问。

屋子里的空气仿佛凝固一般！

秀枝血泪般的陈述，让老梁怒火中烧，他脸色铁青，半晌没有言语，秀枝喝口水，接着又说：梁叔叔，我这次来，不仅仅请你们帮我，也是帮帮龙湾的老百姓，不能让这种恶人再这样为非作歹了。

老梁转过头来看着秀枝，眼神里喷射出震惊和愤怒，他跟秀枝说：秀枝啊，你来找我们，并且这么相信我们，我和小李都很感动，我们非常佩服你的勇气，有些基层干部不为百姓做事，还仗势欺人，鱼肉乡里，你今天反映的这些情况，我们马上研究，并且立即着手进行调查，谢谢你！

老梁又加重了语气，对秀枝说：你记住，只要他做了坏事，我们就不会放过他，给老百姓做主是我们共产党人的职责。说到这里，老梁的眼神变得柔和，语气中也充满了温情，他跟秀枝说：你回去后，要好好地保养自己的身体，做好自己的工作，一切都会好的，听说你的夜校办得红红火火，还是咱们县里的典型，真是不容易啊！

秀枝的眼眶里充盈着泪水，或是激动，或是感动，她对老梁说：梁叔叔，你放心，我有充分的思想准备，我会配合你们的工作。老梁高兴地说：这就好，我们一定给龙湾的老百姓办好这件事，也请你放心，我们绝不会放过坏人，一定给老百姓一个满意的交代。

　　几天以后，司法助理老梁和小李便来到龙湾村，名义上代表乡党委考察村干部的工作和治安情况，实际上是来调查核实姜学忠的有关问题，考察组简单地和村干部们碰了个面，就开始了工作，老梁非常了解龙湾村的干部情况，他只把这次来的真实目的和老支书做了交代，其他人全然不知。

　　调查工作刚刚开始，就遇到了来自背后的巨大阻力。姜学忠从外面探到了风声，立刻戒备起来，随后就开始私下串联，暗中沟通，给调查工作设置障碍，老百姓不敢得罪姜学忠，问起情况都说不知道，调查工作陷入僵局。

　　小李有些沉不住气了，他跟老梁说：如果总是这样，那我们还调查什么啊？看来这个姜学忠准备得太充分了，简直是天衣无缝啊。老梁也有些纠结，不过他没有着急，毕竟久经沙场，他跟小李说道：不用着急，这种情况是预料之中的，没有什么大不了的，只要我们坚持下去，慢慢就有机会。实际上，老梁说这些话的时候，心里已经有了招法。

　　吃过早饭，老梁跟小李说：今天啊，我出去看看几位老相识，你在家里整理材料。老梁独自来到了屯子东头勤叔的家里，勤叔见老梁来了，笑着调侃道：你这么大的干部，来我们小老百姓家里，是不是有什么吩咐啊？勤叔和老梁很早就熟悉，所以说起话来没有丝毫拘谨，老梁笑了笑说：看看老朋友啊，我来这么多天，你也不去看我，那我就来看看你。

　　老梁性情随和，喜欢做群众工作，而且善于调查研究，他能从许多别人不在意的地方发现线索，进而打开突破口，在他所破解的重大疑难案件中，有好多就是山穷水复疑无路的时候，从被别人忽视的蛛丝马迹中发现疑点，寻到柳暗花明又一村，今天他来勤叔家，其实也不是闲聊来了。

　　勤叔给老梁沏了杯茶水，浓黑的颜色，递给老梁说：这是你爱喝的老红茶，是亲戚送给我的，煞口。老梁笑着接过茶杯，喝了一口，点点头说道：好！真得谢谢勤叔，还记着我好这口儿。随后，自己搬过一把椅子，坐在一大簇丁香树的旁边，勤叔也搬了一把凳子坐在老梁的对面，两人东拉西扯聊了起来，那劲头真像多少年没见面的老朋友一样。

聊半天种地和养殖的事儿，老梁话锋一转，问勤叔：你说咱们这龙湾村究竟是怎么了？总是有些蹊跷事儿呢？我就不明白了，原来你们这里多好啊，屯风也正，生活也富裕，现在怎么说变就变了呢，勤叔，你是村子里的老乡亲，龙湾的情况你应该最清楚，帮我分析分析，这原因究竟在哪儿。

老梁不愧是办案的高手，他首先抛出个题目，并且把勤叔不知不觉地引向这个道道上，然后就会跟着他一起走。勤叔是农民出身啊，实诚得不得了，他哪里知道老梁的问话里暗藏玄机，便顺着老梁设计好的路子走下去。

勤叔说：要说原因啊，我看就两条，一个是上面不管事，一个是下面不守法。勤叔的这两句话把老梁给说得哈哈大笑，老梁的眼泪都笑出来了，他跟勤叔说：我看你真行，整出这两条儿挺准，现在看你比我琢磨得透啊，概括得比我准确。老梁觉得勤叔说得在理，便继续往上引。

勤叔接着说：老梁啊，咱俩还是到屋里扯吧，这隔墙有耳，叫人听见不好。老梁心想正合我意，便跟着勤叔来到屋里，勤叔小声地说：你也知道，这龙湾原来是多好的地方啊，不就是因为有那么个坏分子吗？身边还笼络几个小卒，这几年什么坏事他都干，就是不干好事儿，不干人事儿，靠着上边有人，手里有钱，整天祸害人，吃喝嫖赌，公家这些积累啊，快让他们给败没了。

老梁把嘴凑过来，悄悄地跟勤叔说：我原来就听说过这个姜学忠，不太地道，好像干了不少缺德事儿，前几年就有人举报他，说他虚报冒领，占了不少公家的便宜，另外糟践人家秀枝姑娘的事儿，也不是瞎传的吧？其实老梁是故意这么问，勤叔立刻嚷道：那怎么是瞎传啊？差点儿没让秀枝给砍死，说起来那秀枝还是他的侄儿媳妇呢。

说到这里，勤叔的脸有些涨红，声音也激奋起来：老梁啊，我跟谁都没说过，他年轻的时候就什么坏事都干，那年趁着我在学习班的时候，我们家老脸都让他给祸害了，你说他是个什么东西，不知道这样的人是怎么混进党内的，将来他不得好死。勤叔的牙咬得咯咯直响。

老梁继续问道：除了这些，还有没有别的事儿啊？勤叔喘着粗气，老梁给他续了茶水，又跟勤叔说：老哥啊，你说这人也太缺德了吧！他怎么能这样啊？勤叔说：这人，没有比他更坏的了，这几年利用手里的权力，把村上那点儿积累都给祸害没了，大帮哄解散的时候，村上的拖拉机，还有柴油机水泵都让他变着法子给卖了，钱都揣进自己的腰包里，外面欠村上的往来款，也都让他收进自己的兜里，整天眯缝着眼睛到处撒目，要是看上谁家的大姑娘小媳妇，早晚给你划拉到手，这个王八蛋，刘占彪对他也没辙。

老梁今天太兴奋了，他的诱导式调研又一次发挥了奇效，尽管勤叔说得乱七八糟，没有什么条理，可是这些情况正是老梁需要的，调查工作取得重大进展，他和小李两人连夜整理材料，收集各种证据，继续做外围工作。

调查姜学忠的消息很快就传了出去，之后的几天时间里，部分村民悄悄地找到老梁，纷纷举报姜学忠的有关问题，情况越来越丰富，证据越来越确凿，关于姜学忠经济方面的问题和作风方面的问题，收集了大量证明材料。

老梁和小李商量，执行原定方案，继续做外围调查，不和姜学忠做正面接触。这个做法对姜学忠构成了强大的心理压力，他丈二和尚摸不着头脑，心神不宁，如坐针毡，到处打探消息，犹如热锅上的蚂蚁。

终于，姜学忠彻底慌了手脚，感觉到天要塌了。就在老梁进驻龙湾第九天的早上，姜学忠慌慌张张地跑到老梁住的地方来，进门就跪在地上，这头磕得跟鸡鹌米似的，嘴里不住地说：梁助理，我有罪，我不是人，我对不起组织，给我一条活路，我都说，我都说……

一阵刺耳的警笛声划破了龙湾的夜空，姜学忠被县公安局带走了，当时的罪名是：迫害回乡知识青年，生活作风腐化，侵占公家财物，等等。几天后，县公安局专门派人送来一纸公函通知家属，判姜学忠拘役六个月，随后，乡党委做出决定：开除姜学忠的党籍。

第四十章

云妹怀孕了，姜万成吓得要死。

万成坚决不要这个孩子，他不想在这个时候，以这样的方式，把两个人的微妙关系抖搂出来，如果要了孩子，就等于整个事情彻底败露，到那个时候，自己将再也没有退路。这个时候，万成首先考虑的是自己的声誉，而不是云妹的感受。

云妹死活不同意，她跟万成说：这个孩子一定要生下来，你姜万成不养，我云佳辉自己养，和你没有任何关系，以后，有谁问到孩子的爸爸是谁，我就说早就死了。

没有别的办法，万成只能苦口婆心地劝说，你还别说，云妹真就改了主意，或者是被万成的真诚所打动，或者是理解了万成的说法，最后同意堕胎，只是要去外地的医院或者诊所，不想被屯里人笑话，万成满口答应。

这天晚上，万成悄悄地带着云妹来到三十里外一家私人诊所，说明来意，谈好价钱，万成就来到外面等候，他一会儿坐在走廊的长椅上，一会儿到外面来回走着，就像热锅上的蚂蚁，焦急地等着里面的消息。

这人世间的事儿就是凑巧！乡里的妇联主任刘天群陪着县里的妇联主席联合检查，恰巧也来到这个乡里，她们走村串户，了解妇女的就业和保健情况，就在这个时候也来到了这家诊所，刘天群眼尖，一眼就看见了坐在长椅上的姜万成，不禁喊了一声：姜万成，你怎么在这儿？

姜万成一个激灵，差点儿从椅子上跳起来，连忙转身，见是刘天群，顿时惊出一身冷汗，这时天群走上前来，问道：你怎么在这儿？是不是秀枝来了？万成惊慌失措，不知所云，语无伦次地说：不，不，是，是，是朋友。

看见姜万成的这副窘相，天群觉得不对头，便穷追不舍：到底怎么啦？你是不是有什么猫腻啊？我可告诉你姜万成，我还没找你算账呢，到底怎么回事？你跟我说清楚。

万成眼看着瞒不住了，也就只能实话实说了。

天群恨得牙根儿直痒！恨恨地说：姜万成，你可真行啊，我秀枝姐哪儿不好啊？哪儿配不上你啊？你在外面勾勾搭搭，还给人家弄出孩子来了？你的良心是不是让狗给吃啦！

万成一声不吭，刘天群越说越气：姜万成，你不要以为我不知道你们的情况，我秀枝姐嫁给你，你给她什么啦？你对她究竟怎么样，你自己还不清楚吗？我姐背地里伤了多少心，哭了多少次，你知道吗？自己好好琢磨琢磨吧！

俗话说，不怕没好事，就怕没好人。龙湾村的刘宝仁，外号刘三儿，就是个坏事的主儿。

姜学忠拘留期满，回到龙湾家里的第三天早上，他刚刚端起饭碗，刘三儿就进了屋子，本来姜学忠和尚美丽对刘三儿没什么好印象，不过来的都是客，尚美丽还是热情地打招呼：三弟啊，哪阵风把你给吹来啦？还没吃饭吧？一起吃吧。

刘三儿笑嘻嘻地说：大嫂，我这可不是风吹来的，是我刘三儿自己要来的，我来看看我大哥啊，这一晃儿都半年了，真想啊。说着，一屁股就委到炕头上，狼吞虎咽吃了起来。

龙湾的人都知道，这个刘三儿不是个省油的灯，前几年跟着那些不三不四的人跑车板儿，也没混出个人样来，还曾经因为盗窃铁路财物两次进了局子，外面实在是混不下去了，回到村里也不干正事，整天油头粉面，到处混吃混喝，都三十好几了，也没混上个女人。

看到刘三儿放下了饭碗，尚美丽便给他倒了一杯茶水，阴阳怪气地说：哎呀，这回我们老姜家真有人气了，连好久不见的三儿先生都来啦，喝水吧。刘三儿说道：大嫂，我一直惦记我大哥，前两天就想过来看看，而且还想和大哥聊点儿情况，过去你们对我也没少关照。

尚美丽听刘三儿这么一说，便换了口气，甜腻腻地说：三兄弟啊，你大哥这次可受了不小的委屈啊，蹲了六个多月的笆篱子，这罪遭的就别提了，你大哥有事儿没事儿总是叨咕你，快去安慰安慰你大哥吧，这人还总是拗不过这个劲儿，这心里啊，就是个憋屈。

刘三儿接过话茬儿，假惺惺地劝了几句，说了些不疼不痒的话儿，接着话头一转：嫂子啊，我刘三儿不傻，这么多年你家的饭我没少吃，我们都是老哥们儿了，如今大哥遭难，我这心里也不舒服，瞧见我大哥这脸色和精神头儿还不错，这也就放心啦，慢慢地调养吧，留得青山在，不怕没柴烧。尚美丽心想：你这刘三儿还真说几句人话。

尚美丽没有忘记刚才的话头，她问刘三儿：你刚才说有情况和你大哥说，什么情况啊？刘三儿故意沉吟了一会儿，说道：嫂子，这事儿虽然是过去了，可这教训不能忘啊，没事儿的时候，真得好好总结一下，这亏吃得挺厌啊。说最后这句话的时候，刘三儿故意加重了语气。

姜学忠一直没有说话，听刘三儿唠得还挺在理，听着也挺舒服，便和老婆尚美丽说：怎么样，还是咱三弟有情有义，没忘了大哥，看来我姜学忠还行，有你们这样的哥们儿也算知足。你说这人，都到了这个份儿，还不忘自我吹嘘。

可尚美丽似乎听出刘三儿的话里有话，便接过话茬儿：是啊，你大哥没事儿的时候也是惦记你啊。随后她把话头转了过来，开始探听刘三儿的口信：你说这帮人也真够损的，东拼西凑了那些乱糟糟的事儿，就给我们老姜给弄进去了，也真他妈倒霉，这帮人真该死！

工半人家

尚美丽还想往下说，想从刘三儿的嘴里套出什么有价值的东西，还没等她把话说完，这个刘三儿已经等不及了，神秘兮兮地对尚美丽说：嫂子啊，你没听说我哥这次出事儿，是哪股贼风吗？刘三儿说这话的时候，故意把那只小眼睛在眼眶里骨碌碌转了几圈。

这回尚美丽和姜学忠都听出了门道，尚美丽猴急似的把耳朵凑了过来：三兄弟，看在你嫂子疼你的分上，给指条明路。尚美丽好像也受了刘三儿的熏染，说这话的时候，也把两个眼珠在眼眶里神秘地转了几圈。

刘三儿把嘴凑过去：嫂子，过去有句老话，好汉死在证人手，我大哥这么硬实的人物，如果没有人从中作证，谁也不能把他咋的，根据我在外面掌握的情况，我大哥这次就栽到……他没往下说，只是吭哧几声。

尚美丽听得明白，那一定是有人作证了，可这人究竟是谁啊？还是尚美丽的脑子活泛，她没有直接问这个人是谁，而是把刘三儿的茶倒掉，重新给沏了一杯，直接送到刘三儿的手上，故作亲近地说：三兄弟啊，你就别和我们绕了，我们俩心里都有数，你把你知道的告诉我们，我们俩以后也有些防备，这个事儿就烂在肚子里。

姜学忠也在一旁附和着，刘三儿这心里似乎真的就踏实啦，他故作神秘地说：你们猜猜，看看能是谁啊？他卖了个关子，要好好吊一吊这两个家伙的胃口。你以为这个小子是个好东西啊，他是无利不起早，不见兔子不撒鹰。

尚美丽这个急啊：快，快，快，都要把我给憋死了，我的大兄弟。还是姜学忠多多少少假装出一丝矜持，对着老婆说：你这是干什么啊，人家老弟是来看我的，这是关心咱们，和咱们不见外，才和咱说这些的，你别那么急，再说老弟可能不方便，你就别让三弟为难。

还是老姜有点儿城府，也是啊，怎么说在龙湾这地面儿上也混了三十多年，这经验加教训也得总结出一大把啊，他这么一将，呵！刘三儿马上就缴械了。你想啊，他刘三儿怎么可能是姜学忠的对手，马上说道：不！不！不！大哥，我不是那个意思，我，我，我是说，怕你们几家冤冤相报嘛，要是那样的话，我不就成了坏人了吗？姜学忠心想，你还是什么好东西啊，早就是坏蛋了。

刘三儿瞅准尚美丽去外屋的空当，把那张臭嘴递过去，贴近姜学忠的耳朵根子说：你看那温秀枝，平时温文尔雅的，多有风度啊，关键时候真敢亮相啊！听说是她到乡政府告了你的御状，而且现身说法，不怕丢丑，把你们俩的那点事儿都说出来了，乡政府这才下定决心要整你。

刘三儿压低了声音：你看这女人多厉害啊，关键时刻什么都豁出去。姜学忠瞪着眼睛瞅着刘三儿，低声说道：难道这是真的？你怎么听说的？刘三儿马上回道：这你就别管了，小鸡不撒尿——各有各的道，反正千真万确，你想啊，乡里不掌握你的全部罪证，能敢动你吗？

姜学忠眉头拧成一个疙瘩，脸上立刻变得更难看了，他没有想到外面已经知道自己的丑行，他示意刘三儿到跟前来，小声地说：三弟啊，这个事儿到此为止，不要和别人说，特别是你大嫂，她要是知道了，还不得和我闹死。

刘三儿赶忙说道：大哥，你放心，我这张嘴有把门儿的。他回头看看尚美丽没有进来，又把嘴巴伸到姜学忠的耳朵旁边：大哥啊，还有你没想到的。刘三儿说完这句话，猥琐地笑了起来。姜学忠赶紧追问道：怎么？还有？

刘三儿的眼神儿透出淫荡的光，嘿嘿一笑说：大哥啊，这次勤叔把你的问题打了证据，据说把好多年前的事儿，都给你折腾出来了，你应该知道啥事吧？刘三儿又诡异地笑了一下：大哥啊，你趁人家老爷们儿上学习班的时候，把人家娘儿们给祸害了，人家能忘吗？这次都给你整出来了，这帮人真往你的后脑海上削啊。

姜学忠听完刘三儿的这些话，就觉得这嗓子眼儿干涩得不得了，心口往下堵得透不过气来，这时尚美丽从外屋走进来，整个过程她听得清清楚楚，气得她七窍生烟，刚想质问姜学忠，却发现姜学忠满脸涨红，青筋暴起，张着嘴大口大口地喘着粗气，她赶紧给姜学忠捶后背，边捶背边说：老头子，事儿都过去了，凡事得想开。

你还别说，这尚美丽平时属于那种不讲道理、不说正经话儿、不办正经事儿的女人，可眼下这几句话还是说得蛮有道理，就连姜学忠也不自觉地抬起头看了看自己的老婆，心想你这个死婆娘，怎么还说起正经话来了，姜学忠长出了一口气说：我在想啊，我这辈子算是白活了，也是，谁让咱干了一些不着调的事儿，关键的时候，真把我往死里整啊！

姜学忠仰着头瞪着独眼，不错眼珠地看着房顶，嘴里小声地叨咕着：秀枝，勤叔，可能吗？姜学忠说这句话的时候，心里虚得发慌，干了那么多鬼七妄八的事儿，自己最清楚。可是这些年姜学忠在外面干的那些缺德事，尚美丽还真不太知情，有时候听见什么闲言碎语，姜学忠神五神六的，东拉西扯蒙混过关，所以尚美丽一直蒙在鼓里。

刚才听见刘三儿的话，尚美丽觉得不对劲儿，看姜学忠的情绪平复下来，就问姜学忠：温秀枝怎么和你的事儿搭勾呢？我怎么糊涂了，那不是你的侄儿媳妇吗？你们之间有什么事儿啊？我怎么不知道啊？再说勤叔不是挺老实的吗？咱们也没有得罪他的地方啊，他怎么会在这个时候。

尚美丽没有接着往下说，后半句话她给咽了回去，因为她突然想起了前些年，村子里传来传去的风言风语，说是姜会计把疯婶儿给欺负了，疯婶儿要死要活的，当时尚美丽就追问过，姜学忠死不承认，后来时间长了，也就没有人再提起这些事儿，难道……

尚美丽的脑袋里还在画魂儿，她突然意识到：如果那年的传言真的存在，那这次的事儿也就真有可能是勤叔干的，她不敢再往下想了，因为她实在不想当年的姜学忠会干那个事儿，尚美丽也知道自己的男人不是个什么好东西，但她也不想村子里所有的糟糕事儿都与他刮边。

姜学忠的心里是一清二楚，因为自己干的啥事儿自己知道，所以，刚才刘三儿这么一说，他的心里就确定了八九成：一定是秀枝和勤叔联手把他给扳倒了。不过他心里也在纳闷儿，根据他自己的经验，温秀枝不会把那个事儿轻易地说出去，因为她不仅要顾及自己的脸面，更要顾及万成的脸面，甚至也要顾及几个家庭的脸面，她温秀枝不会不知道这么做的后果，难道她……

再说疯婶儿，他感觉到这么多年来，疯婶儿没有把当初的这个事儿告诉勤叔，因为他看得出来，勤叔丝毫没有表现出知道这个事的样子，这一点姜学忠自己认为是很有把握的，那么怎么就在勤叔这里出了问题？难道勤叔知道了这个事儿？而且狠狠地从后面给了他一记重拳？姜学忠晕了，他有些不太相信自己。

第三十九章

乡政府的会议室里，妇女创业先锋表彰大会正在召开，台上，主管乡长讲解本乡的妇女创业五年规划，台下，来自各村屯的妇女代表细心解读上级的政策精神，群情激奋，劲头十足，都在研究自己的创业规划，秀枝作为龙湾村的代表，刚刚在会上做了表态发言。

散会后，天群把秀枝留下，她跟秀枝说：从全乡来看，咱们龙湾的妇女创业工作是走在各村前面的，主要是有你这个带头人，我和领导商量过，想把龙湾作为妇女创业的典型和基地，特别是你，作为全乡妇女创业的标兵，并且代表咱们乡，争夺全县妇女创业的流动红旗。

秀枝赶紧推脱说：天群啊，这么重要的任务，恐怕我们龙湾承担不起来，虽然有点儿成就，可和其他地方比起来，还差得太多。天群感觉到秀枝的压力，笑着说：秀枝，你不要有压力，把你们村作为示范基地，有什么工作我们一起研究，遇到困难我们共同克服，没问题的。

看到天群这么坚决，秀枝也不好推辞，她们俩来到天群的办公室，秀枝谈了自己的总体想法，她说：我们龙湾村有自己的优势，一是资源比较多，有创业的门路和空间；二是村上比较支持，特别是现在的企业，可以给创业者资金和项目上的扶持；三是有成功的先例，妇女创业的积极性比较高。

　　看到天群听得认真，秀枝又继续说道：其实，我们也有一些担心，一是妇女当中，老弱者居多，真正能做事的不多；二是大多数家庭妇女，家庭负担比较重，有些家庭还有常年卧床的老人，这些都是事实，但是我们也会认真研究，找出我们自己的路子。

　　天群觉得秀枝说得很有道理，心里暗自佩服，跟秀枝说：秀枝，你真行，看问题很有深度，而且能把问题的正反面分析得这么透彻，这就是成功的开始，看来我得向你学习，这也说明领导让你们做典型是正确的。

　　秀枝觉得不好意思，笑着跟天群说道：老同学，你也学会埋汰人了，我就是说说我自己的想法，其实也是跟你汇报，争取领导们的理解和支持，特别是你这个大主任的支持，说实话，有你给我撑腰，我这心里才有底。

　　天群拉过秀枝的手，跟秀枝说：其实，你们龙湾在这方面，已经走在全乡的前头了，比如说：你牵头开办夜校，疯婶儿组织老年妇女搞秋收，组织药材采收服务队，等等，这些都属于妇女创业的范例，而且搞得都很好，只要你们开动脑筋，肯定会有更多的路子和办法，也会出现更多的模范。

　　聊着聊着，天群想起了那天见到万成的事儿，就问秀枝：你们两个现在怎么样啊？秀枝没有领会天群的意思，便问道：什么怎么样啊？天群说：我是说，你和姜万成过得怎么样，难道你还有别人啊？说完，两个人笑了起来。

　　秀枝说：还是那样，没有什么改变。天群急忙问秀枝：什么叫还是那样啊？我跟你说，前几天在一个诊所，我见到你们家万成了。秀枝愣了一下，不过没有说话，天群接着说：你不要瞒我，我都知道了，他们都明铺暗盖了，你打算怎么办啊？还这么自欺欺人，就这么将就下去啊？

　　秀枝显得很无奈，低下头跟天群说：那有什么办法啊？别说这些了，提起这些事儿就闹心，就这么混吧，现在你问我打算怎么办，就连我自己都不知道该怎么办，实在没有别的办法了，该说的我都说了，该做的我也做了，看来我做的这一切都是徒劳的，我真是没有方向了。

天群看着秀枝，有些心疼地说道：瞧你瘦成这样，不能总是这样下去，得想想办法啊。秀枝抬起头看着天群，笑着说：唉！能不想吗，可有什么办法啊？我们之间的沟通越来越少，万成回家的时候也越来越少，过去是三天五天回家一趟，现在十天半月都不回来，你说我能有什么办法。

天群没有说话，秀枝也陷入沉思，好一会儿，秀枝突然想起刚才天群说的话，急忙问道：天群，你说在诊所见到万成，他去干什么了？天群本来不想说，可又一想，事情已经到了这个地步，不如告诉秀枝，就说道：他陪那个云佳辉去做流产。说这句话的时候，天群盯着秀枝的眼睛。

秀枝似乎没有听见，脸上没有任何反应，天群又问：秀枝，你没听见吧？你怎么没有反应啊？秀枝语气低沉：我听见了，反应什么啊？让我去质问他，为什么和云妹怀孕？哈哈哈，你觉得有这个必要吗？他们在一起早已经是事实，至于是不是怀孕或者流产，我还有关注的意义吗？

天群发现，秀枝的脸上现出一片漠然，不是冰冷，更多的是无奈，秀枝说道：天群，咱们是姐妹，你帮我想想，如果这个事儿放在你的身上，你会怎么处理？

天群没有直接回答这个问题，她反问秀枝：你能不能确定，你还爱不爱姜万成？说完这句话，天群的眼睛直直地盯着秀枝的眼睛，似乎要从对方的眼神中挖出答案。

秀枝十分淡定，她的眼神里充满了自信，跟天群说：如果是原来，我会毫不犹豫地告诉你，我爱他；可是现在，我已经没法这么说，因为他在我心里的分量越来越轻，我如果再说爱他，不仅是欺骗他，也是欺骗我自己。

天群从床上站起来，走到窗前，又转过身来，语气坚定地跟秀枝说：既然是这样，那还有什么犹豫的，当断必断！我们已经不小了，既然已经想得明白看得清楚，就不要再拖下去，那样的话，对谁都是不负责任的。说完，天群笑了起来，紧接着说：我的意见仅供参考，还得你自己拿主意。

从乡政府回来，秀枝就召集了二十几个青年妇女，她跟大家说：全县开展妇女创业先锋活动，我们龙湾村是乡里的点儿，我们几个就是主力，现在开始，大家都琢磨琢磨，看看究竟干点儿什么好，每个人都要想出三个以上的创业项目，过几天我们一起研究。秀枝把任务分解给这些创业骨干。

万成在渔苇场，也听到了秀枝组织妇女创业的消息，借着和老支书汇报工作的空当，回到家里看秀枝和小青。秀枝见万成回来，给他包了菜馅儿包子，跟万成说：我们村是全乡妇女创业的基地，我们几个骨干已经有了想法，能不能给我们点儿支持啊？怎么说你们也是村办企业啊。

万成把嘴里的包子咽了下去，喝了一口汤，转过头来，跟秀枝说：我能给你们什么支持啊，我看简直就是胡闹，那么多大老爷们儿都没事儿干，还让你们这些家庭妇女出去，就是吃饱了撑的。看秀枝没有说话，又接着说：再说，你们能干什么啊？家庭妇女，能把日子过好，就比什么都强。

秀枝对万成的态度和说法很不赞同，可是万成刚刚回家来，又不好和他理论，便很柔和地说：也不能说妇女就什么也干不了，妇女也有妇女的长处，我们初步规划出三条创业线，你帮我们拿拿主意，一是养殖线，二是手工线，三是饮服线，我觉得这些都适合我们女同志来干。

万成对秀枝的说法不以为然，听完秀枝的话，呵呵地笑了起来，眼睛看着窗外，轻蔑地说：依我看，哪条线你们也干不出什么名堂，这些都是上边瞎折腾，搞不好都是劳民伤财的事儿。秀枝再也没有说话，可这心里摽着劲儿，心想怎么我们女人就不能创业，就什么也干不成？

经过调查统计，有二十几个妇女准备搞家庭养猪，有十几个妇女准备搞手工编织，还有二十几个人想搞农副产品收购，这一下子增加了好几十个创业项目，秀枝感觉到了压力，她马上跟老支书做了汇报，提出了自己的想法，老支书非常支持，跟秀枝说：村上有什么支持什么，需要什么我们就帮助什么，一定帮你们开好头，起好步。

老支书把孝明找过来，跟孝明说：孝明啊，现在你的任务又重了，不仅要搞好养猪场的生产经营，还要支持咱们村的妇女创业，这既是上级的要求，也是咱村发展的需要，这项工作做好了，不仅仅是我们自己发家致富，更重要的是咱们将来的发展有了后劲儿。

孝明当即表态，跟老支书和秀枝说：这是大好事，我们一定支持，我们可以提供仔猪，还可以提供牲畜防疫和糖化饲料，还可以帮助妇女同志做好各项信息联络和沟通工作，保证饲养工作的安全和效益，让养殖户得到好处。

秀枝喜出望外，心里感激孝明的支持，她跟老支书说：按照我们创业团队的规划，两年以后，我们这些分散的养殖户，就可以成为咱们村养猪场的饲养基地，这样既可以扩大养殖规模，又能延伸产业链，带动大家伙共同富裕。

秀枝又跟孝明说：孝明，真的很感谢，没想到你能这么支持我们，有了你们的大力支持，我们就更有信心了，我们必须好好干，一定干出个样子来，让全村的老少爷们儿看看，龙湾村的女性不是窝囊废，个顶个都是创业高手。

孝明笑着说：秀枝，你们就好好干，以后咱们养猪场和各个分散的养殖户就是一家人，过段时间，我帮助你们增加养殖品种，扩大养殖规模，除了大型牲畜以外，还可以养殖獭兔、河蟹、山鸡，还有蚯蚓、蜗牛等，这些新兴的养殖品种，市场潜力大，养殖收益高，很有发展前途。

第四十一章

吃过早饭，尚美丽就从家里出来，直奔后街的刘三儿家，那天刘三儿说的那些话，她的心里始终惦记着，好像没有说明白，她也没有听明白，也不知道这话里有多少水分，想来想去，她决定亲自探个虚实，看看是不是空穴来风。

说来真巧，刚走进小胡同，迎面就碰上了刘三儿，这个嘴上没把门儿的家伙见是尚美丽，这心里就明白个八九不离十，嬉皮笑脸地说：哎呦，这不是美丽的嫂夫人吗?

你看这个刘三儿，虽然整日里游手好闲，没啥正事儿，可还是蛮圆滑的，他可知道这个村子里每个人的分量，他心里想：这个女人不是个省油的灯，可不能得罪她，保不齐将来还得求到她，心里这么想着，这脸上立刻堆满了的笑容，连他自己也不知道这些笑容是从哪儿挤出来的。

尚美丽对待刘三儿，心里多少有些恶心，不过这个时候还不能表现出来，因为这个事儿要他帮忙啊，所以尚美丽也就迎合着说：三兄弟啊，其实也没什么事儿，就是那天你说的那个事儿，我总觉得不太可能啊，我们家老姜也没得罪谁啊，这些人怎么能这么下黑手啊。

尚美丽故意没有往下说，她也在吊刘三儿的胃口，可这个刘三儿真就不买她的账，跟尚美丽说：嫂子，我也就是听说，准不准我也不知道，这个事儿你就别问了，我还有点事儿，你先忙着。刘三儿说完，转身就要走。

尚美丽一看不行啊，这个小子真不买账啊！灵机一动，计上心来，她立刻从兜里摸出几张钞票，估计也有四五十元，脸上堆满了笑，说道：三兄弟啊，昨天我就想把这个给你，你一个爷们儿，在外面得有些应酬，拿去花吧。

刘三儿一见这个，立刻来了精神，他赶紧把钱揣进兜里，走近尚美丽说：嫂夫人啊，我说这些话是因为咱们是多年的老感情，要不我才不会和你说这些乱糟糟的事儿呢，我能得着什么啊？我是图希什么啊？其实，那天从姜学忠家里出来，刘三儿已经不满意了，心想我给你们提供了这些重要情报，临走的时候连点儿表示都没有。

见刘三儿这么说，尚美丽也就明白了，笑着跟刘三儿说：三兄弟，你放心，你对我们家的好，我跟你大哥心里都有数。刘三儿一看话都说到这个份上了，也就不能再绷着了，他压了压声调说：嫂夫人，你是真的不知道啊，还是装糊涂啊？

尚美丽接过话儿：三兄弟啊，有什么话你就跟嫂子说，嫂子不会出卖你。刘三儿还是心里不太托底，觉得弄不好的话，自己还是个坏人，就跟尚美丽说：嫂子啊，你就别逼我了，你们自己家的事儿，还是你们两口子自己研究吧。

尚美丽哪肯放手啊，她心一横，一不做二不休，又从兜里掏出几张钞票，直接塞到刘三儿的兜里，刘三儿一看，再也没有退路了，就把嘴巴凑到尚美丽的耳朵根儿说：嫂子，前些年你没听说啊？你们家老姜把人家疯婶儿给欺负了，那疯婶儿是怎么疯的啊，也就是勤叔太老实了，没找你家老姜算账，但那心里能不记着吗？这次他是报了一箭之仇啊。

再说，你们家老姜也太不地道了，那得有点儿分别啊！兔子还不吃窝边草呢，他连秀枝都不放过，怎么说那温秀枝也是他的侄媳妇啊，那是什么玩意儿啊，也太不讲究了，人家能不整他吗？杀他的心都有啊！

这事儿干得太平民愤了。刘三儿一口气说了个底朝天。

尚美丽听得两眼发直，她问刘三儿说：三兄弟啊，温秀枝是怎么回事啊？刘三儿一看这尚美丽还真是被蒙在鼓里，干脆就直说了吧：嫂子，你真不知道啊？你家老哥把秀枝都给祸害了，就是去年夏天那阵子，他胳膊的刀伤那是温秀枝给砍的，那是什么啊？那叫强奸，是要判死刑的啊。

尚美丽的脑袋嗡的一下，顿时觉得眼前金星乱转，她赶忙靠在路边的矮墙上，好半天，心里才算稳当一些，睁眼一看，这刘三儿已经无影无踪，心想你个姜学忠，你这个王八蛋，净干这些缺德事儿，非把你剐了不可。

正要抬腿往回走，影影绰绰看见对面走来一个人，她仔细一看，原来是勤叔，心想真是冤家路窄！可这时勤叔已经走到了对面儿，尚美丽把气压在肚子里，马上换了一副表情，笑嘻嘻地说：这不是勤叔吗？怎么这么得闲啊，是不是又要研究谁啊？尚美丽的话里明显藏着火气。

勤叔也听出这话里有点儿弦外之音，不过还没有往别的地方想，觉得这个娘儿们也就这样，东一头西一脚的，说话还是不着调，就没往心里去，所以随口答话：哎呀，我能研究谁啊，没事儿就闲溜呗，你这是干什么去啊？

尚美丽的心里正憋着气，觉得你这个老蔫儿，表面看挺老实，满肚子坏心眼儿，给我们家整成这样，你倒好，没事儿闲溜了，没有你给做"豆腐儿"，我们家能遭这些难吗？越想这心里越生气，反正也是这么回事，还不如问个究竟。

于是，尚美丽挺着脖子掐着腰，就站在了勤叔对面，两只含着怒气的眼睛死死地盯着勤叔说：勤叔，有人说是你坏了我们家老姜，你给工作组作了证，我都不信，我们家老姜也没有得罪你啊？这么多年给乡亲们也没少干事儿，不但没有人理解，这可好，没得到什么好处，到头还进了班房。

勤叔虽然是个老实人，可不是窝囊人，不说咸道淡，不惹是生非，可你要是欺负到他的头上，他也不会死挺着的，听了尚美丽的话，勤叔已经明白八九，便随口回道：他婶子，你这说的是什么话啊？我可不像你们家老姜，净干那些伤天害理的缺德事儿，我还想给自己积点儿德呢。

勤叔这几句话呛得不轻，尚美丽做梦也没想到，这个看上去八杠子压不出个屁的老实人，怎么也变得这么冲啊，说起话来也够噎人的，不过转念一想，这也不能怨人家，毕竟这话儿是自己挑起来的。尚美丽硬撑着说：勤叔，我也没说别的，俗话说没有做亏心事，不怕鬼叫门，你有什么多想的。

勤叔立刻抓住话茬儿：她婶子，有没有亏心事我自己知道，你家老姜有没有亏心事，他也自己知道，你还是回家问问他自己，这么多年来，他应该拍拍良心问问自己，干没干缺德事儿，这心里究竟有没有愧！

本来尚美丽是想熄火，可勤叔这些话一出口，尚美丽有些受不住了，这脸腾地一下就红到了脖子根，两眼瞪着勤叔说：我们家老姜做了什么亏心事儿啊？我和他过了这么多年，我怎么就不知道啊？你给我说说吧，有哪些缺德事儿？

尚美丽本来是想隔山打鬼，却怎么也没想到，竟会变成正面冲突，也好索性探个究竟，这娘儿们也豁出去了，勤叔被尚美丽这么一激，确也动了真气，顿时怒火上冲：你们家老姜最他妈不是人，他干过啥好事儿？贪占，搂钱，祸害女人，他造了多少孽，你问问他自己，还不亏心啊，有点儿良心没？

勤叔越说越气，头上青筋暴起，再也看不到平时那个老蔫儿的样子，连珠炮似的吼道：你们家老姜，那是个什么东西啊？人家工作组，哪里得罪你了，你那么使坏招儿，祸害人家，给人家造谣，多做损啊，那刘天群是谁啊？你回去问问他自己，让他积点儿德吧，别再作孽了！

尚美丽被勤叔的质问给弄得蒙头转向，一时间不知道怎么应对才好，她听勤叔说那刘天群是谁啊？这心里便打了个寒噤，心想能是谁呢？心里这么想着，嘴上就问勤叔：勤叔，你也别生气，我这有嘴无心，也就是和你磨叽磨叽，这心里总是不痛快，你告诉我，那刘天群到底是谁啊？

尚美丽明显软了下来，她使了个心眼儿，想继续套出些实话，可勤叔没好气地说：你还是回去问问你们家的老姜吧，让他做损吧，早晚遭报应！尚美丽却急得不得了，不住地问：勤叔，她到底是谁啊？求你啦，告诉我吧。

尚美丽几乎是央求着勤叔，因为她想立刻知道这个在村子里工作过的大姑娘究竟是谁，可勤叔怒气未消：你们家老姜，给人家整啥样，说人家这个，说人家那个，净往人家身上泼脏水，人家那是大姑娘啊，那也太损了，将来他要后悔的。

尚美丽急得不行，再三追问，勤叔说：尚美丽，我还真就不能告诉你，如果说了，那老姜就更恨我了。尚美丽突然纳闷儿起来，心想不对啊，她刘天群是谁和我们有什么关系啊？再说我们家老姜怎么会恨你啊？这回是彻底迷糊了！情急之下，她扑通一下跪在地上，哀求着说：勤叔，你今天不告诉我，我就不起来了。

勤叔哪里见过这个架势啊，做梦也没想到，这趾高气扬的尚美丽也会跪着求他，勤叔的心立刻软了下来，急忙就势蹲了下去：干什么啊，快起来，快快快。尚美丽却撒起泼来：你不告诉我，我就不起来。

勤叔无奈，跟尚美丽说：我要是告诉你，那老姜得恨我一辈子。尚美丽哀求道：勤叔啊，你就跟我说了吧，他要真是做了缺德事儿，我早晚也得知道，看在咱们屯中住着这么多年的分儿上，告诉我吧！

勤叔默不作声，尚美丽一看这个情况，一不做二不休，双手着地，给勤叔连磕了三个响头，之后脑袋仍旧伏在地上，和勤叔说：你不告诉我，我就不抬头。

这回勤叔没辙了，压低了声音，跟尚美丽说：那个刘天群，就是当年老姜和咱村知青刘双妹的私生女，你们家老姜那是刘天群的亲爹啊！尚美丽听完，一口气就背过去了。

　　尚美丽做梦也没有想到，那个女工作组长刘天群竟然是自己男人的私生女，这简直就是晴天霹雳！踉踉跄跄回到家里，尚美丽劈头就骂，姜学忠眼看丑行已经败露，瞒也瞒不住了，只能如实供认，就像竹筒倒豆子一样，把当年强暴女知青刘双妹的事说个底朝天。

　　不过，姜学忠也没有想到，这个刘天群竟是刘双妹的孩子，那就是自己的女儿。而尚美丽更是不敢相信这个事实，这让她震惊得几乎不能自持，急火攻心，一下子就病倒了，这一病就是两个多月。

第四十二章

　　这话还得从二十二年前说起，那个时候的姜学忠才二十六岁，刚刚高中毕业，有文化基础，又能说会道，虽然刚从外地搬到龙湾，很快就当上了大队会计，这个职务在当时可算是肥缺，各种好处都沾边，不用参加劳动，人前背后风光，许多人都盯着这个位置，而姜学忠唾手可得，村里人羡慕的同时，觉得姜学忠这个人不可小觑。

　　实际上，了解他的人都知道，这个姜学忠可不是一般人，读高中的时候他才十八岁，他所在的学校因为没有把文化运动开展起来，而多次遭到上级的批评，姜学忠毛遂自荐，在他的鼓动和带领下，贴大字报，揪坏分子，搞斗批改，不到半个月时间，就把死气沉沉的局面搞得轰轰烈烈，上级非常欣赏他，随即树为标杆，并且多次到外地做报告。

　　来到龙湾以后，姜学忠仍旧是顺风顺水，把持财经大权之后，又一步一步地把集体资产的采购和处理以及五保户困难户的补助和救济的权力抓在手里，随着权力的扩大，他的私欲也在膨胀，借着手中的权力，干了不少坏事，他总结出的经验，就是风向要准，胆子要大，出手要狠。

　　刘双妹是队里的女知青，家在安徽合肥，父亲原来是当地科技部门的一位领导，早在五年前被赶下台，下放到陕西一个县里的机械厂，做了油漆工；母亲原来是一名小学教师，也因父亲的问题受到牵连，被停职；四年前，刘双妹做插队知青来到龙湾，接受贫下中农的再教育。

四年时间过去了，刘双妹已经是二十四岁的大姑娘了，她在家乡处了五年的对象已经二十八岁，双妹的父母和男方的父母都催着她结婚，可这两地远隔千山万水，结了婚也无法在一起生活，解决两地分居更是遥遥无期，然而迫于双方家庭的压力，双妹只好答应：过了年，就把婚给结了，也算了却两家老人的一桩心事。

一大清早，刘双妹就来到大队会计兼文书姜学忠的家里，想让姜学忠给开出一张介绍信，寄到安徽的家里办理登记手续，那个时候，男女结婚必须征得双方所在单位的批准，需各自所在单位出具正式的介绍信，才能正式办理结婚登记手续，本来这是一件很简单的事，可是就是这个环节上的一个插曲，改写了刘双妹的一生。

刘双妹跟姜学忠说明来意，同时把安徽那边开过来的介绍信交给姜学忠，他手里拿着这张介绍信看了又看，看完正面又看背面，好像要从这张纸里找出什么秘密，看了半晌又沉思了半晌，之后把头抬了起来，眯缝着那双细小而又诡异的眼睛，表情漠然地看着刘双妹的脸，看了一遍又一遍，似乎又要从这张脸上寻找到什么。

许久，姜学忠慢条斯理地说道：刘双妹同志，现在的斗争形势和过去不一样，上面对这类介绍信的管理是非常严格的，我理解你的想法，你的情况我们也知道一些，但是各地在这些事情上出了不少问题，出于对组织对工作负责的考虑，所以我们也要格外慎重，你呢，也要理解我们。

说完，姜学忠就把这张介绍信放在面前的办公桌上，嘴里哼着小曲儿，好像没事儿似的，可刘双妹那是真着急啊，家里那边等着这张纸办手续呢，这个姜文书说了这么大一堆，到底是啥意思啊？是能办啊？还是不能办啊？刘双妹焦急地等待着答复，见姜学忠不说话，刘双妹急着说道：姜文书，你看这事儿得咋办啊？家里那边很着急，等着用呢。

姜学忠听刘双妹这么说话，自然就来了火气，没好气地说道：你急不行啊，那是有程序的，大队得起草一份关于你的政治表现的考察报告，没有这个报告我是不敢给你开这张介绍信的，这个报告也不是随便就可以拿出来的，不过要是表现好，也会很快拿到手。

刘双妹听了这话，有点儿迷糊，心想，我这几年都是公社的先进生产者，还是县里的扎根农村干革命的标兵，这表现也不错啊！便问姜学忠：那得怎么表现啊？姜大哥，你就帮我一次吧，我不会忘记你的。

姜学忠却把脑袋摇得跟拨浪鼓似的，阴阳怪气地说：不是我不想帮你，只是这里边的事儿太复杂，要经过几个环节，要做好多工作，很费心的啊。刘双妹这回可真的着急了，说道：那可怎么办啊，大哥，那得多长时间才能办完啊？

姜学忠转过头来，仔细看着这位来自南方的知青，慢条斯理地说道：你急也没有用，得想办法。又沉默了好一阵子，姜学忠装出一副很是同情的样子说：刘双妹啊，你看这样行不行，我看你人不错，也挺可怜，我的心也太软，我就帮帮你，不过你得听我的，不能和外人说，要是走漏风声，那你的事儿就完了，反正那个后果你自己去想。

还没等刘双妹听明白是怎么回事儿，姜学忠顺势就把刘双妹搂过来，推到墙角处，把嘴凑到刘双妹的脸上，咕哝着说：你可真好看，你和我好上了，这个事儿就包在我身上，以后就什么麻烦都没有了，要不然你就别想登记结婚。

刘双妹哪有什么反抗的力气啊，她挣扎了几下，就被姜学忠死死地压在身子底下，喊也喊不出来，动也动弹不得，想到自己还是清白的女儿之身，远方还有等着自己结婚的恋人，双妹的心都碎了，眼泪泉水般涌了出来，她恨不得把这个人面兽心的恶棍撕得粉碎。

……

不知过了多长时间，刘双妹晕晕乎乎地醒了过来，只觉得天旋地转，下身有种撕裂般的疼痛，脑袋又疼又涨，浑身就跟散了架子似的，她睁开眼睛，发现自己躺在一张木床上，身子底下的被褥又黑又破，贴在皮肤上有种黏糊糊的感觉。

　　她的眼前渐渐地清晰起来，突然她的神经像被电击一样，不禁打了一个寒噤，她回忆起刚才的那一幕，忽地一下坐了起来，她感觉到最残酷的事情发生了：她被姜学忠给糟蹋了。

　　这时她才看到，自己的衣服已经被人解开了扣子，裤子堆在一边，长长的头发凌乱地绺在胸前，她赶忙穿好衣服，理了理蓬乱的头发，转回头看到姜学忠嘴里叼着烟，站在外屋的窗子前，双妹号啕大哭起来。

　　看见刘双妹醒过来，姜学忠从外屋走进来，他走到刘双妹的跟前，不怀好意地说：刘双妹，跟了我你不会后悔的，我也不会对不起你，你放心，只要你跟我好，你的事就是我的事，以后我会好好对待你。顿了一下，他又说道：这个事儿，你自己琢磨，要是别人知道了，你就待不下去了。说完，姜学忠转身往外屋走去。

　　刘双妹好像什么也没有听到一样，她的脑子里只有一个想法，只有杀掉这个败类，才能解去心头之恨，她狠狠地骂道：你这个混蛋，你这个畜生！随手拿起窗台上的一个空酒瓶子朝姜学忠的脸上砸去，姜学忠用手一挡，酒瓶子砸在房门的玻璃上，"咔嚓"一声，整扇玻璃被打碎。

　　刘双妹跌跌撞撞地跑回自己的宿舍，一头扑到自己的行李上，放声大哭，想起在这偏远的异地他乡，苦苦奋斗了四个春秋，流了多少汗，吃了多少苦，虔诚地接受贫下中农再教育，到头来却是这个下场，为了一纸证明而惨遭蹂躏，怎么对得起未来的丈夫，真是死的心都有。

　　刘双妹越想越委屈，越哭越伤心，几年来所有的痛苦和郁闷，都化作咸涩的泪水奔涌而出，也不知哭了多久，也不知什么时候，终于迷迷糊糊地进入了梦乡。

　　她梦见自己在春暖花开的时节，挽着恋人的手走进了万紫千红的世界里，身上穿着鲜艳的彩裙，头上插着盛开的鲜花，伴着欢快的音乐，走向结婚的礼堂，新郎牵着她的手，把自己紧紧地搂在怀里，整个身心被灿烂的阳光包围着，无边的幸福，无边的温暖……

　　突然，一阵急促的敲门声把刘双妹惊醒，原来是同寝的小王回来了，小王看见刘双妹两眼通红，赶忙问道：怎么了？姐姐，是谁欺负你了吗？怎么哭成这样啊！双妹不想别人知道，赶紧擦擦眼泪，笑着说：没有，就是有点儿想家了。

很快，结婚介绍信就开出来了。刘双妹立即把信寄给家里，事情办得非常顺利，没用几天时间，所有的手续就办完了，两家开始紧锣密鼓地筹备结婚，就在这时，一个意外事件发生了。

早晨醒来，刘双妹去厕所，在回来的墙角处，一脚滑倒摔在硬地上，顿时晕了过去，姐妹们急忙把大队医生喊来，一顿忙乱之后，刘双妹总算苏醒过来，医生告诉她：你的贫血很严重，我建议你到公社卫生院做个检查，我怀疑有别的毛病，如果没有也就放心了。

第二天，户长刘人姐和小工陪着刘双妹去了公社卫生院，这一检查不要紧，差点儿没把这几个人给吓死，检查结束后，一位医生拿着化验单，带着责怪的语气说：小同志啊，怎么能这么不小心啊，你都怀孕一个月了，还干体力活啊，马上休息吧，保养身体，要不将来这胎儿就受影响了。

听着医生的话，在场的几个人顿时傻眼了！你瞅瞅我，我瞅瞅她，谁也不知道该说什么，还是户长刘大姐有些经验，连忙追问一句：大夫啊！你是不是搞错了，我们双妹还没有结婚呢，怎么能，能，能怀孕啊？医生加重了语气，又一次认真地重复一遍：小同志，不会错的，我们做医生的只管诊病，不管你是不是结婚，只要是怀孕了，我们就得直言相告，这也是我们的责任，懂吗？快回去吧。

刘双妹瘫坐在长椅上，小王赶紧上前扶住她，三个人转身出了医生的房间，户长走过来问：双妹，到底是怎么回事，医生说的是真的吗？快点儿告诉我，这是真的吗？刘双妹脸色惨白，嘴唇哆嗦，眼泪不住地往下流，户长催促道：双妹，你快说啊，怎么回事啊，是不是真的啊？如果是真的话，我们得尽快想办法。

刘双妹抱着头大哭起来，好半天，她几乎是从牙缝里挤出一句话：肯定是那个王八蛋！户长一下子就明白了，这是真的啊！她随后追问一句：双妹，是谁啊？告诉我是谁欺负了你？刘双妹牙咬得咯咯直响：姜学忠！

户长是集体户里的老知青，比双妹早来了两年，当时农村的这个环境，特别是集体户里面的这些事儿，她是了如指掌，好多女知青都被村社干部占了便宜，可眼前的一幕她怎么也想不到，双妹和别人不一样，生活作风相当严谨，四年时间里，从来没有越格的事儿，这是怎么回事啊！

坐在卫生院的长廊里，刘双妹哭成了泪人，边哭边说，她把姜学忠借开介绍信之机欺负自己的事，一五一十告诉了两个姐妹，三个人抱头痛哭，刘双妹自言自语：我的命怎么这么苦啊！我还怎么去和他结婚啊！我对得起谁啊！

回到宿舍之后，姐妹三人草草地吃了一口饭，想起这些闹心的事儿，这饭能咽下去吗？彼此也没说几句话就躺下了，刘双妹躺在木板搭成的床铺上，眼泪不住地往外流，脑子里乱成了一锅粥。

两个姐妹也都在为双妹的事焦虑，可又没法劝解，不知道怎么解决这个问题，三个人都在想同一个问题：怎么应对肚子里的孩子。事情到了这个地步，骑虎难下，进退维谷，可终究得有个办法啊，那边张罗结婚，这边怀上了别人的孩子，怎么去面对这一切啊。

老户长更是担心，因为她了解双妹的性情，她生怕双妹干出傻事，所以直到深夜，老户长仍是没敢睡觉，偷偷地观察双妹的动静，时钟敲响了两点，老户长觉得双妹应该睡着了，自己已经睁不开眼睛，迷迷糊糊地睡了。

双妹根本没有睡觉，她觉得自己必须得有个选择，反反复复地权衡之后，她下定了决心，安徽不可能回去了，她无法面对相恋了五年的未婚夫，她要离他远远的，让他彻底忘掉自己；也不能留在这里，这件事早晚得传出去，到了那个时候，自己没法在龙湾待下去，姐妹们陆陆续续地都要走，身边连个亲人都没有，姜学忠这个恶棍更不会放过她。

刘双妹毅然做出决定：离开这个鬼地方。

其实双妹也是万般无奈，她不愿意离开这里，起码这里有朝夕相处了几年的姐妹们，生活上和精神上都有个依靠，如果不走，就得把孩子做掉，可她有些舍不得，况且就算做掉了孩子，也不能回去结婚了，还不如去个无人知晓的地方，断掉一切牵挂，把孩子生下来，平平淡淡地了却余生。

想到这里，双妹暗下决心：走！她听见两个姐妹已经睡着，悄悄地披上衣服，给远在安徽的男友写了封信，以不可逆转的理由，告知男友不想结婚，让他再找爱他的女人。

双妹自己知道，任何理由都是编造出来的，实在是没有别的办法，这封信写完的时候，她已经泪湿衣衫，她的心绞痛着，几乎是痛不欲生，双妹和男友相处了五年时间，彼此深爱着对方，男友多次表示，此生非她不娶，双妹也下定决心，这辈子非他不嫁！可现在，只能劳燕分飞。

双妹断然不想继续这段感情，她觉得自己已经不是清白之身，对不起等了她五年之久的未婚夫，所以必须和他分手，只有这样做，才不会玷污两人之间的感情。

可怜的双妹，趁着夜深人静的时候，背起自己的行李和衣物，含着眼泪，一步三回头，走出生活了四年的这座房舍，悄悄地离开了这个村庄，离开了她的姐妹，离开了这块土地，头也不回地向村外走去。

苦命的双妹，就像个流浪者，走到哪里就住到哪里，住到哪里就和老乡要些吃的。一路尝遍了辛酸，吃尽了苦头，常常是走到村子里的时候，已经是夜半时分，双妹不想打扰谁家，就委在村头的柴垛里，挺到天亮，敲开老乡家的门要点儿东西吃，凉一口热一口……

这天，双妹走到了三岔河的一个小村庄，村子不大，也就二十几户人家，这时已经是晚上七点多钟，双妹又累又饿，两条腿就像灌了铅似的，一步也挪不动了，村口一位老大娘看见双妹这个样子，便走过来问道：姑娘啊，你这是去哪啊，怎么弄成这个样子啊？双妹说：大娘，我也不知道去哪儿，我没有家啊，大娘，有什么吃的给我一口吧。

　　见刘双妹衣衫不整，蓬头垢面，而且还挺着个大肚子，老大娘便动了恻隐之心，跟双妹说：孩子啊，这荒郊野外，你往哪儿走啊？你要是不嫌弃啊，就住在我家里，我家就我一个老太婆，没有什么好吃的，不过能让你吃饱肚子。刘双妹双膝跪地，连连磕头，泪如泉涌。

　　六个月后，刘双妹在这位老大娘的家里生下了一个女孩儿，双妹悲喜交加，觉得老天还是给了他们娘儿俩一个出路，特别是老大娘救了孩子，她跟大娘说：你就是我们娘儿俩的救命恩人，这个孩子能有今天，真是老天照应，就叫天群吧。

　　就这样，老少三口相依为命，十四年后，双妹给老太太送了终，"文革"结束后，政府落实知青方面的政策，愿意返城的可以返城，返城有困难的政府给予安置，刘双妹的问题很快得到核查落实，娘儿俩得到政府的妥善安置。

第四十三章

这段时间，金孝明也在闹心，北屯的婶子给他提亲，来家好几次了，前几天还把姑娘给领来了，孝明的母亲只看了一眼就相中了，天天和孝明磨叨，只要孝明在家，老太太就说个不停，甚至逼着孝明表态：这个事儿定不下来，就不要去养猪场上班了，我都这么大年纪了，一天也不想等了。

说来也是，二十七八的小伙子，还没成家，这在南北二屯已经很少见到，眼瞅着东邻西舍的姑娘小子们都成家了，有的孩子都能打酱油了，老太太能不着急嘛，一辈子就守着这棵独苗儿，巴望着他早点儿成家，早一天抱上孙子。

再说，这个姑娘的条件真是不错，一米六五的个头儿，大眼睛，瓜子脸，长发乌黑油亮，一看就是温柔贤惠的那种，很是招人喜欢，把老太太稀罕得不得了，这回她可真是下了狠心，心想必须给我相成，否则，我就跟你金孝明没完。

可这孝明偏偏就没有这个心思，眼睛瞅着姑娘，可这心里就是没有感觉，你想想没有感觉，这对象能处吗？任凭老太太怎么说，金孝明就是不表态，你说他怎么表态，满脑子里全是温秀枝的影子，除了秀枝，谁也走不进他的心里。

　　唉！真是没辙啦。昨天晚上老太太跟孝明说：我可告诉你，小犊子，这个姑娘我是相中了，配你也蛮够用的，别再挑了，你那点儿弯弯心眼儿我都知道，收收心吧，快给我生个大孙子，我都六十多啦，你能等得起，我可等不起。说着话，这眼泪就流出来了，孝明赶紧上前：妈，我知道了。

　　其实，孝明的那点心思，老太太确实心知肚明，可秀枝毕竟已经结婚生子，成了别人的老婆，你金孝明还能瞎琢磨啥啊？可这人就是这么奇怪，越是得不到的，就越是愿意琢磨，就连孝明自己也知道，他这辈子和秀枝算是没有这个缘分了，可是只要眼睛一闭，脑子里又全是秀枝。

　　每当想起和秀枝在一起的时候，孝明的心便狂跳不止，虽说是在特殊情况之下，在愚蠢疯狂的状态中完成了人生的第一次，然而那个瞬间早就牢牢地刻在了心里，任凭岁月的打磨，怎么都无法抹去，也就是那个瞬间的感觉告诉他，你金孝明的心里再也容纳不了第二个女人。

　　可是，老母亲已经六十多岁，风烛残年啊！俗话说，有今天没明天，一旦有个三长两短，两眼一闭，没有看到自己的儿子成家立业，身为人子，那将是何等愧疚！

　　孝明是个孝子，很多事情他都听从母亲的意见，不管老太太说的对与不对，从来不和母亲顶嘴，他总是觉得老母亲年轻守寡，养他这么多年太不容易，眼前的这件事儿，孝明更是思虑再三，万般无奈之下，也只能勉强答应老太太，先和这位姑娘做朋友，老太太一琢磨，这样也行，假如顺了眼缘，说不定就能成为夫妻。

　　吃过晚饭，秀枝领着小青去勤叔家，刚刚拐过胡同，迎面就碰上了金孝明，还没等秀枝说话，孝明就喊道：秀枝，你们俩去哪啊？秀枝说：我们去勤叔家里。小青蹦跳着跑过来喊道：金叔叔，怎么不去我家啊，我都想你了。

　　孝明停下了脚步，伸手抱过小青，在小青的小脸儿上亲个不停，嘴里叨咕着：哎哟！我的小宝宝，想叔叔了吗？叔叔可是想你啊。小青嘟着小嘴儿：怎么不想啊？昨天还梦到你了呢！叔叔，我想让你带我去江边玩儿，可以吗？孝明又狠狠地亲了她一口说：只要你想去，叔叔就带你去。

秀枝从孝明的怀里抱过小青，跟小青说：小青啊，你先去姥姥家，妈妈和金叔叔说几句话。小青乐颠颠地喊道：孝明叔叔，我去姥姥家了，再见！孝明也随口喊道：小青，再见，有时间叔叔带你去江边玩儿。

孝明深情地望着秀枝的脸庞，关切地问道：秀枝，感觉你很忙，你好像是瘦啦。秀枝笑了笑，忧郁地说：都是瞎忙，主要是夜校牵扯的精力太多。孝明又问道：万成最近怎么样？是不是很忙啊。秀枝低下头，没有说话。

秀枝想起前几天万成回来的时候和自己说过的话。

那天万成回家的时候，秀枝看到万成的脸瘦成一条，心里很疼，便对万成说：你要是觉得太累，咱们就别干这个场长了，回到村里干点什么不行？累坏了身子怎么办，我们娘儿俩还得靠你挣钱养活呢。

万成也感觉到工作太累了，不过老支书把这个担子交给自己，那是一种莫大的信任，也是全村老少的希望，渔苇场办到现在这个程度，刚刚有些起色，又不忍心给放下，万成想到自己工作上的压力，特别是秀枝心里承受的那些委屈，自己的心里也很不是滋味儿。

万成跟秀枝说：我知道你们娘儿俩为我担心，我也很想陪在你们娘儿俩身边，可现在还不是时候，渔苇场刚刚建成，大坝还没彻底竣工，好多事情还没有头绪，这个时候要是撂下，那对得起谁啊，再挺一挺，等到正常运转了，我就回来。

秀枝是个通情达理的女人，尽管自己的心里有很多不便说明的想法，可听万成说得想得都有道理，就没有再说什么，只是一再叮嘱万成要注意自己的身体，原本溜到嘴边儿的那些委屈的话又咽了回去。

这段时间，秀枝还注意到万成对女儿态度的变化，常常流露出由衷的喜爱，想起经历这么多风波之后，万成对自己的呵护与包容，特别是在怀疑小青不是亲生的情况下，仍以男人的胸怀对这个家庭报以大爱，秀枝常常为此感动。

然而，两个人的夫妻生活却始终无法好转。万成和秀枝在一起的时候，孝明的影子总是挥之不去，而秀枝看到万成汗流浃背之后，那种贪婪、无助、继而沮丧甚至恼怒的神情，心里就像刀割一样难受，这种恶性的往复循环，在彼此之间铸就了一道坎儿，虽然百般努力却始终无法跨越。

所以，在潜意识里，秀枝有种朦朦胧胧的感觉，她希望万成的身边能有一位女人，代替自己来照顾他，这种极其复杂的想法，在当初是完全无法接受的，然而现在的秀枝，反倒希望是这样，因为她心疼万成。

每当想起这些的时候，秀枝的心里就愈加难受。作为女人，她希望万成离开渔苇场，回到村子里来，回到家里来，这样他和云妹之间的关系就会受到限制，至少也会减少来往，也许慢慢地就会中断这种联系，可是渔苇场的事情怎么办，对万成来说，这样撂下会觉得心有不甘，当初的承诺没有兑现，辜负了村民们的期盼和老支书的重托。

和一年前比起来，秀枝已经有了很大的改变，刚刚听说那些传言的时候，恨不得一下子飞到渔苇场，问个究竟，可现在的秀枝，似乎在心理上实现了一种跨越，尽管这种跨越含有许多无奈，其中也包含了矛盾的挣扎与思考，然而，毕竟从过去痛与恨的交织中摆脱出来。

……

秀枝抬眼看着孝明，说道：你要是没有什么事儿，咱俩去江边走走。随后，两人走到江边的小路上。

凉丝丝的风从江面上吹来，给人一种清爽的感觉，幽蓝的江水打着细碎的旋儿，争相奔流，发出深沉浑厚的声响，在黄昏的夜色里回旋着，听起来好似呜咽，甚至有些伤感。

孝明自言自语：好久没有这么悠闲了！秀枝看了一眼孝明，意味深长地问道：金孝明，你看我们家小青长得像谁？

孝明被秀枝这个突如其来而莫名其妙的问题给搞蒙了，不假思索地说：好像谁都不怎么像，你说像谁啊？

秀枝明显地看得出，孝明还没有明白自己的意思，便把声音放得很低，却很温柔：你看像不像你？秀枝的声音低得像是从嗓子眼儿里挤出来一样，可孝明却听得真真切切，一下子惊叫起来：啊？像我？张大了嘴巴说不出话来。

孝明还是没有明白，秀枝接下来的一句话，却让金孝明四体冰凉。秀枝语气平静和缓：孝明，你不觉得小青是你的孩子吗？你看看她的长相，哪有一个地方不像你，最重要的还不是这些，孩子出生的时候，我和万成结婚刚刚七个月，你想想，七个月的时间，你自己算算吧。

秀枝的话，如五雷轰顶，金孝明雕像般立在那里再也动弹不得，脑子里一片空白，半晌，他才回过神儿来，低声问秀枝：是真的吗？那我，我，我是小青的爸爸！此时的孝明，不知道是震惊还是兴奋，有些不能自持。

这对孝明来说太突然了，太不可思议了！他没有任何思想准备，就像一具没有灵魂的躯壳，愣愣地站在那里，其实他的灵魂早就飞走了，飞到三年前的那个黄昏，他在苦苦地追想和回忆这两件事之间的联系……

孝明的这个状态，秀枝全都看在眼里，她对孝明说：我本来不想和你说这些，本想把这些东西带到那个世界去，不过现在我改变了想法，还是觉得说出来好，我觉得应该让你知道这些，其实就你不知道，村子里的好多人似乎都知道，他们不仅会看长相，而且还会算日期，没法不让他们知道。

停了一下，秀枝异常平静地说道：我觉得别人知道与不知道，不是最重要的，重要的是我们自己应该知道事情的真相，应该同情我们的亲人，但是也不能欺骗我们自己，更不能欺骗我们的孩子……事到如今，只能告诉你。

说到最后，秀枝坚定了语气：金孝明，我和你说这些，只是让你知道你是小青真正的父亲，这就足够了，不需要你承担任何责任，更不需要你履行什么义务，只要你知道这个孩子是你的女儿，是你的骨血，别的你不要多想。

孝明跌跌撞撞地回到自己的家里，脑子里想些什么，就连自己也没有回忆起来，在那个时段，孝明的记忆出现了一段空白。不过，从那天起，他知道小青是自己的骨血。

第四十四章

　　渔苇场对面的主河道上，六百多米长的大坝已经修筑完成，昨天上午最后一道提水闸门安装完毕，标志着龙湾村有史以来最大的水利工程竣工，三十多个劳力，五个多月工期，风雨不误，昼夜奋战，终于顺利完成，全村的老老少少，特别是老支书长长地出了口气。

　　这几天，龙湾村如同过年，笼罩在喜庆的气氛中，老支书和村里的干部们更是兴奋不已，经过商量决定给全体施工人员放假三天，让大家好好休息。这几个月里，奋战在工地的这几十号人几乎豁出命来，没有睡上一个囫囵觉，起早贪黑，摸爬滚打，每个人都已经筋疲力尽。

　　贡献最大的，工作最累的，当然还是林中飞。尽管他是工程师，专门负责技术这块，可他把大坝工程当成自己的事情，全身心地投入，如今大坝建成了，林中飞瘦了许多也黑了许多，老支书和村民们都看在眼里，疼在心上。

　　村里和场里相继招待林工，纷纷表示感激之情，林中飞本来不能喝酒，可是面对老支书、金孝明、万成以及众多父老乡亲的真诚，怎么能不喝点儿酒啊？就这样，林工连续三天都喝多了，特别是昨天晚上，林中飞喝了三杯白酒，回到勤叔家里的时候，已经是半夜十一点，栽到炕上，一觉睡到次日中午。

今天晚上，老支书在自己家里备了几碟小菜，请来林中飞，两个人边聊边喝，不知不觉一瓶老白干进去了，林中飞喝得面红耳热，可面对老支书的兴奋劲儿，也不好意思推辞，就跟着一杯接一杯地喝，老支书真诚地举起酒杯说道：林工啊，你是我们龙湾村的大恩人，我们这一千多口人不会忘记你的，将来我们的子孙后代也不会忘记你的。

老支书真是太高兴了，他自己一口气连干三杯，怎么说也是一大把年纪，三杯酒下肚，便有了几分醉意，抓着林中飞的手说：林工啊，这回我敬你三杯，你必须得喝。

林中飞只喝了一杯，就再也喝不进去了，连连求饶，老支书哈哈大笑：林工啊，你知道吗？你帮我们龙湾圆了三十年的梦啊！我还年轻的时候，当时的村委会就想修筑这条大坝，可是折腾了好几年，其间也动工了几次，最后还是没有修成，你们这些年轻人真是厉害，就把事儿给干成了，真是个劲头儿。两个人喝着聊着，不觉已是深夜。

林中飞从老支书的家里出来，已经是晚上十一点了，他感觉脸热心慌，脑袋眩晕，走路腿软，他跌跌撞撞地往勤叔家里走，经过秀枝家门前的时候，看到屋子里的灯还在亮着，他犹豫了一下，放慢了脚步，隔着窗子看见秀枝好像在忙活什么，他停下脚步，静静地看着。

林中飞很想看看秀枝，说起来已经有十几天没有见面了，他这心里一刻都没有放下过，不过转念一想，这黑灯瞎火的，怎么说也是不方便啊，特别是人家男人不在家，好说不好听！心里这么想着，脚步往前挪着，可这脚下似乎有千斤之重，不禁停住了脚步，又折向门口。

秀枝把林中飞让进屋子，给他倒了一杯热水，问道：大哥，怎么这么晚才回来？是不是喝酒了？还没等林中飞坐稳当，秀枝就问了这么一大串儿，也难怪啊，林中飞在秀枝的心里，不仅是倍受尊敬的兄长，更重要的是她喜欢的类型，儒雅、淡定、风趣，所有这些令秀枝倍加尊崇。

林中飞喝了一口水，问秀枝：小青呢？秀枝回答说：今晚她在姥姥家住了，前几天就和我嚷嚷，想她姥姥了！今天吃完晚饭，我就把她送过去了。

林中飞放下手里的杯子，站起身来走向窗前，若有所思地说：秀枝啊，我这次回去，可能很长时间不能来了，单位安排我到外乡做监理，要半年左右，等工程差不多的时候，我会抽时间来看你们的。

秀枝心情复杂，微笑着跟林中飞说：林大哥，你是我们龙湾的大恩人，我们不会忘记你，我们更希望你能常来龙湾看看，这里的百姓会惦记你，都希望你能常来。

林中飞回过头来，好像有许多话要说，却不知说些什么，过了好一会儿，说道：我这次来到龙湾，是我一生中最大的幸事，因为我遇见了这么多朴朴实实的老乡，这些人让我感觉到活着的意义，特别是你，让我知道生活原来这么美好。

秀枝把头抬起来，没有说话，只是静静地望着窗外。

冬日的寒风把地上的落叶吹得团团转，有几片叶子呼地一下飞上了窗棂，在窗前的玻璃上打了几个旋儿，又极不情愿地落了下去。

秀枝背对着林中飞，语气低沉地说道：林大哥，说实话，我喜欢你的博学和性情，而且是真心地喜欢，在我们接触的这段时间里，我学到了很多东西，你让我懂得许多人生中未知的那些课题，真的谢谢你，这是我的心里话。

林中飞静静地听着，似乎在思考着什么，秀枝坚定了语气，继续说道：也许将来有一天，万成会知道这些，甚至其他人也会知道这些，可是我不会感到羞愧，相反我会告诉他们，我喜欢林中飞的气质和内涵，他让我懂得优雅的魅力。

林中飞语气平和，他问秀枝：我想听你说句心里话，你到底有没有爱过我。秀枝笑了起来，也因为她的笑声，气氛变得轻松许多，秀枝一字一顿地说：林大哥，你不要误解我的说法，对于你，我仅仅是喜欢，根本谈不上爱。

从秀枝的话语中，林中飞感觉到秀枝的思想，这个女人绝不是一般的女人，情感深厚，思想深沉，对生活和家庭都有自己独到的见解，而林中飞的内心此时波翻浪涌，五味杂陈，他激动地说：秀枝，我不知道该怎么说你才能相信，自从我们相识，我越来越感觉到，你占据了我生命的全部。

秀枝变得严肃起来，转过头看着林中飞，说道：林大哥，我必须承认，你是优秀的男人，但是，我喜欢的男人，或者说我爱的人，不是随便就能改变的，他驻在我的心里，不会被人轻易地替换，我更不会轻易地爱上别人。

林中飞的眼神里闪烁出迷茫的光，继而散发出坚定执着的亮色，他说：真没想到，你是这样一个人，漂亮的外表下，更有着卓尔不群的灵魂，真是难得，我非常欣赏你的人生哲学，更崇尚你对人生和爱情的珍重与理解。显然，林中飞非常激动：秀枝，做我的妹妹吧，永远的好妹妹。

自从知道小青是自己的孩子，孝明的心就一刻也没有平静下来，开始的感觉是晴天霹雳，接着是将信将疑，最后是死心塌地，不过他很惊奇，心想就那么一次，就怀上了，这也太巧了！现在的金孝明，在心里偷偷地庆幸着。

有时候静下心来仔细想想前前后后的那些情况，孝明的后背就一阵阵地发凉，现在他已经清楚地意识到了这个事实：小青是自己和秀枝的女儿，小青的身体里流着他金孝明的血，可是这么长时间，他竟浑然不知。

也许是精神上受到强烈的刺激，也许是过度自责让他难以平复，这段时间金孝明消瘦了许多，就像得了一场大病一样，前后也就一个多月的时间，强壮的金孝明一下子变得面黄肌瘦，好不可怜，老太太这个心疼啊！

这些日子，秀枝常去疯婶儿家，而去疯婶儿家必须经过孝明家门前，秀枝在心里总是希望能够遇见金孝明，而每次遇见的时候，秀枝只能关切地问上几句，其实秀枝的心里有无数的话想和孝明说，可是每次却只能聊上几句，秀枝也不得不承认，金孝明已经是她难以割舍的牵挂。

现在的秀枝，已经不像当初那样看待金孝明，在秀枝的眼里，孝明也完全不是当初那个毛头小子，秀枝觉得金孝明是个有思想、有责任、有作为的男人，他孝敬老母，善待乡邻，肯吃苦，敢担当，有情有义，是个相当不错的男子汉。

这么多年来，孝明苦苦追求秀枝，从来没有欺骗过，也从来没有放弃过，而且因为这种真诚和执着，孝明封闭了情感之门，任何人都无法走进他的内心世界，除了温秀枝，金孝明断然拒绝了所有的女人，所有这一切，已经在秀枝的心里聚集了无限的温暖与感动。

每当想起这些的时候，秀枝的心里便有一种难言的苦楚，不过在这种情绪的背后，也隐隐地生出一丝丝的欣慰和幸福，而且这种从内心萌动出来的感觉似乎越来越强烈，在秀枝的潜意识里，她有种很想见到孝明的想法，而这种想法已然不是一时的冲动，而是冷静之后的一种期盼。

腊月的龙湾，刺骨的寒风一阵紧似一阵，有时还夹着稀稀落落的雪花，傍晚的天空弥漫着灰蒙蒙的雾气，随着太阳敛去最后几缕昏黄的余晖，夜幕渐渐地垂挂到江面上。

吃过晚饭，秀枝便领着小青向疯婶儿家走去，经过孝明家门前的时候，她不自觉地往院子里面看了一眼，这一看正好和孝明的母亲打了个对光，还没等秀枝打招呼，老太太已经看见秀枝，急匆匆地走到院门口，带着沙哑的声音喊道：这不是秀枝吗？快，快，快，进屋来坐一会儿吧。

秀枝见孝明的妈妈走过来，赶紧迎上去说：大娘啊，您还好吗？秀枝的心里想见孝明，当然也希望看见老太太，可是突然撞见孝明的母亲，又觉得有些紧张，老太太走过来说：还好，这不是在家里待得闷，出来换换气。

老太太压低了声音说：秀枝啊，你过来，大娘和你说几句话。说着，就挪着脚步出了小胡同，秀枝也没有说什么，跟着老太太就走了过去，心里还在纳闷儿：老太太能有什么事儿啊？接着就安慰自己：想那么多干吗。

老太太把脸凑到秀枝的跟前，声音轻得几乎听不见：秀枝啊，你说我们家孝明可咋办，这一天比一天瘦，也吃不下去饭，还没有精神头儿，我这心里整天堵得慌，老这么下去也不是事儿啊！也不知道是怎么回事儿，怎么问也问不出个头绪，我可真上火了。

秀枝看着老太太有些佝偻的腰身，两鬓的头发花白了一大半，还要为儿女操心，心中涌出一阵酸楚，劝说道：大娘，没什么事儿吧？孝明工作忙，是不是累的啊？老太太摇摇头说道：要是那样啊，就好了。秀枝的心里明镜似的。

老太太叹了口气，像是自言自语：我觉得这孩子吧，就是心里有事儿，我这当妈的也知道，孝明心里面的病可比那伤风感冒重得多，我这心里明镜似的，这孩子啊，心里谁也装不下，这几天我就寻思着，还得劳你开导开导他。

秀枝的心里很乱，她听着老太太的叨咕，想着眼前发生的这些事，也说不清是什么滋味，不过看着老太太那种无奈又无助的眼神，秀枝的心猛地一紧。她知道老人家说的都是心里话，而且那语气里带着几分哀求，她对老太太说：大娘，孝明在家吗？老太太用手指着窗户：屋里躺着呢。

天色已经暗了下来，家家户户的牛羊也都相继进圈，场院上打场的人们已经收工回家，坐下来慢慢地嚼着喷香喷香的高粱米饭和咸葱叶炖土豆条，有些神累的主儿还得整上几口散白，呛得一个劲儿咧嘴，却有些滋味。

秀枝把小青放在姥姥家里，就朝孝明家走来，孝明的头埋在炕头的被子里，脸朝炕里睡大觉，见秀枝进来，老太太喊道：孝明啊！快起来，你看看谁来了。秀枝坐在屋子中间那张陈旧的八仙桌子旁边，半开玩笑地说：金孝明，你还真把自己当成病人了，挺大个老爷们儿，赶快起来吧！

　　说来也怪，孝明这段时间总是昏睡，这会儿听秀枝这么一说，就像鼓了气的皮球，腾地就从炕上弹了起来，赶紧下地，不好意思地和秀枝打了个招呼，洗了一把脸，喝了一杯水，跟老太太说：妈，你来陪秀枝坐会儿，我去烧点儿水。

　　老太太从外屋进来，笑呵呵地说：我的好儿子，秀枝是来看你的，要陪也得你陪着，我去烧水才是啊，你说对不，秀枝？秀枝笑着说道：谁也别忙活了，我坐一会儿就得回去。老太太拉着秀枝的手说：姑娘啊，多坐一会儿吧，孝明愿意听你说话。说着，几个人会心地笑了起来。

　　秀枝和孝明究竟说了些什么，只有他们两个知道，等秀枝从屋子里出来的时候，孝明就像换了一个人似的，秀枝说：大娘，我走了，有时间我来看您。老太太说：秀枝啊，你怎么不多坐一会儿啊，难得到我们家来一趟。孝明也跟了出来，说道：妈，人家秀枝还有事儿呢，改日再过来坐吧。

　　老太太一直把秀枝送到胡同的拐弯，悄悄地问秀枝：孩子，怎么样啊？孝明他进点儿盐酱没？秀枝笑呵呵地说：大娘啊，没事的，你就别操心了，明天他就可以上班了。老太太一听这话，眉眼儿都笑成一条缝儿：秀枝啊，你可真是我的好闺女啊，我得好好谢谢你。

第四十五章

孝明的母亲把饭锅烧开，把屋地扫净，就到门外和几个老太太聊天，东家长西家短，天南地北说个不停，后街的李老太太更是个快嘴子，她把嘴巴凑到孝明母亲的耳朵根儿：老姐姐，听说秀枝的孩子小青，可是你们家孝明的骨血啊，孩子都这么大了，那将来可咋整啊？就这么得了？

孝明母亲的耳朵有些背，没有听清这位李老太太的话，把脸转过来：你说什么？我听不清，什么孩子啊？李老太太又把刚才的话重复了一遍，这一重复不打紧，把孝明的母亲说得激灵一下站了起来：你说什么？老太太脸色骤变。

嗨！你还装什么啊？老姐姐，大伙儿都知道，秀枝结婚前就和你们家的孝明过了夜，等嫁给万成的时候，那是带肚儿去的，那孩子是你们家孝明的，那可是你的宝贝孙子啊！李老太太说得上气不接下气。

孝明的母亲听得大惊失色，连忙问道：你说的是真的吗？我怎么不知道啊？这事儿可不能胡说八道啊！李老太太接着说：这啊，就得问问你们家的孝明了，他是最明白的了。老太太觉得有些道理，也就没有说什么，心想得回去问问儿子。

养猪场离龙湾屯，少说也有五里地，老太太等不及了，回家后，饭也没吃，赶紧锁上家门，直奔养猪场，她要当面问问自己的宝贝儿子，李老太太说的是不是真事儿。

孝明就像做了贼一样，哆哆嗦嗦地站在老母亲的面前，眼睛都不敢抬起来，老太太厉声问道：你李婶子说的，这是真的吗？孝明嗫嚅着：妈！你别生气，我没敢跟你说，不，不，当时也不知道，后来才知道，是真的！

孝明把整个事情的前前后后，都和母亲说了一遍，老太太一屁股坐在地上，气得差点儿背过气去，孝明赶紧把老母亲扶起来，扶着她躺在炕头上，一边安慰一边劝说，请求母亲原谅，并且一再保证，一定把这些事情处理好。

这段时间里，养殖场的母猪接连闹病，新生的仔猪几天之内就死了十多头，病因搞不清楚，乡里的兽医也弄不明白，孝明已经有好几个晚上没有睡好了，眼睛里布满血丝，他每天伏在猪舍的墙头上，仔细地观察种猪的进食状态，分析着各种各样的原因，可是连续的观察却没能发现异常情况。

吃过晚饭，孝明便仰在炕上，呆呆地望着棚上的天花板，他已经习惯了这种姿势，往往以这种状态思考问题，他的脑子里飞快地旋转着，接连不断地幻化出一连串的影像。

突然，他的眼前跳出一个影子，先是圆圆的，瞬间拉得长长的，渐渐变得清晰起来，一个精灵般的形象由远及近，小青！孝明腾地从床上坐起来，用手使劲儿揉了揉眼睛，把眼睛瞪得大大的，眼前却什么也没有。

就像泄了气的皮球，孝明软绵绵地重新躺在炕上，他想起了秀枝在胡同口和来家里时说过的那些话，他看见秀枝消瘦的脸庞，还有眼眶里盈盈欲滴的泪光，孝明的心有种撕裂般的感觉，他的心被袭上心头的愧疚和自责包围着。

夜已深，惨白的月光从高天流泻下来，裹挟着初冬的微寒，落在晶莹闪烁的江水中，落在婆娑摇曳的树影下；经霜的丁香叶，泛出或斑黄或锈红的颜色，混杂着稀疏的野草野花，发出淡淡的香气。

孝明的心里充斥着寂寞和忧郁，纷乱难平，他索性从床上坐起来，慢悠悠地走出屋子，来到长满丁香树的院子里。

如果是以往，这种月色迷蒙的夜晚会让孝明感到异样的舒适，可今天却有一种从未有过的烦躁，他来来回回地走着，试图散去心中的这些郁结，可这种情绪越来越凝重，郁积在自己的胸腔里，压抑得他几乎喘不过气来。

孝明走到办公室的西侧，从那个简易的棚子里推出那辆骑了三年的自行车，几乎未加思索地骑上车子，头也不回朝着龙湾村的方向飞奔而去，谁也不知道，他要去干吗。

孝明的母亲从养猪场回来的时候，太阳就要落山了，整个路上老太太都在想，这是哪辈子造的孽啊，怎么会出这么大的事儿啊！都好几年了，孩子都三岁了，自己竟然不知道，孝明这个王八蛋，竟然没透露一点儿风声，真是奇了怪了。

老太太越想越坐不住，按照这个说法，那小青不就是自己的亲孙女吗？可如今，孩子不能姓金，我又见不着，这算什么啊？我都这把年纪了，说不定哪天就咽气儿了，还没人管我叫声奶奶呢。老太太琢磨着，这样不行，得讨个说法。

刚一黑天，孝明的母亲就从家里出来，她拐弯抹角来到秀枝家的门前，偷偷地看秀枝是不是在家，恰巧秀枝在自家院子里晾衣服，老太太赶忙走上前去，轻轻地叫道：秀枝！

秀枝听见喊声，回头一看，见是孝明的母亲，赶忙说道：是大娘啊，快进来吧。老太太赶紧进了屋子，笑呵呵地不说话，仔细地打量着秀枝，秀枝也感觉到老太太有些异常，便说：大娘，您是不是有事儿啊？有啥事儿您就说。

老太太拉过秀枝的手说：姑娘啊，咱娘儿俩说点体己话儿，行不？大娘问你一句话，错了就当我老糊涂，要是没错，你就和大娘说说，大娘这心里也装不住事儿。秀枝赶紧说道：大娘，有事您就说吧，我没事的。

秀枝啊，小青到底是不是你和孝明的孩子？

老太太的这句问话，把秀枝给惊呆了，秀枝怎么也没想到：老人家竟然能问起这个问题，而且问得这么直白。她稍一沉思，抬起头来看着老太太说：大娘，我没想到您会问这个，我真的没有准备，我想一句话两句话也说不清楚，您还是问问孝明吧，他会告诉你的。

听了秀枝的话，老太太全明白了。她扑通一下跪在地上，口中哀求道：姑娘啊，现在我才知道，孝明为什么谁也看不上，原来他的心里只有你啊，现如今你们都有了孩子，可我还不能有孙子，这让我老太太可怎么活啊？我都这把年纪了，我求求你们了。说着，就要给秀枝磕头。

秀枝赶忙把老太太扶起来，连声说道：大娘啊，怎么能这样啊？快快起来，快快起来。老太太坐在沙发上哭了起来，嘴里念叨着：我的命怎么这么苦啊？秀枝劝老太太说：大娘啊，我们年轻人的事儿，我们会处理好的，您就不用操心了，我送您回家吧。

秀枝把孝明的母亲送回家，从孝明家回来的时候，已经快七点了，趁着小青睡着的时候，洗了一大堆衣服，她从屋子里出来，把一盆水倒在院子的墙角，正要转身往回走的时候，听到门口有人叫了一声：秀枝！

秀枝回过头往院门的方向看，却没有看见人影，这时孝明从门旁走了过来，轻声地说：秀枝，是我，金孝明。

秀枝这才看清，金孝明推着自行车站在门口，秀枝随手把门打开，孝明没有说话，脚下也没有动，而是带着商量的口气说：秀枝，我今天心情不好，刚从养猪场回来，想和你聊聊，也不知道你能不能有时间。秀枝笑着说：有没有时间，你都来了，我还能怎么样，快进来吧。

两个人相对而坐，却没有了声音，还是秀枝打破了这种局面：孝明，你想说什么？孝明似有难言之隐，沉默了好一会儿，低着头说：秀枝，小青的事，那么长时间了，你怎么才和我说啊？这个事儿别人知道吗？

啊！你说这个，孝明，我原来的想法是，这辈子都不和你说出这件事的真相，后来我改变了主意，特别是每当我看到小青不开心的时候，我总是觉得对她不够公平，孩子是无辜的，她应该知道自己的身世，而且将来总会有一天，孩子必然会知道这件事，到那个时候我们成了什么？

秀枝的情绪有些激动，她接着说：与其将来知道，还不如现在就告诉她，但是在告诉她之前，你必须知道这件事，这是没有办法的办法。在这方面我曾经考虑两个问题，一个是我的名誉，一个是孩子的感受。说实话，我曾经无数次地权衡这两个方面，最终我决定不欺骗小青。

孝明低头不语，秀枝继续说道：孝明，我把这件事告诉你，还有一个原因，你知道吗？秀枝像个考官一样对孝明发问，孝明茫然地抬起头，疑惑地看着秀枝。

秀枝说：当初，我觉得是你毁了我的一生！那个时候的我，特别恨你，甚至杀了你都不解恨；现在，我不再那样认为，事实告诉我，你是一个有胆有识可以信赖的人，你有追求，敢担当，是个不错的男人。至于我，我也不再考虑那么多，将来总会有一天，这个事儿会大白于天下，到了那个时候，我温秀枝也会挺起我的脊梁骨，我会安排好我自己的生活，同样也会照顾好小青，不需要任何人的怜悯与施舍。

秀枝继续说着，而且语气变得异常坚定：我已经做好打算，找个机会把这件事情告诉万成，这么多年来，我一直瞒着他，因为那个时候真的不想让他受到太大的伤害，我不忍心那样做，我觉得那样做，对万成不公平。但是现在，我觉得万成早已有了这方面的准备，他不会听不到这些风言风语，所以即使我和他说出来，想来他也能承受得住，不会对他构成伤害了，既然这样，也就无所谓了。

孝明深情地看着秀枝，在孝明的眼里，秀枝是位美丽温柔的女神，一起读初中和高中的时候，秀枝从不说一句不靠谱的话，和男生在一起的时候，总是端庄姐姐的形象，举手投足中规中矩，所以同学们都把秀枝当成主心骨。

可眼前的秀枝，似乎变了一个人，刚才的那些话让孝明内心冰凉，震惊不已，他惊诧秀枝要把真相告诉万成的勇气，更为秀枝这样做的结果捏把汗。尽管秀枝说的也不是没有道理，可对万成来说，毕竟还是半梦半醒的之间，甚至在潜意识里不希望这是真的，更不希望这个真相会大白于天下。

孝明的心被震颤着，几乎要从胸腔里蹦了出来，他极力地平复自己的情绪，紧紧地抓住秀枝的手，几乎是哀求着说：秀枝，你考虑过没有，你这样做，万成会怎么样？另外，你考虑过小青吗？她还小啊，你就那么忍心啊？如果万成不想承受这些，你考虑过这样做的后果吗？孝明很是激动。

没等孝明说完，秀枝就把话接过来：孝明，我知道你的意思，其实我已经有了充分的考虑，我思考了很长时间，万成接受与不接受都无法改变这个事实，假如真的不接受，那就由我自己来承担这个后果。

所谓的后果无非就是分手，我不害怕分手，因为好多事情都想清楚了，也想明白了，我做出这样的决定是经过深思熟虑的，至于后果只能顺其自然。秀枝的语气非常坚定。

孝明看着秀枝的脸，钦佩她的胆识，同时又有些心疼，他觉得秀枝的这种选择，不完全是性情所致，其中也包含着许多无奈。秀枝看出了孝明的心思，跟孝明说：你不用为我担心，我能行。另外，忘了告诉你，你母亲晚上来过，你知道她老人家来干什么吗？

不知道啊！孝明瞪大眼睛看着秀枝，问道：她来找你吗？

秀枝回道：是，她认孙女来了！

孝明瞪着眼睛张着嘴，半晌没有说出话来。

秀枝说道：这也不奇怪，我预料到会有这天，不过没想到会这么快，这说明村子里的人都知道了，这个时候再不面对，那就是掩耳盗铃了。

孝明满怀歉意地跟秀枝说：这老太太，怎么能这样啊！秀枝，你别介意，回去我跟老太太去说。

秀枝紧接着问道：你怎么去说？你说没有这个事儿？还是说都是人们的谣传？这个事儿，我们已经无法解释了，老百姓都认同的事儿，你怎么解释都是没有用的。

孝明不语，就像等待着宣判一样，直直地盯着秀枝。

秀枝转过头来，对孝明说：好了，不说这些了，船到桥头自然直，事到如今，也只能顺其自然了。孝明愣愣地坐在那里，似乎还没有从刚才的震惊中回过神来。

秀枝和孝明从屋子里走出来，站在窗前的丁香树下。

秀枝似乎是自言自语：我跟万成走到今天，不是彼此不够相爱，他爱我，我也爱他，但是我们犯了常识性的错误，以为相爱的人就一定能够在一起，而且就一定能够幸福。现在看，我们都需要重新看待我们的选择，彼此相爱并不代表彼此适合，我们俩心里的这道坎儿，必须得过，如果真的过不去了，那就真的没有办法了，也许那就是命运让我们俩到此为止，并且为此付出代价。

秀枝的声音变得越来越忧郁：这些年，我无时无刻不在纠结这个问题，也许现在我才明白，真正的问题在我们俩的内心深处。对我来说，如果当初能把实情说出来，也许能够得到万成的谅解，而不至于误解和猜疑越来越深；对万成来说，如果他真的爱我，即便知道我有所隐瞒，甚至知道事情的真相，也不会心生疑窦，肯定还会一如既往。以前，我们考虑这些事儿的时候，总是从结果出发，去寻找原因，结果总是碰壁，无法找到真正的原因，现在就不一样了，我和万成都学会了思考问题的方法，也就是说从昨天的原因出发，来看待今天的结果，那就是自然而然的。秀枝望着遥远的星空，若有所思地说道。

清朗的月光下，秀枝清瘦的脸上，没有一丝伤感，没有一点儿泪光，沉静的眼神里透着几分凝重，孝明痴痴地凝望，脑子里翻江倒海，他惊异眼前的这个女子，一个单薄的女儿之身，竟有如此担当的魄力和胆识。

倏尔，孝明又自责起来，这么多年来，秀枝要在心灵上承受多少煎熬啊！最初的根源，不就是因为自己的愚蠢和鲁莽吗？孝明深深地痛恨自己，是我金孝明造成了今天的结局，让自己心爱的女人经受了如此的不幸。

孝明的心里涌起一阵阵的酸楚，继而是难以名状的愧疚，他轻轻地抚摸着秀枝被夜风吹动着的头发，秀枝散落的秀发飘在孝明的脸上，透过发丝的缝隙，看到了摇曳的柳枝，还有柳枝的后面，那轮弯弯的月亮，突然有种穿越的感觉：

朦胧的月光下，秀枝着一件轻柔的红衫，穿一条紧身的牛仔，挥动着手中的丝巾，从远方向自己这边跑过来；孝明忽然觉得自己的脸颊有些湿漉漉的，他伸出双臂，迎着秀枝跑过去，轻轻地把秀枝拥进怀里。

就在这时，只听一声断喝：你们这对男女，真是不知羞耻！深夜里，这个声音异常响亮，犹如一声惊雷，划破了沉沉的夜色，在龙湾村的上空震响，顿时，秀枝和孝明惊出一身冷汗，赶紧转过身来。

清冷的月光，洒在万成那张因为愤怒而有些扭曲的脸上，秀枝清清楚楚地看到，万成的那双眼睛里，喷射出逼人的寒光、恼怒、鄙夷、耻笑，似乎一切都饱含其中。

孝明和秀枝的毛孔都被即将爆发的愤怒包围着，凉气从脚下直达头顶，瞬间冻结了整个思维，不允许再去考虑别的，只有凝神静气，等待着这场历史性的大审判。

孝明从秀枝的身边走过来，站在万成的对面，语气低沉却不乏坚定：万成，你也看到了，你不要责怪秀枝，要说错，这些都是我的错，要怪你就怪我，我也不想说太多，要杀要剐你就看着办，可有一条，你不能伤害你们家秀枝。

万成怒目圆睁，几乎是暴跳如雷，他对孝明说：金孝明，你和温秀枝的事儿，以为我不知道啊？我还没有结婚你就给我戴上了绿帽子，你他妈太狠了，占了我的地儿不说，还种上了一棵苗儿，你还说我们家秀枝，那怎么能是我们家秀枝啊？分明是你们家的秀枝啊，不信的话就让大家伙儿评个理，女人是你的，孩子是你的，怎么变成我们家秀枝了？

　　这时秀枝说话了：万成，看来你都知道了，是我对不起你，是我故意隐瞒了真相，但是我的出发点你应该明白，我是在维护咱们这个家，维护咱们之间的感情，现在说这些有些多余，这个权利在你手里，你说怎么办，一切听你的。

　　孝明走近万成说：万成，我是这件事的罪魁祸首，一切的一切都是因我而起，你要求我怎么办，我就怎么办，也别吵吵也别嚷嚷，我们的事情我们自己解决。

　　听孝明这么说，万成的火气噌地一下串到脑门儿，对孝明大吼道：你能解决个屁啊？你把我们家弄成什么样了，你还想怎么解决啊，我今天先把你解决啦。说着，他顺手抄起一根一米长的圆木，搂头砸去，孝明因护着秀枝而躲闪不及，被万成打倒在地，

　　见孝明满脸是血，倒在地上一动不动，万成立刻傻了。秀枝抱着孝明的头，哀求着说：万成，你别打了，这样会出人命的，所有的事儿，都是我的责任，你想怎么样就对我说吧，我的过错我自己承担，你想怎么样都行。

　　万成早已吓得手足无措，哆嗦着和秀枝说：是不是打死了，这可怎么办啊，我也没想到会打成这样啊。秀枝说：现在说这些有什么用，赶紧送医院，救命要紧，等我们找个机会，我把所有的情况全都告诉你。

　　万成被公安局的警车带走，双手被扣上手铐的时候，他回过头来，对秀枝说：秀枝，我可能回不来了，你就领着小青过吧，你要照顾好自己！秀枝看着万成被带上警车，那一刻，她的眼睛里没有一滴眼泪，就像有什么预感一样。

　　两个月以后，法院以重伤害的罪名，判处姜万成有期徒刑三年。金孝明被打成重伤，左侧锁骨骨折，颈椎骨粉碎性骨折，后锁骨开裂，还算命大，抢救过来了，医生说这种情况能活过来，简直就是奇迹，只是会落下残疾。

第四十六章

　　太阳还没从东南的山坡爬上来，老支书就从被窝里爬出来，他披上衣服，拧着一棵旱烟，站在屋子中间，大口大口地抽着，老伴儿嘟囔着：这也没什么事儿，起那么早干吗？老支书咳嗽一声，说道：睡不着，躺着还不如活动活动。

　　老支书推开房门，走到院子里，这时，就见院子外面跑来一个人，还没踏进院子里，就上气不接下气地喊道：老支书，不好了，不好了，姜会计投江自尽啦！

　　老支书一惊：你说什么？姜学忠投江啦？在哪啊？快领我去！来人用手一指，老支书二话没说，跟着冲出大门，直奔渔苇场的方向。

　　姜学忠的尸体是被渔苇场巡坝的老王师傅发现的。

　　每天早上六点左右，老王都要按照规定，在大坝两侧巡查一次，查看水位、坝体、闸门和船只的有关情况，如果发现异常，就要及时报告。

　　今天早上，老王师傅巡查得非常仔细，往回来的时候，在江边的芦苇丛里，他发现了一个黑乎乎的物体，他把船划到跟前，用木桨拨动，一张人脸浮出水面，尽管被水泡得胖头胖脑，老王师傅还是认出了姜学忠，估计已经死了几个时辰。

等到老支书他们来到的时候，坝上坝下已经有几十号人，尚美丽已经哭得几次昏死过去，见老支书来了，尚美丽呼地跑过来，扑通一下跪在地上，边哭边说：老支书啊，这姜学忠死啦，我可怎么活啊？说着，又背过气去。

尚美丽好不容易才苏醒过来，老支书和在场的村民们苦口婆心劝说好半天，尚美丽这才停住哭声，跟老支书把出事的前前后后，特别是姜学忠这几天的表现说了一遍。

最近这段时间，姜学忠极其烦躁忧郁，偶尔疯疯癫癫，时常自言自语：我这是作孽啊，真是报应啊，我真他妈该死，这么活着有什么意思啊？还不如一走了之。整天叨咕这些。

有一天，他跟尚美丽说：我真不想活了，我没脸见人了，刘天群是我的女儿，我怎么就能这样对待她，我真是作孽啊，将来我要是死了，你就代我跟刘天群道歉，就说我没脸见她，更对不起她们娘儿俩。

尚美丽以为他胡说八道，也就没当回事儿，没想到……

老支书听完尚美丽的话，沉吟半晌，回头跟尚美丽和身边的人说：知错就改，还算有良心，可不至于投江自尽啊！好了，人死不能复生，活着的人还得好好活着啊。

云妹已经怀孕三个月了。

自从万成被判刑以后，云妹就再也没有去渔苇场上班，她回到自己的家里，专心做起了家庭主妇，安静地过起一个人的日子，似乎等待着肚子里的宝宝来到这个世界，这是她唯一的希望，她在自己家的后屋供了观音，每天一炷香，早晚三叩首，祈望孩子平安降生，也盼着万成早点儿出来。

街坊邻里们也都知道云妹怀孕，也知道怀的是万成的孩子，虽然背地里说三道四，可表面上就像什么也没有发生一样。这云妹也就跟没事儿似的，一天一天地泡在家里，哪儿也不去，婆家这边喊喊喳喳也说，娘家那边喊喊喳喳也说，可不管你说什么，她就像没听见一样，优哉游哉。

八个月之后，七斤多重的大胖小子出生了。

云妹生产那天，下着毛毛雨，阴冷阴冷的，云妹的母亲，姨妈，还有左邻右舍的几位婶子老早就来了。这些人里里外外地忙活着，每个人的心里都明白，可是没有一个人提起这些，就像普通人家生孩子一样，看不出一点儿不一样的地方，所有人的脸上都挂着笑容，盼望着一个新生命的到来。

上午九点多钟，云妹的肚子疼得越来越厉害，浑身跟水洗的一样，可是这个苦命的女人咬紧牙关，硬是没有叫出一声，她的脑子里只有一个念头：就是豁出命来，也得把孩子生下来。整整折腾了五个小时，太阳栽西的时候，一阵撕肝裂胆般的疼痛，让云妹差点儿昏死过去，孩子落地了。

这个孩子是她和万成辛辛苦苦相亲相爱的果实，为了万成，她什么都不顾了，家里的外边的，一切都被她抛到九霄云外，现在孩子出生了，在他们两个人的生命里，云妹终于盼到了一个结果，一个死去活来偷着爱的结果。

秀枝主办的文化夜校，已经开办了第八期，每期六七十人，每天两个小时左右的授课时间，农忙的时候夜间上课，农闲的时候，干脆白天上课，村子里的老老少少对夜校有着浓厚的兴趣，排着班儿参加夜校学习，秀枝一个人又要上课又要管理学员，整天忙得脚打后脑勺。

不过，秀枝并不觉得累，她觉得这样的生活对她来说是上天的恩赐，自从万成判刑入狱，秀枝就一个人带着小青生活，一个女人家，又要带孩子又要办夜校，那种辛苦只有她自己知道，可她以苦为乐，在辛苦和忙碌中寻找快乐。

早上七点刚过，秀枝就从家里出来，她手里拎着一包东西往夜校走去，刚转过胡同口，就听后面有人叫她：秀枝，秀枝！秀枝回过头来，见是林中飞！便笑着说：是林工，你这是什么时候回来的啊？林中飞笑呵呵地回答秀枝：你也叫我林工，我听着怎么这么别扭啊，还是叫我大哥好。

秀枝笑着点头说：好！以后我还是叫你大哥。林中飞说：秀枝啊，这是我给你买的东西，你拿着，我有事去渔苇场一下，如果晚上有时间，我就来看你，如果没时间，那就下次再说。还没等秀枝说话，林中飞已经上了三轮摩托车，瞬间消失在胡同里，留下一路沙尘。

自从上次离开龙湾，林中飞就到四十多公里以外的一个工地做了项目监理，不过这心里总是惦记着龙湾，所以偶尔来龙湾看看，名义上是回访大坝的运行情况，实际上也顺便看看秀枝，每次都给秀枝带来一些生活用品。

在和林中飞的交往中，秀枝悟出很多人生的道理，每个人的生活都不是一帆风顺的，都会经历各种各样的不幸，问题是如何去面对，不能因为有了困难就放弃了理想，更不能因为遇到挫折就改变了航向，人应该有自己的理想和追求，有自己的价值和梦想。秀枝在林中飞的身上感受到这种境界。

秀枝也慢慢地意识到，和姜万成乃至金孝明相比，他们之间都有很大的差别，他们是不同类型的男人。对秀枝来说，姜万成的厚道和实在，让她感觉到那种踏实和稳健；林中飞的博学和幽默，让她感觉到可以提升自己，而所有这些，都不是长相厮守的要件和前提。

秀枝和金孝明之间，却有一种不受任何约束的东西，金孝明对秀枝的追求，可谓至死不渝；而秀枝对金孝明的感觉，可谓刻骨铭心，这么多年，好多事情在他们的脑子里进进出出，已然被淡出或遗忘，然而久驻于内心的彼此，却根深蒂固，挥之不去。

夜幕降临，天色阴沉起来，不一会儿，就飘起了雪花，远处的江面现出白茫茫的雪雾，给人带来冷冰冰的感觉，野地里凋败的荒草和摇动的枯枝，在寒风冷雪中瑟瑟抖动。

秀枝站在窗前，呆呆地望着江湾里的雪雾。

林中飞端详着熟睡的小青，跟秀枝说：这孩子真见出息，好像比前几个月又长高了。秀枝问林中飞：大哥，你最近好吗？林中飞随口答道：还行，就是有点儿忙，好在这个工程也要收尾了，这回就该歇一歇了。

　　秀枝沉默了一会儿，低头说道：大哥，我们相识已经半年多啦，现在想起来，和你相识是我一生中的幸运！你的才气和风度是我最敬佩的，特别是你的谈吐，从你的话语中，我能感受到智慧和力量。

　　林中飞笑了笑，跟秀枝说：我哪有那么好，是妹妹抬举我。秀枝接过话茬：真的，大哥，是你给了我生活的信心和勇气，也让我知晓了生命的价值和人生的意义，在我的心里，你永远都是我的好哥哥，更是我的好老师。

　　林中飞看着秀枝的脸，之后转过身去，走到窗子的前面，又转过身来，对着秀枝，声音低沉：秀枝，我真是喜欢你，认识你，我觉得活着有了劲头。

　　秀枝的眼角挂着优雅的笑意，眼神里蓄满无尽的真诚，娓娓说道：大哥，不要开玩笑了，我对你是无比的尊敬，不管你怎么喜欢，我都是你的妹妹，而且只能是你的妹妹，这一点，永远不能改变，我们之间是纯洁的兄妹关系。

　　林中飞感觉到秀枝的坚定和从容，同时也为秀枝的执着而不解，他想秀枝有这样想法是不是对万成还抱有希望，便试探着问道：秀枝，万成的情况，估计你也知道一些，你觉得你们之间还会有什么转机吗？

　　林中飞的这句话刺激了秀枝，秀枝抬起头看了看林中飞，然后，有板有眼地说：大哥，万成的情况，我全都知道，我想说的是，不管他怎么想怎么做，那是他的问题，我自有我的原则，我觉得我应该这么做，至于他，我没考虑太多。

　　林中飞愣了一下，他没想到秀枝会这么回答，而且这么果断而明确，这很出乎他的预料，他知道温秀枝的性情，绝对是有思想有主张的。她的态度如此坚决，自己的那些想法，显然是秀枝不能接受的，如果勉强地继续说下去，也许会激怒秀枝，弄得不亦乐乎。

　　秀枝接着说道：大哥，你永远是我的好大哥。说这句话的时候，秀枝加重了语气：我们之间不可能有别的关系，你我就像路遇，只是我很幸运，遇到了一个好人，可我不可能跟你有其他接触，你将来会有你自己的选择，我将来也会有我自己的生活，我们只做最好的朋友。

林中飞转过脸，定定地望着秀枝，似乎要从秀枝的眼神里分辨出，是什么原因让秀枝有了这些想法，这么长时间里，秀枝给予林中飞最大的感觉就是温柔和聪慧，可是今天秀枝的这番话，却让林中飞感觉到秀枝还有坚定果决的一面。

秀枝转过脸去，眼眶里充盈着泪水，有些哽咽地说：我非常感谢你，是你在我最痛苦和最无助的时候，让我看到了生活的方向，找到了生命的快乐，更重要的是我知道了人生的幸福与快乐，不应该被婚姻和家庭绑架，追求幸福的本身就是人生最大的快乐……

经过三个多月的治疗，金孝明出院了，在家里调养了将近两个月，身体恢复得还可以，只是留下了严重的后遗症，间歇性肢体震颤，发病时左手颤抖，几乎不能自持。

这期间孝明对未来的生活进行了认真的规划和思考，先是辞去了村长和兼任的养殖场场长的职务，接着又联络几个高中同学，先后到海拉尔和霍林河等地进行考察，以省里的几家外贸企业为支撑，以本地盛产的柳条为原料，准备兴建年产三万件出口工艺品的柳编厂。

龙湾地处松江流域几条支流的交汇处，地势低洼，河汊纵横，到处生长着茂密的柳条，老一辈人曾经割柳条编柳筐，除了家用还能卖几个零钱，这几年上边的政策逐渐宽松，政府允许搞些家庭副业，所以有些脑袋活络的村民就打起了柳编的主意，可是分散经营不成规模，产品也无法远销外地。

孝明在家养病的时候，这脑子里就琢磨着柳编的事，对于村长和场长这些差事，孝明坚辞让位，老支书始终不答应，金孝明找到他，言辞恳切地说：老支书，我知道你的心情，我金孝明是龙湾的村民，不管干什么，不管在哪里，都要给咱们百姓们做点儿实事儿，带领大家走共同富裕的路子。

老支书也觉得孝明头脑灵活，善于交际，是块办企业的料，如果能搞起这个柳编厂，就能带动村子里的农户大规模种植柳条，这样也可以帮助一大批村民致富，当然是很有意义的大事儿，所以就跟孝明说：既然你这么坚决，你就干吧，给咱龙湾的老百姓闯条富路，相信你不会让我们失望。

孝明雷厉风行，说干就干，他找到几个同学，一股脑地说出自己的想法，出乎金孝明的意料，大家非常支持孝明的想法，这让孝明非常振奋，他跟合伙的朋友说：我们这里有原料优势，还有劳动力优势，这个柳编厂一定要干，而且必须干好，自愿出钱，合伙经营，年终按股分红，把老百姓都带动起来，实现共同富裕。

前后不到一个月的时间，一个资产接近二十万职工五十多人的柳编厂轰轰烈烈地开张了。庆典那天，老支书和四位年逾七旬的老村民，共同给刚刚漆过的牌匾剪彩，老支书短短的现场致辞，说得大家伙热血沸腾。

看着一摞又一摞的柳编产品运进运出，看着工人们干得热火朝天，孝明的心里有说不出的滋味，他对身边的老支书说：你放心，我金孝明办柳编厂绝不是为我个人发家致富，我的目标是咱龙湾的老百姓都富裕起来，我是你一手培养起来的，我不会让你寒心，也不会让龙湾的老少爷们儿失望。

金孝明不负众望，到年终结算的时候，仅仅经营五个月的柳编厂，每股分红三千多元，一般的家庭都能收入两三万元，有的收入了四五万元，这可不得了啊，柳编厂一下子在全县出了大名，各路参观访问团接踵而至，孝明整天忙于接待。

孝明没有为眼前的景象所陶醉，他在筹划着怎么把村子里特殊困难的家庭也都吸收进来，既让这些人有事做，又让他们有钱花，过上好日子。他根据不同的情况，先后把二十几户三十多人安排到厂子里，分别安排了不同的工作。

秀枝文化基础比较扎实，孝明安排她管理财务，利用教课的业余时间记账，月底上交报表；云妹孩子小，每天上班期间还要回家送奶，孝明安排她做些杂务，打扫卫生，清理场地，给职工烧些热水，一天紧忙活；疯婶儿年龄大了，孝明就安排她负责中午这顿饭，反正是一菜一饭，疯婶儿过去经常给大伙儿做大锅饭，所以她做的饭菜大家特别爱吃，每天中午开饭的时候，五十来号人聚在一起，有说有笑，好不热闹；勤叔身体不好，不能长时间坚持做工，孝明就安排他做门卫，同时兼做仓库保管员。

平地冒出来的柳编厂，成了龙湾村最有人气的地方，龙湾也因为有了这个柳编厂而在全县声名鹊起。

第四十七章

　　一场纷纷扬扬的大雪，飘了三天三夜，厚厚的积雪把松江两岸的原野和乡村盖了个严严实实，北方的村村寨寨迎来了冰天雪地的严冬，枯黄的芦苇在寒风中摇曳，零落的叶片在雪地里翻飞，靠近岸边的江水已经封冻，只有江心还在涌动着浪花，远远望去，宽阔的江面上蒸腾着白茫茫的雾气。

　　本来这日子过得挺安静，也挺祥和，可是天有不测风云，云妹的一位亲戚，托了关系在县城的食品厂给云妹找了个工作，每个月能挣三百多元，云妹听到能挣这么多钱，也就活了心，把两岁的儿子托付给自己的老妈，背上个布包包就去了县城，这一去不要紧，却惹下滔天大祸。

　　食品厂的工作和柳编厂不一样，丁是丁卯是卯，每天十二个小时的工作，不能离开车间，连上厕所都得算计好时间，一天下来累得就像一摊泥，两只脚浮肿，连鞋都穿不上，云妹哪受过这样的罪啊！可为了赚钱，还得继续坚持。

　　刚来的那段时间，整天惦记着家里的孩子，白天活计重，忙忙活活还好些，最难过的就是晚上，想孩子的时候就在被窝里偷偷地流眼泪，可是想起要挣钱养家，可怜的儿子还在家里等着奶粉钱，浑身就有了使不完的劲头。

　　日子过得也快，马上就做够三个月了，按照厂里的规定，满三个月之后，工厂就和云妹签订正式的劳动合同，工资要比现在高出一倍，而且每个月还有二十元到六十元不等的奖金，这是多好的事儿啊！

　　这几天，云妹特别兴奋，早上起来，她把其他几位姐妹的脸盆都打上水，收拾屋子的时候还哼着小曲，心里那个高兴劲儿就甭提了，同一寝室的姐妹们也都为她高兴。

　　这天早上，云妹早早地来到车间，她把和面机搅拌机统统清洗一遍，就开始了工作，顿时整个车间机声隆隆，搅拌机飞速转动，一大块一大块的面坨从面机的出口处滚落下来，云妹的双手也在不停地向面机里送料。

　　突然，云妹的袖口被缠在搅拌机的附加齿轮上，云妹没有任何准备，整个身子向里面一倾，左胳膊就被搅拌机齿轮咬了进去，云妹惨叫一声，顿时晕倒在搅拌机旁边。

　　听到喊声，工人们跑了过来，立刻关掉电源，七手八脚把云妹的胳膊从搅拌机的齿轮里狠命地拽了出来，在场的人都吓傻了，只见云妹浑身是血，左边胳膊从臂弯以下已经变成一堆碎肉，惨不忍睹。

　　由于受伤的胳膊筋骨粉碎，根本没有复原的可能，虽然医生竭尽全力，还是无法保住胳膊，最后只好把云妹的左臂齐弯处截掉，医生说只有这样，才能保住性命。

　　这对云妹来说，无疑是致命的打击，住院的这段时间，云妹过的是以泪洗面的日子，一看到自己缺了一半的胳膊，特别是想到往后的日子，尤其是想到两岁的儿子，云妹的眼泪就唰唰地往下流，每天坐在窗前静静地发呆，望着院子里的丁香花，云妹的心都要碎了！

　　想到自己刚刚二十九岁，可爱的宝宝只有两岁，这今后的日子可怎么过啊？按照国家的有关规定，像她这种伤残的补助，每个月也就五十五元，仅仅靠这点儿补助，这日子真的是没法过，想起这些，云妹的心里就堵得慌。

　　好在，周围的乡亲们没有看云妹的笑话。

　　这天早上，医生刚给云妹挂上吊瓶，秀枝就进了病房，见秀枝走进来，云妹几乎不敢相信自己的眼睛，她张大嘴巴想说什么，却没有说出来，秀枝站在床边，劝云妹：别着急，慢慢养，等你养好了，咱们就回到村里去，还去柳编厂，你的那个位置，孝明还给你留着呢，孝明说，过几天来看你。

　　云妹就像做贼一样，眼睛不敢直视秀枝，秀枝笑着和云妹说：佳辉啊，我们都是女人，而且我们都是不幸的女人，可是我们又都是幸运的女人，我的幸运是我遇到了万成，你的幸运是万成遇到了你，其实我们都不容易，好好养病，出院以后我们就回去，没有过不去的坎儿，以后的路还长着。听着秀枝的话，云妹什么也说不出来，默默地流着眼泪。

　　孝明安排完场里的一些急事儿，风风火火，搭个便车，也来到医院看云妹，他跟云妹说：什么都不要想，你就只管养病，城里不能打工，咱们就回村里，村里的柳编厂怎么也能给你们娘儿俩一口饭吃，怎么也不能让你们饿着。

　　听着孝明的话，云妹的心里翻江倒海，又说不出是什么滋味儿，她实在是憋不住了，便偷偷问金孝明：孝明哥，你为什么对我们娘儿俩这么好啊？万成把你伤成这样，难道你不恨他？孝明哈哈一笑：傻妹子，这过去的事儿就得让它过去，如果总是那么计较，冤冤相报，那就没完没了。

　　三个月后，云妹又回到了柳编厂，还是干原来的那些杂务，只不过左臂残疾，干起活来很是别扭，好在场里的姐妹们特别照顾她，本来是云妹应该做的活计，大家抢着来干，没有人欺负她，也没有人歧视她，大伙都把她看成亲姐妹，云妹的心里暖暖的，觉得还是家里好。

　　孝明对云妹更是关爱有加，他当着大伙的面儿说：云妹不是外人，她是我们的姐妹，一个人拉扯一个孩子，不容易啊，我们不能眼看着她受苦受罪，大家伙都出一把力，拉她一把，帮她渡过难关，只要是我们龙湾村的老百姓，都要过上好日子，有难同当有福同享！

　　刚刚安顿好云妹，秀枝这边又出事了。

这段时间，秀枝备课讲课，晚上经常贪黑到十点多。本来她的心脏就不好，经常出现心口疼，医生检查的时候，说是供血不足，可是具体是什么原因，医生也说不清楚，最近秀枝总是觉得心慌和胸闷，有时晚上憋闷得觉都睡不着，讲课的时候满头是汗，好几次都是硬撑着才坚持下来。

大伙儿心疼秀枝，都劝她去医院好好查一查，如果需要的话，就住院治疗一段时间，老支书看着秀枝一天天地消瘦，这心里好生难受！他劝秀枝说：夜校的事先停一段儿，等身体恢复了，再开学讲课，还是身体要紧啊！可秀枝的心里就是放不下这摊子事儿，一直推着拖着。

这天晚上七点多钟，秀枝仍像往常一样，拿着讲义往夜校走，这天要讲的是土壤沙化防治方面的知识，秀枝为了讲好这堂课，反复阅读有关资料，花了三个晚上来备课，当她兴冲冲地走到教室门前的时候，突然觉得心口剧烈疼痛，好像有什么东西顶住了自己的喉咙，顿时喘不过气来，眼前一黑，什么也不知道了。

……

老支书从医院里出来的时候，已经是次日早上八点多了，临走的时候，他被主治医生叫去，医生用极其平和的口气说：她的丈夫怎么没来啊？这个女同志的心脏病可不轻啊，根据现在的情况来看，极有可能是冠心病，最危险的就是并发心绞痛，如果不及时进行调理，很有可能发生心梗，也就是通常所说的血管意外，那就不好办了。

老支书听说秀枝得的是心脏病，而且是最最可怕的心绞痛，这心里不由得打了个寒战，人们都知道，这心脏病本来就是要命的病，一旦发作起来，没有抢救的机会，所以对心脏病都有强烈的畏惧，不过老支书的脸上没有表现出来，只是低声问医生：她病得重吗？需不需要住院啊？

医生看得出老支书的焦虑，有些迟疑地说：必须得住上几天观察，这个病的特点是，平时症状不很明显，不过要是突然发作，往往没有治疗的机会，所以危险很大，这就要求患者要多加注意，特别要多休息，不要累，重在调养。

秀枝出院那天，乡亲们来了四十多人，把病房里里外外挤得走不过去，秀枝眼里噙着泪花，什么也说不出来。回到家里，院子里外打扫得干干净净，真有净水泼街的感觉，屋子里也收拾得井井有条，做好了饭菜，烧好了热水，叔叔婶子老早就在家里等着，秀枝好像离家很久很久，里屋外屋地走着，一股热流迅速地涌遍全身，眼睛湿润了。

第四十八章

　　雪后的松江，犹如银色的飘带，蜿蜒着伸展开去，没有封冻的江面上，缭绕着淡淡的雪雾，给这冬日的原野，增添了一抹生机，恰似一幅优雅宁静的泼墨水彩。

　　秀枝的身体恢复得很快，精神状态也明显地好起来，每天拿出几个小时的时间备课，打算再过几天就上班。

　　吃过晚饭，秀枝闲坐窗前，望着院子里纤细的丁香树，还有染上红晕和紫斑的落叶，在院子里飘来荡去，她便联想到自己命运的坎坷与艰辛，不禁感慨万千。

　　和万成恋爱的时候，时常憧憬着结婚后的美好生活，可是结婚之后，才感觉到现实生活并没有想象的那么美好；相反，艰难的心路历程，沉重的精神负累，让自己身心疲惫。

　　转眼已经三十岁了，家庭、事业、梦想，这些曾经在自己的脑海里千回百转的优美画卷，如今已荡然无存，几十年的奔波和劳累，却没有值得骄傲的资本。

　　想起这些的时候，秀枝的内心就越发沉重，特别是想到这段坎坷的婚姻生活，心里更有说不清的滋味，几年来所经历的那些事，曾让自己理不出头绪，也看不清出路，有那样一段时间，几乎失去了生活的动力秀枝沉默了一会儿，低头说道：大哥，我们相识已经半年多啦，现在想起来，和你相识是我一生中的幸运！你的才气和风度是我最敬佩的，特别是你的谈吐，从你的话语中，我能感受到智慧和力量。

林中飞笑了笑，跟秀枝说：我哪有那么好，是妹妹抬举我。秀枝接过话茬：真的，大哥，是你给了我生活的信心和勇气，也让我知晓了生命的价值和人生的意义，在我的心里，你永远都是我的好哥哥，更是我的好老师。

林中飞看着秀枝的脸，之后转过身去，走到窗子的前面，又转过身来，对着秀枝，声音低沉：秀枝，我真是喜欢你，认识你，我觉得活着有了劲头。

秀枝的眼角挂着优雅的笑意，眼神里蓄满无尽的真诚，娓娓说道：大哥，不要开玩笑了，我对你是无比的尊敬，不管你怎么喜欢，我都是你的妹妹，而且只能是你的妹妹，这一点，永远不能改变，我们之间是纯洁的兄妹关系。

林中飞感觉到秀枝的坚定和从容，同时也为秀枝的执着而不解，他想秀枝有这样想法是不是对万成还抱有希望，便试探着问道：秀枝，万成的情况，估计你也知道一些，你觉得你们之间还会有什么转机吗？

林中飞的这句话刺激了秀枝，秀枝抬起头看了看林中飞，然后，有板有眼地说：大哥，万成的情况，我全都知道，我想说的是，不管他怎么想怎么做，那是他的问题，我自有我的原则，我觉得我应该这么做，至于他，我没考虑太多。

林中飞愣了一下，他没想到秀枝会这么回答，而且这么果断而明确，这很出乎他的预料，他知道温秀枝的性情，绝对是有思想有主张的。她的态度如此坚决，自己的那些想法，显然是秀枝不能接受的，如果勉强地继续说下去，也许会激怒秀枝，弄得不亦乐乎。

秀枝接着说道：大哥，你永远是我的好大哥。说这句话的时候，秀枝加重了语气：我们之间不可能有别的关系，你我就像路遇，只是我很幸运，遇到了一个好人，可我不可能跟你有其他接触，你将来会有你自己的选择，我将来也会有我自己的生活，我们只做最好的朋友。

林中飞转过脸，定定地望着秀枝，似乎要从秀枝的眼神里分辨出，是什么原因让秀枝有了这些想法，这么长时间里，秀枝给予林中飞最大的感觉就是温柔和聪慧，可是今天秀枝的这番话，却让林中飞感觉到秀枝还有坚定果决的一面。

秀枝转过脸去，眼眶里充盈着泪水，有些哽咽地说：我非常感谢你，是你在我最痛苦和最无助的时候，让我看到了生活的方向，找到了生命的快乐，更重要的是我知道了人生的幸福与快乐，不应该被婚姻和家庭绑架，追求幸福的本身就是人生最大的快乐……

经过三个多月的治疗，金孝明出院了，在家里调养了将近两个月，身体恢复得还可以，只是留下了严重的后遗症，间歇性肢体震颤，发病时左手颤抖，几乎不能自持。

这期间孝明对未来的生活进行了认真的规划和思考，先是辞去了村长和兼任的养殖场场长的职务，接着又联络几个高中同学，先后到海拉尔和霍林河等地进行考察，以省里的几家外贸企业为支撑，以本地盛产的柳条为原料，准备兴建年产三万件出口工艺品的柳编厂。

龙湾地处松江流域几条支流的交汇处，地势低洼，河汊纵横，到处生长着茂密的柳条，老一辈人曾经割柳条编柳筐，除了家用还能卖几个零钱，这几年上边的政策逐渐宽松，政府允许搞些家庭副业，所以有些脑袋活络的村民就打起了柳编的主意，可是分散经营不成规模，产品也无法远销外地。

孝明在家养病的时候，这脑子里就琢磨着柳编的事，对于村长和场长这些差事，孝明坚辞让位，老支书始终不答应，金孝明找到他，言辞恳切地说：老支书，我知道你的心情，我金孝明是龙湾的村民，不管干什么，不管在哪里，都要给咱们百姓们做点儿实事儿，带领大家走共同富裕的路子。

老支书也觉得孝明头脑灵活，善于交际，是块办企业的料，如果能搞起这个柳编厂，就能带动村子里的农户大规模种植柳条，这样也可以老太太说得痛快，可是那脸上的表情，就像天边的晚霞一样，一块红一块紫，云妹笑嘻嘻地说：妈，那就谢谢你，将来孩子大了，我就告诉他，让他给你养老。

云妹的日子越来越艰难。手臂的伤早就好了，可是落下严重的残疾，因为左手截肢，只能靠右手做活计，孝明安排她做仓库保管员，负责原料进场和产品出库的登记，好在活计清闲，右手还能写字，可以做些工作。

云妹是个很有心劲儿的女人，她在心里感激孝明对她的照顾，她觉得不管多难，也要把这些活计干好，再苦再难也得克服，活计干不好能对得起谁啊？再说，虽然辛苦一些，总还是有些收入，起码娘儿俩的吃喝不成问题。

花销越来越多，一分钱都得掰成两瓣花，可孩子的奶粉，吃药，这些钱那是必须得花的，为了多挣些钱，云妹除了做好自己的保管员差事，还利用闲暇时间给人家做小工，再赚点儿外快，这样也能补贴一下家用。

晚上九点多钟，秀枝收拾完教案，看着小青已经睡熟了，自己也准备躺下，就在这时听见外面有人说话：秀枝，秀枝，你睡下了吗？秀枝马上就听出说话的人是金孝明。

她起身迎了出去，见孝明站在院子外面，便问道：你是什么时候回来的，这么晚来有事吗？孝明有些调侃地说：我是来拜会温老师的，不知道能否接见我。

秀枝把孝明让进屋子里，孝明坐在那张木椅上，看着屋子里的摆设，和以前没有什么两样，跟秀枝说：很久没来你们家了。秀枝也调侃道：你这大忙人，怎么能有时间来我们这老百姓的家啊？

秀枝给孝明倒了一杯水，问道：孝明，你有什么事吧，这深更半夜的。孝明说：没什么事儿，主要是来看看你，那天听课的时候，看见你有点儿瘦了，最近身体怎么样？

秀枝笑着说：还行吧，有什么事儿你就说，别藏着掖着。听秀枝这么说，孝明笑了笑：你开办夜校必然要用些钱，村里也没有这方面的预算，作为村办企业，我也想给夜校出把力，给你带点儿钱来，就算我们企业支持夜校吧。

孝明是故意这么说的，他知道秀枝的脾气，如果说资助她温秀枝，她绝对不会接受。听完孝明的话，秀枝笑着说：那我得感谢你，夜校真的需要钱，劳你大厂长出血，不好意思啊。孝明赶紧说：秀枝啊，你可别寒碜我了，我这都是应该的，和你比起来，我都惭愧。

第四十九章

　　秀枝感觉到，孝明的那双眼睛里荡漾着火辣辣的东西，她侧过脸有意岔开话题说：下月十号是夜校开班两周年，老支书说准备搞个小规模的校庆，邀请乡里的领导和站所同志来，借机宣传一下，到时候你去不去啊？

　　孝明这才回过神，赶忙说道：我一定要去的，必须捧场啊！需要我们做点儿什么吗？秀枝笑着说：咱们可说明白，什么也不需要，你们到场助威就行，不过我倒希望你们支持夜校，孝明，没有文化是多么可怕啊，咱们龙湾可不能再这样下去了，我们这代人应该有这个责任。

　　孝明觉得秀枝说得很有道理，便一个劲儿地点头，他站起来走到小青睡觉的床边，静静地看着熟睡中的小青，看了好半天，又转过头来看着秀枝，跟秀枝说：秀枝，你说句实话，你到底恨不恨我。

　　秀枝抬起头来，眼睛瞥向窗外，若有所思地说：说实话，我曾经非常恨你，甚至杀了你都不解恨，是你毁了我的家庭，我的幸福，我的一生。稍顿，秀枝继续说道：可是现在，如果你再问这个问题，我怀疑你是不是脑子有问题。

　　说完这些话的时候，秀枝停顿下来，眼睛里放射出忧郁的光，只是瞬间这种光芒便敛去了，取而代之的是一种安静、柔和、明亮的眼神，那眼神里分明透着难以名状的感觉。孝明像座雕像一样，一动不动地看着秀枝的脸。

秀枝转过身去，声音变得平和，说道：不知道是什么原因，慢慢地我改变了想法，或者说是时间让我改变了想法，现在我觉得我不应该恨你，我也没有理由恨你，如果从你的角度说，你没有错，你只是做了你想做的事情，而且你没有逃避，更没有改变，仍旧坚定不移地做下去。

秀枝把脸转向孝明，语气变得坚定：我觉得你是真正的男人，你把当初的这种追求，当作你生命中的支柱，甚至用一生做代价来坚守，谁能做到啊？可是你做到了，这让我特别感动！是你的真诚和执着，让我改变了。

孝明定定地看着秀枝，就像一个学生在听老师的训话，秀枝接着说：你敢恨敢爱，敢于担当，我为什么要恨你？相反，在我的生命里，能够遇见你是我的幸运，是你告诉我，什么叫真正的爱，爱一个人应该怎么做，现在我懂了，是你教会了我，我应该感谢你才是。

秀枝有些激动，却压低了声音：孝明，我知道，你是真正爱我的人！而且，我也想告诉你，在我的心里，没有人能和你比，现在来看，你属于我，我也属于你！

孝明的眼角挂着泪珠，神色茫然地望着窗外，迷蒙而浩瀚的夜空里，有几颗星星眨着眼睛，月光下的江面一派灰茫茫的景象，夜风中传来江水流动的声响，就像孝明的内心世界，汹涌着感动，澎湃着温情。

孝明回过头来，和秀枝的目光碰在了一起，他感觉秀枝的眼神，从来没有像现在这样平静而温和，就像夏日里幽蓝的湖水，没有一丝波纹，深邃无比的湖面，折射出心灵世界中的光影。

秀枝静静地看着孝明，温婉的目光中，传达出无尽的怅惘，似乎人世间的一切恩怨情仇，都在这个女人的宽容和抚慰之中，哪怕再深重的罪孽，都会融化在她的眼神里。

此时，孝明的眼前，接连幻化出一系列过往的画面：童年时期的玩耍，少年时期的青涩，青年时期的朦胧，成年以后的思索，坎坎坷坷，波波折折，行走了三十多个春秋。

然而，孝明已经懂得，今天的温秀枝，已然不再是过去的那个温秀枝，站在眼前的这个女人，对人生已经有了深刻的理解，从昨天走过来的这个女人，是这个世界上最懂得爱与被爱的女人，是最可爱的女人，我金孝明真是幸运！

孝明的眼睛已经被泪水模糊，这个时候他已经看不清窗外的世界，可是孝明的内心又被泪水冲刷得清爽而明净：英姿挺拔的白杨树，飘在肩头的红丝巾，曲曲弯弯的乡间小路，夜夜蛙鸣的青草池塘……过往的那些画面依次展现。

这么多年来，每当孝明走在树下，走在村口，走在塘边的时候，脑海里都会闪现出秀枝清秀的身影，渐渐地这个身影从门窗破旧的教室里，从洒满阳光的操场上，悄悄地走进了内心深处，不知不觉地被珍藏起来，从此之后，再也没有别的女人能够走进自己梦中的那个天堂。

秀枝伸出手从背后搂住他的腰，把头贴在孝明的肩膀，流淌着的泪水，顺着脸颊流进了孝明的怀里，形成了一条条泪的小溪……孝明慢慢地转过脸，泪眼相对，两颗滚烫的心贴在一起，不禁失声痛哭，曾经的苦痛与酸楚，都在这汹涌的泪水中得到诠释。

蛋蛋住院了，医生初步诊断的结果是系统性皮疹，这种病的病因在医学界存在很多争论，有的说是神经性病变，有的说是感染性病变，还有的说是血源性疾病，住院那天还不算严重，可这几天症状越来越重，高烧三十八度，持续不退，饭不吃，水不喝，云妹焦急万分。

这天早上，云妹给蛋蛋喂了几口水，刚把孩子放在床上，就见科主任走了进来，云妹赶忙打招呼说：李主任，有事吧？李主任面带微笑，语调十分柔和，对云妹说：没什么事，孩子的病见好不？云妹说：不见好，这高烧怎么也不退啊，都急死了。说着云妹的眼泪就流出来。

李主任拍着云妹的肩膀说：别着急，不会有事的，只要用上药，估计很快就会好转。她顿了一下，似乎有意识地压低了声音：云妹啊，这药费还得张罗啊，预存的治疗费用再有一天就花没了，怎么也不能耽误孩子的治疗，你说是不?

李主任转身走了出去，云妹回过头看了看婆婆，又看了看妈妈，眼泪又涌了出来，怎么办啊? 从住院到现在已经花去了五千多元，云妹这几年的积蓄分文没剩，而且还从自己的母亲那里借了一千多元，婆婆也从自己的夹袄里捻出五百元钱，这已经是很不错了，到了这个时候，还怎么向两位老人家张嘴啊，再说她们也没有什么积蓄。

云妹转身看着蛋蛋，孩子的小嘴儿干裂得像要迸开，小脸儿烧得通红，眼巴巴地看着妈妈，云妹的心都要碎了。

太阳落下山去，只在宽阔的江面上留下一抹橙红色的余晖。金孝明送走最后一拨客人，重重地坐在椅子上，总算松了一口气，忙活了整整一天，联系原料，谈判价格，安排运输。

夜幕已经降临，肚子里叽里咕噜，可他的心里一直惦记着蛋蛋生病住院的事，本来白天就想抽出时间去医院，可是就没有机会脱身，这回总算有了点儿时间。

他从铁皮柜里拿出个纸包，揣在怀里准备去医院，还没等他走出办公室的门，云妹从外面走了进来。

孝明见云妹走进来，连忙问道:你怎么回来了? 蛋蛋怎么样啊? 云妹没等开口，已经泣不成声，孝明赶紧让云妹坐下，焦急地说:别哭啊，光哭有什么用啊? 有什么事就说，有难处我们共同想办法。

云妹擦了擦脸上的泪，低着头和孝明说:已经八天了，还是高烧不退，家里的钱都花没了，孝明哥，你能帮帮我吗? 我实在没有别的办法了。说着，云妹扑通就跪在了办公室的砖地上，眼泪噼里啪啦地往下流。

孝明赶忙扶起她，责怪道:干吗啊? 云妹，赶快给我起来，我们都是乡亲，有事一起想办法，不要着急。孝明接着说道:云妹，我们不会不管你的，明天咱们场就有两笔货款到账，估计得有三千多块钱，先拿去给孩子治病。

随后，孝明又从自己的怀里掏出一个纸包，递给云妹说:这里有两千块钱，是乡政府发给我个人的奖金，拿去用吧。

云妹颤抖着接过纸包，不知道说什么才好，只是一个劲儿地流眼泪。

又一场大雪，整整下了一天一夜，通向县城的乡道已经看不出路的模样，只剩下两条弯弯曲曲的凹痕。大清早，刺骨的北风卷着雪花，直往脖颈子里钻，一挂破旧的马车在雪地里慢腾腾地走着，吱呀吱呀地碾着积雪。

孝明坐在马车的后耳板子上，里面是孝明的母亲，老太太和孝明唠叨着：今年这雪可真大啊！这天都能把人给冻死，哎哟！也不知道云妹穿没穿棉裤，要是不穿暖和，不得冻个好歹啊，这孩子的命真苦，一个事儿接一个事儿，就没有过安稳日子的命。

孝明说：妈，你就别操心了，你自己把被子围严实了，别冻着自己就行了，再有十多里地就到啦。已经好几天，老太太就张罗着要来看望云妹和蛋蛋，今天早上，孝明实在经不起老太太的磨叨，找来马车，陪着母亲一起来县城。

太阳灰蒙蒙地悬在东南方向，窗户上的玻璃还挂着一层厚厚的霜，病房里冷飕飕的，云妹给蛋蛋喂完早饭，收拾着乱东西，转身看见金孝明走了进来，孝明乐呵呵地跟云妹说：云妹，你看看谁来了？

孝明的母亲拖着软塌塌的步子，跟在孝明的身后进了病房，云妹一看，啊！是孝明的妈妈，她赶紧上前抓住老太太的手：大娘，你怎么来了？这大雪天的。老太太说：不碍事的，我来看看你，孩子怎么样了？听说烧还没退。

说着，老太太走到蛋蛋的床边，用手摸摸孩子的额头，哎哟，真挺热，回身跟云妹说：孩子，你弄点儿酒来，我给这孩子搓搓额头，慢慢来，没事儿的。

云妹把老太太扶到床上，转身和孝明说：大哥，一会儿你们就往回走吧，大娘都这么大年纪了，这到家都得贪黑，怎么能受得了啊？金孝明笑着说道：你不让她来哪行啊，昨天和我磨叨一个晚上，不来还能行？非要看看你，惦记蛋蛋。

老太太拿过自己的那个布包，把手伸到里面摸了半天，摸出一个旧报纸包着的东西，递给云妹：孩子，这是一千块钱，我也不用它，大娘的一点儿心意，你别嫌少啊。

云妹赶紧推辞：大娘啊，我怎么能用你的钱啊，你都这么大年纪了，这钱我怎么都不能拿。说着就把钱揣进了老太太的包里，这下老太太可急了：怎么着啊？我的钱就不能用啊，这都到什么时候了，还跟我说这些啊，再这样我可真就不高兴啦！老太太把脸都沉了下来.

云妹一看这种情况，也就只好收下，云妹说：大娘，这钱我先用着，等我有钱了，就还给你。老太太一摆手，别说那些没用的了，抓紧给我们的蛋蛋看病吧，孝明啊，咱们往回走吧！说着娘俩一前一后走出病房，云妹看着老人家的背影，眼里噙满了泪花。

第五十章

雪后的龙湾显得空旷而安静，几只喜鹊在村子东边的老榆树上蹦跳着，偶尔叫上几声，给这隆冬的雪野增添了几分雅趣，也让人们在冰封雪飘的季节里感受到生命的鲜活。

还不错，蛋蛋的病情迅速好转，高烧终于退了，第十七天的时候，医生说可以出院了。按照医生的要求，孩子还有些炎症，出院以后，还要继续用药，帮助孩子彻底康复。

雪地里，孝明用自行车驮着蛋蛋，一步一滑地往北屯去，到张大夫那里给孩子打针，云妹就一步一滑地在后面跟着，一前一后，一走就是八里路。今天是最后一针，明天就可以不打了，炎症已经彻底消退，体温也恢复到正常。

走着走着，云妹又问起孝明：厂长，我就是不明白，你为什么要这么帮我啊？是万成把你打成半个残废，结果你还这样对我们娘儿俩，你难道一点儿也不恨他？

这句话又把孝明给说笑了。孝明边推着车子边回过头来问云妹：那你说我该怎么办啊？我把这些事记一辈子，你报复我，我报复你，那什么时候是个头啊？其实我们都是乡邻，是乡亲，过去的事儿，就让它过去吧，我们都得往前看。

云妹听着孝明说话，却没有吱声，孝明接着说：当初万成也是一时气急，其实他是想发泄怨气，借机教训教训我，也没想把我怎么样，没想到失了手造成这个后果，我想他也不希望这样，他也会后悔的，况且是我有错在先。

不管怎么说，是我首先伤害了秀枝，也伤害了他们的感情，毛病都在我这边儿，万成打我也是对的，万成进了监狱，我是有责任的，所以就当我是赎罪吧！孝明苦笑了起来。

晚上七点半，夜校准时开课，今天秀枝讲的课程是科技施肥技术的推广，为了讲好今天的课程，秀枝准备了三四天的时间，查阅了不少资料，整个教室连里屋带外屋，坐了一百多人，挤得过个人都费劲儿，孝明悄悄地挤进后排坐下。

秀枝站在木板钉成的讲台上，声音平静却有板有眼，她说：我们都是农民，我们祖祖辈辈都是靠种地生活的，但是农民也要有知识，也要懂得技术，也要讲究科学，农民不是愚民，要实现农业的现代化，要实现真正的富裕和文明，就必须学习文化，就必须掌握现代化的科技和文化知识……

秀枝的声音变得激动起来，她说：如果没有知识，我们就只会种地而不会生活，如果没有知识，我们就不会有理想，就不会有目标，也就不知道怎么做人做事，只能糊里糊涂地活着，大家想想，这样的生活多可怕啊！

台下的掌声一遍又一遍地响起。

下课了，秀枝最后一个走出教室，她锁好教室的门，便独自往家走去，刚过前院儿的角门，就听见后面有人低声喊着：秀枝！秀枝！秀枝回过头来一看，见是孝明，便停住了脚步，微笑着说：孝明，你也参加了，真不容易啊。

孝明不好意思地说：你可别寒碜我了，我算个啥啊？就是乱糟糟的事儿多一些，要不我天天来听你讲课，你今天讲得可真好，以后我每期都要来，我得好好跟你学啊。秀枝对孝明说：别忽悠我了，晚上小青要吃酸菜馅儿饺子，我给她和馅儿了，你也来家一起吃吧。

漆黑的夜幕，把雪后的龙湾笼罩在寒气中，一阵凉风过后，又飘起了冷冰冰的雪花，稀疏的灯光透过飘落的雪花，在寒夜中眨着眼睛，一切都是那么静谧而深邃，只有江湾里传来微弱的江水流动的声响。

秀枝的头埋在孝明的怀里，借着微弱的星光可以看见孝明脸上的棱角，孝明的手搭在秀枝的下颌上，粗糙却很温热，秀枝仰起脸说：金孝明，你是真心爱我吗？秀枝自己也知道，问这样的傻话没有任何意义，可还是禁不住问了一句。

沉默好一会儿，孝明才慢悠悠地说：你想想，这么多年里，给我介绍的对象应该有几十人吧，就是因为你在我的心里，再也没有别人能够走进来，没有任何人能够替代你，我这辈子啊，没有想过找别人，我觉得这就是爱！

孝明扳过秀枝的脸，把嘴巴几乎贴到秀枝的耳朵根儿：无数次在梦里见到你，每次走到你家门口的时候，都想往里看看，这么多年都过来了，我也习惯了，现在想得很开，只要能经常看见你，只要你生活得快乐，我就心满意足了。

秀枝的两只手勾住了孝明的脖子，平静地说：过去，我的想法过于简单，真正的幸福不仅要靠两个人的共同努力，还有许多别的因素，比如说：是不是真正相爱，是不是真正适合，是不是用心地经营，现在我才知道，你我之间，是真正相爱，而你与我，是真正适合。

秀枝说完这些话，使劲儿把孝明的头拉低，然后把自己的嘴唇轻轻地送上去，孝明的手碰到了秀枝的胸部，一种柔软而温热的触觉立刻袭遍全身，他刚要把手拿开，秀枝猛地把孝明的手按住，孝明犹如电击一般，浑身热浪奔涌。

瞬间，孝明觉得自己的脸在发烫，胸口有些压抑，舌下有些发干，他把自己的嘴唇狠狠地扣在秀枝的嘴唇上，就像一只凶猛的野兽要把猎物给吞掉一样，猛地把秀枝压在身下，疯狂地吻着秀枝的脸。

突然，孝明的两只手停住，他的眼里喷射出一束束烫人的光芒，死死地盯着秀枝的眼睛，似乎要从那里找寻到一直想要的东西，他的双手变得柔软，动作也变得温和，轻轻地解开秀枝的衣扣，他的手感受到温热的胴体……

秀枝似乎进入了迷蒙的状态，她没有拒绝，任凭孝明的双手在自己的胸部虫一样地蠕动……她感觉自己走进了汹涌澎湃的松江湾，经受着浪花的涤荡和洗礼，从里到外焕发出未曾有过的那种感觉……

秀枝的心急促地蹦跳着，她从来没有过现在这种感觉，确切地说，她和姜万成在一起，甚至和此前的金孝明在一起，都没有现在这种感觉，她特别惊奇这种飘飘欲仙的感觉！眼前似乎出现了幻觉，不自觉地进入到迷蒙的状态。

起初，她的身体像羽毛一样，轻轻地飞升到蓝色的天空里，上面是金灿灿的阳光，下面是绿油油的草场，浪花跳跃的松江，就像一条银色的飘带，蜿蜒在无边的绿色里。

随后，飘到一处柔软的草丛里，温柔的触摸，踏实的感觉，还有微风的吹拂，草叶的清香，百鸟的欢唱，一切都是那么优美，那么幸福，就像闯进了童话般的世界里。

此时，有种恍如隔世的感觉，似乎发现了那片寻觅许久的梦境，那里的山花，绿草，碧水，蓝天，都曾是她梦中憧憬的世界，她毫不犹豫地扑到这片草地里！

……

夜更深了，小青睡得很香很沉，就像这个世界上发生的一切都和她没有关系，窗外的雪花似乎飘得更猛了，窗台之上，丁香树下，整个世界像是蒙上一层厚厚的雪绒，裹着寒气的冷风打着旋儿，从窗子的缝隙处钻了进来。

孝明慵懒地爬起来，看了看手表的指针，已经是两点半，秀枝还在沉沉地睡着，头枕着孝明的胳膊，长发散乱地堆在孝明的胸前。孝明轻轻地坐了起来，抚摸着秀枝颀长的手臂，凝望着秀枝清瘦的脸庞，这张脸已经镌刻在他的内心深处，今生今世已经无法抹去。

　　秀枝睡得安静踏实，嘴角和眉宇间充盈着温暖的笑意，不知不觉间，她的眼角滑落一颗泪珠，缓缓地滚落下来，孝明用手轻轻地给她拭去，他发现秀枝的这张脸从来没有像现在这样舒展柔和，也从来没有像现在这样温婉动人。

　　孝明轻轻地俯下身去，在秀枝微笑着的嘴唇上吻了一下，又轻手轻脚地走到小青的床边，亲了亲小青的脸蛋儿，随手拿起那件军绿色的哔叽制服，消失在漆黑的雪夜里。

第五十一章

转眼两年过去了，由于姜万成在狱中表现良好，获得减刑，提前六个月释放。

两年多的监狱生活，已经使万成的生活方式和思维方式有了不小的改变，刚刚从监狱里出来的时候，神色呆滞，表情木然，反应迟缓，再也不是原来的那个姜万成。

吃过晚饭，万成跟秀枝说：回来这么长时间，我还没有出去，都不知道村子里有什么变化，我到外面转转，一会儿就回来。说着，便朝门外走去。

还没等他迈出大门，就听见院子外面有人喊道：万成！万成听到有人喊他，便缓慢地侧过脸来，他做梦也没想到，站在自己对面的竟是金孝明。万成有些愕然。

他愣愣地站在那里，直直地看着孝明，却没有说话，脸上也没有表情，孝明紧走几步，又喊了一声：万成，我来看你，你还好吗？万成还是没有答话，眼睛依然直视着孝明，好像孝明的出现，没有引起他的任何反应。

过了好一会儿，万成才从这种状态中回过神儿来，他冷冷地对孝明说：你怎么来了？孝明笑了笑说：我来看你啊！万成，你还好吗？孝明的眼神里充溢着真诚。

孝明慢慢地走上前来，脸上的疤痕一跳一跳的，万成的眼睛里立刻透出极其复杂的神情，这时秀枝从屋子里走出来，看见两个人站在大门口，几乎未加思索地说：怎么站在这儿啊？进屋坐吧。那语气异常坚定，毋庸置疑。

在姜万成的眼里，曾经的金孝明是个流氓加恶棍，是他毁了自己的家庭和幸福，他曾经后悔怎么没把金孝明给打死，这种绵绵无绝期的憎恨，曾经伴随着万成度过了无数个饱受煎熬的监狱之夜。

然而，就在不知不觉中，这种刻骨铭心的仇恨却慢慢地消退，以至于被自己淡忘了，而代之以对那段往事的漠然，在漫长的监狱生活里，好多事情都曾让万成想了千百遍。

万成曾经把自己和孝明做比较，是谁真正地爱秀枝，死心塌地地爱，生死不渝地爱，恒久弥坚地爱，万成很快得出结论：我姜万成无法和金孝明相比，甚至无颜和金孝明相比。

万成觉得每个人都有爱与被爱的权利，本来就无可厚非，只是阴差阳错，秀枝成了自己的老婆。按照常理说，孝明应该放弃，可他始终没有放弃，这是有悖常理的，可是转念一想，轻而易举地放弃，那就不是真正的爱情！

每每想到这些的时候，万成的心里就生出无尽的愧意，想到自己心胸狭窄，移情别恋，简直无法面对秀枝，又怎么能和金孝明相提并论，孝明敢爱敢恨敢于担当，而且痴心不改，生死不渝，这才是真正的男人！

……

孝明看着万成，轻声说道：万成啊，过去的事儿就让他过去了，那个时候，我们还都年轻，现在我们都得往前看，前面的路很长很长，我们都得好好活着，上有老，下有小，我们得振作起来，把以后的事儿安排好。

万成没有说话，但他感觉到万成说得入情入理，不禁抬起头看着孝明，孝明接着说：前几天就想来看你，也想和你好好聊聊，你就这么待着也不是个事儿，如果暂时没有别的打算，就到柳编厂来，帮我支撑这个摊子，假如以后有了想法，再出去谋划也不迟，就算帮我一把，你也算有个营生。

孝明的话句句在理，字字入心，万成的心里一阵阵的温热，他看得出来，孝明是真诚的，是为我姜万成考虑的，人都到了这个份儿上，自己还有什么可说的，人家金孝明也不欠咱们的，只是自己的心里还是绕不过这个弯。

这段时间好多亲戚和朋友都在劝说万成，老支书也不止一次地跟万成说：人得往前看，别总和自己过不去，柳编厂那边可以考虑，那金孝明多真诚啊？可不能小家子气啊，男人得有男人的气度，有些事儿，也不能噎着一辈子。

老支书的话情真意切，万成睡不着觉的时候，仔细地回味着老支书的话语，越嚼越觉得有味道，可是这心里，唉！人家睡了自己的老婆，还给自己留下个种，这回又要去人家的锅边儿混饭吃，这心里怎么也不是滋味，纠结啊！

躺在炕上的时候，满脑子都是这些问号，去还是不去，去，自己和自己过不去；不去？眼下没有别的出路，一家三口还得吃饭，靠秀枝挣的那点儿钱，根本不够用，想来想去，咬咬牙还是得去，这没钱的日子不行啊！

就在万成反复琢磨的时候，金孝明陪着老支书来到了万成家，还没等老支书开口，孝明就抢先问万成：怎么还没拿定主意啊？多大个事儿啊，值得这么前思后想的吗？今天我可是把老支书搬来了，你去也得去，不去也得去，你要是不答应，我们俩就不走，你看怎么办吧。

万成苦笑着，看着老支书说：老支书，你说我能行吗？老支书斩钉截铁地说：有什么不行的？没有你，渔苇场能有今天吗？那么大个企业你都能管理得井井有条，帮着孝明分管一条线那不手拿把掐吗？怎么还说起孬种的话了？

老支书看看孝明，又看看万成，语重心长地说道：过去的事儿，都是因为你们年轻，不成熟，现在你们都长大了，该成熟起来了，再说，金孝明真心实意，是想捆在一起创大业，万成啊，你要是再不去，那可是说不过去啊。

云妹收拾完厨房，天色已经黑了下来，她把蛋蛋带到东院儿婆婆家的屋里，小声地跟婆婆说：妈，我出去一下，你帮我看一会儿蛋蛋，一会儿就回来。还没等老太太回话儿，云妹转身走出了院子。

万成从外面回来，刚走进胡同的拐弯，迎面看见云妹站在那里，还没等他说话，就见云妹发疯似的跑了上来，一把搂住万成的脖子，随后大哭起来，嘴里还在不停地嘟哝着：万成哥，你可回来了，都把我给盼死了，再不回来，我们娘儿俩可真不知道该怎么活啦！

万成抓住云妹的手，紧紧握住，少顷又轻轻地放开，说道：佳辉，别这样，让别人看见不好。云妹嚓着嘴说：有什么不好啊？我什么都不怕，我是你的女人，你的宝贝儿子还在家里等你呢。说着，云妹压低了声音：你什么时候去看看你的宝贝啊？蛋蛋长得可像你了。云妹变得兴高采烈。

在监狱里，很多时候，万成会想起这个未曾谋面的儿子，这个孩子是两个人的结晶，是经历了千回百转的波折之后，坎坎坷坷寻觅真爱的见证，他觉得已经对不起一个女人和一个无辜的孩子，再也不能对不起另外一个女人和孩子。

现在的姜万成，已经有了太多的改变，以前的那种执拗和无奈，甚至恼怒和放纵，已经在脑海里悄悄地隐退，而代之以未曾有过的仁厚和宽容，在他的眼里，秀枝和云妹都是非常优秀的女人，都是可亲、可敬、可爱的女人，她们都应该有自己的生活，应该找到属于她们自己的真爱。

在姜万成的世界里，云妹已经不是可有可无，而是不可或缺，是他生命和生活的希望，在他的内心深处，已经无法离开云妹；每时每刻，他的心里都充盈着无限的感激，还有更为深沉的爱恋，也包括自己早已准备好的责任和担当。

……

万成跟云妹说：佳辉啊，这几天事儿太多，等过几天把事情处理完，就去看你们娘儿俩。顿了一会儿，他接着说：佳辉，请你相信我，我不会再让你们受苦，无论以后的日子怎么样，我们都将在一起。云妹紧急地搂住万成。

下班的铃声响起，万成从柳编厂出来，迎面碰上了疯婶儿，万成赶紧跳下自行车，连忙喊道：疯婶儿，你要去哪儿啊？我送你吧。疯婶儿见是万成，招呼道：是万成啊，怎么样啊，在这儿干得舒心不？听说你是副厂长了。万成说：还好吧，孝明很照顾我，让我在场里分管销售，挺开心的。

万成把自行车立在路旁，就和疯婶儿聊了起来，疯婶儿说：你这个败家崽子，秀枝那边怎么样啊？你这几年在号儿里，秀枝可是受了苦了，你可怎么整好啊，真叫人操心，云妹那边打算怎么办啊？那孩子可是你的啊，人家孤儿寡母等了你三年，你真得好好琢磨琢磨，这两边怎么应对啊？

万成不时地点头，疯婶儿接着说：我们都很惦记你的事儿，老这么的也不行啊，得有个想法，你说是不是啊？万成沉默了一会儿，说道：疯婶儿，你放心吧，我已经想好了，我们会处理好的，也到了桥归桥路归路的时候了。

夜已深，窗外一片静寂，偶尔从远处传来的几声犬吠，划破了夜空的宁静；掠过江面的寒风从窗子的缝隙爬了进来，像个幽灵一样，沿着墙角在屋子里游荡。

万成裹着被子躺在炕上发呆，望着天花板上的方格子，翻来覆去睡不着，前思后想，脑子里乱成了一锅粥，眼前的这个状况，终究得有个办法啊！想起这几年的坎坷与艰辛，万成的心里总是无法安静下来。

秀枝已经进入梦乡，她的脸还是那样安详，小青睡在秀枝的身边，一副幸福的小模样，万成觉得和秀枝生活的这几年，没有给秀枝带来幸福和快乐，相反，一次又一次地伤了秀枝的心，而且没有给她愈合的机会。

想起这些的时候，万成的内心便生出一种莫名的愧疚，伴随着绵绵不绝的怅惘，在胸腔里迅速地弥漫开来，包围着生命的全部。他把头侧过来，把秀枝的被子往上拉了一下，望着秀枝熟睡的样子，那静如止水的表情，富有节奏的呼吸，好像她的心里没有任何沉重的东西，只有对生活的珍重和向往，万成俯下身去，在秀枝的脸上轻轻地吻了一下。

现在已经不需要怀疑了，小青是秀枝和孝明的孩子，和自己没有任何血缘关系，只是因为某种机缘，同住在一个屋檐下，别人的骨血，别人的孩子，可要自己来担着父亲的名分，将来怎么办？怎么和孩子交代？

想着想着，万成打了一个激灵，就像有人在他的脑后猛击一掌，令他立刻转过神儿来：怎么能这么想啊？小青是谁啊？那是我的女儿啊，什么金孝明，狗屁！小青是我和秀枝的孩子，和他金孝明有什么关系啊？他是他，我是我。

想到云妹，万成的心里更是五味杂陈，当初，他根本就没有把云妹放在和秀枝同等的位置，只是在和秀枝的婚姻生活出现裂痕之后，权当心灵空虚的寄托，甚至作为发泄情欲的工具，可是万万没有想到，云妹的出现，却让万成找到另外的感觉，似乎漂泊的灵魂才有了真正的归宿。

窗外的月光冷冷地照进屋里，在土黄色的墙壁上，涂上一层惨白。

已经是深夜，万成却没有丝毫睡意，他的眼睛瞪得大大的，眼前一遍又一遍地闪现出一个又一个巨大的问号，沉重的精神负担，像山一样压下来，压得自己透不过气。

他从床上坐起来，披上那件咖啡色的毛衫，轻轻地走到窗子跟前，一阵冷飕飕的感觉突然袭来，感觉头脑有些清醒，借着清爽的月光，他凝视着窗外的那几棵孤零零的丁香树，听着松江水流动的声音，孝明的影子又浮现在脑海里。

出狱以后，万成听到最多的就是有关金孝明的传说，他知道金孝明伤残以后，没有颓废下去，毅然振作起来，辞去村长之职，带头兴办乡镇企业，带领村民发家致富，更为难得的是，在自己服刑期间，孝明给秀枝、云妹和村子里的好多人帮忙，让这些家庭渡过了难关，逐渐地过上了好日子。

……

东方的天空露出鱼肚白，万成早早地就起来了。

他走出院门，来到村子西边的场院，清晨的冷风刮鼻子刮脸，吹得他不住地激灵，让他从一整夜的混沌状态中清醒过来，昨夜里乱糟糟的思绪瞬间就被理清了。

他突然想起，他和云妹的第一次，就是在这个破旧的看护房里……

万成清晰地意识到：自己的人生，走到了岔路口！

一面是温秀枝，过去的虽然过去了，可是留下的却是那么多愧疚，今后怎么去面对？如果继续和秀枝生活在一起，那么共同面对的将是怎么样的局面？

一面是云佳辉，她顶住那么多压力，奉献出女人对男人的全部，如今已生下自己的骨肉，作为女人，她付出的太多，如果让她一个人走下去，自己的内心如何安宁？

万成使劲儿地用手掌拍拍脑门，已经到了这个时候，再也不容回避，必须做出抉择！事实上，面临抉择的也不仅仅是姜万成，还包括他身边的好多人；而这种抉择的做出，也不仅仅是从今天才开始，甚至在更早的时候，也包括当初。

那是因为，生活中的每一步都面临着抉择！冥思苦想的姜万成，得出了这样的结论。

万成回到屋子里，秀枝和小青还在梦中，他站在窗前，额头贴在窗子的玻璃上，哈气凝成的水雾慢慢地弥散开来，圈成一条又一条圆形的雾带，遮挡了万成的视野，他闭上眼睛，陷入长久的沉思。

玻璃上透过来的凉气冰得脑门痒痒的麻麻的，万成抬起头来，用力做了一个深呼吸，用手摸了一下额头，才有了冷冰冰的感觉。

万成的胸腔里有一股股莫名的东西在涌动，让他顿时产生极其复杂的感觉，说不清是兴奋还是惊悸，是伤感还是犹疑，总之，令他无法平息那种震撼的状态。他用手搓了搓自己的脸颊，证明自己没有沉浸在梦幻中，而未来生活的许多想法，此刻清晰地出现在他的脑海里。

第五十二章

秀枝和万成办理了离婚手续，从结婚到离婚整整六个年头。

这天早上，万成起得很早，还不到六点，就已经穿戴整齐，收拾妥当，就像出远门办事情一样，显得干净利落。

秀枝还没有起床，这和秀枝以往的生活习惯不太一样，头埋在被子里，小青已经睡醒了，看见万成穿衣服，便趴在被窝里问道：爸爸，你要和妈妈出去吗？妈妈说以后我要和妈妈在一起，那你去干什么啊？我想你的时候怎么办啊？

看着小青天真可爱的模样，想到女儿这般小小的年纪，就将经历如此巨大的变故，万成的心里犹如刀割一般，他俯下身来，轻轻地摸着小青的脸蛋儿说：好闺女，爸爸不会离开你的，只要你想爸爸了，爸爸就来看你！万成再也说不下去了，喉咙就像被什么东西卡住一样。

小青是个可爱的孩子儿，毛茸茸的大眼睛，粉嘟嘟的小嘴唇儿，让人捧在手里含在嘴里都怕有个闪失，在外面工作的时候，他的心里一刻都没有放下过，回到家里的时候，进屋就找他的宝贝女儿，只要从外面回来，万成总要给小青买些她爱吃的，那是他的心尖儿啊！

其实，万成很早就知道了实情，可他总是觉得，不管是什么情况，孩子是没错的，必须得到应有的关爱，况且他从心里喜欢这个小家伙，而且在他的内心深处，还有更为朴素的想法：只要是秀枝肚子里生出来的，那就是自己的孩子，所以万成对小青视若己出，从来没有差过心眼儿。

可是，这次，却要分开了！

万成伏在小青的枕头边上，满脸都是泪水，他哽咽着说：小青，是爸爸对不起妈妈，对不起你，也许将来你会理解，你是爸爸的心肝儿，是爸爸永远的宝贝！

小青好像知道了什么，眼泪顿时弥漫了那张小脸儿，却没有哭出声来，她用那双小手抚摸着万成满是泪水的脸，声音低低地说：爸爸，我不想离开你，你们为什么要分开，我要你和妈妈在一起，我不想让你们俩分开！

万成再也控制不住，抱着小青失声痛哭！

秀枝把头探出来，喊道：小青，来妈妈这儿！万成见秀枝醒来，便止住哭声，把小青抱到秀枝的身边。小青瞪着乌黑的眼睛，可怜巴巴的样子，看看爸爸，又看看妈妈，几乎是同时，秀枝和万成抱住小青，号啕大哭。

回想这段时间，小青好像长大了许多，她似乎意识到爸爸和妈妈之间的变化，感觉出家里不像过去那样平静，不过究竟是什么情况，她还不十分明白，然而这颗小小的心灵却经受着从未有过的震撼，她每天都在细心地观察，仔细地揣摩，可是，她从来没有听到爸爸妈妈说起这些。

就这样，在她幼小的心灵里，怀着莫名的忐忑和惶恐，悄无声息地等待着这一切的到来，刚才万成的几句话，让她突然明白了好多事情，她感觉到自己最害怕的那一天来了，好像天地都在摇晃。小青真的害怕了。

万成和秀枝办完离婚手续，从乡里回来的时候，已经接近中午。进了屋，万成跟秀枝说：秀枝啊，这么多年也没有多少积蓄，口挪肚攒这点儿钱，都留给你和小青，我这儿还有点儿钱也给你。说着从自己裤子的后兜里摸出一个纸包递给秀枝说：这是三千块钱，你留着用吧。

秀枝转过身来，她的眼神好像很陌生，也很复杂：万成，我们娘儿俩虽然没有多少积蓄，不过生活还够用，你是男人，在外面不容易，兜里得有些钱，还是你留着吧。

万成说：那不行，我一个男人，在外面怎么都能混口饭吃，你一个女人家，还带着个孩子，没有钱怎么行啊？说着把钱塞给秀枝，秀枝又把钱塞给万成，万成抱住秀枝，秀枝搂住万成，两个人抱在一起，顿时哭成泪人。

秀枝，你知道吗？我真的舍不得离开你！可是，我觉得我们没有别的路了。万成抽泣着说道。

万成，你明白的，我更是不想离开你，我们走到这一步，也许这就是命吧。秀枝泪如雨下。

这几年，我没有给你带来幸福和快乐，是我对不起你，我欠你的太多。万成看着秀枝的眼睛愧疚地说。

不是，是我伤害了你，你没有错，有错的是我，我对不起你，我欠你的太多。秀枝抚摸着万成的脸颊。

你不要这么说，我不是个好男人，我没有照顾好你和小青，是我对不起你们娘儿俩。万成的嘴角流进了咸滋滋的东西。

万成，是我毁掉了你的自尊，我恨我自己，如果没有当初那个事儿，也许就没有今天。秀枝的长发被泪水绺在脸上。

秀枝，你是个好女人，你应该得到你应有的幸福，我不配做你的男人，老天不能这么对待你，过去的情况我都了解，不是你的错。万成的牙齿咬在一起。

万成，你是个好男人，你为人忠厚，善良正直，这么多年来，你能这样对待我们娘儿俩，这么包容我的过错，我永远都不会忘记你。秀枝的表情异常痛苦。

秀枝，我们走到今天，责任都在我。不过我想了很久，无论我怎么爱你，却不适合你，你应该找到更适合你的人。万成的脸扭曲得十分难看。

万成，你说的对，也许当初我们就是错爱，所以后来发生的这些就成为必然，就无法被挽回，我觉得命运不能这样对待你。秀枝的手臂搭在万成的脸颊上。

我和云妹在一起，当初是想报复你，更是因为我无法战胜自己，只是后来我才知道，我已经离不开她，也许她才是那个适合我的人。万成若有所思地望着窗外。

我知道这个事儿的时候，很恨你，可后来我想，不管是谁，只要你们在一起，能够幸福快乐，就是我所希望的，因为我爱你，所以希望你好。秀枝的眼神里泛出幸福的光。

我真心为你高兴，希望你和小青回到孝明的身边，他比我更适合你，他对你的爱是任何人都比不了的，你和他在一起，我才会真正放心。万成的脸上挂着凝重的微笑。

我们都已经成年，经历了这么多事情，已经懂得许多，我会找到属于我的那份幸福，更希望你能善待云妹，她那么深爱着你，别辜负她。暖暖的笑意漾在秀枝的脸上。

……两个人紧紧地拥在一起……

雪后的龙湾一片洁白。这是今年冬天的又一场大雪，足足飘了一天一夜，眼前的村落和远处的荒野，到处是厚厚的积雪。转眼间，腊月就要到了，眼瞅着来到年关。

早上，万成吃过饭，径直来到孝明的家里，老太太见是万成，乐得不得了，连忙喊道：孝明啊，孝明，万成来了！万成赶紧说：大娘，你身体还好吧，我来看看你。

孝明放下手里的活计，从里屋迎了出来，兴冲冲地说：万成，这段时间干得怎么样？也没倒出时间和你聊聊。

万成坐到那把木椅上，笑着说：挺好的啊，就是忙起来有些乱套，一时半会儿摸不着头绪。

孝明自己也拽了一把破凳子，坐在万成的对面，跟万成说：万成啊，我想和你商量一下，乡政府已经同意，咱们的厂子还要扩大规模，县里批准建立外贸加工分厂，我想让你全权负责，专门给县里的外贸公司加工柳编工艺品，卖给外国人，据说销路不错，效益很好。

万成看着孝明说得很起劲儿，也没有打断他，就认认真真地听着，还不时地点头表示赞许，孝明说了一大堆近期打算和长远规划，这才回过头来问道：万成啊，你看怎么样？就听我说了，该你的了。

万成面露难色，低声说道：我怕干不了这个差事，这么大一个摊子，万一弄砸了，我怎么能担当得起啊？孝明截住万成的话茬儿：你还没干，怎么就知道自己不行啊？试试身手，出了问题我兜着，没什么大不了的。

眼看着拗不过孝明，万成也就勉强地应了下来，不过这心里还是对自己不托底。孝明给万成鼓劲儿：干吧，小伙子，有什么能耐，这回你就尽情施展吧。

见孝明把工作的事情说完了，万成便转过话题说：孝明啊，我今天来，除了和你汇报一下这段时间的工作，感谢你对我的关照之外，也想和你说说这几年的心里话。

孝明立刻露出兴奋的神情，马上接过话说：万成，咱们都是好兄弟，有什么话你就说，正好今天没什么事儿，咱们哥儿俩好好聊聊。孝明没有想到万成会主动找他聊心事。

万成沉吟一会儿，平静地说：其实，我一直都嫉恨你，是你毁了我的家庭和幸福，所以长久以来心怀怨愤，可是现在，我已经改变了想法，我觉得你没有错，你爱秀枝，爱得那么执着，爱得那么坚定，爱得那么真诚，我不如你。

万成低下头，又接着说道：我进了监狱，你却不计前嫌，仍旧细心地照顾秀枝和佳辉，默默地做着好男人，我更不如你，我从心底里佩服你，也感谢你！这是我的心里话。

说这些话的时候，万成的表情水一样沉静，而语气却异常坚定，他说：我们几个人之间的事情，我也考虑了很多，应该说我已经想清楚了，我觉得我们曾经年轻，也曾经犯过错误，可是总得有知错改错的时候，不能再这样下去了，说起来我们也都不小了，应该有个结果。

孝明的心顿时绷得很紧，他仔细地听着万成说出的每一个字：前几天，我和秀枝已经办完离婚手续，我知道你的心里盼着和秀枝在一起，你爱她，你也适合她；她也爱你，她也适合你，况且还有小青，那是你的骨血，怎么说你们都应该在一起，我觉得这是最好的结局。

孝明的眼睛死死地盯着万成，他做梦都想着和秀枝在一起，可怎么也想不到会来得这么快，而且是姜万成亲口告诉他的，这太出乎意料了，孝明没有任何思想准备，一时间不知所措，结结巴巴地说：万成，那，那，那你怎么办？

万成抬起头，望着窗外的积雪，平静地说：还用问吗？我和云妹结婚，我也要找寻我自己的幸福和快乐，更不能对不起佳辉和蛋蛋，他们娘儿俩已经是我生命的一部分了。

第五十三章

北方的三月，依然是滴水成冰。

初九这天，是龙湾村多少年都没有的热闹日子，秀枝和孝明，万成和云妹，选在这天同时举行婚礼。

天刚蒙蒙亮，老支书就起来了。其实，整个晚上他都没有睡踏实，他的心里就像打翻了五味瓶，各种滋味搅和在一起，已经分不清究竟是什么味道，可有一样，这心里就是个兴奋！

秀枝和万成结婚六年，表面上看，那是郎才女貌，绝配，可是他们自己知道，村里人也知道，他们这几年没过上几天舒心的日子，从结婚到离婚，每个人的心里都郁积了太多的结，可能是误会，可能是性格，也可能是追求，总而言之，就是合之不拢，这日子不开心啊！

在他们俩的周围，还有这么两个配角，孝明和佳辉，说是配角，其实早就卷入了这场情感的旋涡，孝明爱秀枝，那是死去活来，无论如何都不改初衷，且于荒唐之中留下小青，秀枝也在岁月的交替和变化中，重新审视过去和现在，渐渐地改变了对孝明的看法，觉得孝明才是自己真正的依托。

云妹更是个特殊的角色，虽然姗姗来迟，却是不可或缺，尽管在那个特殊的时间和地点，成为万成孤独时刻的情感寄托，却在心理上给万成带来莫大的慰藉，使得万成也由最初的不经意，渐渐地变成了后来的难割舍。

……老支书的脑子里反复地过着电影，回忆着这几年来，发生在这些人身边的这些故事，除了万成、秀枝、孝明、云妹，他还想到了勤叔、疯婶儿、温富宽、李悦双，他还想到了林中飞、刘天群，还有刘寡妇、姜学忠、尚美丽……

虽然千头万绪，可是老支书却理清了头绪，他的思路异常清晰，他知道今天的这个结果绝不是偶然的，在这些乱糟糟的过程背后，有一条看不见的主线，串联着活生生的现实，这条线就是不断变化的日子里不断变化的观念和想法，以及不断演绎着的那些酸甜苦辣的故事。

这么多年来，农村社会的变化实在是太大了，龙湾村也是一样。政策变了，日子也变了，追求也变了；一句话，时代变了，人心和想法也都变了！

老支书觉得：这是社会发展的必然趋势，只有变化，才会有发展，没有变化的日子多可怕啊！社会的进步是一种变化，人心的进步也是一种变化，秀枝和万成他们也是在不断地变化着，变化着日子，也变化着想法和追求。

老支书坐在炕沿上，一声不吭地抽着闷烟，他想起一句老话：百年修得同船渡，千年修得共枕眠！这夫妻是千年修来的缘分，有缘有分才能成为夫妻，或者无缘或者无分，都不能走在一起。唉！真不容易啊！

他看着窗外露出亮白色，便掐了烟头，拿过鞋子，准备出去。鞋子拿在手里，他又想起了另外一句老话：这鞋子合不合脚，只有自己才知道。这理儿一准儿是对的啊！路长着呢，所以这鞋子就得找合脚的。

想着想着，老支书自己笑了起来，老伴儿被他给笑醒了，嘴里嘟哝着：瞧把你给折腾的，快亮天了，还不睡啊？

老支书顺着思路往下想，越想这心里越亮堂，越想这脑子越开敞。不知不觉东边放亮了，他推开房门，走出院子。

这场婚礼可是龙湾村的头等大事儿，那个轰动劲儿，不亚于过大年的场面，全村老少，奔走相告，兴高采烈，村子里已经好久没有这么热闹的场景了。

婚礼的现场设在村部的大院子里，老支书坐镇指挥，屯不错儿分头张罗，孩子们打闹戏耍，年轻人跑腿儿干活，人头攒动，笑语欢声，整个村部就像唱大戏一样。

上午九点整，婚礼正式开始，老支书健步登上用土坯垒成的大台子，拿起用硬纸壳扎成的话筒，对着院里院外的人群大声地说：

乡亲们，今天是龙湾村大喜的日子，这老话说，该是谁的，就是谁的，今天的事儿就证明了这个理儿。结了婚在心里别扭着，没结婚在心里喜欢着，这就是你们年轻人所说的爱情！我不太懂，不过我把握这个理儿，什么叫缘分啊？缘分就是瞅着顺眼，过着舒心，不管多久，不离不弃！

刚才还乱哄哄的人群，突然间静了下来，老支书接着说：论辈分呢，我是你们的长辈，所以借着今天这个机会，我想和你们年轻的啰唆几句。这人呢，眼睛得往前看，不管过去怎么样，那都是过去了，过去了就让它成为过去，两个人成了家，那就是夫妻，那是缘分啊，那得好好地珍惜，彼此爱护对方，尊重对方，理解对方，心疼对方。

说到这儿，老支书笑了起来，他提高了嗓门儿说：我也不怕你们笑话，我和我们家那位，算起来结婚都快四十年了，也闹过也吵过，可是谁也离不开谁，关键时候最心疼我最惦记我的，还不是老伴儿嘛！

院里院外响起雷鸣般的掌声。

老支书的嗓子有些干哑，他使劲儿地咳嗽了几声，又接着说：可是话还得说回来，成了夫妻就是一家人，可成不了夫妻呢，至少还得是朋友，还得是屯邻，还得是乡亲，我们大家伙儿住在一个村子里，实际上就是一家人，和气，包容，护着，那才能把日子过好……

又是一阵热烈的掌声。

他停顿了一下，说道：行了，今天的主角儿不是我，还是把主角们请出来吧。不过在婚礼正式举行之前，我要和大家通报一个消息，乡党委批准了我的申请，同意我辞去龙湾村党支部书记的职务，同时任命金孝明为村党支部书记，批准姜万成为临时代理村长，等待五月份的正式选举。

现场又一次响起暴风雨般的掌声。

随后，两对新人被请到前排。温秀枝和云佳辉简直是换了个人，温秀枝一袭红装，粉面桃花，云佳辉束身牛仔，楚楚动人，左边的孝明看着秀枝，笑得合不拢嘴，右边的万成牵着佳辉，喜欢得好不心疼。

老支书大声地说：今天咱们新事新办，不搞那些没用的，让他们几位都有个发言的机会，都跟大家伙儿说几句心里话，主要是表个态，大家看看怎么样？

下面的人群里顿时响应，一大群年轻人借机起哄，有的干脆跳上台去，簇拥着几位新人和大家讲话。

首先是万成，依次是秀枝和云妹，每个人都跟大家说了几句话，话语虽然不多，可说的都是心里话，有宽容，有理解，有感慨，有祝福，都是发自内心最真诚的感动和感受。

轮到金孝明，他拿起那只纸话筒，清了清嗓子说：他们几位说的都是我的心里话，我也没有什么可说的了，一句话，真心疼老婆，好好过日子！借这个机会，我和万成向大家保证，以后龙湾村的事儿就是我们哥儿俩的事儿，老百姓过不上好日子，就是我们哥儿俩无能，如果那样我们自动下台。

台下又一次响起暴风雨般的掌声。

孝明接着说：正好今天大家都在，我跟大家宣布两个决定，一是龙湾村支委会决定聘请老支书刘占彪为村务顾问，享受"正村级"待遇，以后村里的事情，老支书仍是我们的主心骨；二是龙湾村柳编厂决定，聘请姜万成担任外贸分厂的厂长，全权负责外贸分厂的经营和管理。

还没等孝明说完，人群里又一次响起热烈的掌声。

太阳已经升到东南，耀眼的阳光撒到龙湾村的每一个角落里，远处的山坡和近处的房舍，在阳光和白雪的衬托下，有种金灿灿的味道，一切是那么清爽，又是那么安详。

　　万成和孝明陪着老支书走到村部北面的山坡上，老支书望着远处皑皑的白雪和山沟里吃草的牛羊，若有所思地说：春天到了，好日子也到了，咱们龙湾的明天，属于你们年轻人，傻小子们，可不要当孬种啊！

　　三个人发自肺腑的笑声在龙湾村的上空久久地回荡。

第一稿结稿时间：2012年5月
第二稿结稿时间：2013年5月
第三稿截稿时间：2014年12月
第四稿截稿时间：2016年12月